Ralf Husmann

NICHT MEIN TAG

Roman

Fischer Taschenbuch Verlag

Veröffentlicht im Fischer Taschenbuch Verlag,
einem Unternehmen der S. Fischer Verlag GmbH,
Frankfurt am Main, Juli 2009

Die Erstausgabe ist erschienen
im Scherz Verlag

Gesamtherstellung: CPI – Ebner & Spiegel, Ulm
Printed in Germany
ISBN 978-3-596-17478-2

Ich bin ein anderer.
Reinhard »Stan« Libuda

It's good to be anywhere.
Keith Richards

Man guckt die Leute immer nur vor'n Kopp.
Opa von Miriam

I

Sein Seitenscheitel ist so out wie Volksmusik. Er ist fluffiger als die Versionen, die man bei *Hitlers Helfer* sieht, gleichzeitig aber nicht zottelig genug, um als retro, trendy oder szenig durchzugehen. Seit Till denken kann, hat er diesen Seitenscheitel. Vermutlich sogar noch länger. Vermutlich haben die Ärzte seiner Mutter bei seiner Geburt gesagt »Herzlichen Glückwunsch, es ist ein Seitenscheitel«. Es ist praktisch das Einzige, was sein Vater ihm vererbt hat, abgesehen von ein paar Pfandbriefen.

Und dann noch mit dieser Haarfarbe: Ein Eichhörnchenbraun. Ein Braun wie eine überreife Banane. Aber während ringsherum alle ständig ihre Frisuren wechseln, hat er keine Ahnung, was er anders machen sollte. Jedes Mal, wenn er in dem hochfahrbaren Frisierstuhl sitzt, befällt ihn eine Starre, eine klamme Mulmigkeit, dass die Friseurin, die halb so alt ist wie er, die vermutlich halb so viel verdient wie er, die wahrscheinlich nie ein Buch von innen gesehen hat, dass diese Friseurin ihn auslacht, innerlich, womöglich sogar äußerlich, sobald er eine andere Frisur vorschlägt. Die erste Nachfrage von ihr wird ihn komplett aus der Bahn werfen. Deswegen hat er noch immer den Seitenscheitel. In zwei Jahren wird er vierzig sein, und er hat keine Ahnung, wie andere Männer es schaffen, sich passende Frisuren auszusuchen.

Till starrt auf sein Foto in dem Album, das Jessica ihm hinhält. Jessica wartet darauf, dass er ein paar Sätze unter seinen Seitenscheitel schreibt. Es geht auf den Feierabend zu, bis dahin sollte ihm ein Satz eingefallen sein, denn Herr Walther wird die Filiale gegen 17 Uhr abschließen, sobald der letzte Kunde den Schalterraum verlassen hat. Dann wollen sie ihm den faltbaren Angelstuhl schenken, für den die Belegschaft zusammengelegt hat, und das Album, mit Fotos von allen Kollegen, mit denen Herr Walther mal gearbeitet hat. Fotos und Widmungen. Widmungen, die einem erstmal einfallen müssen. Und das, was er schreibt, muss jetzt quasi seinen Seitenscheitel wieder ausgleichen.

Herr Walther wird heute 60. Deswegen hatte Frau Odra die Idee, zusätzlich zu dem faltbaren Angelstuhl noch das Album zu machen. Sie war extra in der Hauptstelle und hat alle fotografiert, mit denen Herr Walther mal etwas zu tun hatte. Sie hat sogar ein Bild von den türkischen Putzfrauen gemacht, die seit ein paar Jahren für die Reinigung der Filiale zuständig sind. Seit Frau Odra ihren Afrikaner geheiratet hat, legt sie Wert darauf, auch andere Minderheiten ordentlich zu behandeln.

Tills Gehirn produziert nichts. Die Julihitze setzt die letzten Giftstoffe im durchgetretenen Teppichboden der Filiale Osthofen Süd frei, die Klimaanlage klappert pro forma, scheitert aber kläglich an ihrer eigentlichen Aufgabe. Durch die Fensterfront dringt das Verkehrsrauschen aus der Welt, die groß, übervölkert und weitgehend von ihm unentdeckt draußen vor der Dresdner Bank liegt. Er hat keine Idee, was man jemandem schreibt, der 60 wird.

»Schreib doch irgendwas. Schreib ›Piep, piep, piep, piep, wir haben Sie alle lieb.‹ Is doch egal …«, sagt Jessica. –

»Ein Piep müssen wir leider abziehen, sonst holpert der Reim … bleiben drei Piep, das macht in Schilling …«

Sie sieht ihn an, für einen winzigen Moment hat sie aufgehört, ihr Kaugummi zu kauen, aber stattdessen nicht angefangen zu lachen. Natürlich nicht. Jessica ist 24. Woher soll sie Anspielungen auf *Dalli Dalli* verstehen? Hans Rosenthal ist schon lange tot. Und Jessica ist nicht das hellste Licht am großen Baum der Dresdner Bankfiliale in Osthofen-Süd.

»Wieso Schilling? Versteh ich nicht.«

Er winkt ab. »Nicht schlimm.«

Sie kaut weiter, sie sortiert Unterlagen, die ihr prompt aus der Hand fallen. Sie ist unfassbar dämlich, und er will sie gern nackt sehen. Am liebsten, während er auch nackt ist. Am allerliebsten, während sie dabei auf ihm sitzt und draußen vor dem Fenster Paris ist und nicht Osthofen-Süd und drinnen … Er muss aufhören damit! Er muss dringend aufhören damit! Er ist praktisch schon so gut wie 40, und das muss er seiner Libido auch mal mitteilen, oder seinem Testosteron, oder was auch immer bei ihm dafür zuständig ist, dass seine Fantasie dauernd vollgerümpelt wird mit einer nackten Jessica.

Er muss etwas unter sein Foto schreiben, für Herrn Walther, der heute 60 wird und sein Zweigstellenleiter ist. Irgendwas Nettes sollte ihm einfallen. Aber der Teufel ist kein Eichhörnchen, wie oft behauptet wird, sondern Designer bei H&M und hatte die Idee mit den etwas zu kurzen Tops, die Jessica in diesem Sommer mit Vorliebe trägt. Jessica und ein Viertel ihres nackten Bauchs stehen gelangweilt vor Till. »Bei uns in der Schule hatten die Mädchen diese Poesiealben«, sagt er, »und Brigitte Schlünzke, die konnte ich nicht leiden, der hab ich reingeschrieben ›Wum fickt gut‹, und daneben hab ich Wum gezeichnet, wie er es Wendelin von hinten besorgt.« Er muss lachen, Jessica nicht. Sie sieht ihn an. »Das war damals … Wum war so ein Hund … und ein Elefant … die waren in so einer Show … im Fernsehen.« Er merkt, dass ihm die Erklärung missrät, und schiebt trotzdem hinterher: »Weil es doch den Spruch gibt, von wegen dumm, äh, also …« Er kann nicht zweimal hintereinander »fickt« sagen zu einer Kollegin, die zwanzig Jahre jünger ist als er. Er merkt, dass sie auch so durchaus verstanden hat, dass er das mit dem Sex nicht auf Hunde und Elefanten bezogen hat. Dafür hat sie einen sechsten Sinn. Vielleicht fehlen ihr die anderen fünf komplett, aber den sechsten Sinn für billige Anmache, den hat sie.

Er ist sich in diesem Moment absolut sicher, dass der blöde Spruch stimmt. Mit Sicherheit ist Jessica eine Granate im Bett. Was immer das auch heißt. Er hat keine Ahnung, wenn er ehrlich ist. Jessica könnte es ihm zeigen, das fühlt er. Dabei sieht sie nach normalen Kriterien eher durchschnittlich aus. Nackt wäre sie eher in der *Coupé* als im *Playboy*. Sie ist ungefähr 1,65, schätzt er, parmesanblond, mit hellen Strähnchen, ein kleines bisschen fleischig um die Hüften, mit einem sparsamen, herzförmigen Gesicht, etwas zu vollen Wangen, leicht aufgeworfenen Lippen und herzzerreißenden Sommersprossen über der kleinen Nase, gerade jetzt, da sie vor zwei Wochen aus einem Ibiza-Urlaub wiedergekommen ist, wo sie offenbar bemüht war, alle Klischees über Ibiza-Urlauberinnen zu erfüllen. Zumindest ist sie reklamefähig braun und trägt deshalb ein ziemlich unseriöses rotes Top, und darunter ein weißes Trägerhemdchen und darunter nichts mehr, denn er sieht, wie sich bei jeder Bewegung ihre kleinen Brüste mitbewegen, einladend geformt wie perfekte Miniatursitzsäckchen, zwischen die er sich fallen lassen könnte, um … er muss aufhören damit. Er muss aufhören damit!

Sie hockt sich hin, um die heruntergefallenen Unterlagen aufzusammeln, und zum circa neuntausendsten Mal fällt sein Blick auf die Tätowierung, die sie kurz über dem Steißbein hat. Ein buntes Muster, geformt wie ein Motorradlenker. Er weiß, dass das erbärmlich ist. Er weiß, dass das ein international gültiges Zeichen für eine ganz billige Tussi ist. Und entsprechend hat sie schon das ein oder andere Mal gesagt, sie würde lieber irgendwas mit Fernsehen, Modeln oder Berühmtsein machen, als in der Bank zu arbeiten. Und so, wie sie selbst einfache Vorgänge bearbeitet, ist klar, dass ihre Chancen trillionenfach größer sind, bei einer dieser Richtershows im Nachmittagsfernsehen zu enden als beim Nobelpreiskomitee in Stockholm.

Till ist das egal. Komplett wurscht. Er sieht in der Tätowierung einen aufgemalten Wegweiser, einen subtilen Hinweis darauf, dass es unter der Gürtellinie weitergeht mit Jessica. Er sieht die kleinen, hellen Härchen, in der leichten Mulde am unteren Ende ihres straffen Rückens, ein vollendet weicher Flaum, den der sadistische Regisseur des Lebens jetzt auch noch mit Mittagssonne beleuchten lässt. Jetzt, da die Sonne auf die Tätowierung fällt, wirken die Farben auf ihrer Haut gedämpfter, weicher als sonst. Wenn er jetzt die Wahl hätte zwischen Leonardos Mona Lisa und Jessicas Tätowierung, müsste er keine Sekunde überlegen. Wahrscheinlich hätte Leonardo heute sowieso ein Tattoo-Studio. Jessicas Tätowierung ist das bunte Vorspiel zu ihrem erdballrunden kleinen Hintern, grandios verpackt in einer fast weißen Hose, deren Bund tiefer hängt, als das bei Frauenhosen früher der Fall war. Das alles würde er ohne Zögern als Weltkulturerbe bezeichnen. Er muss aufhören damit.

Er blickt sich um, ob irgendjemand ihn beobachtet hat, wie er Jessica beobachtet hat. Gott sei Dank nicht. Er hat bislang mit keinem der Kollegen in der Bank über Jessica gesprochen, und die Kollegen haben von sich aus sicher auch noch nichts bemerkt. Er ist vorsichtig und verheiratet genug, um nicht aufzufallen.

Till sieht sich jetzt selber an, von seinem Foto, auf dem er unverändert nach wie vor seinen Seitenscheitel trägt. Es ist unwahrscheinlich, dass Jessica in ihrem Leben mit jemandem schlafen wird, der einen Seitenscheitel hat. Auch wenn der Rest von ihm durchaus Chancen hätte, durch den Liebhaber-TÜV zu kommen. Er hat die handelsübliche Anzahl an Armen, Beinen, Augen, Ohren und Nasen, alles mehr oder weniger ohne besondere Kennzeichen, einen leichten Bauchansatz, der nur auffällt, wenn er eng geschnittene Hemden trägt, er ist durchschnittlich groß, einsdreiundachtzig. Heute trägt er eine sandfarbene Leinenhose und ein kurzärmeliges, weißes Hemd, das vermutlich besser wirken würde, wenn er ein bisschen braun wäre. Aber er ist kein modischer Unfall wie Herr Walther an den meisten Tagen des Jahres. Till hat einen inselartigen Bartwuchs und eine kleine Narbe auf dem Kinn, von seinem Versuch, als Dreijähriger die Tischdecke vom Tisch zu ziehen, bei dem er auch den Kristallglasaschenbecher mitgerissen hat. Seither sieht sein Kinn aus wie ein erster, abgelehnter Entwurf für das Kinn von Kirk oder Michael Douglas. Trotzdem, insgesamt kann er zufrieden sein. Auf der Skala zwischen Brad Pitt und dem Elefantenmenschen ist er näher an Brad Pitt. Er hat schon Männer seiner Preisklasse gesehen, die es mit tätowierten Jessicas getrieben haben. In Pornos. Aber das ist nur ein marginaler Einwand, findet er.

Herr Walther klappert aus dem Hintergrund mit dem Schlüssel und läutet damit quasi das Ende des Arbeitstages ein, aber in dem Moment schleppt sich Frau Jablonsky in die Bank, und Herr Walther ist zu sehr Zweigstellenleiter, um nicht noch dieser Stammkundin bei ihren Angelegenheiten zu helfen.

Die lustige, dicke Frau Odra hat neben den Scheitel den Namen geschrieben. »Till Reiners« steht da in ihrer runden, geschwungenen Kleinmädchenschrift. Frau Odra ist ungefähr zehn Jahre älter als er. Frau Odra hatte in der Schule sicher auch Poesiealben. Man kommt einfach nicht weiter. Man wiederholt nur alles. Die Bands von damals sind wieder da, die Mode und jetzt auch Poesiealben. Und er sitzt immer noch da und starrt Mädchen an, wie damals. Nur jetzt nicht mehr in der Schule, sondern in einer Bank. Man kommt einfach nicht weiter.

Herr Walther steht nach wie vor am Tresen und redet mit Frau Jablonsky, und Till fragt sich, ob Herr Walther weitergekommen ist. 60. Das heißt, kurz nach dem Krieg geboren. Das heißt, Herr Walther hätte gut und gerne ein 68er sein können. Was er natürlich nicht war. Andererseits, man weiß es nicht. Franz Beckenbauer ist kurz nach dem Krieg geboren, Andreas Baader auch, Joschka Fischer und Pete Townshend. Alle sind oder wären heute so alt wie Herr Walther, der in seinem unförmigen hämatomfarbenen Anzug am Tresen steht und schwer atmet. Von heute aus kaum zu sagen, wie die Leute früher waren. Till versucht sich Herrn Walther mit zwanzig vorzustellen und schafft es nicht. Herr Walther war immer schon sechzig. Soweit er weiß, ist Herr Walther seit Ewigkeiten verheiratet. Seine Frau war ein paar Mal in der Filiale, bei Weihnachtsfeiern und dergleichen. Till hat kaum mit ihr gesprochen. Vermutlich spricht auch Herr

Walther kaum mit ihr. Hinter vorgehaltener Hand gibt es Gerüchte, dass sie zu Hause die Hosen anhat, dass sie ihn finanziell sehr kurz hält und dass er nur deswegen das Auto zur Arbeit mitnehmen darf, weil sie mit ihrem Besen fliegen kann.

Herr Walther flüchtet ständig zum Angeln. Angeln ist eine gute Ausrede, um an den freien Tagen früh aus dem Haus zu gehen und spät wieder zu kommen. Und es ist billig. Die Walthers haben eine unscheinbare Tochter, die Claudia, Monika oder dergleichen heißt und ein paar Jahre jünger ist als Till, aber auch schon wie sechzig wirkt. Auch sie hat wiederum ein Kind. Die Walthers sterben nicht aus. Die Welt geht immer weiter.

Der Geldautomat hat die EC-Karte von Frau Jablonsky gefressen, sie hat vergessen, wo sie sich die Geheimzahl notiert hat, sie versteht nicht, wieso sie überhaupt so eine Karte haben soll, warum sie nicht das Geld am Schalter bekommt, wie früher, warum sie für ihre Miete einen Dauerauftrag einrichten soll – sie traut ihrem Vermieter nämlich nicht über den Weg. Frau Jablonsky versteht nicht, wieso alles immer komplizierter wird und warum nicht alles so bleiben kann wie früher. Herr Walther versucht ihr in seiner routinierten Verkaufsstimme zu erklären, dass die ganzen Neuerungen nur Erleichterungen bringen, dass im Gegenteil ja alles immer einfacher wird, aber Till ist im Prinzip auf Seiten von Frau Jablonsky. Nichts wird einfacher. Jede Lösung schafft nur neue Probleme. Telefon-Banking, Online-Banking, e-commerce, das alles wird am Ende dazu führen, dass keine Bankangestellten mehr gebraucht werden. Sie arbeiten hier seit einigen Jahren auf ihre eigene Abschaffung hin. Ein Viertel der Zweigstellen wurde bereits zugemacht. Es ist nur eine Frage der Zeit, bis auch diese hier drankommt. Für Herrn Walther kein Thema mehr, für Till selbst wird es schon eng werden, Jessica, das arme Ding, hat so gut wie keine Chance.

Hat sie sowieso nicht. Gerade hat sie Unterlagen falsch zusammengetackert, er sieht es aus den Augenwinkeln. Till wird das morgen heimlich wieder in Ordnung bringen. Er wird sie retten. Er wird ihr Held sein. Er wird alles entklammern und neu tackern und dafür wird sie sich für ihn ausziehen und ihn klammern und tackern und … er muss aufhören damit! Er muss sich jetzt konzentrieren und an etwas anderes denken! Er muss sich vorstellen wie, ja, wie zum Beispiel *Herr Walther* nackt aussieht, oder wie Herr Walther und Frau Walther ihre Claudia oder Monika gemacht haben, damals, als ihn seine Frau offenbar noch nicht dazu gebracht hat, Fischen Würmer vor die Nase zu halten, auf dass sie mit dem Wurm auch den Haken fressen, an dem sie sterben werden, wie eben auch Herr Walther sterben wird, irgendwann, auf dem Angelstuhl, den sie ihm heute schenken …

»Das Leben hat uns stets verdrossen, ab heute wird zurückgeschossen«, schreibt er hin, unter das Foto mit dem Seitenscheitel, auf dem er lustig ein Auge Richtung Nase verdreht hat. Auch etwas, das er schon zu Schulzeiten geübt hat und irgendwann konnte, ein Trick, der ihn damals in ein, zwei kritischen Situationen vor drohenden Schlägereien bewahrt hat und der seitdem fest in seinem Fotogesichter-Repertoire verankert ist.

Herr Walther furzt vernehmlich, laut und lang. Eine Darmgeschichte, wegen der er demnächst ins Krankenhaus geht. Er hat das nicht unter Kontrolle. Es passiert immer wieder. Er hat sich anfangs dafür entschuldigt, mittlerweile tun alle so, als nähmen sie es nicht mehr wahr. Es ist vermutlich der Grund, warum man ihm von ganz oben zu verstehen gegeben hat, dass er bis auf weiteres möglichst wenig Kundenkontakt haben soll. Es hat Beschwerden seitens einiger Kunden gegeben. Sogar Frau Jablonsky sieht ihn irritiert an, aber Herr Walther hat eine Routine darin entwickelt, eisern weiter zu reden. Die lustige, dicke Frau Odra hat das Wort »Krebs« geflüstert.

Herr Walther wird nicht in seinem Angelstuhl sterben, denkt Till, sondern unkontrolliert furzend auf der Intensivstation eines Krankenhauses. Es war keine gute Idee, in das Album für Herrn Walther zu schreiben » … ab heute wird zurückgeschossen«. Till würde die Widmung gerne durchstreichen. Bis hierhin war das heute nicht sein Tag. Frau Jablonsky bricht wieder auf. Sie wird eine neue EC-Karte bekommen. Herr Walther schließt hinter ihr die Tür ab. Feierabend. Später wird Till an diesen Tag zurückdenken als seinen letzten normalen Arbeitstag im Leben. Aber das weiß er in diesem Moment noch nicht.

2

Herr Walther sagt tatsächlich »Das wär doch nicht nötig gewesen«, und zwar nicht über die verunglückte Widmung, sondern über den faltbaren Angelstuhl. Über die verunglückte Widmung sagt er nichts. Till denkt, dass das auch ein guter Spruch wäre für den Grabstein:

Karl Heinz Walther
1946 – 2011
»Das wär doch nicht nötig gewesen.«

Alle haben sich in Herrn Walthers Büro versammelt, das direkt neben dem Schalterraum liegt. Ein großer, heller Lamellenvorhang, der vor dem Fenster hängt und bis zum Boden geht, sorgt dafür, dass man von der Straße aus nicht hereinsehen kann. An der Wand hängen zwei ausgeblichene Aquarelle, die hauptsächlich nicht weiter stören sollen. Darunter stehen der Schreibtisch, ein paar Stühle und ein tapferer Hydrokulturbaum, der vermutlich mit Herrn Walther zusammen pensioniert wird.

Till hat eine Ahnung, dass er nur darum so schlecht von Herrn Walther denkt, weil ihm dessen Geburtstag klarmacht, dass er selber in zwanzig Jahren in einem anderen Büro neben einem anderen Hydrokulturbaum stehen wird, um seinen Sechzigsten zu feiern und damit praktisch das Ende, denn er sieht weder sich noch Herrn Walther in einer Reihe mit Chaplin, Picasso oder Adenauer, die immer dafür herhalten müssen, wenn es darum geht zu zeigen, dass man auch im hohen Alter noch einiges reißen kann. Zur Bestätigung furzt Herr Walther laut und anhaltend in seine eigene Dankesrede. Alle blicken angestrengt auf den Teppichboden, Herr Walther spricht unbeeindruckt weiter. Noch zwanzig Jahre, denkt Till. Zwanzig Jahre ist praktisch die Hälfte der Zeit, die er jetzt schon auf der Erde ist, mehr oder weniger die Zeit seit dem Ende der Bundeswehr bis jetzt. Und die Zeit fliegt schneller, je älter man wird, auch eine Weisheit aus Herrn Walthers Plattitüdenvorrat. Er muss aufhören, so negativ von sich zu denken.

Es gibt ALDI-Sekt aus Wassergläsern, zur Feier des Tages. Seit die Darmgeschichte aufgetreten ist, ist Herr Walther etwas lockerer geworden. Alkohol in den Arbeitsräumen wäre früher nicht denkbar gewesen. Jetzt schenkt er ALDI-Sekt aus, als gelte es, sich die Kollegen binnen einer Stunde schönzutrinken. Mehrfach versichert Herr Walther, dass der ALDI-Sekt bei der Stiftung Warentest ausgezeichnet abgeschnitten hat. Höchstwahrscheinlich hat die Stiftung Warentest den ALDI-Sekt nicht ungekühlt bei 32 Grad Außentemperatur nachmittags um fünf aus dicken Wassergläsern verkostet, aber Till nippt tapfer ein paar Schlucke und stimmt Herrn Walther zu. Er behauptet, er hätte Ähnliches gelesen über die Froschschenkel in Vollmilch-Nuss von ALDI. Er lügt das Blaue aus Jessicas Augen. Jessicas Augen wären stonewashed-blau, wenn sie Jeans wären. Sie sind nicht besonders groß oder ausdrucksvoll, aber im Augenblick sehen sie ihn an und Jessica kichert unterdrückt.

Sie hat den Froschschenkelgag verstanden, den Till an Herrn Walthers Verständnis vorbeigemogelt hat. Er muss jetzt dranbleiben und nachlegen. Sobald Herr Walther sich weggedreht hat, hält Till fachmännisch die Nase über sein Wasserglas und macht eine Weinprobengeste, um anschließend die Augen zu verdrehen, sich pantomimisch zu übergeben und dann seinen ALDI-Sekt über die braunen Hydrokulturkügelchen des Bürobäumchens zu kippen. Jessica honoriert seine Darbietung mit einem seitlich weggezogenen Mundwinkel, der sich allerdings darauf bezieht, dass hinter seinem Rücken auch Herr Walther Tills Darbietung mitbekommen hat. »Ich hab, äh …«, setzt Till an, »ich meine, er soll doch auch mitfeiern«, er deutet auf den Baum, »steht hier so lange tapfer in Ihrem Büro, ohne einen Mucks zu sagen, hat nie Urlaub, ist nie krank …«, er sieht, dass das nirgendwo hinführt, dass ihn im Gegenteil jetzt alle ansehen, »ich muss noch fahren, gleich, nachher, nach Hause«, schiebt er müde hinterher.

»Ich nehm wohl noch 'n Schlückchen«, fällt ihm Frau Odra in den Rücken.

»Alk kann nie schaden!«, schließt Jessica an. Grandios. Der Froschschenkelgag-Bonus ist aufgebraucht. Till ist wieder bei null. Genau genommen ist er sogar unter null. Er pendelt irgendwo im Minusbereich.

Auf dem Prospekthalter in Herrn Walthers Büro lacht eine Familie mit Vater, Mutter und zwei Kindern freundlich für einen DIT-Fonds. So eine Frau ist für jemanden wie Till vorgesehen. Eine mit mittelblonden, mittellangen Haaren, die einen vernünftigen weichen cremefarbenen Pullover trägt, der sicher lang genug ist, um ihren Bauch zu bedecken. Eine DIT-Fonds-Frau. Jessica hätte keine Chancen bei einem DIT-Fonds-Fotoshooting. Jessica wäre eine Räkel-Ische in einem Felgen-Sonderangebotskatalog, oder das CD-Covergirl für *Bauchfreie Fetenhits 4*.

»Ich dachte, du wolltest die Gitarre mitbringen!« Nils, wie immer mit dem perfekten Timing für die falscheste Bemerkung zum ungünstigsten Zeitpunkt. »Die Mädels und ich haben schön was einstudiert.« Nils lacht sein Nils-Lachen, während er gleichzeitig seine Handballerhand einfach so auf Jessicas Rücken legt, in Höhe der Tätowierung. Zur Tarnung umfasst er auch die dicke Frau Odra, aber Till weiß Bescheid. Nils ist der Kollege, den er am wenigsten ausstehen kann. Ein typischer Frauen-Rumkrieger. Till kennt das gesamte Repertoire: Diese leicht angebräunte Gesichtsfarbe, die bedeutet, ›Leute, ich war heute vor der Arbeit schon schwimmen, oder Gewichte stemmen oder auf dem Mount Everest, um Reinhold Messner eine Flasche Sauerstoff vorbeizubringen‹. Dazu kommt der Aftershave-Schweif, den Nils auch noch bei diesen Temperaturen bis weit in den Nachmittag hinter sich herwehen lässt, vermutlich von irgendeinem Zeug, das aus Stierhoden gewonnen wird oder aus Kampfhundextrakten. In jedem Fall passt es aufs Schönste zu den Motivsocken, die er trägt. Motivsocken mit Mainzelmännchen, Snoopy, oder den Figuren von South Park. Nils hat sie alle und sie sollen zeigen, dass Nils mit seinen 28 Jahren ein lockerer Typ ist, mit dem man jederzeit Spaß haben kann. Wenn er Krawatten trägt, sind sie einzig und allein dazu da, den Blick auf seinen Schritt zu lenken. Jede seiner Krawatten ist ein textiler Pfeil auf seinen durchtrainierten Geschlechtsapparat, mit dem man ebenfalls jederzeit Spaß haben kann. Momentan trägt Nils die Haare sportlich kurz, hat aber allein in den letzten zwei Jahren mindestens sechs Frisuren durchprobiert. Keine davon war ein Seitenscheitel.

Das Schlimme ist, dass Nils überall gut ankommt, trotz seiner Motivsocken-Ausstrahlung und seiner Stierhoden-Ausdünstung. Zumindest macht Jessica keine Anstalten, seine Hand aus ihrem Rücken zu wischen. Im Gegenteil. Stattdessen hampelt sie zusammen mit Nils, der etwas von »50 Cent« gebrabbelt hat und jetzt in eine Art Sprechgesang verfällt »It's my birthday, it's my birthday lalalalalala as if it's my birthday!«

Nils ist angeblich Hip-Hop-Fan, versteht allerdings maximal sieben Prozent der Texte, und Till wünscht sich, dass Nils spontan mit eben dieser Performance, die er da gerade abliefert, in die New Yorker Bronx gebeamt wird, um sie vor echten Schwarzen zu wiederholen. Er würde beiläufig erschossen werden. In der Wirklichkeit von Osthofen-Süd hat Nils die gesamte Belegschaft soweit, dass sie Till dazu bringt, seine Gitarre aus dem Auto zu holen. Soviel Überredungskunst ist dazu allerdings gar nicht nötig. Die Gitarre ist letztlich die perfekte Wahl der Waffe im Duell mit Nils. Quasi die Schaufel, mit der er Nils ein zeitweiliges Grab schaufeln wird. Die Gitarre ist sein Handball, sein Surfbrett, seine Hantel und was immer Nils sonst alles noch macht. An der Gitarre war Till mal gut. Das ist zwar schon eine Weile her, aber die Kollegen sind immer ein dankbares Publikum. Zur Feier des Tages hat sich Till ein paar neue Strophen zu »Mein Gott, Walter« ausgedacht, was bei den älteren gut ankommt, die sich noch an den Hit von Mike Krüger erinnern können und jetzt, nach einigen Gläsern lauwarmen ALDI-Sekts, bereitwillig »Mein Gott, Herr Walther« mitsingen. Jahrelange Lagerfeuererfahrung bringt Till geradewegs zu »Geburtstag – oho«, gesungen auf die Melodie von »Volare«, und zu »Herr Walther wird 60«, gesungen auf »Guantanamera«. Nils singt begeistert mit. Das ist das Schlimme an ihm.

Frau Odra wagt ein paar Tanzschritte, und nun wird auch Till musikalisch wagemutiger und versucht sich an Barry Manilows »Copacabana«, was er im Refrain spontan auf Herrn Walther umtextet zu »Ja, er ist Opa, Opa Cabana«. Herr Walther nimmt es nicht übel, im Gegenteil, Till sieht, dass er unter dem Einfluss des ALDI-Sekts sogar so etwas Ähnliches tut wie tanzen. Die Darmgeschichte scheint tatsächlich ernst zu sein. Vermutlich tanzt Herr Walther hier gegen den Sensenmann an. Die ganze Zeit behält Till Jessica im Auge, die gelangweilt mit der Perlenschnur des Lamellenvorhangs spielt. Mike Krüger, Barry Manilow, das passt alles nahtlos zu Wum und Wendelin und *Dalli Dalli*.

Alte-Sack-Musik aus dem letzten Jahrhundert. Für Jessica ist Mike Krüger so tot wie Beethoven. Er sucht sein Gedächtnis nach einem Song ab, der ihr gefallen könnte. Er ist sich nicht sicher, ob es heutzutage einfach keine Lagerfeuer mehr gibt, oder ob dann jemand zwei Plattenspieler und ein Mischpult mitbringt. Till fühlt sich alt und fehl am Platz, und nachdem er sich durch alle Strophen von »Country Roads« geklampft hat, fragt er sie nach ihrem Lieblingssong. Sie hat keinen.

»Und was hörst du so für Musik?«

»Alles Mögliche«, sagt sie und dann nach einer längeren Pause, »was grad so läuft.«

»Hmm«, sagt er und nickt, »das find ich auch gut.« Till Reiners wird Jessica niemals nackt sehen.

3

Es hat gut getan zu spielen. Auf dem Parkplatz verstaut er die Gitarre wieder im Auto. Erstaunlich, dass die Finger sich immer noch selbständig an ihre Positionen auf den Saiten erinnern, auch wenn er jetzt merkt, dass seine Fingerspitzen die ungewohnte Belastung registriert haben. »Hornhaut auf der Fingerkuppe ist dem Gitarristen schnuppe, wenn sie aber platzt und blutet, hat er zuviel sich zugemutet.« Stand damals in einem Lehrbuch.

Auch die Hitze des Tages macht ganz langsam Feierabend. Vorstadtstaub flirrt im Licht der untergehenden Sonne. Die warme Luft, die vom Asphalt des Parkplatzes hochsteigt, macht Till Vorwürfe: Ein sonnenvoller Sommertag geht zu Ende, den er im Schalterraum seiner Bank verbracht hat. Von irgendwo plärrt ein Radio, Kinder spielen kreischend auf einem Hinterhof, die Eisfahne am Kiosk gegenüber hängt schlapp herunter, ein Mann im Unterhemd steht davor, mit einer Flasche Bier in der Hand. Es riecht nach Sommer. Und der Höhepunkt seines Tages war »Copacabana«, gespielt mit zu langen Fingernägeln vor sechs Zuhörern, die mit ALDI-Sekt gnädig gestimmt worden waren.

Er hat das Gefühl, als müsse er dem Sommertag noch irgendwas abtrotzen. Er klappt das Sonnendach hoch und lässt die Seitenfenster herunter. Näher kommt er mit seinem Subaru nicht an ein Cabrio. Für die Mittagshitze funktioniert sein Auto wie eine Thermoskanne. Sie hat sich darin warm gehalten und legt sich jetzt um seine Schädeldecke. Er merkt, wie sich der Schweiß an seinem Rücken sammelt, und in den Falten, die sich automatisch um seinen Bauch legen, wenn er sitzt. Nils winkt fröhlich von der anderen Seite des Parkplatzes mit seinen leicht gebräunten, muskulösen Unterarmen.

Natürlich hat Nils ein Motorrad und legt gerade munter seinen Nierengurt an. Sein Hemd ist jetzt zwei Knöpfe weiter aufgeknöpft als vorhin, und er wird gleich mit wehenden Haaren irgendwo hinfahren, wo man mexikanisches Bier mit Grapefruitgeschmack trinkt, wo es Musik gibt und wo haufenweise Jessicas darauf warten, von ihm mitgenommen zu werden. Till hat Lust ihn zu überfahren. Mit der vorderen Stoßstange mitten rein in das dicke Nilsgrinsen. Stattdessen winkt Till schlapp zurück und fährt langsam los in die andere Richtung. Er hat im Laufe der Jahre neun verschiedene Routen herausgefunden, von der Bank nach Hause zu fahren. Er könnte bei *Wetten dass*?! auftreten und präzise vorhersagen, bei welchem Verkehrsaufkommen man welche Route mit welchem Tempo einschlagen muss, um die bestmöglichen Ampelphasen zu erwischen. Jetzt zum Beispiel liegt er richtig, wenn er hinter der Beethovenallee Gas gibt und dann rechts über die Bruckner- in die Brahmsstraße fährt. Falls die Bank ihn tatsächlich feuern sollte, könnte er als Taxifahrer durchkommen. Und immerhin den ganzen Tag Musik hören. Das Autoradio verkündet, man spiele »die Hits der 70er, 80er, 90er und das Beste von heute« und dann spielen sie »Baker Street« von Gary Rafferty, was er wirklich ewig nicht gehört hat und was perfekt zum Feierabendautofahren passt. Das Saxofon klingt nach Großstadt, nach Aufbruch, und legt einen gnädigen Klang über die einfallslos rechteckige Nachkriegsarchitektur, rechts und links neben der Straße. Die unterschiedlichen Abstufungen von Grau, die albernen Geranien an den Balkonen, die nur gebaut wurden, um Bierkästen abzustellen. Vorstadt. Das ist etwas, was Till am Leben generell bemängelt: Fast nie hat der Alltag den richtigen Soundtrack. Das Leben sollte mehr so sein wie Gary Raffertys Song, ist aber meistens bestenfalls Peter Maffay.

»Inge's Grillstübchen« steht auf einer Leuchtreklame. »Hauptsache« heißt der Frisör. Wann hat das angefangen, dass Läden lustig sein wollen? Zwei Drogeriemärkte unmittelbar nebeneinander belauern sich gegenseitig. Die Löwen-Apotheke heißt weiterhin so. Apotheken wollen noch nicht lustig sein.

Gary Rafferty spielt noch immer. In den 70ern mussten die Songs noch nicht kurz und klingeltonfähig sein. Warum hat man nie wieder etwas von Gary Rafferty gehört? Wie kann jemand so einen grandiosen Song schreiben und dann dreißig Jahre lang nichts mehr? Andererseits hat er immerhin diesen einen Song gemacht, der noch immer gespielt wird, während es von »Renate, ich warte!« nie eine Platte gegeben hat. Gott sei Dank. Das war damals Tills erster Versuch, ein Mädchen mit Musik rumzukriegen. Er endete ähnlich wie sein heutiger Versuch mit Jessica. Er war seiner Zeit in jeder Hinsicht hinterher. Die Neue Deutsche Welle war schon wieder vorbei und Renate Hillinghausen war plötzlich mit Markus Schöttke zusammen, nur weil Till zwei Wochen gebraucht hatte, um eine passende dritte Strophe von »Renate, ich warte« zu schreiben. Zwei Wochen, die Markus Schöttke offenbar besser genutzt hatte. Die ganze Aktion war ziemlich peinlich. Till hatte den größten Teil seiner Ersparnisse für das Tonstudio ausgegeben, um »Renate, ich warte« professionell aufnehmen zu können. Er hatte dann eine Kassette gemacht, »Spezial Mix«, bis aufs Letzte ausgetüftelt und exakt auf Renate zugeschnitten, vier, fünf Stücke, gutes, solides Zeug, Shakespeare Sisters, Joe Jackson und so weiter, abseitig genug, um sie zu beeindrucken, nicht so krude, um sie abzuschrecken, dann ein heimlicher Livemitschnitt von Depeche Mode, verrauscht und von miserabler Qualität, aber quasi unbezahlbar. Das würde sie umhauen, da war er sicher, und direkt danach elegant angehängt »Renate, ich warte!«, für sie, einstmals glühender Fan von ›Ideal‹. Bumm! Ihr kleines, unbelastetes Herz würde ein, zwei Schläge aussetzen und dann eine Dauerleihgabe für Till Reiners werden, das stand fest. Und dann kam Renate zum vereinbarten Übergabeort der Spezial Mix Kassette und hatte Markus Schöttke im Schlepptau, der ihr permanent das Ohr auslutschte, um Till zu zeigen, welche Sextricks er draufhatte. Immerhin konnte Till noch soviel Restwürde zusammenkratzen, um den beiden eine unglaubwürdige Geschichte vorzulügen, wie sein sechsjähriger Neffe aus Versehen an der Stereoanlage herumgefuhrwerkt hatte, und dabei der Spezial-Mix gelöscht wurde, weswegen es leider eben keine Kassette mehr gäbe. »Renate, ich warte«, während Markus Schöttke mit seiner Zunge auf Renate rumlutscht, das wäre nicht wieder gutzumachen gewesen. Till hatte danach beschlossen, Renate nicht mehr anzurufen und musikalisch mehr in Richtung Jazz zu gehen.

Er hat Renate vor ein paar Jahren zufällig wieder getroffen. Sie hatte sich durch zwei nichtssagende Kinder körperlich nahezu verdoppelt, und lebte getrennt vom Vater der Kinder, der aber nicht Markus Schöttke war. Im Gegenteil. Renate brauchte fast zwei Minuten, um sich überhaupt an Markus Schöttke erinnern zu können, unfassbar. Das Leben ist verrückter als Zirkus, wie Herr Walther sagt.

Mittlerweile ist auch Baker Street zu Ende und sie hängen eine Robbie Williams Nummer an, die er schon mal gehört hat und die gar nicht so schlecht ist, wie er sie finden will. Das ist alles sehr gut gemacht. Die Bläser, der Sound des Schlagzeugs. Er hätte keine Chance gehabt. »Renate, ich warte«. Er war siebzehn damals. Wahrscheinlich war Robbie Williams mit siebzehn schon bei Take That. Irgendwie droht die leichte Sommerabendstimmung zu kippen, die Till noch bei Gary Rafferty hatte. Es gibt kein Glückskonto, auf das man gute Momente einzahlt, und von dem man im Bedarfsfall wieder was abheben kann.

Till wechselt den Sender und biegt nicht in die Gleiwitzstraße ab, um nach Hause zu fahren, was eigentlich jetzt der schnellste Weg wäre, sondern er fährt weiter, die Ehrendorfer Straße hoch, in das Rot des Sonnenuntergangs hinein. In einem ansonsten ungenutzten Eckchen seines Kurzzeitgedächtnisses hat er abgespeichert, dass Jessica vorhin den Biergarten am Ostpark erwähnt hat. Da trifft sie sich jetzt mit einer Freundin. Jessica ist seit dem Ibiza-Urlaub wieder

Single. Irgendwas an Gary Rafferty hat ihn auf die verpasste Chance mit Renate gebracht und das hat einen anderen Dominostein in seinem ohnehin lädierten Inneren angestoßen, und jetzt will er die minimale Chance ergreifen, dass dies hier doch noch sein Sommer werden könnte. Ohne die Bank im Hintergrund kann er anders anfangen. Er kann zu altem Charme auflaufen, wenn Nils und Herr Walther nicht da sind, um ihn auf ihr Sparbuchlevel herunterzuziehen.

Von hier aus ist er in zehn Minuten am Ostpark, schätzungsweise. Auch der neue Sender streut einen Oldie ein: die Temptations mit »My girl«, guter Song, vor seiner Zeit, erinnerungsfrei. Till singt laut mit. Er hat Renate verdrängt und stattdessen die goldbraunen Arme von Jessica vor Augen und die zwei goldenen Kettchen, die sie heute getragen hat, und die schmalen Handgelenke mit den nun ebenfalls braunen Händen, die sich gut machen würden, auf seinen Händen, die jetzt locker auf dem Lenkrad liegen. »My girl ... talking 'bout my girl ...« Wenn er vom Ostpark aus rechts abbiegt, kommt er auf den Zubringer zur Autobahn und sie wären in weniger als vier Stunden in Paris. Sein Handy klingelt und er sieht im Display, dass seine Frau ihn anruft.

Seit es Handys gibt, muss die Zahl der Affären drastisch gesunken sein. Die klassischen Ausreden von früher fliegen einem heute mit einem einzigen Anruf um die Ohren. »Wo bist du?«, hört er. Er ist nicht schnell genug für eine Antwort, die ihm eine Entschuldigung für den Ostpark oder gar Paris liefern würde.

Till ist mehr denn je auf Seiten von Frau Jablonsky. Nichts wird besser. Alles wird im Gegenteil immer schwieriger. »Klar, kein Problem, ich bring Milch mit ... und eine Gurke, ja«, sagt er in den Hörer und fährt nicht nach Paris.

4

Der kleine Nico hatte einen harten Tag im Kindergarten, von dem er sich noch immer nicht erholt hat. Er versucht gleichzeitig zu weinen, Luft zu holen und zu erzählen, dass Finn nicht mehr sein bester Freund ist und von nun an auch nie, nie mehr sein wird.

Die Geschichte dahinter hat irgendetwas mit einem roten Auto zu tun. Till hat schon vor einigen Minuten auf Autopilot geschaltet, Miriam hat Kartoffelpüree gemacht und Bratwurst, normalerweise ein sicherer Ankommer bei Nico, der nun aber unter Tränen behauptet, die Bratwurst sei doof und er wolle nichts, gar nichts, nie mehr, und Finn sei auch eine Bratwurst und doof, und offenbar hat Nico im Kindergarten auch das Wort »Arschloch« gelernt, und Till ist zu müde, um die jetzt eigentlich von ihm gefragte Vaterrede zu halten, dass man das nicht sagt. Er findet, Nils ist zum Beispiel auch ein Arschloch und wahrscheinlich war er auch mit vier Jahren schon ein Arschloch, und warum soll man das nicht sagen dürfen? Und Finn konnte er auch noch nie besonders leiden, auch wenn Finns Mutter zwei sehr beachtliche Beine hat. Er hat das Gefühl, dass es durchaus in Ordnung ist, dass Nico Finn ein Arschloch nennt. Beide Männer der Reiners-Familie hatten einen schwierigen Tag.

Da das schlimme Wort offenbar nicht die erwartete Reaktion hervorgerufen hat, versucht es Nico mit Nachdruck nochmal, und stellt fest, dass Finn »ein Aaschloch« ist, und beim zweiten Mal kriegt es auch Miriam mit und startet sofort das Gegen-Programm im energischen Miriam-Ton. Er ist auch zu müde, um die Diskussion über Sinn und Unsinn von Schimpfwörterbenutzung schon wieder aufzunehmen. Er hat im Laufe der vier Jahre von Nicos Existenz gelernt, dass es nicht gut ist, solche Diskussionen sofort an Ort und Stelle zu führen. Schon gar nicht vor Nico, der in solchen Momenten eine fast unheimliche Fähigkeit hat, die beiden Streithähne, die ihn erziehen sollen, gegeneinander auszuspielen.

Durch Miriams Eingreifen hat Till jetzt aber Zeit für seine eigene Bratwurst, die mittlerweile deutlich abgekühlt ist, er überschwemmt sie mit Ketchup, sodass er das Gefühl hat, einen stellenweise sehr grobkörnigen Ketchup zu essen. Er ist der bessere Koch von ihnen, aber da Miriam nur halbtags arbeitet, kocht Till hauptsächlich an den Wochenenden.

Miriam hat ihm den Gurkensalat mit auf den Teller gehäuft, so dass sich die Gurkensalatsoße mit dem Püree und seinem Ketchuptümpel zu einer Pampe verbindet, die er nach ein paar Anstandsbissen wegkippt. Er ist wieder einmal dankbar dafür, dass er schon erwachsen ist, und sein Essen einfach so wegkippen kann. Ein unschätzbarer Vorteil, den er vor Nico hat, dem Miriam in seinem Stühlchen ein aufgespießtes Stück Wurst vors Gesicht hält. »Wenn's dir nicht schmeckt, kannst du ja morgen kochen. Ich war auch arbeiten!«, sagt Miriam mit leicht gereiztem Unterton.

Zu früh gefreut. Nico und er sind praktisch auf demselben Level.

»Scheiße, ich dachte, du bist mit seiner Zwangsernährung beschäftigt, wie kannst du mitkriegen, wenn ich hinter deinem Rücken was wegkippe?«

»Frauen haben überall Augen.«

»Papa hat Ssseisse gesagt«, mischt sich Nico ein.

»Na bravo!«, kommt von Miriam, die anschließend aufgibt und die Wurst, Wurst sein lässt.

Um für eine versöhnlichere Note zu sorgen, holt sie Vanillepudding für alle aus dem Kühlschrank und er sieht ihr zu, wie sie die Deckel abreißt, in ihrer grauen Lieblingsjogginghose, die so groß ist, dass sie keinerlei Konturen zeigt, außer den schlanken Fußknöcheln, die in sehr klassisch geformte Unterschenkel übergehen, die trotz des Sommers keramikweiß sind. Einen Unterschenkelwettbewerb müsste

Miriam gegen Jessica nicht fürchten. Zur Jogginghose trägt sie eines seiner T-Shirts, ein ausgewaschenes rotes, auf dem vorne in bleichem Schwarz »71« steht. Miriam hat die Ärmel des T-Shirts hochgekrempelt, das ganze Outfit wirkt wie eine »Vorher-Nachher« Montage zu Jessica, in ihrer engen, weißen, bundlosen Sommerhose und dem leuchtenden roten Top. Noch eine Gemeinsamkeit zwischen Nico und seinem Vater: Beiden hat das Leben heute gezeigt, dass nichts so bleibt wie es war, dass sich alles ändert und fast nie zum Besseren. Das Leben ist wie Lotto, man verliert fast immer. Und Till hat das Gefühl, dass weder er noch sein Sohn sich damit einfach so abgeben wollen. Zumindest patscht Nico mit seinem Löffel auf den Pudding, um zu zeigen, dass er nicht bereit ist, sich vom Leben beziehungsweise seiner Mutter einfach so mit einem Vanillepudding abspeisen zu lassen.

»Richtig so, Kollege, uns kriegen sie so schnell nicht unter!«, sagt er zu Nico, der ihn erstaunt ansieht.

5

Rolf Zuckowski und alle seine Freunde sollen eines schrecklichen Todes sterben. Zumindest sollen ihnen die Zungen abfaulen und die Stimmbänder veröden.

Im Hintergrund läuft die Kassette mit Kinderliedern zum neunmillionsten Mal und die Tatsache, dass er jeden einzelnen Winkel der Musik kennt, drückt ihm von innen die Schädeldecke hoch. Bei Nicos Geburt war er sich sicher gewesen, dass es ihm gelingt, seinem Sohn das als Kindermusik zu verkaufen, was er selber gut findet. Warum sollte man Kindern statt »Hänschen klein« nicht Bruce Springsteen anbieten können? Schließlich wissen Kinder ja nicht, dass es Kinderlieder gibt. Es hatte nicht geklappt. Er war im Niveau sogar runtergegangen bis zu Phil Collins, musste aber im Endeffekt zugeben, dass Rolf Zuckowski einfach besser funktionierte, und so saßen sie jetzt in derselben Rolf Zuckowski-Falle wie alle Eltern die sie kannten. Die Kassette spielt, während im Badezimmer die Aufführung der Diskussion, ob und wie lange man sich waschen oder die Zähne putzen sollte, wegen des gestrigen großen Erfolgs heute wieder aufgenommen wird. Sie wechseln sich darin ab, Nico ins Bett zu bringen und heute ist Miriam dran, während Till im Wohnzimmer sitzt und pro forma den Fernseher anschaltet. Es ist immer noch erstaunlich warm, und Till trägt mittlerweile eine Sporthose, die ihre besten Tage schon hinter sich hat, und ein T-Shirt, auf dem das zehnjährige Bestehen von Nicos Kindergarten verkündet wird. Er muss fast schmunzeln, als er sich im Wohnzimmerfenster widergespiegelt sieht. Falls er je mit Jessica nach Paris fahren sollte, müsste er vorher noch ein paar neue Klamotten besorgen.

Akustisch hat die Tagesschausprecherin gegen Rolf Zuckowski

keine Chance, optisch findet er sie aber wieder sehr gelungen. Nach ein paar Sekunden fällt ihm ein wie sie heißt: Laura Dünnwald. Ihr Jackett lässt einen genau abgezirkelten Ausschnitt frei, aus dem der obere Rand eines farblich abgestimmtes hellen Tops ragt, um gerade soviel Seriosität zu behaupten, dass man ihr die Nachrichten noch abnimmt. Er ist sich relativ sicher, dass sie persönlich das Top weglassen würde. Laura Dünnwald verschwindet, stattdessen läuft jetzt ein Filmchen über irgendwelche Politiker, die irgendwo Hände schütteln. Angela Merkel taucht auf und schüttelt mit. Vage hat er zuvor registriert, dass sie auch in einem Beitrag wenige Minuten vorher schon zu sehen war, wo es um Brüssel oder Luxemburg ging. Angela Merkel war also anscheinend heute in Berlin und Brüssel oder Luxemburg gewesen und wer weiß wo sonst noch. Er bewundert das Durchhaltevermögen und die Energie der Politiker. Eine Reise nach Brüssel, das wäre für ihn eine mittlere Expedition, das wären zwei Tage Vorbereitung, Minimum, nichts wo man abends zu Hause noch Hände schütteln würde. Ihm fehlen die Energiereserven für so etwas. Er ist anscheinend in der kleinen Welt seiner Bank und seiner Wohnung gut aufgehoben.

Wie zur Bestätigung kommt Nico im Schlafanzug ins Wohnzimmer, um Gute Nacht zu sagen. Der Duft der Kinderseife, die zarte, durchscheinende Haut des Kindes und die kleinen Härchen im Nacken, die farblich schon in Richtung seines Seitenscheitels gehen, das alles rührt ihn. Nico plappert. »Neuer Handtuchanzug«, sagt er, eine Wortschöpfung, die Nico vor ein paar Wochen gefunden hat, um seinen Frottee-Schlafanzug zu beschreiben, ohne den Begriff zu kennen. Sein vier Jahre altes Gehirn behalf sich damit, dass der Schlafanzug sich eben so anfühlt wie ein Handtuch, und seitdem ist es ein Handtuch-Anzug. Diese kreative Leistung seines Sohnes kam bei Till so gut an, dass Nico sie nun immer dann wiederholt, wenn er noch ein paar Minuten des Wachbleibens schinden will. Miriam, die mehr Zeit mit dem Jungen verbringt, lässt sich nicht so schnell erweichen wie sein Vater und schiebt ihn in sein Zimmer.

Die Kassette im Hintergrund wird ausgeschaltet. Laura Dünnwald ist wieder zu sehen und lächelt. Dass er nun auch noch anfängt sich Tagesschausprecherinnen nackt vorzustellen, ist kein gutes Zeichen. Er muss wirklich aufhören damit! Es folgt der Wetterbericht, auch in den nächsten Tagen soll es sonnig und heiß bleiben. Till schaltet durch die Programme und bleibt nirgendwo hängen. Im Hintergrund hört er die leise, monotone Stimme seiner Frau, die aus einem der Bücher vorliest. Er ist etliche Male durch alle verfügbaren Kanäle gegangen, bis Miriam ins Wohnzimmer kommt. Aber sie setzt sich nicht zu ihm. Ihre Freundin Ina ist drauf und dran, sich von ihrem Freund zu trennen, und muss angerufen werden. Tribut an die private Ausgabe von *Gute Zeiten Schlechte Zeiten.* Der Bekanntenkreis, dessen Hauptaufgabe es ist, für Gesprächsstoff in der eigenen Ehe zu sorgen und stetiger Gradmesser zu sein für das eigene Leben.

Ausgerechnet jetzt, wo Till durch Jessica und Laura Dünnwald und den Nachwehen des ALDI-Sekts den Abend in eine erotische Richtung geplant hat, hier auf der Couch, ausgerechnet jetzt muss Ina angerufen werden, und Till ist zu sehr passiver Veteran unzähliger Frauentelefonate, um nicht zu wissen, dass es danach lange dauern wird, bis er Miriam in die Stimmung gebracht hat, die er jetzt braucht. Till geht auf den Balkon. Noch ist es hell, irgendwo wird gegrillt, die bekannte Aussicht auf die drei Bäume der Straße (zum x-ten Mal nimmt er sich vor herauszufinden, was das für Bäume sind), der Ausschnitt des Bürgersteigs, die Reihe geparkter Autos, die Fenster rechts, links, gegenüber, überraschungslos wie längst geöffnete Türchen eines Adventskalenders. Wenn alles gut geht, gehören ihm die Wohnung und diese Aussicht in elfeinhalb Jahren ganz, wenn der Kredit für die Wohnung ausgelaufen ist. Er geht wieder ins Wohnzimmer und kommt gerade rechtzeitig für die Quintessenz des Telefonats mit Ina: Inas Freund ist ein Vollidiot, darüber herrscht Einigkeit zwischen den Frauen, und er wird sich nicht ändern, auch klar – als würden Männer sich je ändern, sagt Miriam locker – und besser jetzt Schluss machen, empfiehlt sie. An diesem Punkt des Telefonats hat sie ein Glas Weißwein intus und ist drauf und dran, ihr hart erkämpftes Nichtraucherdasein wieder aufzugeben. »Ganz ehrlich, ich finde nicht, dass ihr irgendwas gemeinsam habt … ja, gut, das«, sagt sie und dann wird gekichert. Ina hat also wahrscheinlich eine sexuelle Anspielung gemacht.

Ausgerechnet jetzt trägt Miriam das Telefon in die Küche, und er hört nur noch unterdrücktes Kichern und einzelne Satzfetzen. Er ist sich nach wie vor nicht sicher, wie viel Frauen sich untereinander erzählen. In den Hochzeiten von *Sex and the city* hatte es Frauenabende gegeben, wo Miriam mit drei, vier Freundinnen lautstark vor dem Fernseher gesessen hatte, und seitdem vermutet er noch mehr als zuvor, dass Frauen sich absolut alles erzählen, und in diese Richtung interpretiert er auch Blicke oder Bemerkungen von Miriams Freundinnen, die ihn seiner Meinung nach allesamt als nett, aber harmlos einstufen. Harmlos in einer falschen, unerwünschten Art. Ein solider Ehemann, ein brauchbarer Vater, ein verlässlicher Gelddiener, derjenige, der im Sommer am Grill steht, über dessen unspektakuläres Sexleben man aber nicht lange zu reden braucht. Jemand, der in niemandes Fantasie vorkommt. Er ist sich nicht mal sicher, inwieweit er noch in Miriams Fantasie vorkommt.

Er sollte jetzt im Biergarten im Ostpark sitzen und da von einer jungen tätowierten Kollegin mit einem erstaunlichen Hintern ignoriert werden. Er kann sich quasi selbst beim Denken widersprechen. Er schüttet sich auch ein Glas Weißwein ein, während Miriam und Ina offenbar über Umzugspläne reden und über die Vorteile einfach nochmal anzufangen. Miriam war fünf oder sechs Jahre älter als Jessica jetzt ist, damals, als sie sich kennenlernten. Er versucht sich vorzustellen, wie sie damals ausgesehen hat, und es klappt nicht. Er kennt sie zu gut, er kennt sie besser als den Ausblick vom Balkon, er kennt sie so gut wie die Rolf Zuckowski-Kassette. Das weiche, leicht ovale Gesicht, die etwas ungleichgroßen Augen, mit der Farbe von schwarzem Tee, und die sanft eingezogenen kleinen Falten am äußeren Ende der Augen, unter den Augen, der Schwung der schmalen Oberlippe, die bei offiziellen Anlässen mit Lippenstift kunstvoll vergrößert wird, die hellen Härchen an den Seiten der Wangen. Ihr Gesicht, das eine Lage an Weichheit verloren hat, vielleicht seit Nico auf der Welt ist, vielleicht seit er ernsthaft darüber nachdenkt, wie Nachrichtensprecherinnen nackt aussehen.

Das Telefonat endet schneller als vermutet, auf einem heiteren Ton. Kein Notfall, nichts Dringliches. Miriam gibt eine kleine Zusammenfassung, während sie sich noch ein Glas Wein eingießt. Die Zusammenfassung ist, dass Inas Freund ein Vollidiot ist, den sie so schnell wie möglich loswerden sollte. Wenn Tills erotische Pläne überhaupt noch eine Chance haben sollen, dann darf er jetzt nicht widersprechen. Jetzt auch nur den Ansatz von Männersolidarität zu zeigen, führt zu einem öden Sommerabend vor dem Fernseher. Wenn Till irgendwas im Ungang mit Frauen gelernt hat, dann: »Nicht die besten Freundinnen angreifen!«

Also grummelt er Zustimmung, während er zeitgleich im Fernsehen sieht, wie Desiree Nosbusch mit einem Mann im Bett liegt. Ausgerechnet Desiree Nosbusch, deren Nacktbilder seinerzeit auf dem Schulhof hoch gehandelt wurden, in einem Zeitalter vor dem Internet. Die muss jetzt in etwa so alt sein wie er selbst, schätzt Till. »Ach, guck mal ...«, ist aber alles, was er rausbringt. Miriam setzt sich zu ihm aufs Sofa und blinzelt.

»Wo hab ich denn ...?«, sagt sie und blickt sich suchend um. Seit einem halben Jahr hat sie eine Brille und sie hat sich noch immer nicht daran gewöhnt. Er will nicht, dass sie jetzt in der ganzen Wohnung ihre Brille sucht, wo sie schon neben ihm sitzt und Desiree Nosbusch das Thema im Fernsehen so perfekt vorgibt.

»Desiree Nosbusch«, sagt er stumpf und hofft blöde, dass sie auch in diesem Film wieder nackt sein wird, und dass die Bettszene lange genug dauert, dass Miriam sie wahrnimmt.

»Kenn ich nicht«, sagt Miriam und blinzelt weiter Richtung Fernseher, »da kommen wir doch jetzt sowieso nicht mehr rein ... in den Film. Der läuft doch bestimmt schon zwanzig Minuten. Kommt nichts anderes?«

Sie greift zur Fernbedienung und schaltet um. Till hat das Gefühl, dass man das hier auf der Couch mitfilmen sollte, als Schulungsvideo für alle Heiratswilligen, abzuspielen auf den Standesämtern der Republik. Nach zehn Jahren Ehe, findet man sich auf der Couch, in ausgeblichenen T-Shirts, auf der Suche nach einer Möglichkeit seine Frau zum Sex zu locken, die aber eine Brille braucht, um im Fernseher überhaupt nackte Leute erkennen zu können. Einem Impuls folgend umarmt er Miriam und küsst sie am Hals, an erprobter Stelle, wo sie normalerweise Parfüm aufträgt, und er riecht noch letzte feine Spuren davon vom Morgen. Ihr Fendi-Parfum, das sie seit Jahren hat, dessen Duft ihm vertraut ist wie die Aussicht, die er jetzt hat: Die zarten Wirbel ihrer Haare am Nacken, dunkler als seine, das Sternenbild der kleinen Muttermale am Hals und weiter unter dem Ansatz des T-Shirts. Miriam macht wohlige Laute und ein überraschtes »Hey«. Seine Hand fühlt unter ihr T-Shirt, den kurvigen Verlauf ihrer Seite, seine Finger so selbständig, vertraut unterwegs wie auf dem Steg der Gitarre.

Das Vertraute ist gut. Das Vertraute ist zu Hause. Soll die andere doch im Biergarten auf ihrer Tätowierung sitzen. Wir sind hier, du und ich, Mann und Frau, so wie es vorgesehen ist, beruhigend vertraut, beruhigend erlaubt. Wie das gute Gefühl an einem Polizisten vorbeizugehen und zu wissen, nichts verbrochen zu haben.

Er schiebt den elastischen Bund der Jogginghose weg und knapp darunter die zweite, genauso elastische Barriere von Baumwolle, bevor er die mondkühle Wölbung ihres Hinterns spürt. Sie lächelt, soweit er sehen kann, und versucht gleichzeitig ihr Weinglas unfallfrei abzustellen. Er schmeckt eine leicht salzige Spur, als er sie weiterküsst. Tribut an die sommerlichen Temperaturen. Er fühlt, wie er selber überzogen ist mit einem feinen Schweißfilm, als er Miriams Hand an seinem Rücken fühlt. Er versucht seine Position auf der Couch zu verändern, damit sie nicht herunterfällt. Er erinnert sich wieder, warum sie es so selten auf der Couch tun. Die Couch ist dafür ungeeignet. Man sollte das im Laden ausprobieren, bevor man eine Couch kauft. Ihr T-Shirt riecht nach ihr, nach Nico, nach Küche, nach einer Duft-Zusammenfassung seines Feierabends. Miriams Bein versucht sein Bein zu umklammern. Er ist überrascht, dass alles so einfach ist. Miriams Hand fährt seinen Oberschenkel hoch und schleicht dann langsam nach innen. Er spürt das wie durch einen Verstärker.

Er ist entschlossen, gegen sein harmloses Sex-Image bei den Frauen anzugehen. Seine Lippen tasten die Haut an ihrem Hals ab, gleichzeitig versucht er seinen Schwerpunkt zu verlagern. Er versucht etwas zu machen, was er normalerweise nicht macht, irgendetwas Neues, Unerwartetes. Sie wendet ihren Kopf und er küsst sie, heftig, aber weich und er merkt, wie etwas in ihm loslässt, wie die Muskeln seiner Beine entspannen. Er richtet sich ein wenig auf und sieht sie an, jetzt in der gemischten Beleuchtung aus Lampen, Fernseher und der Reflektion des Weißweins. Er hört plötzlich die sonore Stimme aus dem Fernseher, die schon die ganze Zeit im Hintergrund da ist. Miriam hat beim Umschalten offenbar eine Reportage erwischt. Er sieht aus den Augenwinkeln Afrikaner in einem Zeltlager um einen Lastwagen versammelt. Es geht um Flüchtlinge, hört er, um den Sudan, hört er und er merkt, dass auch Miriam es hört. Täglich sterben bis zu 6000 Menschen, hört er. Er merkt, dass sie beide schon seit geraumer Zeit zugehört haben.

»Kannst du mal ...« Er meint die Fernbedienung.

»Ich komm nicht dran«, sagt sie. Es nützt nichts, er muss aufstehen. Nichts wird besser. Was hilft es, jederzeit aus jedem Winkel der Welt berichten zu können, was hilft es, eine Fernbedienung zum Fernseher erfunden zu haben? Er schaltet aus. »Is vielleicht 'n bisschen warm dafür, heute«, sagt Miriam mild lächelnd in die entstandene Pause hinein. Aber er weiß schon Bescheid. Man kann nicht vögeln, wenn irgendwo täglich 6000 Menschen sterben.

Nico kommt aus seinem Zimmer. Ihm ist zu warm in seinem Schlafanzug. Till geht bereitwillig mit ihm, seinem Sohn, dem lebenden, momentan etwas mürrischen Beweis, dass er selbst irgendwann einmal Sex hatte.

6

»Ich wollt' ich wär ein Teppich, dann könnt ich jeden Morgen liegen bleiben!«

Nils bringt den Gag zum dritten oder vierten Mal, und er kommt jedes Mal an. Frau Odra ist ein dankbares Publikum. Sie gehört zu den Frauen, die einen Namen für ihr Auto haben (ihres heißt »Ploppy«, wenn er das richtig verstanden hat) und die »Kompi« zu ihrem Computer sagen. Aber auch Jessica reagiert nicht ganz so abweisend auf Nils Gag, wie Till es gern hätte.

Er hat im Laufe des Vormittags rausbekommen, dass Jessica in der Tat gestern im Ostpark war und dort vergeblich auf ihre Freundin gewartet hat, dann aber von einem Typen zu einem Bier eingeladen wurde. Eigentlich nicht ihr Typ, eigentlich zu alt, eigentlich zu spießig, aber irgendwie ganz süß. Sagt Jessica. Wie einst bei Hiob hat Gott vermutlich eine Wette mit dem Teufel am Laufen, und jetzt geht es darum ihn, Till Reiners, Schritt für Schritt fertigzumachen. Und die beiden haben haufenweise Erfahrung darin.

Nils ist definitiv einer der Handlanger des Teufels. Obwohl es noch wärmer ist als am Tag zuvor, sieht er tadellos aus, mit Krawatte und ohne Anzeichen von Schweißflecken unter den Armen. Das gesamte Outfit passt zusammen wie Teile eines großen Bankangestelltenpuzzles, während Till schon festgestellt hat, dass die dunkelblaue Leinenhose die er selber trägt, die stoffgewordene Langeweile ist. Er kann sich nicht mal erinnern, wann oder warum er das Hemd dazu gekauft hat. Selbst das T-Shirt darunter erscheint ihm irgendwie falsch. Wie macht Nils das, so hundertprozentig richtig zu sein, in seinen Klamotten, in seinem durchtrainierten Körper, in seinem Leben?

Gott und der Teufel beschließen, dass es ein guter Schachzug wäre, wenn Jessica und Nils zusammen in die Mittagspause gehen, während Herr Walther Till überraschend bei einem Gespräch mit einem Privatkunden dabeihaben will.

Der Nachmittag ist dafür ruhig. Die Schulferien machen sich bemerkbar. Till hat ausreichend Gelegenheit den Slipansatz im Auge zu behalten, der aus Jessicas weißer Hose hervorlugt, wie eine zierliche Walschwanzflosse aus dem Meer. Erst jetzt fällt ihm auf, dass Jessica das Outfit vom Vortag trägt, und es dauert noch knapp zwei weitere Sekunden, bis Till endgültig versteht was das heißt: Gott und der Teufel sind Profis. Der ältere Ostpark-Biergartenspießer hat Jessica gestern mit nach Hause genommen, während er, Till, seinen Abend mit Rolf Zuckowski verbracht hat und über die Lage der Flüchtlinge im Sudan informiert wurde. Jessica hat einem Büro-Johannes-Heesters, der eigentlich nicht ihr Typ ist, bereitwillig ihr Tattoo gezeigt und sich von ihm aus dem roten Top und einem perlmuttweißen Slip schälen lassen!

Herr Ögzay vom Bosporus-Grill zwei Straßen weiter will einen Kredit. Seine durchschlagende Geschäftsidee ist ein Drive-Through-Döner nach dem Vorbild der großen Burgerketten. Die Kombination aus Autos und Döner kommt bei seinen Landsleuten hundertprozentig an, da ist er ganz sicher, er hat eine Umfrage gemacht, und die Deutschen werden auch kommen, sagt Herr Ögzay. Er hat schon konkrete Vorstellungen von weiteren Filialen, durchaus auch im Rest der Republik. Alles, was er braucht, ist ein Kredit.

Till stapelt Infobroschüren auf seinen Tisch und kann nicht aufhören, nebenbei auf Jessicas bunt ornamentierten Rücken zu starren, auf die feinen Grübchen recht und links neben der Wirbelsäule auf das feste toastbraune Fleisch um die Tätowierung, und auf die einladend dralle Wölbung darunter. Nils steht daneben und dünstet gute Laune aus, er strahlt eine ältere Kundin in Grund und Boden, die bei Jessica US-Dollar abholen wollte. Jessica hat stattdessen Kanadische

Dollar bereitgelegt. Jetzt ist Nils der edle Ritter, der alles wieder richten wird, während Frau Odra mit einem Stammkunden flirtet und Herr Walther mit einem Computer beschäftigt ist und gestisch einen dünnen, jungen Mann um Geduld bittet, der eine albern große Sonnenbrille trägt und eine Baseballkappe tief ins Gesicht gezogen hat.

Herr Ögzay behauptet, er habe einen Businessplan: Seine drei Brüder und sein Schwager teilen sich die Schichten, seine Schwester macht die Kasse. Er versteht nicht, was an dem Plan nicht ausreicht. Jessica verlagert ihr Gewicht von einem Bein aufs andere, Nils zählt munter die Kanadischen Dollar und der junge Mann mit der Baseballkappe macht eine große ausholende Bewegung, die nicht in die Bank gehört. Hier arbeitet man mit kleinen, engen Bewegungen, nicht mit ausgestreckten Armen, nicht mit lauter Stimme. Till merkt, wie sein Blut aus den Beinen verschwindet, aus den Ohren, wie sein Magen nach innen gezogen wird. Er sitzt, und alles in ihm will sich noch weiter setzen. Herr Ögzay sitzt mit dem Rücken zu dem jungen Mann und merkt nicht, dass das Leben vor drei Sekunden aufgehört hat. Er ist weiter bei seinem Kredit. Einzelnes Quieken von Frau Odra. Die Sportschuhe des jungen Mannes. Er trägt altmodische Adidas-Sportschuhe, die Rom heißen, Rom. Ganz sicher. Till ist entschlossen, sich das zu merken. Rom. Alles kann später wichtig sein – später, wenn das hier vorbei ist. Auch Herr Ögzay hat mitbekommen, dass etwas nicht stimmt, aber das »Ey, du da rüber!« gilt ihm, Till. Es gilt vielleicht auch Herrn Ögzay, der Murat heißt. Till weiß das, er wird sich auch das merken – Murat, Rom. Er wird nicht aufstehen können. Das da ist eine Waffe. Er wird tot sein, gleich, er hat keine Vorstellung davon, was tot sein heißt, er braucht vielleicht mehr Zeit, er kann nicht glauben, dass das alles wirklich ihm passiert, dass er wirklich er ist. Er ist aufgestanden, schon längst, er ist schon längst bei den anderen. Er hockt. Er hat seine Bank noch nie aus dieser Perspektive gesehen, der Teppichboden muss erneuert werden. Da ist die Decke mit den albernen Löchern, die Lampen mit den silbernen Lamellen davor, er riecht den Stoff von Jessicas rotem Top. Jessica hat aufgehört zu kauen und sieht anders aus als sonst, das Gesicht ist ganz außer Form geraten. Er ist hohl innerlich, er ist jetzt aber voll da, kein Schock, nichts, er wird sich die Kleinigkeiten merken, Rom, eine Jeans, Buchstaben auf dem T-Shirt und noch irgendwas anderes.

»Ey!«, das ist wieder er. Er weiß das. Er ist schon aufgestanden. Frau Odra hat schon Geld in die Tasche gelegt. Die kalten Henkel der Sporttasche wird er sich merken, künstlich, kein Leder. »Die Kohle hier rein!«

»Wir haben keinen Zugriff auf ... –« Seine eigene Stimme, höher als sonst, vielleicht, er ist aber voll da, er hat keinen Schock, nichts, er ist nur weicher, leerer, innerlich. Er kann seinen Satz sagen, einwandfrei.

»Scheiße, erzähl mir doch keine Scheiße!«

Zu laut. Der andere ist zu laut. Der andere ist auch nervös. Die großen Gesten, die lauten Stimmen gehören nicht in eine Bank. Im Fernsehen geht alles viel schneller. Im Hintergrund furzt Herr Walther, er sieht bleich aus, milchig grau. Till kann Geld besorgen, er weiß welche Knöpfe zu drücken sind. Er ist voll da. Er kann Jessica anlächeln, die da hockt, zerbrechliche, goldbraune Jessica, während der Automat langsam Scheine nach oben würgt.

»Ey, was dauert die Scheiße denn so lange!«

Irgendein Rauschen ist in seinem Kopf, und Till hört seine eigene Stimme: »Wir können das System nicht beeinflussen, es ist extra ... –«

»Scheiße!!!« Der Automat neben dem Schalter spuckt Scheine aus, eine Hand greift danach und stopft sie in die Tasche. Die Hand ist nah bei ihm, ganz nah, die fremdeste Hand, er ist fast erstaunt, dass sie auch nur fünf Finger hat. Er sieht plötzlich Nils, der albern beide Arme über dem Kopf hat und dem sogar ein Hemdzipfel aus der Hose lugt, Nils kauert und sieht zu Boden, gänzlich ohne gute Laune jetzt. Die Hand kriegt nicht alle Scheine zu fassen.

»Ey!« Dieses Mal ist Jessica gemeint, deren Top sich hoch über den Rücken geschoben hat und fast die ganze Wirbelsäule freilegt.

»Habt ihr 'n Safe oder so was?«

»Sie kann nicht … –« Er wird ihr Retter sein, während Nils ein Hemdzipfel aus der Hose lugt.

»Halt die Fresse!!« Das gilt ihm.

»Sie ist Auszubildende, sie hat keine Befugnisse.« Einfach weitermachen.

»Halt die Fresse, halt die Fresse!! Komm her!!«

Jessica richtet sich zögernd auf »Ich kann echt nirgendwo dran!« Ihre Stimme klingt etwas schriller als sonst.

»Wir haben keinen Safe«, meint ganz schwach und weich von hinten Herr Walther.

Es ist warm, die Frau mit den Kanadischen Dollars wimmert die ganze Zeit vor sich hin. Herr Ögzay steht an Tills Tisch, neben den Infobroschüren, die Till ihm vor einer Ewigkeit da hingelegt hat. Der junge Mann mit der großen Sonnenbrille ist bei Herrn Ögzay und hält ihm seine Waffe vors Gesicht. Er will sein Portemonnaie. Er ist nicht bereit sich damit abzufinden, dass es in einer Bank kein Geld gibt. Herr Ögzay braucht eine Weile, bis er verstanden hat, was von ihm erwartet wird. Ganz weit im Hintergrund aus Klimaanlage, Wimmern und dem Verkehr vor der Tür mischt sich das Auf und Ab einer Sirene. Zeitgleich mit Till nimmt auch der Mann mit der Waffe das wahr und springt ans Fenster und zurück und zur Tasche und zurück ans Fenster, während rundherum alle verharren wie bei einem aus dem Ruder gelaufenen Kindergeburtstagsspiel. Der Mann mit der Waffe nimmt Anlauf und landet schwungvoll auf dem Tresen, Scheckeinreichungsformulare, Lotterieüberweisung fliegen umher, noch mehr unpassende Unordnung, wieder ist der andere, der Fremde, ganz nah, Schweiß zwischen der Baseballkappe und der Brille. Dabei gibt es seit einigen Jahren eigens eine Markierung auf dem Teppichboden, wo man vor dem Tresen zu warten hat. Man will nicht soviel fremde Nähe in einer Bank, und doch steht der andere jetzt vor ihm, unpassend heftig atmend.

»Ey!«, das ist wieder er, »gibt's hier 'n Hinterausgang?«

»Ja, hinten!«

Es war nicht witzig gemeint, er will das noch richtig stellen, aber der andere ist schneller: »Hast du 'n Auto? Hast du 'n Auto???!!« Er hält nicht nur den Abstand nicht ein, auch nicht die Pausen, die man für Antworten braucht. Jessica, an die die Frage gerichtet war, starrt ihn an und Till übernimmt. Er wird sie retten, nicht mit neu zusammengetackerten Unterlagen dieses Mal, sondern richtig. Er liebt sie in diesem Moment.

»Ich hab ein Auto!« Er wird sein Auto opfern, aber der andere ist wieder schnell, und Till spürt einen Druck in seiner Seite unterhalb der letzten Rippe, der Druck schiebt ihn weiter, die Sirene kommt näher, auch die Sirene ist zu laut.

»Dann los, Scheiße, beweg deinen Arsch!!!«, schreit der andere.

»Aber der Schlüssel ...«, sagt er, Till, in normaler Lautstärke, mit normalem Tempo, und wie ein falsches Echo kommt enorm schnell und mit großer Lautstärke zurück

»WO IST DER FICKENDE SCHLÜSSEL???!!!«

Till kann nicht laufen, die Schuhe rutschen über den Teppichboden, den Knien fehlt irgendein wichtiges Element, um die Beine voranzubringen. Der Druck in seiner Seite tut weh. Es ist die Waffe, die in seine Seite drückt. Eine richtige Waffe. Irgendwas in ihm hat verstanden, dass es nicht um das Auto geht, dass er einen ganz entscheidenden Fehler gemacht hat, dass er jetzt zurück sollte, aber er weiß nicht wie. Seine Autoschlüssel liegen in seiner Schreibtischschublade, die eine Ordnung hat, seine Ordnung. Er findet sie, er ist erstaunt, dass sie wirklich da sind.

»Ey, hau rein!!! HAU REIN«, hört er, und die Lautstärke hält ihn davon ab, zu widersprechen, er läuft, läuft über den Teppichboden, vor der Waffe her, aus der Bank heraus, seiner Bank, in die Sonne, die immer noch da ist, genau wie der Parkplatz, wie der Rest der Welt, mitsamt seinem Auto, das unfassbarerweise noch immer da steht, wo er es morgens geparkt hat.

Er hat jetzt verstanden, dass es nicht um sein Auto ging, dass es um ihn ging, dass das alles hier nicht vorbei ist, sondern im Gegenteil, dass gerade erst alles angefangen hat.

7

Später wird sich herausstellen, dass die Sirene nicht der Bank galt, sondern einem zweitklassigen Verkehrsunfall auf der Steinstraße. Das herannahende Martinshorn, das dazu geführt hat, dass aus einem Banküberfall eine Geiselnahme wurde, war nichts als ein Zufall, wie der Aschenbecher, der auf Tills Kinn fiel und nicht auf seinen Kopf oder wie Miriams Anruf, der ihn genau vor seinem Abstecher in den Ostparkbiergarten erreicht hat und nicht danach. Zufall oder der unbedingt nötige Schachzug in einem durchgeplanten Spiel, je nach Interpretation.

Aber Till glaubt nicht an Gott. Er hat seine Existenz schon häufiger geleugnet, auf Taufen, Beerdigungen und anderen Familienfeierlichkeiten. Jetzt, hinter dem Steuer seines Subaru, jetzt, da er merkt, dass seine Füße vor Schweiß in den Schuhen rutschen, und sich seine Zehen albern in den Schuhen krümmen, jedes Mal, wenn er auf Gas, Bremse oder Kupplung tritt, jetzt wettet er mit Gott, wie vor Jahren als Kind. »Wenn ich den ersten Absatz der Treppe schaffe, bis die Haustür ins Schloss gefallen ist, dann hab ich in Englisch eine vier!«, so hatte er damals gewettet, jetzt ist er in seinem Kopf wieder soweit. ›Wenn ich noch bei grün über die Kreuzung komme, dann geht alles gut!‹

Der Mann neben ihm schwitzt. Er versucht gleichzeitig die Straße, die Tasche mit dem Geld und Till im Auge zu behalten.

»Alter, Alter, Alter, was fährst du denn, Alter, Scheiße?!«

Sie sind bei gelb über die Kreuzung gekommen, nicht grün. Neu wetten, schnell neu wetten …

»Alter, was machst du? Scheiße! Wo fährst du hin?? Rechts hier ab!«

Irgendwo hat Till etwas gelesen, über das Verhalten in solchen Situationen. Zivilcourage, Eingreifen, wenn in Straßenbahnen jemand belästigt wird und Ähnliches. Es ging darum, dass man den Angreifer duzen sollte, um Vertrauen zu schaffen. Oder man sollte den Angreifer auf keinen Fall duzen, um nicht zu kumpelig rüberzukommen. Eins von beiden. Das andere war schlecht. Er weiß nur nicht mehr, was was war. Er muss einen Satz finden ohne Anrede »Wo willst ... wollen ... wo soll's denn hingehen?« Viel zu flapsig. Ganz schlecht. Er bietet Gott einen neuen Handel an: ›Wenn das hier vorbeigeht, mach ich irgendwas Gutes!‹

Egal wie er fährt, früher oder später wird er auf eine Polizeikontrolle treffen, und der schwitzende Mann neben ihm wird einsehen, dass es keinen Sinn hat weiter zu fliehen und sich ergeben. Das Ganze hier wird in spätestens einer Stunde vorbei sein. Oder er wird nicht einsehen, dass es keinen Sinn hat zu fliehen und genau das probieren und dann erschossen werden, oder er erschießt vorher seine Geisel, oder ein nervöser Polizist erschießt die Geisel, oder ... »Autobahn ist scheiße. Die machen Straßensperren oder so was und dann steh ich da. Fahr anders!«

»Also nicht mehr auf die Autobahn?«

»Nein, anders, Scheiße, sag ich doch!«

Till ist sich nicht sicher, ob er das mit den Straßensperren nur gedacht oder gar unbewusst laut ausgesprochen hat.

Till fährt. Wenn der andere bloß aufhören würde, so laut zu sein! Till hat im normalen Leben keinen Kontakt zu Leuten, die in jedem Satz laut und ernsthaft »Scheiße« sagen und »Fresse«. Er nimmt sich vor, Miriam zu sagen, dass sie recht hat, Nico die Schimpfworte zu verbieten. Das muss er ihr nachher unbedingt sagen, wenn er nach Hause kommt ... aber er kommt ja nicht nach Hause, er ist mit Scheiße-Fresse unterwegs, nein, er ist nicht unterwegs, er ist Geisel, er wird früher oder später erschossen werden, denn er kennt das Gesicht von Scheiße-Fresse, und deswegen muss er erschossen werden, und er muss aufhören, den Mann Scheiße-Fresse zu nennen, sonst erschießt der ihn schon allein deswegen, und er muss bei Rot halten, hier an dieser Ampel.

Till merkt, wie sein Hemd an seinem Rücken festklebt und wie ihm gleichzeitig kalt ist, kurz unter der Haut ist ihm kalt und in den Fingerspitzen. Er muss sich auf den Verkehr konzentrieren. Jetzt bloß keinen Unfall bauen, obwohl das versicherungstechnisch interessant wäre, wenn man als Geisel am Steuer seines eigenen Wagens einen Unfall baut. Ob es da wohl einen Vordruck gibt, bei der Versicherung oder ... Der Mann neben ihm macht Geräusche. Sein linkes Bein wippt ein Stakkato wie die Nadel einer Nähmaschine.

Till muss auf den Verkehr achten, er muss sich zusammenreißen, er will das hier zu einem guten Ende bringen. Er kennt sich aus. Er ist in Osthofen aufgewachsen und kennt die Gegend hier gut. Die nächste Straße rechts bringt ihn auf die Straße, deren Namen ihm grad nicht einfällt, und kurz dahinter beginnt die Märchensiedlung, wo die Straßen Aschenputtelweg und Schneewittchengasse heißen und wo vor Ewigkeiten Renate Hillinghausen gewohnt hat. Renate, ich warte. An der nächsten Ampel hält ein Wagen neben ihm, und die junge, blonde Fahrerin sieht herüber und versucht ihm etwas zu sagen. Aber dadurch dass sie mit geschlossenen Fenstern fährt und er auch, kriegt er nichts mit. Sie hört nicht auf zu reden. Es dauert ein paar Sekunden, bis ihm einfällt, dass sie im Radio natürlich Aufrufe gebracht haben, sein Autokennzeichen, eine Beschreibung von ihm und eine Beschreibung des Mannes neben ihm und die blonde Frau im Wagen neben ihm hat ihn erkannt. Er versucht ihr unauffällig zu signalisieren, dass er es wirklich ist und dass alles in Ordnung ist, beziehungsweise eben nicht, weil der andere Mann noch da ist, und als Reaktion darauf zeigt sie ihm den ausgestreckten Mittelfinger. Es dauert noch ein paar Sekunden, bis er begreift, dass sie einfach nur über die Freisprechanlage telefoniert hat und nicht mal ansatzweise ahnt, was im Wagen neben ihr vorgeht. Sie hat seine Signale als billige Anmache missdeutet. Der Mann neben ihm hat nichts davon mitbekommen und dreht jetzt das Autoradio an.

»Gucken, ob was kommt über die Scheiße hier!«

Dieses Mal ist sich Till fast sicher, dass er das mit den Durchsagen im Radio wirklich nur gedacht hat und dass der andere also hören kann, was er denkt. Oder er wird langsam verrückt. Es läuft Werbung fürs Tera-Möbelhaus, dem Möbelhaus mit Pfiff, und anschließend für einen Baumarkt, wo alles außer Tiernahrung jetzt zwanzig Prozent billiger ist. Der Mann schaltet weiter, durch klassische Musik, Mary Roos, Justin Timberlake, aktuelle Börsenkurse, Musterhausküchenfachgeschäftswerbung, Grüße an Herbert Scheppelmann, der heute 82 wird, Gefechte im Sudan (da sind die 6000 Flüchtlinge wieder, die ihm gestern den Sex mit Miriam verdorben haben), eine Etatdebatte im Bundestag, die Wetteraussichten für morgen (sehr heiß, nur gegen Abend möglicherweise Gewitter) und die Verkehrslage. Kein Bankraub, keine Geiselnahme, nichts …

»Geile Scheiße! Wieso bringen die Wichser nichts?!«

Till nimmt an, dass das eine rhetorische Frage ist und er nichts antworten soll.

»Die wollen mich doch ficken!«

Das linke Bein wippt noch eine Spur heftiger als vorher. Sie sind mittlerweile an der Märchensiedlung vorbeigefahren, dahinter sind die Straßen etwas spärlicher besiedelt. Osthofen ist bald zu Ende. Rechts liegt ein kleines Waldstück, dahinter gibt es ein paar Werkstätten, einen Autohändler, einen Weingroßhandel. Nirgends Polizei, keine Straßensperren. Till fährt die vorgeschriebenen 50 Stundenkilometer und ganz allmählich wippt das Bein des Mannes ruhiger. Im Radio läuft ein Beitrag über Jugendkriminalität. Der Mann lacht. »Hast du Musik?«

»Die Anlage ist ein bisschen … also der CD-Player läuft nicht so ganz …« Der Mann drückt trotzdem auf play und Van Morrison ist zu hören, »Little brown eyed girl«, allerdings nur für vielleicht zehn Sekunden.

»Kein Wunder, dass die Anlage im Arsch ist, bei der Musik. Hast du nichts anderes?«

»Na ja, wenn Ihnen ... dir, also wenn Van Morrison nicht so gut ankommt, dann hab ich wahrscheinlich nichts, was ...«

Till bricht ab, er muss aufhören, so gedrechselt zu formulieren. Till nimmt sich vor, kurze Sätze zu benutzen und in einem seiner nächsten Sätze auch mal Scheiße zu sagen.

Der Mann kramt schon in der Mittelkonsole und dem Handschuhfach, aber da liegen hauptsächlich Rolf Zuckowski und seine Freunde und diverse Hörbücher. Der Mann schaltet zurück zum Radio, wo Peter Maffay gerade über sieben Brücken geht.

»Boah, die rumänische Wanderwarze, ich kotze!« Auch Maffay hält gerade mal fünf Sekunden, ebenso Madonna, Freddy Breck, ein Pianokonzert, 50 Cent und ein französisches Chanson. Der Mann findet schließlich Bruce Springsteen und das scheint ihm zu gefallen. Der ›Boss‹ wird aufgedreht und das Bein wippt mit. Nicht wirklich im Takt, aber immerhin. »Born to run« heißt der Song und Till ist sich nicht sicher, inwieweit der Mann das jetzt symbolisch meint oder einfach nur so aufdreht, aber Springsteen ist das erste Zeichen einer Gemeinsamkeit zwischen ihnen. Springsteen ist in Ordnung. Böse Menschen haben keine Lieder. Böse Menschen hören keinen Springsteen. Böse Menschen hätten Maffay nicht weggeschaltet. Vielleicht wird Till nicht erschossen, vielleicht ist in Kürze doch alles vorbei und in ein paar Tagen wird diese Fahrt hier eine Anekdote sein, die er Jessica erzählt, während Nils neidisch zuhört.

›Zuerst hatte ich ganz schön Schiss‹, wird er sagen, ›aber nach 'ner Weile war's auch irgendwie ganz cool, ich meine, wir sind rumgefahren, haben Springsteen gehört und so was, war insgesamt besser als hier Frau Jablonsky 'ne neue EC-Karte auszustellen.‹

Jessica wird lächeln, sie wird ihn mit anderen Augen sehen, sie wird ihre toastbraunen Unterarme auf seine legen und … »Hinter den Häusern da vorne gibt's 'ne alte Kleingartenanlage«, sagt Till plötzlich im Hier und Jetzt. Er weiß nicht genau, warum er das gesagt hat.

»Ja und?«

»Ich dachte nur … da ist eigentlich keiner mehr, also die Hütten sind praktisch alle leer und ich dachte, bevor wir hier noch ewig wie Scheiße durch die Gegend fahren …« Till würde sehr gern den letzten Teil des Satzes umformulieren, zumal Bruce Springsteens Song jetzt zu Ende ist.

Der Mann sagt nichts, das Bein hat wieder angefangen stärker zu wippen. Till hofft, dass er das mit den Kleingärten zur Abwechslung tatsächlich nur ganz leise gedacht und nicht laut gesagt hat, aber der Mann sagt schon: »Okay. Gucken wir uns an die Dinger! Ich muss sowieso mal nachdenken.« Ausgerechnet jetzt sagt er seinen ersten Satz ohne Scheiße. Till setzt den Blinker und hat das Gefühl, dass der Vorschlag mit den Kleingärten schon wieder ein schwerer Fehler war.

8

Die Zeugenaussagen in der Bank widersprechen sich, wie üblich bei Zeugenaussagen. Einigkeit herrscht darüber, dass es ein Einzeltäter war und dass es sich um einen Mann handelt. Herr Walther und Frau Odra schätzen ihn auf Mitte zwanzig, Jessica tippt Ende dreißig, Nils wechselt seine Meinung alle zehn Minuten.

Der Mann trug wahlweise ein dunkelrotes T-Shirt, ein braunes Hemd mit kurzem Arm, eine mittelblaue Jacke oder »so'n Schlabberteil mit 'ner Kapuze oder so was« (Jessica). Herr Walther hat »ziemlich sicher« einen Türken erkannt, und ist »ganz vorurteilsfrei« der Meinung, dass das auf Dauer eh nicht gut gehen kann, mit den vielen Ausländern in Deutschland. Herr Ögzay, der Besitzer des Bosporus-Grills, der eigentlich einen Kredit haben wollte, schwört, dass der Täter bestenfalls ein Grieche war, ist aber auch bereit, sich auf einen Ex-Jugoslawen zu einigen. Die seit ihrer Heirat mit einem Farbigen politisch äußerst korrekte Frau Odra will sich in Sachen Nationalität nicht festlegen, und Jessicas Beschreibung lautet: »Ein echt krasser Typ irgendwie.« Nils tippt auf einen Deutschen, ist sich nach einem Gespräch mit Herrn Walther dann aber auch nicht mehr sicher, weiß allerdings »hundert pro«, dass der Mann Adidas-Turnschuhe getragen hat. Auch bei der Farbe der Schuhe und der drei Streifen ist er absolut sicher. Die Auswertung der Überwachungskamerabänder bringt wenig. Durch die Sonnenbrille, die Baseballkappe und vor allem durch die veralteten Videokameras ist auf den Bändern nichts zu sehen, was die Beamten weiterbringt.

Die Beschreibung von Till Reiners ist einfacher. Schließlich hat Herr Walther ja noch sein Geburtstagsalbum im Büro. Darin ist das Foto von Till, komplett mit Seitenscheitel und dem einen lustig verdrehten Auge. Alle versichern aber, dass Herr Reiners normalerweise völlig gerade guckt. Die Polizisten lösen das Foto aus dem Album. Jetzt steht auf der Seite nur noch »Till Reiners« in Frau Odras Handschrift und darunter: »Das Leben hat uns stets verdrossen, ab heute wird zurückgeschossen.«

Ja, eine Waffe hat der Mann auch gehabt, fällt Herrn Walther nun wieder ein. Ob Revolver oder Pistole kann er nicht sagen, ob echt oder unecht, da will sich auch niemand festlegen, nur »echt krass« sei das alles gewesen, sagt Jessica sicher zum zweihundertsten Mal.

Aber nicht nur die Zeugen sind verwirrt. Auch die Osthofener Polizisten sind auf Bankraub mit Geiselnahme nicht vorbereitet. In Osthofen gibt es Fahrrad- und Autodiebstähle, die Spielhalle ist schon zwei Mal überfallen worden, ein paar Einbrüche gab es, und vor zwei Jahren ist ein achtzehnjähriges Mädchen verschwunden und nicht wieder aufgetaucht. Aber eine Geiselnahme ist bislang nicht vorgekommen.

Es wird enorm viel telefoniert, Polizeifunk plärrt, die Filiale wird abgesperrt, auch die alte Frau Jablonsky wird nicht durchgelassen, obwohl sie dringend wissen will, ob Geld angekommen ist. Herr Walther muss die Zentrale der Dresdener Bank informieren, Jessica telefoniert drei Freundinnen ab, bevor ihr ein Beamter das Handy wegnimmt, Nils, Frau Odra, Herr Ögzay und die anderen haben in der Zwischenzeit alles angefasst, worauf möglicherweise noch Fingerabdrücke des Täters gewesen sein könnten. Die Klimaanlage ist so überfordert wie die Polizisten, und Herr Walther hat mehr Blähungen als gewöhnlich.

Es dauert fast eine halbe Stunde, bis die Kripo-Kollegen aus der Stadt eintreffen. Ab jetzt wird Hauptkommissar Kurt Bergmeister die Einsatzleitung übernehmen und jetzt müssen alle Zeugen alles leider noch einmal erzählen.

Man ist sich insgesamt einig, dass der Räuber und Till in Tills Auto geflohen sind. Nicht sicher ist man, welches Auto Till fährt. Da arbeitet man tagtäglich miteinander und weiß doch so wenig, findet Frau Odra. Nils ist sich zu 80 Prozent sicher, dass Till »einen Japaner« fährt, Herr Walther ist sogar schon mal von Till mitgenommen worden, kann sich aber auch nicht mehr an die Automarke erinnern. Tills Frau wird das doch wissen, wirft Frau Odra ein. Ist die denn schon verständigt worden? Alle sehen sich an. Nein, bislang hat da noch niemand angerufen.

Hauptkommissar Bergmeister atmet durch. Er spürt seinen Rücken. Seit einem halben Jahr versucht er mit Yoga gegen seine Rückenschmerzen anzugehen. Genauer gesagt mit einem Trio aus Yoga, Bier und Tabletten. Nichts davon hilft dauerhaft. Er ist 49 Jahre alt, Teile seines Körpers sind aber deutlich älter, hat ihm der Arzt bei der letzten Untersuchung gesagt. Kein Wunder, findet er, wenn man sieht, womit er seinen Lebensunterhalt verdient. Ein Mann wird als Geisel genommen und bislang hat niemand die Familie verständigt. Glückwunsch. Herr Walther hat die Telefonnummer der Familie Reiners im Büro. Es meldet sich ein munterer Anrufbeantworter. Weder Till noch Miriam noch Nico Reiners sind zu Hause. Man kann aber nach dem Piep eine Nachricht hinterlassen.

Miriam Reiners ist mit Nico auf einem Kindergeburtstag. Es gibt einen größeren Streit darüber, welches der Kinder Bob der Baumeister sein darf. Draußen fährt ein Wagen mit einem Regionalreporter von RTL vorbei, auf dem Weg zur Dresdner Bank. Die Geiselnahme ist der Aufmacher für die Regionalnachrichten, je nachdem, wie die Situation sich entwickelt, auch für die bundesweiten Nachrichten. Durchaus möglich, dass sogar das laufende Programm unterbrochen wird, sollte es gute Bilder, Verletzte, Tote oder alles zusammen geben. Aber das ahnt Miriam zu diesem Zeitpunkt natürlich noch nicht.

9

Die Kleingartenanlage ist noch kleiner, als Till sie in Erinnerung hatte. Im Grunde sind es acht oder neun Bretterbuden mit organisiertem Unkraut davor. Till ist lange nicht hier gewesen. Auch sonst ist offenbar schon länger niemand mehr hier gewesen.

Till hat den Wagen so geparkt, dass man ihn von der Straße aus nicht sehen kann. Die Seitentür steht offen, und das Radio spielt irgendwas, das sich nach U2 anhört.

Till sitzt auf einem zerschlissenen, klappbaren Campingstuhl, der Mann stöbert durchs Gelände. Wenn er jetzt losrennt, kann Till vielleicht einen Vorsprung von zwanzig, dreißig Metern rausholen, bevor der Mann es mitkriegt. Till trägt seine neuen braunen Halbschuhe, die eine dünne, feste Gummisohle haben, der andere trägt Turnschuhe. Und er trägt eine Waffe. Andererseits kennt Till die Gegend einigermaßen, er könnte es bis zum Waldstück schaffen und der andere müsste sich dann entscheiden zwischen dem Geld und dem Wagen und …

»Hier is nix«, sagt der Mann, der plötzlich hinter Till wieder aufgetaucht ist, ohne dass der ihn vorher gehört hätte. Er wird nicht wegrennen, jetzt nicht und später nicht. Die Bruce-Springsteen-Stimmung ist komplett verflogen. Er merkt, wie sich sein Magen nach innen zieht. Er kann den anderen Mann in seinem Nacken spüren und er kann ihn auch riechen.

Es ist ein heißer Tag. Jetzt, hier, ohne sein vertrautes Auto, hat er plötzlich mehr Angst als vorher. Der Campingstuhl, die heruntergekommene Hütte, der Geruch nach Kompost, langsam verrottendem Holz und warmen Erdboden machen ihm klar, dass er endgültig sein normales Leben verlassen hat.

»Das ist doch alles Scheiße!« Der Mann spricht jetzt viel leiser als vorher, sanfter, nicht wiederzuerkennen, wenn das gute, alte Scheiße nicht wäre. Der Mann geht auf und ab, zum ersten Mal traut sich Till ihn anzusehen. Eine beliebige Jeans, ein ausgewaschenes rotes T-Shirt mit dem Konterfei von Che Guevara darauf und darunter steht »Revolution«. Ähnlich wie bei Springsteen ist sich Till auch bei dem Outfit nicht sicher, ob der andere es sich bewusst ausgesucht hat, oder ob es Zufall ist. Was zieht man zu einem Bankraub an? Bei Amokläufen an Schulen hat sich der schwarze, lange Trenchcoat etabliert, aber für Banküberfälle gibt es nichts Vergleichbares.

Der Mann hat sich für den besonderen Anlass noch nicht mal rasiert. Ein gleichmäßiger, dunkler zwei bis drei Tage Bart umrahmt das Gesicht. Die Haare sind verschwitzt und stehen in alle Himmelsrichtungen. Eine Frisur ist nicht erkennbar. Das andere sieht grau aus, eine Hautfarbe wie recyceltes Papier, eine schmale Nase, schmale Augen, das Gesicht, überhaupt die ganze Erscheinung ist reduziert auf das Nötigste. Er ist in etwa so groß wie Till, aber insgesamt schmaler, drahtiger, jünger. Eine Hyäne, während Till ein übergewichtiger Golden Retriever ist. Es dauert ein bisschen, bis Till merkt, was ihn am anderen wirklich irritiert: die Zahnlücke im Unterkiefer. ›Hartz-IV-Kundschaft‹, würde Nils sagen. Der Griff der Waffe lugt aus dem Bund der Jeans.

»Ich hab Scheiße gebaut«, sagt der Mann plötzlich, noch leiser, eher zu sich selber. Er kaut nervös auf dem Fingernagel seines Daumens. Till lächelt reflexartig. Vertrauen schaffen, wenn der Kunde unsicher ist. Der Mann setzt sich auf einen zweiten ebenso zerschlissenen Campingstuhl neben Till. »Was machen wir denn jetzt?«, fragt er.

Es kommt fast weinerlich, aber es ist das »wir«, das Till am meisten irritiert. Jetzt ist eine gute Gelegenheit zum Verhandeln. »Wenn ich einen Vorschlag machen darf«, sagt Till, ganz Bankberater, »Sie lassen mich vielleicht einfach frei! Ich schwöre, ich erzähl der Polizei nichts, wirklich, ich meine, ich könnte ja auch nichts erzählen. Ich weiß ja nichts, keinen Namen, oder so was und ich … – «

»Nappo«, unterbricht der andere, immer noch ganz weich und leise, und dann noch mal »Nappo …. Sagen alle immer Nappo zu mir.«

Er sagt es zu der rostigen Gartenharke zu seinen Füßen und Till wünscht sich, er hätte es nicht gehört und redet weiter. »Trotzdem, damit kann die Polizei ja nicht viel anfangen und wenn Sie, du, beziehungsweise, wenn ich meinen Wagen hergebe …«

»Die scheiß Bullen haben 'ne Akte über mich.« Immer noch ein ganz anderer Ton als vorhin in der Bank. »Wenn du denen sagst, Nappo hat den scheiß Überfall gemacht …«

»Ja, sag ich aber eben doch nicht!! Mach ich ja nicht! Auf gar keinen Fall! Ich bleib einfach noch ein, zwei Stunden hier sitzen oder auch ein, zwei Tage, je nach dem, wie Sie meinen, und du fährst … Sie fahren mit meinem Auto und sind über alle Berge, bevor ich überhaupt … – «

»Ich hab Durst und ich muss schiffen!« Jetzt ist er wieder lauter und steht auf, und Till hat das Gefühl, dass die Kommunikation zwischen ihnen besser gelaufen ist, als der andere noch seine Gedanken gelesen hat. Nappo steht auf, dreht sich um und zwei Momente später hört und sieht Till wie sich ein Strahl in ein ehemaliges Gemüsebeet ergießt. Er wird nichts mehr sagen, er wird keine Vorschläge mehr machen.

Nappo versucht erfolglos die Tür zu einer Hütte einzutreten. Schließlich nimmt er den Stiel der Gartenharke zur Hilfe, um das Schloss aufzubrechen. Die Bewegungen sind schnell, kraftvoll und explosiv und obwohl Till schätzt, dass der andere mindestens fünfzehn Kilo leichter ist als er, verabschiedet er sich in diesem Moment von dem Gedanken, den Mann irgendwann überwältigen zu können. »Jawoll!« hört Till aus dem Inneren der Hütte, und Momente später kommt

Nappo mit einem Kasten Bier wieder heraus. »Warm, aber besser als nix!« Nappo knallt den Kasten neben seinen Campingstuhl, greift hinein und wirft Till eine Flasche zu. Till hat keine Ahnung, was abgelaufenes Bier im Organismus anrichtet, aber es ist durchaus möglich, dass er hier wegkommt, wenn Nappo sich mit Magenkrämpfen windet. Till muss einfach nur nicht mittrinken. »Ist erst 'n paar Tage drüber. Das ist noch voll okay«, sagt Nappo. Das mit dem Gedankenlesen scheint also wirklich noch zu funktionieren. Unter diesen Umständen ist es vermutlich besser, das Bier nicht abzulehnen. Till steht auf.

»Was soll die Scheiße, wo willst du hin?«

»Ich wollte gucken, ob da drin 'n Öffner ist.«

Nappo lacht durch die Nase, nimmt Till die Flasche ab und öffnet sie mit einer Bewegung an einer anderen Flasche und öffnet danach seine eigene. Nappo, Che Guevara und Bier passen wie angegossen zur Kleingartenanlage, während Till in seinem Bankoutfit hier völlig falsch ist, auch wenn er kurz zuvor noch das Gefühl gehabt hat, dass sein Bankoutfit auch nicht in die Bank passte, hier ist es noch mehr fehl am Platz.

»Wie heißt du eigentlich?«, fragt Nappo.

»Till«, sagt Till und wünscht sich nicht zum ersten Mal einen anderen Namen, einen, der weniger nach nichts klingt, weniger nach einem Weichei, das seine Bierflasche nicht aufkriegt.

»Till.« Nappo schmeckt den Namen ab, sagt aber nichts.

Till nimmt einen Schluck. Vor knapp 24 Stunden hat Till mit Jessica warmen ALDI-Sekt getrunken, vor einer Ewigkeit, in einem anderen Leben. Jetzt sitzt Till mit einem Bankräuber in zwei durchgesessenen Campingstühlen einer verlassenen Kleingartenanlage und trinkt warmes Bier.

Das Autoradio plärrt wieder die Werbung fürs Musterhausküchenfachgeschäft und anschließend sagt der Nachrichtensprecher, dass in Ägypten ein Flugzeug abgestürzt ist und vermutlich 198 Menschen ums Leben gekommen sind, darunter auch zahlreiche Deutsche und etwas später, dass in den frühen Nachmittagsstunden die Filiale der Dresdner Bank in Osthofen überfallen wurde. Der Räuber hat rund 25 000 Euro erbeutet und ist mit einem Bankangestellten als Geisel geflüchtet. Die Fahndung, sagt der Sprecher, läuft auf Hochtouren.

10

Nico hat sich ein Glas Apfelsaft über die Hose gekippt bei dem Versuch, eine Schaumkrone zu erzeugen. Apfelsaft heißt in der Familie Reiners seit geraumer Zeit Kinderbier. Eigentlich seit Nico nun morgens auch »zur Bank« gehen will, wie sein Vater, und abends zum Essen eben auch gern ein Bier hätte.

Miriam hat schon mal im Internet nachgesehen, was eigentlich aus dem Ödipuskomplex wurde, über den sie damals im Pädagogik-Grundkurs in der Schule eine Arbeit geschrieben hat. Damals, als Jungs offenbar noch ihrer Mutter imponieren wollten und nicht mit vier Jahren schon einen Job bei der Bank anstrebten. Die Freudsche Theorie sei mittlerweile überholt, stand im Internet. Sie kann das nur bestätigen.

Nico denkt nicht daran, seiner Mutter zu imponieren. Im Gegenteil. Er findet seine Mutter doof und verkündet das auch lautstark in der Küche der Kindergeburtstagsgastgeber. Die erste der zwei Mütter, die sich erfolgreich um die Partyaufsicht gedrückt haben, kommt, um ihren Sohn abzuholen. Der aktuelle Baumeister Bob kreischt, Nico versucht ihn zu übertönen und deswegen kriegt Miriam nur mit, dass bei den Erwachsenen von der Dresdner Bank die Rede ist und ob sie was gehört hat von Tilli. Till verzweifelt regelmäßig daran, dass man seinen kurzen Vornamen verlängert um daraus einen Spitznamen zu machen, aber wenn Till nicht dabei ist, sagt Miriam auch meistens Tilli. »Tilli ist noch in der Bank«, sagt sie, beim gleichzeitigen Versuch, Nico eine neue Hose anzuziehen, und ist verwundert über die erstaunten Gesichter der anderen Erwachsenen bei ihrer Antwort. Und dann braucht sie noch einen Moment, bis sie versteht, was die Drückebergermutter gesagt hat. Banküberfall und Geiselnahme.

Sie hat ihr Handy in ihrer Handtasche gelassen, die neben der

Wohnungstür im Flur steht. Sie hat auf dem Weg dahin plötzlich das Gefühl, dass es viel heißer geworden ist. ›22 Anrufe in Abwesenheit‹ verkündet das Display ihres Handys stoisch.

Die Bank ist überfallen worden. Wahrscheinlich versucht Till sie seit Stunden zu erreichen. Sie rutscht auf die falsche Kurzwahltaste und gerät an die Mailbox ihrer Freundin Ina. Sie wählt erneut und weiß schon, dass Till sich nicht melden wird, noch bevor seine Mailbox anspringt und Till Reiners seinen Namen sagt, und dass man eine Nachricht hinterlassen kann. Die Drückebergermutter hat was von Geisel gesagt. Geisel. Ein Wort, das ihr so altmodisch und weit weg vorkommt wie Ödipuskomplex. Wer überfällt denn heute noch Banken und nimmt Geiseln?

Nico stürmt johlend ohne Hose an ihr vorbei, gefolgt von drei anderen Jungs und darüber liegt Stimmengewirr von den Müttern und eine Männerstimme. Die Mütterstimmen kommen aus dem Wohnzimmer, die Männerstimme kommt aus dem Fernseher, der dort steht. Miriam registriert ein Kribbeln im Nacken und Gänsehaut auf den Unterarmen während sie lächelt. Sie lächelt, denn gleich wird sich alles aufklären. Nico steht nun auch vor dem Fernseher und sagt prustend »Papa! Da!« In der Tat ist ein Foto von Till zu sehen, Till mit seinem ordentlich nach links frisierten Seitenscheitel und einem leicht verdrehten Auge. Eins von Tills Fotogesichtern, das sie dutzendfach in verschiedensten Variationen in ihren Alben haben, beziehungsweise in den Schuhkartons, die sie statt der Alben haben, um Fotos aufzubewahren. »Papa, Papa! Papa sieht so doof aus!«, lacht Nico und rennt weiter und Miriam versteht die Männerstimme nicht richtig, weil auch die Mütter jetzt reden, und gleichzeitig versteht sie alles ganz klar. Till ist Geisel von einem Bankräuber.

Miriam hätte schon längst nicht mehr auf dem Kindergeburtstag sein dürfen. Sie müsste seit geraumer Zeit woanders sein.

»Hör mal, du musst da anrufen bei der Polizei oder irgendwie so was!«, sagt eine der Mütter eindringlich zu ihr und lächelt nicht.

11

»Ich war schon bei RTL, SAT 1 und beim ZDF!«, sagt Jessica stolz in ihr Handy, »und Radio auch ... und der von der *Tagesschau* wollte auch noch. Bei RTL hab ich voll rumgestottert!«

Jessicas Handyakku ist leer, deswegen telefoniert sie jetzt, während ihr Ladegerät angeschlossen ist. Keiner in der Bank hat sie jemals so aufgedreht gesehen. »Das ist hier wie bei DSDS«, sagt sie munter. Deutschland sucht die Superaugenzeugin. Jessica hat sich im RTL-Ü-Wagen schon in einem der Beiträge gesehen und fand, dass sie irgendwie dick ausgesehen hat, aber das neue Mascara kam sehr gut rüber. All ihre Freundinnen sind telefonisch von ihr angewiesen worden, alles auf allen Sendern aufzunehmen. Herr Walther wurde vorsorglich in ein Krankenhaus eingeliefert. Er war zum Schluss limettengrün im Gesicht. Auch wenn die Bank versichert ist, hat Herr Walther das Gefühl, dass man ihm persönlich das Geld gestohlen hat und dass man ihm persönlich in der Zentrale die Schuld für den Überfall geben wird. Außerdem ist es während seiner Dienstzeit noch nicht vorgekommen, dass die Zweigstelle Osthofen-Süd an einem Werktag nachmittags geschlossen geblieben ist. Das alles war in Kombination mit seiner Darmgeschichte zuviel für ihn.

Nils ist dagegen ungewohnt ruhig. Der Mann von der Kripo hat ihm, wie auch allen anderen Mitarbeitern in Aussicht gestellt, dass sie psychologische Hilfe in Anspruch nehmen können. Aber Nils hält das für Quatsch. Er kommt schon klar. Er war während des Überfalls immer drauf und dran, dem Typen irgendwie die Waffe aus der Hand zu schlagen, sagt er zu Frau Odra. Er hat nur auf den richtigen Moment gewartet. Frau Odra ist ihrerseits eher ungehalten, dass die Fernsehleute nur mit Jessica reden wollen. Als hätte die so viel mehr gesehen oder erlebt als sie! »Nur weil die ihre kleinen Titten überall rumschwenkt!« Das ist das erste Mal, dass Nils Frau Odra das Wort »Titten« sagen hört. Aus ihrem Mund klingt es wirklich unanständig.

Frau Odra will jetzt gern nach Hause zu ihrem Mann. Hauptkommissar Kurt Bergmeister hat nichts dagegen. Die Zeugen werden ihn heute nicht mehr weiterbringen. Genausowenig wie die Bänder der Überwachungskameras. Die zu große Sonnenbrille, die Baseballkappe oder die anderen Kunden verdecken das Gesicht des Räubers gerade soweit, dass auf dem Film kein klares Bild des Täters ist, mit dem er in die Fahndung gehen könnte.

Kurt Bergmeister hat das Gefühl, schon zuviel wertvolle Zeit verloren zu haben. Unter anderem damit, den Osthofener Beamten zu erklären, dass es sich bei der »Figur« auf dem T-Shirt des Täters um Che Guevara handelt. Einer der Beamten hatte auf Wolfgang Petry getippt und das um ein Haar in die Fahndungsmeldung geschrieben. Der junge Beamte hatte nach Kurt Bergmeisters Berichtigung Wolfgang Petry durchgestrichen und »C. Gewarer« darunter geschrieben und sich dafür einen heftigen, amtlichen Anschiss vom Hauptkommissar eingefangen. Dass man Leuten wie ihm eine Waffe mit echter Munition in die Hand gäbe, sei unverantwortlich, hat Bergmeister ihn angepfiffen, ohne dass der junge Beamte verstanden hätte, worin sein Fehler bestand.

Der Kommissar hat keine wirkliche Spur, dafür aber bereits das erste Kompetenzgerangel um die Zuständigkeit bei Geiselnahmen hinter sich. Das LKA hat angerufen. Der Kriminalrat aus seinem Präsidium hat ebenfalls angerufen. Das SEK ist in Bereitschaft, Polizisten aus Osthofen schwirren nach wie vor durch die Bank, und die Presse ist draußen vollzählig angetreten. Kurt Bergmeister spürt seinen Rücken. Er beugt sich über die Straßenkarte und versucht herauszufinden, wie weit der Bankräuber in der Zwischenzeit gekommen sein könnte. Wie wäre der Räuber geflohen, wenn er Till Reiners nicht als Geisel genommen hätte? Die Beamten haben die Umgebung der Bank bereits nach verlassenen oder gestohlenen Autos abgesucht, aber nur eine kurzgeschlossene Mofa gefunden. Die muss nicht zwangsläufig mit dem Bankraub in Verbindung stehen, würde aber zu der hektischen und undurchdachten Art des Überfalls passen. Organisiertes Verbrechen sieht anders aus. Das ändert nichts an der Tatsache, dass sie bislang noch keine Spur haben.

Einer der Uniformierten bringt ihm ein Handy. »Die Frau vom Seifert ist dran.«

»Wer ist Seifert?« Der Beamte zuckt die Schultern und Kurt Bergmeister sagt seinen Namen in das Handy. Er hört am anderen Ende »Hier ist Miriam Reiners, die Frau von Till Reiners!« Kurt Bergmeister fährt sich resignierend mit Daumen und Zeigefinger über die Augen. Seifert – Reiners – C. Gewarer. Kein Wunder, dass die Kriminalität im Aufwind ist.

12

Als Till das Kaninchen sieht, fällt ihm ein, wann er das letzte Mal hier in der Nähe gewesen ist: Vor fünf oder sechs Jahren. Das Leben der Reiners teilt sich auf in »vor Nico« und »seit Nico«, und hier waren sie definitiv »vor Nico«.

Miriam hatte damals Fahrräder gekauft. Till hatte sich vorgenommen, mehr Sport zu machen, wie jedes Jahr nach seinem Geburtstag, und ein Fahrrad war billiger als eine Mitgliedschaft in einem Fitnesscenter, wo er eh nur als Karteileiche enden würde, wie Miriam in ihrer nüchternen, praktischen Art gesagt hatte. Deswegen hatte sie ihnen beiden zu seinem Geburtstag Fahrräder gekauft. Die erste Tour führte sie hier hin, auf die kleine Lichtung zwischen dem Waldstück und den Kleingärten. Miriam hatte ein Picknick vorbereitet, komplett mit Kühltasche, Wein aus Plastikbechern, Käse- und Schinkenhäppchen, und einer alten grauen Wolldecke. Es war damals hier genauso menschenleer wie jetzt und Miriam fragte nach drei Bechern Wein in der Sonne plötzlich, was alle Welt eigentlich so spannend an Sex im Freien findet. Sie alberten herum, und Miriam zog ihren Slip unter ihrem Rock hervor, kichernd wie ein Teenager. Miriam wird durch Alkohol meistens mutiger und alberner als sie nüchtern ist, während Till eher melancholisch wird. Beziehungsweise geil. Meistens aber in umgekehrter Reihenfolge und abhängig von der Menge an Alkohol.

Er erinnert sich, dass er damals durchaus nicht sicher war, ob nicht im nächsten Moment ein Dutzend Jugendliche aus der Märchensiedlung durchs Gehölz brechen würde. Er erinnert sich an das Kondom, das die vorsorgliche Miriam in einem Seitenfach der Kühltasche verstaut hatte, an die Sonne auf seinem nackten Hintern, an

Miriams Stöhnen nah an seinem Ohr, lauter, anders, heftiger als sonst und an ihr gemeinsames, hastiges Zusammenzucken, als es wirklich im Unterholz knackte, und wie Miriam nicht mehr aufhören wollte zu lachen, als sie feststellten, dass lediglich ein Kaninchen durch die Zweige gekommen war und ihnen aus ein paar Meter Entfernung zusah. Nach dem ersten Schreck hatte er dem Kaninchen ein paar Sextipps mit auf den Weg geben wollen (Rammler sind out, Kaninchenfrauen stehen jetzt auf zärtliches Vorspiel), Miriam bekam vor Lachen einen Schluckauf, der Minuten andauerte, während das Kaninchen ungerührt weiter zu ihnen hinsah. Miriams hochgezogener Rock, ihre blendend weißen, nackten Beine, ihr Lachen zwischen den Schluckaufs und das konstant mümmelnde Kaninchen, das war das Glück, die Liebe, das Leben, wie es sein sollte. So lange her.

Nachdem er eine Woche lang mit dem Fahrrad zur Arbeit gefahren ist, geriet er morgens in einen Wolkenbruch und kam klatschnass bei der Bank an. Seither nimmt er wieder das Auto, die Fahrräder stehen irgendwo im Keller und verstauben, ähnlich wie sein Vorsatz mehr Sport zu treiben, ähnlich wie seine Ehe.

Er hat lange nicht an dieses Picknick gedacht und es kommt ihm jetzt merkwürdig vor, dass wirklich er das war, damals. Er und Miriam. Dieselbe Miriam, die gestern nach zwei Gläsern Wein auf der Couch ihre Brille gesucht hat. Er hat noch ihr Gebrauchslächeln vor Augen und ihr »Ist vielleicht 'n bisschen warm dafür heute« im Ohr. Und er, er war damals derselbe Till, der gestern am liebsten mit der tätowierten Jessica nach Paris gefahren wäre, auf der vagen Suche nach so einem Moment wie damals beim Picknick. Das ist das Leben: Momente sammeln, Liebe sammeln, der ewige Versuch, glücklich zu sein, konstant am Glück zu mümmeln wie das Kaninchen, das jetzt neben der offenen Autotür sitzt und zu ihm hinsieht. Vielleicht der Enkel des Picknickkaninchens von damals.

Nappo ist seit geraumer Zeit damit beschäftigt das Geld zu zählen, das er sich in der Bank in seine Sporttasche gestopft hat. »Sind fast 28 000«, sagt er. »Das ist nicht irgendwie nummeriert oder so 'ne Scheiße, oder?«

Till schüttelt den Kopf und Nappo öffnet zufrieden zwei weitere Flaschen Bier und reicht eine davon an Till.

»Und dann hier noch so komische Kopeken.«

»Kanadische Dollar.«

»Und was bringen die so?«

»Ein Kanadischer Dollar ist etwas über 60 Cent.«

Nappo nickt. »Coole Scheiße«. Nappo hält ihm seine Flasche zum Anstoßen hin, so als wäre seine Beute irgendwie auch Tills Verdienst und Till kann gar nicht anders als anzustoßen.

Nappo steht auf, das Radio bringt wieder Nachrichten. Der Flugzeugabsturz in Ägypten, kaum Überlebende, eine Hotline für Angehörige der deutschen Touristen an Bord und dann wiederholt der Sprecher fast wörtlich die Meldung des Banküberfalls. Noch immer keine Spur vom Bankräuber und seiner Geisel. Jetzt fügen sie aber eine Beschreibung von Tills Wagen an, samt Kennzeichen. Das scheint Nappo allerdings nicht weiter zu stören, er findet einen anderen Sender. »Mit Pfefferminz bin ich dein Prinz«, Westernhagen, als der das Marius Müller noch nicht weggelassen hat. Nappo dreht lauter und singt mit: »Neger, die sind dunkel, im Dunkeln lässt sich's munkeln, an der Macht, da sind die Weißen, darauf reimt sich …« Nappo kann das mitgrölen und nicht mal schlecht, muss Till anerkennen. »Liebling lass uns tanzen …« Nappo steht vor Till und das mit dem Tanzen scheint er ernst zu meinen, denn Nappo zieht ihn hoch und tanzt um ihn herum »Mit Pfefferminz, mit Pfefferminz, mit Pfefferminz bin ich dein Prinz!«

Till macht verloren zwei alberne Tanzschritte. So wenig hat er zuletzt tanzen wollen, als er mit 14 im Partykeller von Michael Möhring irgendein blödes Spiel verloren hatte und vor all seinen Freunden mit der dicken Maike Schwill tanzen sollte.

»Pipi ist kein Name und auch kein Getränk, mancher muss schon rennen, wenn er nur an Pipi denkt!« Till würde jetzt liebend gern mit der dicken Maike Schwill tanzen.

»Jetzt, Alter komm, 28 000! Ey! Ist doch geil! ... ›Du wackelst ja wie Kleister ... mein Hund heißt Fritz oder Franz oder so und wenn man ihn tritt dann beißt er!‹«

Nappo kann das Lied auswendig, daran besteht kein Zweifel und er tanzt munter um Till herum und es sieht irgendwie sogar cool aus. Till hat irgendwo mal gelesen, dass Geiseln dazu tendieren, sich irgendwann mit dem Geiselnehmer zu verbrüdern. Nappo scheint den umgekehrten Weg gehen zu wollen. Er steckt Till singend und tanzend zweihundert Euro zu. »Da kaufst du dir mal 'n neuen CD-Player für die Karre ... ›Mit Pfefferminz, mit Pfefferminz, mit Pfefferminz bin ich dein Prinz‹.«

Westernhagen hat Gott sei Dank kurze Songs gemacht und Till hofft inständig, dass Nappo jetzt keinen Klammerblues findet, zu dem er tanzen will. Momentan hält Till alles für möglich. Stattdessen dreht Nappo das Radio leiser und sagt »Ey, hast du da 'ne Klampfe im Auto?« Tatsächlich liegt sein Gitarrenkoffer auf der Rückbank, noch vom gestrigen Einsatz bei Herrn Walthers Geburtstag. Und jetzt schleppt Nappo den Koffer an, klappt ihn auf und sagt: »Geile Scheiße.«

Nappo spielt anschließend holprig und unbeholfen den Riff von ›Smoke on the water‹. »Spielst du Gitarre, Alter?« Till nickt und Nappo hält ihm sein Instrument hin und sagt: »Dann spiel mal was!«

Till hätte nicht gedacht, dass sich die Peinlichkeit von zuvor noch steigern ließe. Sein Mund ist auf der Stelle trocken geworden. »Was denn?« Es klingt wie »Wafn?«

»Scheißegal, irgendwas«, sagt Nappo, »kannst du was von Guns 'n Roses?« Till schüttelt den Kopf. »Ja oder hier, das können doch alle, House of the Rising Sun.«

Das klingt nun wiederum wie »Haufen se reisen san«, aber Till ahnt, was gemeint ist, und spielt »House of the Rising Sun« und weiß nicht, wann er sich zuletzt so blöd vorgekommen ist.

13

Sämtliche Freunde und Bekannte haben mittlerweile angerufen und Miriam sagt jedem dasselbe, nämlich, dass man noch nichts weiß und nichts gehört hat und keiner weiß, wo Till jetzt ist. Danach sind die Gespräche meistens schnell zu Ende.

Eine Geiselnahme ist keine Grippe, wo jeder sofort Rezepte parat hat, wie sie schnell wieder vorbei geht. Ihre Mutter versucht Miriam damit zu trösten, dass man von Glück sagen könne, dass es nicht Nico getroffen hat, und man jetzt hoffen müsse, dass Till nicht missbraucht würde. Man lese ja immer wieder von Leuten, die so was überleben, sagt sie, aber diese Leute hätten dann doch meistens einen »Knacks weg« für den Rest des Lebens. »Wenn irgendwas sein sollte, kannst du mit dem Jungen auch erst mal wieder zu uns ziehen«, sagt ihre Mutter am Telefon, »von deinem Gehalt alleine kriegst du die Wohnung ja nicht abbezahlt.«

Miriam, angespannt und gestresst wie sie ist, schreit ihre Mutter an: »Bist du jetzt völlig bescheuert?! Der Tilli ist doch nicht tot!!«, und dann weint sie und ihre Mutter am anderen Ende weint ebenfalls. Sie hatte es nur gut gemeint, sie wollte nur helfen, wird aber ihrer Meinung nach seit Jahren von ihrer Tochter schlecht behandelt.

»Da muss ja schon dein Mann entführt werden, dass du mich mal anrufst«, sagt ihre Mutter unter Tränen.

»Mama, ich leg jetzt auf, ja?« Miriam sagt das so sanft wie möglich und hört ihre Mutter schluchzen, bevor sie auflegt.

»Am besten, wir fahren Sie jetzt nach Hause«, sagt Hauptkommissar Kurt Bergmeister. »Wir benachrichtigen Sie, sobald sich irgendwas tut. Glauben Sie mir, wir werden nichts unternehmen, was das Leben ihres Mannes gefährdet.«

Kurt Bergmeister hat diese sonore Stimme, die Piloten und Chirurgen offenbar auf Piloten- und Chirurgenschulen lernen, um Leuten in schwierigen Situationen die Angst zu nehmen. Dieser angenehme Singsang, der vermittelt, dass man in den besten Händen ist. Miriam hat eine angeborene Allergie gegen diesen Tonfall, was vielleicht daran liegt, dass ihr Vater Arzt ist und ebenfalls so spricht. Ihre Mutter und Kurt Bergmeister haben ihr unabhängig voneinander klargemacht, dass es durchaus passieren kann, dass sie als Witwe und allein erziehende Mutter aus diesen Ereignissen hervorgeht, und dieser Gedanke sickert langsam durch alle Schichten ihres Körpers.

Der nächste Anruf kommt vom Kindergeburtstag, Nico möchte offenbar gern nach Hause. Eine höfliche Umschreibung dafür, dass er schon seit einiger Zeit sehr lautstark weint.

14

Nappo hat Schwierigkeiten mit der Akkordfolge von »Highway to hell«, hat sich aber schon zwei neue Griffe von Till zeigen lassen und ist begeistert, dass er jetzt »Hotel California« spielen kann. Till hat ihm die Akkordfolge ordentlich auf einen Zettel geschrieben. Da sie beide den Text nicht auswendig können, singen sie viel »lalala«, das aber umso inbrünstiger, zumindest auf Seiten von Nappo.

Nappo hat die Waffe aus der Hose genommen, weil sie beim Gitarrespielen im Weg ist, beide sind mittlerweile bei der dritten Flasche warmen Bier und Till ist endgültig beim Du gelandet. »Nee, nee, du musst den Ringfinger da lassen ...«, sagt er und singt dann vor: »Highway to hell ...«

Nappo schiebt seine Zunge in den Mundwinkel beim Versuch, den Griff richtig auszuführen. »Highway to hell«, singt dann auch er und sucht den nächsten Akkord.

»Besser, viel besser«, sagt Till zufrieden, und Nappo scheint sich tatsächlich über das Kompliment zu freuen.

»Von der Asche kauf ich mir auch 'ne Klampfe.« Nappo lächelt. Die Sporttasche mit den 28 000 Euro liegt neben der Waffe, neben der der Kasten Bier steht. »Scheiße, ich hab langsam richtig Kohldampf!« Nappo sagt es freundlich und Till reagiert ebenso.

»Wenn ich das richtig weiß, ist da hinten am Ortseingang 'n Grieche, aber die Bullen wissen natürlich jetzt, in welchem Auto wir unterwegs sind, da müssen wir aufpassen«, sagt Till. Ja, er hat »wir« gesagt und »Bullen« und »aufpassen«, aber Scheiß drauf! Wenn man ehrlich ist, hat Nappo ihm bislang nichts getan. Im Gegenteil, er hat ihm zweihundert Euro für einen neuen CD-Player im Auto geschenkt und drei Flaschen Bier. Er hört Springsteen und hat mehr Begeisterung für Tills Gitarrespiel gezeigt als die gesamte Belegschaft gestern in der Bank. Wenn Till tauschen könnte, dann wäre Nils weg und stattdessen Nappo sein neuer Kollege. So.

»Ich kann ganz gut kochen«, sagt Till, »vielleicht ist in der Hütte ja auch noch was Essbares, wo ich was draus zaubern kann.« Dieses Mal steht er auf, ohne dass Nappo etwas sagt. Er greift nicht mal zur Waffe, er klampft munter weiter »Highway to hell«. Wenn Till jetzt losrennen würde ... aber Scheiß drauf! Es verspricht ein lauer Sommerabend zu werden, sie haben Bier und eine Gitarre und man erschießt niemanden, mit dem man schon »Highway to hell« gesungen hat. Irgendwann, später am Abend, oder morgen früh wird sich alles aufklären und auflösen und morgen Abend ist er wieder zu Hause. Till kann sich ganz ehrlich nicht daran erinnern, wann er zuletzt an einem Sommerabend mit Bier und Gitarre unter freiem Himmel gesessen hat. Außerdem ist er ein bisschen wackelig auf den Beinen.

In der Hütte riecht es muffig und faulig. Es gibt nichts Essbares, es gibt nur zwei leere, schmutzige Töpfe, Gartengeräte, Stühle, ein altes Radio und sogar einen tragbaren Fernseher, der aber nicht so aussieht, als würde er noch funktionieren. Hinter der Hütte findet Till einen rostigen, kleinen Grill, den er nach vorne schleppt, dort hin, wo Nappo sitzt und klampft. »Hier, 'n Grill habe ich schon mal! Und guck, da vorne sitzt Meister Mümmelmann ... Kaninchen in Rotweinsauce mit Kräutern, das wär doch was, beziehungsweise in Biersauce ohne Kräuter, wir haben ja weder Rotwein, noch Kräuter, aber schönes, warmes Bier haben wir.«

Till ist betrunkener als er dachte. Eins der drei Beine des Grills wackelt bedenklich, und er versucht das zu reparieren. Dann zerschlägt irgendwas die Luft. Ein Knall, wie eine Fehlzündung am Auto, nur viel lauter. Dann noch einmal. Till versteht erst jetzt, dass gerade Schüsse gefallen sind. Der letzte Schuss hallt in seinem Kopf nach, noch während Nappo sagt »Dann sieh zu, dass du den Kollegen an den Start kriegst.«

Nappo legt die Waffe weg und greift wieder zur Gitarre. Ganz am Rande seines Blickfelds sieht Till, dass das Kaninchen verschwunden ist. Aber es ist nicht verschwunden, nur umgefallen, weiß er, und Till kann sich nicht bewegen und das dritte Bein des Grills knickt endgültig weg und der Grill fällt scheppernd um.

»Kaninchen in Biersauce, hast du doch gesagt«, erinnert Nappo nachdrücklich, weil Till ihn offenbar verdattert ansieht.

»Das war doch nur Spaß«, sagt Till wieder mit plötzlich trockenem Mund und es klingt wie »Swardonuspsss«.

»Ich hab Kohldampf, Scheiße! Du tönst doch hier rum ›Ich kann super kochen‹!«

Nappo ist jetzt wieder so laut wie am Anfang in der Bank, laut und aggressiv, und Till sieht, dass ein Muskel in Nappos linker Gesichtshälfte zuckt. Er will Nappo sofort wieder gegen Nils zurücktauschen. Das wohlige Gefühl des Alkohols ist umgeschlagen in Angst. Ein großer Magnet im Erdinneren hält Till an seinem Platz, während Nappo aufgestanden ist, und mit der Waffe in der Hand auf Till zukommt. »Highway to hell« ist vergessen, die Gitarre liegt neben dem Bierkasten. Autobahn zur Hölle, allein am Text hätte man sehen können, dass das kein Verbrüderungssong ist, sondern eher der Soundtrack für etwas Unberechenbares, die Hymne für ein gleich stattfindendes blutiges Gemetzel.

»Sieh zu!!« Kein bisschen freundlich, nicht der Hauch von »Hotel California«.

Till bewegt sich langsam in die Richtung, wo er das Kaninchen vermutet. Der Magnet in der Erde will ihn in eine andere Richtung ziehen. Das Kaninchen liegt im Gras und ein Hinterlauf zuckt, während das Fell im Nacken dunkelnass glänzt und Kaninchenblut in den Boden sickert. Der Hinterlauf zuckt weiter. Ganz ähnlich wie Till will auch das Kaninchen offenbar hier weg und kann nicht. Till hat das Gefühl, dass das Kaninchen ihn ansieht und irgendetwas drückt auf sein Herz. Er sollte hinter einem Schalter stehen, er ist zuständig für Zahlen, sein Tagesablauf ist eingeteilt, wenn etwas Unvorhergesehenes passiert, kann er Herrn Walther fragen oder die Zentrale anrufen. Er soll nicht unter freiem Himmel stehen, er gehört nicht in die Natur, er ist nicht zuständig für den Tod. »Der lebt ja noch«, sagt er dumpf und es klingt wie »Derebtano«. Wenn er das Kaninchen noch einen Moment länger anguckt, wird er losheulen. »Man muss die ja dann auch noch abziehen und ausnehmen und so was alles«, sagt er mutlos in Nappos Richtung, um das Kaninchen nicht mehr ansehen zu müssen.

»Ja, dann mach!«, hört er nur und Nappo wirft ihm etwas zu und der Magnet in der Erde hält auch seinen Arm unten, sodass Till direkt am Kopf getroffen wird. Er hat noch nicht mal ansatzweise eine abwehrende Geste gemacht. Das was ihm Nappo an den Kopf geworfen hat, ist ein Klappmesser. Er spürt die kleinen Blicke des Kaninchens hinter sich und hofft, dass es dem Tier gelingen wird, sich wegzuschleppen. Er will, dass es nicht mehr da ist, wenn er sich jetzt umdreht, aber es liegt da nach wie vor, und nach wie vor zuckt der Hinterlauf und die überraschend großen Augen sehen ihn an, und das kleine Kaninchennäschen schnuppert.

Tills Magen ist eiskalt. Sie hatten diese Diskussion vor zwei oder drei Jahren, als Miriam plötzlich Vegetarierin werden wollte und er das albern fand. »Ich möchte dich mal sehen, wenn du so'n Schwein selber abstechen müsstest«, war eins von Miriams Argumenten. Er hat gesagt, dass er nicht einsähe, warum eine blöde Kuh von Natur aus mit einer 1a-Lederjacke auf den Rippen rumlaufen sollte, und er nicht. Außerdem sei das Fleisch in ihrem Supermarkt ohnehin nur von stark selbstmordgefährdeten Schweinen, oder von sozial nicht kompatiblen Rindern. Das Thema hat sich nach wenigen Wochen von selbst erledigt, weil Miriam nur circa fünf Rezepte für vegetarische Gerichte kannte, von denen sie drei selber nicht so lecker fand. Er weiß, dass er nicht in der Lage sein wird, das Kaninchen zu erstechen.

»Kommst du da jetzt mal an' Start oder was?!«, ruft Nappo von hinten. Nappo, der Irre, Nappo, der Mörder und Bankräuber. Till wird auch nicht in der Lage sein, Nappo zu erstechen. Er wird einfach stehen bleiben und versuchen, das Kaninchen nicht anzusehen und abwarten, was passiert.

»Vom Draufglotzen wird da kein Braten draus!«

Nappo ist hinter ihm und mit schwächster Stimme sagt Till noch mal blöde »Derebtano«, und Nappo sagt »Scheiße« und kommt dann mit dem Stil der Gartenharke wieder und schlägt dem Kaninchen damit zwei Mal auf den Kopf. Tills eiskalter Magen faltet sich nach innen zusammen und Till schafft es gerade noch rechtzeitig hinter die Hütte, bevor er sich lautstark übergeben muss.

15

Nico besteht darauf, dass sein Vater dran ist mit Vorlesen, und Miriam erklärt ihrem Sohn zum dritten oder vierten Mal, dass sein Vater überraschend wegfahren musste und erst später wiederkommen wird. »Papa soll aber lesen!«, sagt Nico unbeeindruckt. Miriams unverwüstliche Freundin Ina ruft aus dem Wohnzimmer etwas von »stiller Treppe« und »gelber Karte« und Nico merkt, dass etwas Außergewöhnliches im Gange ist, etwas vielleicht wie Weihnachten, etwas, das vielleicht auch von ihm ungewöhnliches Verhalten erfordert, und so entwickelt Nico den Schlachtruf »Papa lesen, Papa lesen!«, bis Miriam das Buch an die Wand klatscht und ihren Sohn anschreit, dass dann heute eben gar nicht gelesen wird, bums, aus, fertig. Dass sie weint, merkt sie erst, als der erschrockene Nico ihr tröstend mit seinen kleinen Fingern durchs Gesicht fährt und sagt »Mama waschtraurig«, eine seiner Wortschöpfungen für den Zustand, bei dem man so traurig ist, dass das Gesicht nass wird wie beim Waschen.

Als Hauptkommissar Bergmeister anruft, hat sie sich wieder halbwegs beruhigt. Er sei sich ziemlich sicher, dass Till in nächster Zeit freigelassen wird. Der Bankräuber habe jetzt einen erheblichen zeitlichen Vorsprung, und überhaupt keinen Grund mehr, Till weiter festzuhalten. Der Hauptkommissar benutzt wieder die Pilotenstimme, aber Miriam ist jetzt schwach genug um ihm zu glauben.
Kurt Bergmeister am anderen Ende der Leitung glaubt sich selber nur zur Hälfte. Theoretisch könnte der Geiselnehmer mittlerweile in mindestens acht Bundesländern oder im benachbarten Ausland sein. Es gilt also sämtliche Kollegen zu benachrichtigen, es gibt eine ganze

Reihe von »Was passiert, wenn …«-Szenarien, er verpasst zum wiederholten Mal seine Yogastunde und muss sich von seinen Kollegen zum wiederholten Mal Witze darüber anhören, dass er Yogastunden nimmt. Er hätte gern ein Bier, muss aber nüchtern bleiben, bis das alles vorbei ist, aber sein Bauchgefühl sagt ihm, dass das alles gerade erst angefangen hat.

16

»War deine Scheiß-Idee mit dem Kaninchen«, sagt Nappo, und es klingt wie eine Entschuldigung. Er hat die Aussicht auf Kaninchenbraten aufgegeben, nachdem Till auf das tote Tier gestarrt hat, mit einer Gesichtsfarbe wie nach neun Achterbahn-Rückwärtsloopings.

Jetzt gehen sie weitgehend schweigend nebeneinander her, in die Richtung, in der Till den griechischen Imbiss vermutet. Till fühlt sich nach wie vor elend. Nun trägt er die durchgeschwitzte Baseballkappe von Nappo und ist angehalten möglichst niemanden anzusehen, der ihnen entgegenkommt. Andere Sicherheitsvorkehrungen hat Nappo nicht getroffen, außer dass er seine Waffe eingesteckt hat und lieber zu Fuß gehen will, statt mit Tills Auto zu fahren. Einerseits fand Nappo es zu gefährlich mit einem Wagen zu fahren, der überall gesucht wird, hauptsächlich fand Nappo aber, dass Tills Subaru, überhaupt jeder Subaru, »ein Haufen Scheiße auf vier Rädern ist«, eine Zumutung für ihn, Nappo, der mit Motoröl statt Muttermilch großgezogen wurde.

Nappo hat sich über Tills Auto in Rage geredet und Till hatte das Gefühl, dabei schwang auch eine gewisse Unzufriedenheit über ihn als Geisel mit. Deswegen hatte Till den Subaru nicht in Schutz genommen, sondern beschlossen, einfach schweigend neben Nappo herzugehen.

Noch immer ist es hell draußen, auch wenn die Dämmerung eingesetzt hat. Auf einem einfallslosen Wippe-Rutsche-Sandkasten-Spielplatz sitzen ein paar Jugendliche auf den Lehnen der Bänke und rauchen, »Sanya ist eine Huhre« steht groß, krakelig und falsch an einer Hauswand, PISA-Graffiti. An den Trafokästen hängen türkische Plakate für oder gegen Kurden, von irgendwo weht Grillgeruch herüber, in vielen Fenstern flackert es bläulich aus Fernsehern, in denen jetzt vielleicht vom Banküberfall in Osthofen gesprochen wird. In einem grünen Plastik-Blumenkasten liegt ein erstochener Gartenzwerg, dessen rote Mütze halb abgebrochen ist. Auch die Spießer sind ironisch geworden. Ein übergewichtiger Hund schleift hinter seinem Herrchen her, an vielen Balkonen und Fenstern haben sich Satellitenschüsseln in eine Richtung gedreht wie Sonnenblumen.

Deutschland, denkt Till, das hier ist Deutschland. Das Plakat mit der lachenden DIT-Fonds-Familie aus Herrn Walthers Büro fällt ihm wieder ein. Er ist außer für ein paar Wochen Urlaub noch nie woanders gewesen. Vielleicht liegt es auch an diesen grauen Rauputzfassaden, an diesen ordentlichen Anwohnerparkausweisen in den Fenstern all dieser Passats und Opel, auf denen »Kevin on tour« steht und »Phantasialand«, an diesem schmierigen Gemisch aus Feinstaub, Ozon und Sommerabend, an all diesem Mittelstandsmuff, vielleicht liegt es auch daran, dass er das Gefühl hat, er könnte glücklicher sein. Dieser Gedanke ist ihm nämlich kurz zuvor gekommen, während er jetzt stumm einen Menschen namens Nappo begleitet, der eine Waffe trägt und ein Che-Guevara-T-Shirt und vor nicht allzu langer Zeit ein Kaninchen erschossen und erschlagen hat, und 28 000 Euro in seiner umgehängten Sporttasche spazieren führt. Der Gedanke nämlich, dass Nappo auch ihn erschießen könnte, und dass sein Leben jetzt zu Ende sein könnte mit 38. Ganz klar und einfach kam der Gedanke, noch während Till sich bemüht hat, sich hinter der Gartenlaube nicht auf die Schuhe zu kotzen. Und noch während er sich mit einer Hand am wackligen Maschendrahtzaun abstützte, hat er gedacht, dass sein Leben im Großen und Ganzen in Ordnung war, aber andererseits eben auch, dass er einfach glücklicher sein könnte.

So wie ihm früher seine Mutter immer erklärt hat, dass die Kinder in Afrika sich die Finger nach dem lecken würden, was da auf seinem Teller lag und was dann meistens Fleisch mit wabbeligen Fettrand war. Und schon damals hat er gedacht, dass sie sicher recht hat mit den afrikanischen Kindern und dass er trotzdem den wabbeligen Fettrand nicht will, sondern einfach etwas anderes. Er will noch immer etwas anderes. Erst das tote Kaninchen hat ihm das klargemacht. Er könnte glücklicher sein. Und während er jetzt neben Nappo auf dem Weg zum griechischen Imbiss ist, hält er es für möglich, dass Osthofen, dass Deutschland ihn nicht gerade glücklich macht.

Wenn das hier vorbei ist, wird er mit Miriam und Nico irgendwo hinfahren, oder mit Jessica oder ganz allein. Vielleicht wird er auch den Subaru verkaufen. Vielleicht hat Nappo ja recht. Er kann den Gedanken nicht zu Ende denken, denn hinter der Kurve kann man schon die Leuchtreklame für den »Pia Grill« lesen.

Wenn man näher kommt, stellt man fest, dass es früher wohl mal »Olympia Grill« geheißen hat, bis der »Olym«-Teil vom Sturm oder einem Stein zerschmettert wurde und die Besitzer glauben offenbar nicht, dass eine intakte Außenwerbung ihren Umsatz positiv beeinflussen könnte.

»Du wartest draußen, falls der Kosta Kordalis da drin deine Fresse schon im Fernsehen gesehen hat oder so 'ne Scheiße«, sagt Nappo und fügt noch an, »denk bloß nicht, ich hab dich von da drin nicht im Auge.« Er deutet mit Zeige- und Mittelfinger auf seine Augen, eine Geste, die aussieht, als habe er sie aus einem Gangsterfilm übernommen.

»Keine Sorge«, sagt Till schlapp.

Er lehnt sich an die Scheibe, an die jemand von innen einen Pappteller geklebt hat. Darauf steht mit Filzstift: »Wer ganz viel Gyros auf den Teller will, kommt irgendwann zum Olympiagrill.« Die Griechen haben sich seit Homer auch eher verschlechtert. Till sieht von außen das ausgeblichene Foto der Akropolis, das über zwei zahnsteinfarbenen Plastiktischen hängt. Er fühlt sich auf angenehme Art erschöpft und weich und nicht zuständig. Eigentlich wäre er heute dran, Nico eine Geschichte vorzulesen. Was Miriam wohl macht?

Er versucht sich vorzustellen, wie sie in der Wohnung darauf wartet, dass das Telefon klingelt. Viel weiter kommt er nicht, denn er hört Nappo hinter sich: »Komm rein!«, und dann leiser: »Ich muss mal aufs Scheißhaus!« Till versteht nicht ganz, was das mit ihm zu tun hat, deswegen schiebt Nappo unwirsch hinterher: »Meinst du, ich lass dich alleine auf der Straße stehen, wie 'ne Nutte mit Holzbeinen?« Er schubst Till schnell zu der Tür, auf die jemand schief zwei goldumrandete Buchstaben geklebt hat: »WC«. Der ältere griechische Mann hinter der Theke des Olympiagrills beäugt die Aktion skeptisch.

Nappo besteht darauf, dass Till mit ihm in die kleine Toilettenkabine kommt, die das einzige Klo vom Rest des Raumes trennt, in dem es ansonsten noch das obligatorische Urinal und ein Waschbecken gibt. »Wenn ich hier drin sitze, sehe ich nicht, was du da draußen machst!« Und so steht Till mit dem Rücken zu Nappo hinter der halbhohen Schwingtür, und spürt Nappos heruntergelassene Hose an seinem eigenen Hosenbein. Till versucht erfolglos die Geräusche zu ignorieren, die er hinter sich hört, als der skeptische, ältere Grieche hereinkommt. Till und der Grieche sehen sich einen langen Moment lang an. Er kann sich vorstellen, wie die Situation aus der Sicht des Mannes aussehen muss. Unter der verschließbaren Schwingtür sind vermutlich vier Füße erkennbar und darüber nur ein Kopf, nämlich seiner. Der Grieche sagt nichts, sondern beginnt sich die Hände zu waschen. Die Griechen, erinnert sich Till vage an einen alten Schulhofwitz, haben nicht nur die Demokratie erfunden, sondern auch das Schwulsein, insofern nimmt Till an, dass der Mann die Situation in diese Richtung interpretiert, zumal Nappo jetzt unterdrückt stöhnt. Der Grieche wäscht sich sehr langsam die Hände und versucht im Spiegel über dem Waschbecken zu erkennen, was in der Toilettenkabine vor sich geht, wo Till unverändert hinter der Schwingtür steht und mit seinem Privatkunden-Lächeln nach vorne guckt. »So, kannst abhauen, aber bleib da, wo ich dich sehen kann!«, sagt Nappo hinter ihm von unten und hat offenbar nicht mitbekommen, dass sie nicht mehr allein sind.

Till geht stumm aus der Toilettenkabine und lächelt den Griechen weiter an. »Wir haben praktisch bloß, also wir wollten nur …« Eine vernünftige Erklärung für ihr Verhalten gibt es nicht und so versickert auch sein Versuch.

»Olympiateller ist gleich fertig«, sagt der Mann, finster und akzentfrei.

17

Zum dritten Mal an diesem Abend sieht Miriam Tills Foto in den Nachrichten. Der Seitenscheitel und das lustig verdrehte Auge bilden einen seltsamen Kontrast zu dem ernsten Thema, und jedes Mal nimmt sich Miriam vor, den Kommissar mit der Pilotenstimme anzurufen und ihn zu bitten, das Foto auszutauschen.

Ina hat spontan angeboten, bei Miriam zu übernachten, und die beiden sitzen auf der Couch und versuchen Haltung zu bewahren. Miriam kramt im Foto-Schuhkarton auf der Suche nach einem seriöseren Bild von Till. Seit Nico auf der Welt ist, haben sie hauptsächlich Fotos von ihm gemacht, Nico lacht, Nico weint, Nico guckt süß, Nico krabbelt, Nico guckt süß, aber anders als vorher, Nico macht erste Schritte, der stolze Vater mit Sohn, die stolze Mutter mit Sohn. »So ist das bei Einzelkindern«, sagt Ina, »von meinen Geschwistern gibt es auch drei Zentner Bilder. Ich bin die Jüngste, von mir wurde ein Bild bei der Geburt gemacht und dann erst wieder eins, als ich zu Hause ausgezogen bin.«

Zwischendurch gibt es ein paar Fotos aus dem Urlaub, Alibibilder für Freunde und Verwandte, die lediglich dokumentieren sollten, dass man weg gewesen ist. Sonnenuntergänge, Strände, Miriam vor dem Mietwagen auf Korsika, Till und zwei Dutzend andere Touristen in Knossos auf Kreta, gefolgt von Bilderstrecken von Nico mit Förmchen am Strand und Nicos erstem Bad im Mittelmeer. »Ich hab hier einen ganzen Schwung Fotos, wo ihr ausseht wie Vorher-Models für Zahnpasta«, sagt Ina. Ina hat den Schuhkarton mit Fotos aus der Zeit vor Nico. »Ihr lacht durchgehend wie 'n Rudel Honigkuchenhengste. Ich weiß aber nicht, ob so Lachbilder besser sind als das Foto mit dem Auge.«

Miriam blättert durch die alten Bilder und muss zugeben, dass Ina recht hat. Sie kann sich gar nicht mehr daran erinnern, dass sie damals so viel Spaß hatten oder wann sie aufgehört haben so viel zu lachen. Sie stößt auf eine Fotoserie von ihrem zweiten oder dritten gemeinsamen Silvester. Till mit Gitarre im Kreis ihrer Freunde und sie lehnt sich an ihn und sieht glücklich aus. Glücklich und betrunken.

»Gott, da war ich ja noch mit Björn zusammen«, sagt Ina sentimental, als sie sich selbst auf den Bildern wiederfindet. Björn hieß intern Baby-Björn, weil er unbedingt und sofort Kinder wollte, wofür sich Ina noch zu jung fühlte. Auf dem Foto halten sich die beiden noch eng umschlungen, ohne den Anflug einer Ahnung, dass sie sich drei Monate später nach einem fulminanten Streit trennen werden und Ina Björn eine große Packung Rasensamen in den Flokati schütten wird, den sie vorher ausgiebig gewässert hatte.

»Außer Uli und Svenja ist keins von den Pärchen auf den Fotos noch zusammen«, fällt Miriam auf, als sie auf das Bild der fröhlichen Runde von damals guckt.

»Na ja, ihr seid ja wohl auch noch zusammen«, sagt Ina und Miriam nickt gedankenverloren.

»Ja, ja, wir ... das ist klar«, sagt sie langsam und leise. Sie finden an diesem Abend kein besseres Foto von Till.

18

Nappo entscheidet sich gegen die Liegesitze. Der Subaru ist für ihn ein »verkackter Wok auf Rädern«, und deswegen sind die Liegesitze für ihn auch nur »scheiß Reismatten«, die zum Schlafen nicht in Frage kommen. Für einen Autofreak wie ihn ist es ohnehin schon eine Zumutung, in so einem Blechhaufen rumzugurken, darin zu übernachten kommt nicht in Frage, erklärt er Till.

Stattdessen stemmt Nappo auch das Schloss an der Nachbarhütte auf und findet dort eine undichte Luftmatratze und eine Wolldecke, in der Till mehrere Generationen von Kleinstlebewesen vermutet. Er weiß nicht, wieso das jetzt besser sein soll als die Liegesitze, aber er hat kein Mitspracherecht bei der Gestaltung des Nachtprogramms. Im Gegenteil. Nappo hat ein Stück Seil gefunden und bindet damit Tills Hände und Füße locker zusammen, »und außerdem hab ich Ohren wie 'ne Schlange, also Abhauen oder so 'ne Scheiße is nich!«

Und so liegen sie irgendwann nebeneinander, Nappo auf der schlappen Luftmatratze, mit dem Kopf auf seiner mit 28 000 Euro gefüllten Sporttasche, und Till mit lose gefesselten Händen und Füßen auf der Wolldecke, bei der er zu spüren glaubt, wie sich etliche Milbenfamilien aufmachen, um sich auf ihm ein neues Zuhause zu suchen.

Je länger Till in den Nachthimmel starrt, desto mehr Sterne sieht er. Das ist heute definitiv nicht sein Tag gewesen. Dasselbe hat er gestern gedacht, aber gestern war kein Vergleich zu heute. Der gestrige Tag ging in seinem eigenen Bett neben seiner Frau zu Ende. Jetzt liegt er hinter einer Bretterbude unter freiem Himmel neben einem unberechenbaren Bankräuber.

Die letzte unter freiem Himmel verbrachte Nacht ist für ihn fast 25 Jahre her. Er war 12 oder 13 und beim Zeltlager mit den Pfadfindern, wo sein Schlafsack voller Ameisen war und Thomas Krückmann ihm am langsam verglühenden Lagerfeuer den Großteil seines Urlaubstaschengelds abnahm, im Tausch gegen Fotos, auf denen man angeblich sehen konnte, wie sich seine vier Jahre ältere Schwester Sybille auszieht. Thomas Krückmann hatte einen großen Schwur getan, dass »Busen« zu sehen sein würde, und auch »die Dose«, wie er sich ausdrückte, war aber nicht bereit, eine Kostprobe rauszugeben. »Wenn ich dir ein Foto gebe, rubbelst du dich doof und ich bleib auf den anderen sitzen«, sagte er und Till fand diese Argumentation damals schlüssig. Also hat er ihm blind alle Fotos abgekauft, und musste anschließend feststellen, dass es sich um erbärmlich unterbelichtete und im doppelten Sinne unscharfe Polaroids handelte, auf denen man Sybille Krückmann bestenfalls erahnen konnte. Die meisten Fotos sahen eher aus wie die Bilder einer Alien-Sichtung. Till fühlte sich betrogen, Thomas Krückmann weigerte sich aber beharrlich, ihm Geld zurückzugeben, und ist als Erwachsener entsprechend bei einer Versicherung gelandet.

Trotzdem hat Till die Fotos lange Zeit in seiner abschließbaren Schatztruhe verwahrt und hatte regelmäßig Herzklopfen, wenn er Sybille Krückmann in den Pausen auf dem Schulhof traf. Der Gedanke, dass Sybille Krückmann unter ihren Sachen nackt war und einen Busen hatte, von dem Till unterbelichtete Fotos besaß, gaben ihm das Gefühl, sich mit Frauen schon ganz gut auszukennen. In Wirklichkeit hatte er nur eine vage Vorstellung davon, was man mit Frauen anstellen konnte. Inspiriert von einer Sektreklame im Fernsehen war damals sein Traum, dass er in einem offenen Wagen mit einer eleganten Frau an einen Strand fahren würde, um dort dann mit Sekt anzustoßen. Was danach passieren würde, war ihm nicht ganz klar. Till muss lächeln. Jahre später, auf einem Campingplatz in Italien, hat er versucht, mit einer Schottin zu schlafen, deren Englisch für ihn aber nicht verstehbar war, sodass es reichlich Missverständnisse gab. Er hatte angefangen sich auszuziehen, obwohl sie offenbar lediglich etwas zu trinken haben wollte, und als sie genug getrunken hatte, um ihn in ihren Schlafsack einzuladen, hatte er sicherheitshalber so oft nachgefragt, dass sie schon wieder die Lust zu verlieren drohte.

All diese Erinnerungen bringen ihn direkt zu Miriam und Nico und ihm fällt auf, dass dies die erste Nacht seit vier Jahren ist, die er ohne die beiden verbringen wird. Ein Flugzeug kreuzt blinkend den Himmel, es knackt und knistert in einiger Entfernung, und Till sieht Miriams Geste, mit der sie sich die Haare aus dem Gesicht streicht, die Bewegungen, die sie macht, wenn sie sich abends die Zähne putzt, ihre Angewohnheit, kleine, wohlige Laute auszustoßen, bevor sie einschläft. Nico, der in tiefem Kinderschlaf voller Vertrauen an seiner Schulter lehnt.

»Hast du eigentlich 'ne Frau oder so was?«, fragt Nappo neben ihm in den Himmel hinein und Till kann nicht glauben, dass das mit dem Gedankenlesen anscheinend auch im Dunkeln funktioniert. Er grunzt bestätigend. »Und Kinder?« Till grunzt wieder und sieht aus den Augenwinkeln, dass Nappo langsam nickt. »Klar, hast ja 'n Kindersitz in der Karre ...« Nappo dreht sich halb zu ihm um. »Pass auf, wir ziehen die ganze Scheiße hier chefmäßig durch«, sagt er, jetzt wieder in dem sanft-freundlichen Ton, in dem Herr Walther versucht, Frau Jablonsky die Angst vor einer neuen EC-Karte zu nehmen. »Wenn die Lage morgen früh noch halbwegs entspanntomat ist, fahr'n wir zu meiner Kleinen. Mit der hau ich dann erst Mal für 'ne Weile ab und du gehst zurück zu deiner Alten und dann ist Bingo Ingo.« Till räuspert vorsichtige Zustimmung, gleichzeitig erinnert ihn das Seil um seine Handgelenke daran, dass die Lage für ihn momentan noch relativ weit entfernt davon ist »entspanntomat« zu sein. »Musst dir keine Sorgen machen«, Nappo geht mal wieder auf Tills Gedanken ein, »das wird alles.«

Und so liegen sie nebeneinander, Nappo und sein Che Guevara, Till und seine Milben, und Till Reiners aus Osthofen spürt die Erde unter sich, die Erde, die sich unaufhörlich um sich selbst dreht in einem weitgehend leeren Universum, die Erde, auf der noch sechs Milliarden andere Menschen leben, und auf der er und Nappo momentan vermutlich das seltsamste Gespann sind, das nebeneinander in der Sommernacht liegt.

19

Die Nacht schleppt sich zäh dahin wie ein angeschossener Indianer, formuliert Tills müdes Gehirn und liefert dazu ein paar Bilder: der ältere Grieche aus dem Olympiagrill, das sterbende Kaninchen, der tanzende Nappo, Nico, der auf ihm herumkrabbelt, Miriam, die ihre Brille sucht, you can check out any time you want, but you can never leave, welcome to the Hotel California ... so ging der Text, Till will sich das merken ... but you can never leave ...

Der Mond ist voll wie tausend Mann, die Nacht schleppt sich dahin, textet Till stumm im Kopf. Dafür eine Melodie finden auf der Gitarre, morgen früh ... einen Song schreiben, endlich mal wieder einen Song schreiben, er hat Gitarre gespielt auf dem Geburtstag gestern, Jessica an der Jalousie in Herrn Walthers Büro, Jessica, der erste Blick auf ihren Rücken, als sie am Boden neben ihrem Tisch kauert, das rote, rote Top ist hoch gerutscht, hellbraun ist sie darunter, weiche Haut, mit einem leicht hervorstehenden kleinen Leberfleck, den er noch nie vorher gesehen hat. Er legt seine Hand beruhigend auf ihren Rücken. Sie muss keine Angst haben, Nappo ist doch im Prinzip harmlos, vor allem rechnet Nappo nicht mit dem gezielten Schlag von Tills Ellenbogen auf seine Nase, die ordnungsgemäß anfängt zu bluten. Nappo krümmt sich, gerade genug, dass Tills Knie in seinem Gesicht landen kann. Nappo sackt zusammen, ohne Widerstand. Till zieht seinen Gürtel aus den Schlaufen seiner Hose und fesselt Nappo damit, während Jessica auf dem grün gemusterten Teppichboden der Filiale liegt und jetzt keine Angst mehr hat. Stattdessen lächelt sie, lächelt ihn an, sieht ihn an und fährt sich mit ihrer Hand unter ihr rotes Top und in den Bund ihrer weißen Hose. Fick mich, komm, komm her ...

»Kannst auch nicht pennen?« Nappo, der richtige Nappo jetzt, der, der neben ihm liegt, ohne Nasenbluten, Nappo holt ihn wieder zurück vom Rand des Einschlafens und wartet Tills Antwort nicht ab. »Ich hab 'n Mustang Fastback gesehen neulich, Baujahr siebensechzig, türkis mit weißen Ledersitzen für 12 000 Schleifen! So 'ne geile Karre ... da bleiben immer noch 16 000 über und die Alaska-Dollars da.«

»Ich interessier mich nicht so für Autos«, sagt Till dumpf in den Nachthimmel hinein.

»Sieht man an der Möhre, die du fährst. Subaru! Alter, von so 'ner Schleuder würd ich mich nicht mal überfahren lassen.« Noch einmal die ganze Litanei, dass »die Japsen ihre scheiß Reisgriffel von der Autoherstellung lassen sollten« und so weiter.

Sybille Krückmann, das Zeltlager, die Schottin, seine Jugend, das alles ist noch nicht ganz wieder aus seinem Kopf verschwunden, deswegen erinnert sich Till plötzlich: »War beim Autoquartett immer gut, wenn man den Ford Mustang hatte«, sagt er eher zu sich selbst.

Nappo ist vermutlich zu jung, um noch Autoquartett gespielt zu haben. »Was is?«, fragt er nur halb interessiert. Till hat mindestens ebenso lange nicht mehr an Autoquartett gedacht, wie an Sybille Krückmann und plötzlich fällt ihm noch ein Puzzleteil seiner Erinnerung ein und komplettiert das Bild: »War damals immer mein Lieblingsauto beim Quartett ... Ford Mustang ... als Kind hab ich immer gedacht, dass ich eines Tages mal 'n Mustang haben will und dann fahr ich damit Sybille Krückmann an den Strand zum Sekttrinken.« Für einen ganz kurzen Moment kann er fast die Autoquartett-Spielkarten von damals wieder in den Händen fühlen. Alles greift jetzt ineinander, die Spielkarten, der Mustang, die Sektreklame und die Fotos von Sybille Krückmann. Die Träume, die er hatte, als er ein Junge war, sind immer noch da, irgendwo abgelagert in einem kleinen Eckchen seiner Seele.

»Was erzählst'n du da für 'ne Scheiße?«

Till kann das jetzt unmöglich verständlich erklären und sagt nichts mehr. Nappo fantasiert weiter in die Sterne über ihm: »Der Plan steht fest wie 'ne Morgenlatte. Morgen kauf ich mir den Mustang, schnapp mir meine Puppe und dann geht's irgendwo an'n Strand, da hast du recht, Strand muss sein, und da kurbel ich die Kurze durch, bis sie jodelt. Wollte ich immer schon mal machen.«

Till dreht seinen Kopf und sieht, dass Nappo zufrieden lächelnd mit geschlossenen Augen vor sich hin spricht, während eine Hand auf der Sporttasche liegt. Ist es möglich, dass Nappo sich demnächst wirklich einfach Tills vorpubertären Kindertraum erfüllt, ohne es zu wissen, während Till dann, wenn alles gut geht, wieder jeden Tag in seinem Subaru mit Sonnendach zur Bank fährt? Kann es sein, dass Nappo an irgendeinem Strand irgendeine »Kurze durchkurbelt«, während Till darauf hofft, hin und wieder einen unauffälligen Blick auf Jessicas Tätowierung zu werfen? Sitzt hinter der großen Nachtschwärze über ihm vielleicht doch ein lachender, alter Gott, und ist Till Reiners sein privates, kleines Hobby?

20

Ein Vogel hockt auf dem Dach der Hütte und trällert in die Welt, dass es ihn gibt und dass ein neuer Tag angefangen hat. Schlecht angefangen hat. Till spürt einen Haufen kleiner Knochen in seinem Körper und seine Gelenke, die ihm die ungewohnte Übernachtung auf dem Erdboden übelnehmen. Nappo hat ihn bei Tagesanbruch mit dem Seil an die Kompostkiste gefesselt, um alleine Frühstück zu holen. Der modrige Geruch aus der Kiste und der nun eingetrocknete Schweiß in seinem Bankoutfit hatten Till ahnen lassen, dass auch dies nicht sein Tag sein wird.

Immerhin ist Nappo mit Pappbecher-Kaffee und belegten Brötchen zurückgekommen, hat Till wieder losgebunden und ihm von seinem Frühstück etwas abgegeben. Aber jetzt hat Nappo schlechte Laune. In der Zeitung, die er gekauft hat, steht eine Beschreibung von ihm, die ihm nicht gefällt. »Die haben doch den Arsch auf!«, findet er. »›Mitte bis Ende dreißig‹?! Alter, ich bin achtundzwanzig! Achtundzwanzig und nicht Ende dreißig! Und was soll diese Scheiße mit ›südländischer Typ‹? Bin ich Kanake oder was? Sind die bescheuert? Und jetzt guck dir mal an, was die für'n Mongofoto von dir da reingesetzt haben!«

In der Tat hat es das Foto aus Herrn Walthers Album nun auch in die Zeitung geschafft. Allerdings findet sich der Überfall und damit auch sein Foto viel kleiner in der Zeitung wieder, als Till gedacht hat. Der Flugzeugabsturz in Ägypten ist der Aufmacher, jede Menge deutsche Tote, und noch ist unklar, ob es sich um einen Terroranschlag handelt. Daneben sind lausige 28 000 Euro und ein entführter Bankangestellter mit Seitenscheitel und Subaru nur eine zweitklassige Meldung. Es ist schon lange her, seit Till das letzte Mal in der

Zeitung war. Auch damals war das Foto schrecklich. Es zeigte ihn und den Rest der Band vor circa 40 Zuschauern auf der Bühne im Freizeitzentrum Süd. ›Copyright‹ hieß die Band, die Neue Deutsche Welle war wieder vorbei, weswegen man einen englischen Bandnamen brauchte und englische Texte schrieb, und Schulterpolster in den Jacken hatte, deren Ärmel man hochschob. Alle außer Till experimentierten mit Haargel, und der Reporter der Lokalseite schrieb, die Musik von ›Copyright‹ erinnere an Depeche Mode, was in erster Linie daran lag, dass sie damals jeden einzelnen Ton von Depeche Mode geklaut hatten.

»Mitte bis Ende Dreißig!« Nappo kann sich nicht beruhigen.

»Wir können ja einen Leserbrief schreiben und uns beschweren«, sagt Till. Die Nacht auf dem Boden, oder sein Bild in der Zeitung haben ihn mutiger gemacht, sodass er den Scherz wagt und überraschenderweise grinst Nappo sogar ein bisschen.

»Na klar, wir verklagen die scheiß Zeitung! Für das Foto würd ich auf jeden Fall Geld verlangen.« Nur Sekunden später zuckt es wieder in Nappos Gesicht, und Till weiß mittlerweile dass das kein gutes Zeichen ist. »Durch das verkackte Scheißbild erkennt dich jetzt natürlich jeder sofort. Das Kennzeichen vom Wagen haben die Bullen sowieso ...« Der Rest des Satzes hängt in der Luft und Till sieht unwillkürlich in die Richtung, in der immer noch das tote Kaninchen liegt, das jetzt noch toter ist als gestern und vermutlich gerade von Ameisen, Maden oder wer immer sonst dafür zuständig ist, langsam zersetzt wird. »Du weißt, wie ich heiße, du weißt, was ich für Pläne hab ...« Wieder bleibt das Ende des Satzes unausgesprochen. Till spürt ein schnelles Pochen hinter seinen Augen.

»Aber gestern Abend hast du doch noch gesagt, wenn alles entspanntomat ist, dann ziehen wir das hier chefmäßig durch und ... –«

»Hier ist aber nichts entspannt!!«, schreit ihn Nappo an und fuchtelt mit der Zeitung in der Luft herum. »Deine scheiß Fresse ist hier drin! Und so benagelt, wie du da aussiehst, erkennt dich doch jeder Eimer auf tausend Meter!«

Den Kunden nicht bedrängen, freundlich bleiben, ihm die Vorteile unserer Produkte klarmachen, Verständnis für seine Probleme äußern, den Kunden mit Namen ansprechen: »Hör mal, Nappo, ich versteh ja, dass das hier keine einfache Situation ist, wirklich, aber bislang ist ja noch gar nicht viel passiert, ich meine, so ein Überfall, im Zeitalter von Selbstmordattentätern ist das doch eher wie Schwarzfahren, aber wenn du mich jetzt hier ... das ist dann, ja, Mord oder so was und das ist nicht gut, und außerdem bin ich ja jetzt schon eine erfahrene Geisel, praktisch, wer weiß, ob du beim nächsten Mal wieder so jemanden kriegst, ich meine, ich bin doch im Prinzip voll auf deiner Seite, ich hab doch ...«

»Halt die Fresse!!!«, schreit Nappo mitten ins Verkaufsgespräch und schlägt Till die Zeitung an den Kopf.

Toleranz zeigen, gerade gegenüber Jugendlichen aus schwierigen Verhältnissen. Ein ums andere Mal war das Miriams Standpunkt, wenn die Diskussion auf das Thema kam. Und dass das ganze Gerede über die zunehmende Gewalt hauptsächlich von den Medien kommt, die Schlagzeilen brauchen. Er ist soeben aber praktisch mit den Schlagzeilen über eine Gewalttat geschlagen worden, von einem nicht mehr ganz so Jugendlichen aus sicher schwierigen Verhältnissen, und selbst in der jetzigen Situation sieht Till die Ironie. Auch das wird er Miriam erzählen, wenn er das hier hinter sich gebracht hat. Wenn.

Nappo geht hektisch auf und ab. Unter Umständen wird er Till an die Kompostkiste fesseln und verschwinden, während Till wochenlang gesucht und nicht gefunden wird und in diesem verlassenen, beschissenen Kleingarten verdurstet, und also tot sein wird, noch vor Herrn Walther mit seiner Darmgeschichte, ohne dass er sieht, wie Nico aufwächst, ohne dass er Miriam all das gesagt hat, was er ihr sagen will. Dass sie recht hatte mit den Schimpfwörtern, dass sie recht hatte, Vegetarierin werden zu wollen, dass sie beide noch mal neu anfangen müssen, dass sie so nicht weitermachen sollten, dass alles anders werden muss und wird …

Und während Nappo auf und ab geht wie Rilkes Panther, beschließt Gott offenbar, dass es noch nicht zu Ende gehen soll mit Till, und schickt Günther Mersmann los, dem eine der anderen Hütten in der Kleingartenanlage gehört, die längst nicht so verlassen sind, wie Till vermutet hat. Aber vielleicht ist es auch wieder nur Zufall, dass Günter Mersmann in diesem Moment mit seinem Wagen in den Feldweg einbiegt, der zu den Hütten führt. Auf jeden Fall bringt das Geräusch des herannahenden Wagens Nappo dazu, sich seine Sporttasche unter den Arm zu klemmen und Till hektisch vor sich her zu schieben in Richtung der Straße, die aus Osthofen herausführt.

21

Ihre Mutter ruft an und reißt sich zwei Minuten lang zusammen. Sie fragt den aktuellen Stand der Dinge ab, bis sie es sich nicht länger verkneifen kann zu fragen, warum Miriam der Zeitung so ein »dummes Foto« von Till gegeben hat. Miriam hat nicht genug geschlafen, um diese Diskussion jetzt zu führen, während ihre Mutter ihr erzählt, dass schon etliche ihrer Freundinnen aus dem Club angerufen haben, um sie nach dem Foto zu fragen. Wie steht sie denn jetzt da?

Ihre Mutter ist seit Jahren im Turandot-Club, ein Zusammenschluss gelangweilter Osthofener Hausfrauen mit Geld, deren Wohltätigkeitsveranstaltungen ein Vorwand sind, um regelmäßig zusammenzukommen, sich gegenseitig zu belauern, zu tratschen und zu trinken. So ein albernes Foto hätte man unter keinen Umständen veröffentlichen dürfen, findet ihre Mutter, und darin schwingt der seit Jahren unausgesprochene Vorwurf mit, dass Miriam den falschen Mann geheiratet hat. Einen einfachen Bankangestellten, während ihr Vater Hals-Nasen-Ohrenarzt ist und ihre Schwester jetzt immerhin auf dem Weg, Kinderärztin zu werden.

»Ich reich der Zeitung heute ein Foto von Brad Pitt nach. Dann kann die Polizei ja nach dem fahnden. Würde mich sowieso interessieren, wo der sich so rumtreibt!«

Aber ihre Mutter ist gegen Ironie imprägniert, sodass Miriam das Telefonat schon wieder harsch beenden muss. Für ein stressfreies, normales Gespräch müssen beide gleichzeitig sehr gute Laune haben, oder ein gewisses Maß an Alkohol. Beides ist in letzter Zeit nicht oft vorgekommen.

Miriam hat kaum aufgelegt, als ihre Schwester anruft. Durch die Nähe zum Anruf davor, fällt Miriam auf, wie sehr die Stimme ihrer

Schwester der ihrer Mutter ähnelt. Die gleichen Betonungen, die gleichen langgezogenen Silben. »Du lie-be Zeit, das giiibt's doch nicht«, sagt Manuela, als sie hört, dass die Situation unverändert ist. Ihre Schwester ist vier Jahre jünger als sie und der Hauptgrund, warum Nico noch keine Geschwister hat.

Sie konnte ihre Schwester von Geburt an nicht leiden. Manuela, die immer alles richtig machte. Manuela hatte schon früh die besseren Noten, die besseren Freundinnen, die längeren Beine, die größeren Brüste und entsprechend die besseren Verehrer. Sie war Papas Liebling und Mamas Musterschülerin, die nicht nur einen guten Abi-Schnitt hinlegte, sondern auch den gedeckten Apfelkuchen ähnlich gut hinbekam wie ihre Mutter. Sie war trotzdem gleichzeitig sehr beliebt bei den Jungs, die im Sommer vor dem Eiscafé Venezia abhingen und im Winter am Freizeitzentrum Süd. Manuela zog freiwillig und zur großen Freude der Eltern den Klavierunterricht durch und ließ sich gleichzeitig mit 15 hinter der Schulsporthalle entjungfern, und zwar von Alex de Fries, einem 18-jährigen Jungen aus der Jahrgangsstufe 13, hinter dem mehr oder weniger alle Mädchen der Schule her waren, inklusive Miriam. Die ging anschließend frustriert mit 19 zum ersten Mal mit einem Jungen ins Bett. Der Junge hieß Peter Immel und war ein durchschnittlicher Langweiler aus der Theater AG, dessen Eltern nicht genug Fantasie hatten, um sich auszumalen, was ein Junge in der Schule mitmachen muss, dessen Name abgekürzt P. Immel ist. Miriam ging pro forma ein paar Wochen lang mit Peter Immel, um sich von ihrer fünfzehnjährigen Schwester nicht komplett vorführen zu lassen. Dann konnte sie sich die Mischung aus Selbstmitleid und Rache, die zu Sex mit Peter Immel geführt hatte, nicht länger als Verliebtheit verkaufen, und machte Schluss.

Immerhin bietet ihr Manuela jetzt am Telefon ihre Hilfe an, auch wenn klar ist, dass sie aus Berlin heraus keine besonders große Hilfe sein kann. Für ihre Schwester war Osthofen natürlich zu klein, sie war nach dem Abitur weggezogen und lebt jetzt seit ein paar Jahren in der Hauptstadt. In unregelmäßigen Telefonaten erzählt sie von Clubs, Restaurants und Modeläden. Und von einem indischen Assistenzarzt, der sie unlängst verlassen hat. Insofern sind sie beide gerade ohne Mann. »Aber du klingst ganz gefasst«, sagt Manuela und es klingt wie eine ehrliche Feststellung, lobend, ohne Hintergedanken.

»Mit 'nem Vierjährigen, der in den Kindergarten muss, bleibt dir gar nichts anderes übrig«, sagt Miriam tapfer. Passenderweise sieht sie, während sie telefoniert, dass Nico in der Küchenspüle munter eine kleine Überschwemmung anrichtet. Gerade morgens sieht Nico seinem Vater erstaunlich ähnlich, so als habe sie zu diesem Kind kaum etwas beigetragen. Da ist auch schon ein Anflug von Seitenscheitel. Vielleicht hätte sie auch nach Berlin gehen sollen, oder woanders hin, raus aus Osthofen. Vielleicht hätte sie auch studieren sollen, vielleicht hat ihre Mutter recht und es war ein Fehler gewesen Till zu heiraten.

»Du warst ja immer schon die Stärkere von uns beiden, nervlich, mein' ich«, sagt Manuela. Miriam hat sich selber noch nie so gesehen und ist erstaunt, dass ihre Schwester offenbar von ihr ein ganz anderes Bild hat, als sie dachte. »Das geht alles klar mit deinem Till. Ich weiß das einfach. Und wenn ich irgendwas tun kann, echt, sag Bescheid. Ich mein's ernst. Ich setz mich ins Auto und bin in vier Stunden da. Ich kann hier weg aus dem Krankenhaus, das krieg ich schon hin. Du bist doch meine große Schwester.«

Miriam wischt sich eine Träne aus den Augenwinkeln. Manuela rettet in ihrem Berliner Krankenhaus jeden Tag Kinder. Es ist albern, ihr immer noch einen gelungenen Apfelkuchen und eine Entjungferung durch Alex de Fries nachzutragen. Ihre kleine Schwester hat eine neue Chance verdient. Miriam bringt ein tränenunterspültes »Danke, Schnuffel« zustande und hofft, dass Manuela am anderen Ende der Leitung hört, warum sie Manuelas alten Familienspitznamen eingebaut hat. Weil sie sie liebt, weil sie und ihre Schwester immer da sein werden, egal ob in Berlin oder Osthofen, unabhängig von indischen Assistenzärzten, unabhängig von entführten Ehemännern.

Anschließend ruft Hauptkommissar Kurt Bergmeister an, während sie versucht, Nico eine Art Frühstück zu verabreichen. Nico spürt, dass nach wie vor irgendetwas Besonderes vorgeht, dass dies kein normaler Tag ist und dass seine Mutter anders ist als sonst. Statt seines Vaters steht heute eine Frau im Badezimmer.

Auch Kurt Bergmeister hat wenig geschlafen und ist noch nicht in der Lage mit seiner Pilotenstimme zu sprechen. Auch ihm liegt kein echter Hinweis auf Till vor, lediglich Dutzende Anrufe von Spaßvögeln, Einsamen und Durchgeknallten, die auf der Suche nach etwas Aufmerksamkeit alle möglichen Tipps, Hinweise und Drohungen hinterlassen haben. Trotzdem wird man jedem einzelnen Anruf nachgehen, versichert der Hauptkommissar. Aber dieses Mal lässt er die üblichen Keine-Sorge-Phrasen weg. Stattdessen teilt er Miriam mit, dass die Polizei sich ihr Konto ansehen wird und fragt, ob Till in letzter Zeit größere Schulden gemacht hat, oder ob es in ihrer Ehe irgendwelche Probleme gibt. Nico, die Miniaturausgabe von Till Reiners, ist auf einen Stuhl geklettert und hat es selbständig geschafft, die Rolf Zuckowski-Kassette zu starten. Er will seine Mutter trösten und versucht es mit seiner Lieblingsmusik. Aber er erntet nur ein lautes »Nico, komm sofort da runter!« Miriam drückt sich damit vor einer schnellen Antwort darauf, wie es mit ihrer Ehe läuft.

»Wir müssen einfach ausschließen, dass Ihr Mann in irgendeiner Weise mit dem Überfall zu tun haben könnte. Dass der Bankräuber eine Geisel ohne Not so lange behält ist ziemlich ungewöhnlich.« Kurt Bergmeister spricht durch das Telefon in dasselbe Ohr, in das zuvor auch schon Manuela und ihre gemeinsame Mutter gesprochen haben. Sie telefoniert normalerweise nicht soviel, bevor sie Nico am Kindergarten abgeliefert hat. »Wie gut kennen Sie Ihren Mann, Frau Reiners?«, insistiert der Hauptkommissar, weil sie weiter schweigt. Ina kommt aus dem Badezimmer und hat sich in ein großes Badetuch gewickelt. Ihre Haare hat sie kunstvoll in ein anderes Handtuch gedreht. Ina ist frisch geduscht und ungeschminkt und zieht jetzt fragend eine Augenbraue hoch, als sie Miriam am Telefon entdeckt. Miriam registriert, dass Inas Oberarme fleischiger geworden sind, und die leichte, faltige Wölbung unter ihrem Kinn, jetzt wo sie den Kopf etwas gesenkt hat. Miriam und Ina sind fast auf den Tag genau gleich alt.

»Frau Reiners?« Kurt Bergmeister wartet noch immer auf eine Antwort.

»Ich hab keine Ahnung«, sagt Miriam, und jetzt schweigt der Hauptkommissar, sodass Miriam hinzufügt: »Wir sind seit zehn Jahren verheiratet. Wie gut kennt man sich da?«

22

Der Z3 kommt nicht in Frage, weil er ziemlich sicher ein Alarmsystem hat. Der MX5 hat vielleicht keins, ist aber »nur für Weiber und Schwule, und ich hab keine Titten und ich bin kein Rosettenkasper«, sagt Nappo unwirsch. Anschließend macht Till keine weiteren Vorschläge mehr. Sie stehen auf dem Parkplatz hinter »Wachsmuth & Söhne, Farben und Industrielacke«, einer kleinen Firma, deren knapp dreißig Angestellte hier ihre Autos parken. Nappo kontrolliert, ob irgendwer seinen Wagen nicht abgeschlossen hat, aber die Angestellten von »Wachsmuth & Söhne« sind offenbar nicht schlampig oder vertrauensselig genug, um ihre Autos offen herumstehen zu lassen. Auch Till ruckelt vorsichtig an der einen oder anderen Autotür. Ihm kann nichts passieren, er hat ein Alibi, er ist Geisel. Er hat sich vor ein paar Minuten gefesselt an der Kompostkiste verdursten sehen und das Adrenalin spült noch immer durch seinen Körper.

Nappo entscheidet sich für einen grünen Skoda, auch wenn er insgesamt wieder sehr unzufrieden ist, mit welchen »Kackeimern« die Leute unterwegs sind.

»Such Steine!«, befiehlt Nappo knapp und Till ist sich nicht sicher, ob das in diesem Zusammenhang nicht ein Slangwort ist, das er nicht kennt. Deswegen steht er einen Moment lang hilflos und untätig herum. »Ja, los! Ich brauch 'n Stein oder so was für die scheiß Scheibe!!« Die unausgesprochene Drohung, dass Till so enden könnte wie das Kaninchen, ist noch zu nah, als dass Till jetzt widersprechen könnte. Außerdem hat Nappo wieder das leichte Zucken im Gesicht. Drohendes Unheil.

Till hat noch nie ein Auto gestohlen, er hat keine Ahnung. Mit 13 oder 14 hat er das Rolling-Stones-Album *Undercover* aus einem Plattenladen geklaut, allerdings als Audio-Kassette, die es damals noch gab, in einem Zeitalter vor Mp3-Playern, iPods und Telefonen, auf denen sich mühelos 1000 Songs speichern lassen. Die Kassette ließ sich leichter stehlen als die richtige Schallplatte. Entsprechend wenig wurde seine Tat allerdings auch von seinen Freunden gewürdigt, die teilweise einen Walkman, respektive Puma-Turnschuhe als Beute vorweisen konnten. Trotzdem war er tagelang zusammengezuckt, wenn das Telefon klingelte oder jemand an der Wohnungstür läutete. Thomas Löffler war ein paar Tage später von einem Ladendetektiv im Plattenladen erwischt worden, die Polizei wurde geholt, Vater Löffler musste seinen Sohn aus dem Plattenladen abholen und verteilte eine großzügige Tracht Prügel. Obwohl Thomas Löffler zu Hause keinen seiner Freunde verpfiff, war Klauen als Freizeitbeschäftigung und Mutprobe anschließend bei den Jungs durch, ohne dass je wieder darüber gesprochen wurde.

Die Kassette der Stones hat Till nicht darauf vorbereitet, auf dem Parkplatz von »Wachsmuth & Söhne« einen Skoda zu stehlen. Der Parkplatz gibt auch keine Steine her, lediglich einen kläglich dünnen Ast, von dem Till vermutet, dass er gegen die Skoda-Scheibe nicht ankommt. Till merkt, dass er hauptsächlich links und rechts guckt, um rechtzeitig eventuell vorbeikommende Passanten, zu spät kommende Mitarbeiter von »Wachsmuth & Söhne« oder gar patroullierende Polizisten zu entdecken. Er guckt wenig auf den Boden, wo man Steine vermuten könnte. Nappo ist aber auch ohne ihn schon fündig geworden und Till sieht aus den Augenwinkeln, dass Nappo versucht, mit einem Stein das Seitenfenster des Skoda einzuwerfen. Der Stein prallt aber unverrichteter Dinge zurück auf den Boden. Till fühlt eine Mischung aus Müdigkeit und Aufregung, er spürt seine nach wie vor schmerzenden Knochen und ein nervöses Strahlen in der Herzgegend, als hätte er ein, zwei Espressos zuviel getrunken. Nappo versucht es erneut. Der Stein ist nicht mal so groß wie ein Tennisball und hinterlässt dieses Mal ein unsymmetrisches

Muster an kleinen Sprüngen im Glas. Zeitgleich bemerkt Till ein schwaches Echo dieses Schlags unterhalb seines Solarplexus. Ein weiterer Schlag befördert den Stein durch die Scheibe und verursacht ein knapp kinderfaustgroßes Loch. Till verspürt plötzlich großen Druck auf der Blase.

»Gib deine Hose!« Er hat das sicher nicht richtig verstanden und bleibt wieder einfach stehen. »Ich brauch deine scheiß Hose, sonst krieg ich das Fenster nicht auf!« Nappo hat jetzt wieder den nervösen, lauten Ton, den er gestern in der Bank hatte.

»Was hat denn meine Hose ...«

»Mach hin, du Arschloch!« Keine Spur von Witz. Nappo meint mit Hose wirklich die Hose, die Till trägt, und Till löst seinen Gürtel und rutscht aus seinen Schuhen und steht Momente später in Socken und einer namenlosen weißen Unterhose auf dem Parkplatz von »Wachsmuth & Söhne«. Miriam ist für den Kauf seiner Unterwäsche zuständig, und sie kauft in regelmäßigen Abständen praktische 3-er Packs in Schwarz und Weiß. Nappo wickelt sich Tills Hose hastig um seine Faust und versucht damit das Loch in der Seitenscheibe des Skoda zu vergrößern.

Eine alte Frau schiebt eine Gehhilfe auf Rädern in seine Richtung. Warum auch immer sie um diese Zeit in dieser Gegend mit ihrer Gehhilfe unterwegs ist. Es war völlig klar, dass es so kommen musste. Die alte Frau wird sie sehen, sie wird die Polizei rufen, Nappo wird die alte Frau erschießen, alles wird in einem großen, unübersehbaren Chaos enden. Die Frau sieht schon zu Till herüber. Tills Leinenhose ist nicht dick genug, Nappo hat sich offenbar die Hand verletzt, der Magnet im Erdinneren zieht Till in Richtung der alten Frau. Sein Hemd ist lang genug und ragt über seine Unterhose, sodass die Frau vermutlich denken wird, er trägt gar keine Unterhose und ist einer jener Perversen, von denen alte Leute jeden Tag in der Zeitung lesen. Wenn das alles hier vorbei ist, wird er sich auch andere Unterhosen kaufen. Er spürt Gänsehaut auf seinen Oberschenkeln. Irgendwann ist er offenbar wieder in seine Slipper geschlüpft, denn er trägt sie jetzt wieder.

»Schon ganz schön heiß für die Uhrzeit«, sagt er, fehlerfrei und nur ein paar Halbtöne zu hoch. Er versucht sich so zu stellen, dass ihr der Blick auf Nappo versperrt wird. Die alte Frau schiebt ihre Gehhilfe weiter und Till hampelt albern mit, um weiter als Sichtschutz zu fungieren.

»Soll heute noch heißer werden als gestern«, sagt die Frau, ebenfalls fehlerfrei und ohne auch nur einen Moment lang zu stutzen oder den Blick vom Gehweg vor ihr zu nehmen. In dieser Gegend tragen etliche Männer im Sommer nichts als weiße Trägerunterhemden und Sandalen mit Socken. Die Frau hat schon anderes gesehen als jemanden mit einem kurzärmligen Businesshemd ohne Hose. Sie arbeitet sich seelenruhig an ihm vorbei im Joggingtempo einer Schildkröte. Nappo hat offenbar inzwischen die Tür des Skoda geöffnet und ist bereits im Inneren des Wagens verschwunden.

»Schönen Tag noch!«, ruft Till der alten Frau hinterher, deren Leben er gerade gerettet hat, ohne dass sie es ahnt.

Nappo fummelt und flucht unter der Lenksäule des Skoda. Ganze Fluchkaskaden auf die »Drecks-Tschechen«, die einem eine derartige »gepresste Scheiße« als Auto verkaufen wollen. »Die Tschechen sollen Nutten herstellen, aber keine Autos!«

Nappos Hand blutet und Till fragt vorsichtig, ob er seine Hose wieder anziehen darf. Er bekommt eine weitere Breitseite über den Skoda zu hören und nimmt das als Zustimmung. Till schüttelt seine Hose aus. Er vermutet, dass sich überall kleine Glassplitter festgesetzt haben, er spürt die Splitter schon auf seinen Oberschenkeln, noch bevor er die Hose wieder angezogen hat, er will ganz dringend duschen, er spürt den Druck auf seine Blase, er will, dass Nappo endlich den Skoda ans Laufen kriegt und sie hier wegfahren können, wohin auch immer.

Till wäre jetzt normalerweise auf dem Weg zur Bank, aber er weiß, dass er heute nicht zur Bank fahren wird. Sein Auto steht nämlich verlassen und unabgeschlossen neben einer Kleingartenhütte, neben seiner Gitarre. Er hat beides zurückgelassen, spürt er jetzt, er wird beides nicht wieder sehen. Er ist nach wie vor Geisel. Gibt es dafür Sonderurlaub? Wird das auf seinen Jahresurlaub angerechnet? Ist das nicht der Klang eines Lkw, der jetzt, gleich, in ein paar Momenten, um die Ecke der Straße fahren wird, die auf diesen Parkplatz führt?

»Ich glaub, da kommt ein Laster«, sagt er und merkt selbst, dass er es praktisch unhörbar leise gesagt hat. Deswegen wiederholt er es nochmal und versucht eine normale Lautstärke hinzukriegen. »Ich glaub, da kommt ein Laster!«

»Ich krieg diese verdammte Kackscheiße nicht auf!«, ist die Antwort, die unter der Lenksäule hervorkommt.

»Da kommt 'n Laster!« Till schreit das jetzt und fühlt ein Kribbeln direkt unterhalb der Haarwurzeln seines Seitenscheitels. Ein Laster ist keine alte Frau mit Gehhilfe, ein Laster, der auf dieser Straße fährt, wird auf diesen Parkplatz fahren, gegen einen Laster kommt er nicht an mit ›Schon wieder ganz schön heiß heute‹!

Der Fahrer des Lasters wird das zerschlagene Seitenfenster des Skoda sehen. Jetzt wird es das Chaos geben, das er vorhin schon befürchtet hat, und das gestern in seiner Bank begann und bislang schon ein Kaninchenleben gekostet hat. Er sieht noch einmal ganz kurz, wie der Stiel der Gartenharke den Kopf des Kaninchens trifft, mit einem matschigen, dumpfen Ton. Till greift Che Guevara an den Seiten seiner Gesichtssilhouette, zieht an dem dünnen T-Shirt Stoff und packt die Haut darunter, das Fleisch und die Knochen des anderen. Er zieht ihn aus dem Auto. Er spürt Nappos weiche Unterarmhaare an seinen eigenen Unterarmen.

»Ey, sag mal ...« Weiter kommt Nappo nicht.

»Wir müssen hier weg! Das wird doch nichts! Die kriegen uns! (Das kommt raus als »Dawirdonix! Dikriegnnuns!!!«) Ich besorg uns 'n Auto! Komm jetzt!! Komm!!!« Till schreit das immer noch, er schiebt den verdutzten Mann mit der blutenden Hand vor sich her, eine spiegelverkehrte Version ihrer vorherigen Flucht aus der Kleingartensiedlung. Till macht plötzlich ein paar Schritte zurück und holt die Geld-Sporttasche aus dem Wagen, der Laster biegt um die Ecke, eine blaue Plane mit einem sehr schlecht gezeichneten, lachenden Fuchs darauf, der einen Daumen hochhält, »Der Fuchs bringt's!« steht darunter und die Telefonnummer der Spedition Fuchs. Till und Nappo laufen daran vorbei und kreuzen das Führerhaus des Lasters, in dessen Fenster der Fahrer ein Autokennzeichen gelegt hat, auf dem »Helmut« steht.

Sie laufen und Till schiebt Nappo dabei vor sich her, der sich schieben lässt, verblüfft, erstaunt, blutend. Sie erreichen keuchend die Straßenecke und sehen noch, dass der Laster der Spedition Fuchs jetzt rückwärts auf den Parkplatz von »Wachsmuth & Söhne« fährt.

»Hab ich nicht kommen hören, den scheiß Laster«, sagt Nappo außer Atem und zieht Luft die Nase hoch. Er sieht Till an und dann seine blutende Hand.

»Wir hätten beinah das Geld liegenlassen«, sagt Till und fühlt sein Herz klopfen, von der ungewohnten Anstrengung des Laufens und von der Aufregung, beinah bei etwas Verbotenem entdeckt worden zu sein, wie damals beim Sex im Freien mit Miriam, nur anders. Denn unter diesem Gefühl liegt noch ein anderes, neues, aber Till kann nicht genau sagen, was es ist. Nappo nimmt Till die Sporttasche ab und sieht ihn an, als sei für einen kurzen Moment ein drittes Auge in Tills Gesicht sichtbar gewesen, oder eine plötzliche Ähnlichkeit mit Bruce Willis.

23

»Die Hand ist im Arsch«, sagt Nappo nun zum wiederholten Mal in einem jammernden Ton. Sie sind an einer Tankstelle. Till hat ohne Probleme den Schlüssel für den Waschraum bekommen. Der Tankwart hat sich nicht gewundert, dass Till ohne Auto an eine Tankstelle gekommen ist. Er hat ihn auch nicht wiedererkannt, obwohl direkt vor ihm auf dem Verkaufstresen stapelweise Zeitungen liegen in denen Tills Foto abgebildet ist. Aber der Tankwart verkauft die Zeitungen nur, er liest sie nicht.

Außerdem gleicht Till seinem Foto schon nicht mehr so sehr, findet er, als er sein Gesicht im Spiegel des Waschraums sieht. Der Seitenscheitel hat sich aufgelöst, die Haare kleben ihm an der Stirn und haben sich Nappos Unfrisur ein Stück angenähert. Er hat sich nicht rasiert, wodurch die kleine Narbe am Kinn deutlicher wird, weil dort keine Haare wachsen und noch eine andere Veränderung liegt in seinem Gesicht, die vielleicht aber auch damit zusammenhängt, dass schon lange niemand mehr den Spiegel des Waschraums geputzt hat. Nappo hat seine blutende Hand ausgewaschen und hält sie sich nah vor die Augen.

»Das brennt wie 'n Arsch voll Chilischoten«, sagt er weinerlich. Offenbar hat der Schock oder das Adrenalin dafür gesorgt, dass Nappo anfangs die Schmerzen nicht so wahrgenommen hat.

»Vielleicht sind noch Splitter drin«, sagt Till vorsichtig.

»Vielleicht, vielleicht, vielleicht«, bellt Nappo zurück, »bist du jetzt auch noch 'n scheiß Arzt, oder was? Ich brauch 'n Auto! Ich muss hier weg! Mit der Hand krieg ich doch keine Karre geklaut, mit der Hand könnt ich noch nicht mal 'n Auto fahren, wenn ich 'n Schlüssel dafür hätte! So eine Scheiße!!« Nappo jammert zunehmend, was er offenbar selber merkt, deswegen fügt er leise an: »Aber denk bloß nicht, ich kann dich nicht mehr umschmieren!« Er nickt in Richtung der Waffe, die immer noch den unteren Rand seines T-Shirts leicht ausbeult.

»Denk ich nicht«, sagt Till vorsichtig.

»Enkinich! Enkinich!«, äfft Nappo ihn nach. »Du hast doch vorhin rumgetönt, ›ich besorg uns 'n Auto!, ich besorg uns 'n Auto!‹, und was ist jetzt? Ficken eintausend ist jetzt! Mann, ey! Die Hand ist im Arsch!« Nappos aktuelles Mantra.

»Ich kann ja versuchen, dass uns vielleicht einer mitnimmt ...« Till ist noch leiser geworden.

»Was is??«

»Na ja, dass uns vielleicht einer mitnimmt, per Anhalter.«

Nappos sparsames Gesicht, das seit gestern noch eine Spur Bartstoppeln dazubekommen hat, sieht jetzt so aus wie das eines verkaterten Monchichi, diese kleinen pelzigen Äffchen, die in den 70ern haufenweise verschenkt wurden. Nappo ist ein zu großes, zu altes, verwahrlostes Monchichi, bei dem die Niedlichkeit kaputt gegangen ist. »Per Anhalter?«

Er ist sich offenbar nicht sicher, ob Till ihn mit seinem Vorschlag nicht verarschen will, deswegen schiebt Till schnell hinterher: »Na ja, ich meine, wir haben es jetzt auf deine Weise probiert, mit dem Ergebnis, dass du 'ne kaputte Hand hast. Es spricht doch nichts dagegen, dass wir es jetzt mal auf meine Art probieren. Bislang hat mich noch kein Schwein erkannt, und ich kann bestimmt jemanden überreden uns mitzunehmen. Ist auf jeden Fall unauffälliger, als wenn du jetzt irgendwem die Knarre vor die Nase hältst ...«

Nappo denkt kurz nach. »Du hast zehn Minuten, Alter!« Er macht wieder die Geste mit Zeige- und Mittelfinger auf seine Augen, um anzudeuten, dass er ihn im Blick behalten wird.

Und so stellt sich Till wieder an die Zapfsäulen, wie damals, als er gerade zwanzig geworden war und keine Ahnung hatte, was er mit seinem Leben anfangen sollte. Er wollte mit Dirk Manthey nach Frankreich, um mit der Gitarre im Gepäck Mädchen rumzukriegen, ein paar Songs zu schreiben und billigen Rotwein zu trinken. Sex 'n Drugs and Rock 'n' Roll eben. ›Copyright‹ hatte sich aufgelöst. Zuerst ging Frank Wiesenhöfer zu einem Maschinenbaustudium nach Stuttgart, und damit fehlte ihnen der Keyboarder. Dann hatte auch noch Andreas Germann seinen Bass samt Verstärker verkauft, um sich ein Auto leisten zu können und damit waren ›Copyright‹ praktisch am Ende. Sie hatten ein paar Auftritte in den örtlichen Jugendzentren absolviert, sie waren zu einem kleineren Festival eingeladen worden, weil irgendwer den Bruder des Veranstalters kannte. Sie hatten sogar eine kleine Hardcore-Fangemeinde, bestehend aus fünf Mädchen, rund um Sabine Eberhardt, die mit Dirk Manthey zusammen war, bis rauskam, dass Dirk auch mit drei der anderen Mädchen geschlafen hatte. Rock 'n' Roll eben, wofür war er schließlich der Sänger? Und das war's. Das war die komplette Geschichte von ›Copyright‹.

Deswegen wollten Dirk Manthey und Till neu anfangen. Irgendwo an irgendeinem Strand Songs schreiben und dann eine neue Band gründen. Und dieses Mal ernsthaft. Und so trampten sie, mit Rucksack und Gitarre, und kamen nach zwei Tagen in Menton in Südfrankreich an. Dirk Manthey hatte gehört, dass die französischen Mädchen die besten sein sollten. Französisch, das war immerhin eine gängige Beschreibung für die Art von Sex, die Dirk bevorzugte, während es zum Beispiel »deutsch« in diesem Zusammenhang nicht gab. Sie leisteten sich ein billiges Hotel, das trotzdem so teuer war, dass schon nach ein paar Tagen das Geld knapp wurde. Sie hatten bis dahin tatsächlich schon ein paar Songfragmente zusammen, über das Leben auf der Straße Richtung Süden und dass sie nicht so werden würden wie alle anderen, und das Ganze sogar auf Englisch. »Life is somewhere else and we are on our way« oder auch »We will never be like all the rest, before that happens you can put a bullet in my breast«. Die Ergebnisse von zwei Englisch-Leistungskursen bei Herrn Fuhrmann.

Dann lernte Dirk Manthey in einem Straßencafé an der Promenade irgendeine Tussi aus dem Sauerland kennen, die sich mit ihrer Schwester ein Doppelzimmer in einem Vier-Sterne-Hotel teilte. Er zog am zweiten Tag da ein und schlief abwechselnd mit beiden, während Till bald wirklich pleite war und sich auf der Promenade abends mit seinem dürftigen Songrepertoire als Straßenmusiker versuchte. Aber es hatte schon einen Grund, warum Dirk der Sänger und Frontmann von ›Copyright‹ gewesen war. Tills Stimme und sein Selbstbewusstsein reichten aus, um am Lagerfeuer ein paar Bekannte zu unterhalten, aber nicht, um auf einer französischen Promenade Touristen und ihr Geld anzulocken. Dirk versicherte ihm, dass sie »auf jeden Fall an dem Band-Ding dranbleiben« würden, aber er sei »ganz kurz vor einem echten Dreier mit den Schwestern« und die beiden »Sauerländer Säue« müsse er »unbedingt jetzt klarmachen«. Till solle sich doch einfach auch »irgendeine Torte schnappen« und »mit der Musik nicht so einen Stress machen«. Till war zwei Tage später endgültig pleite und trampte wieder nach Hause. Dirk Manthey fing nach diesem Sommer eine Lehre als Einzelhandelskaufmann bei einem Musikalienhändler an. Soweit Till das mitbekommen hat, hat er mittlerweile drei Kinder von drei Frauen, lebt mit einer vierten zusammen und spielt regelmäßig in zwei unterschiedlichen Top-40-Bands auf Hochzeiten und Abifeiern, um die Alimente für die Kinder zahlen zu können. Eine gemeinsame Band haben sie nicht mehr auf die Beine gestellt.

Aber Till ist keine zwanzig mehr, er ist 38, übernächtigt, unrasiert und ungeduscht. Seine Leinenhose hat mittlerweile mehr Falten als Keith Richards. Er würde kein Sparbuch bei sich eröffnen. »Dresdener Punk« kommt ihm in den Sinn, während er jetzt an der Zapfsäule steht und überlegt, was er dem Fahrer des Minivan sagen wird, der gerade tankt. »Dresdener Punk«, der schlechteste Zeitpunkt für Wortspiele.

»Entschuldigung«, fängt er an und versucht sein Gesicht in das gewohnte Schalterlächeln zu versetzen, »fahren Sie zufällig in Richtung Autobahn?«

Der Mann ist ungefähr Anfang vierzig, lichter werdendes Haar, ein deutlicher Bauchansatz, der sich über einem geflochtenen Gürtel wölbt. Khakihose, cremefarbenes Hemd. Der Mann und Till könnten an einem normalen Tag Kollegen sein, jemand, den man grüßt, während der Mittagspause in »Karla's kleinem Café«, aber dies hier ist kein normaler Tag. »Das ist 'ne ganz bescheuerte Geschichte«, lacht Till und registriert gleichzeitig, wie künstlich sein Lachen ist, »mein Kumpel und ich wir wollten heute morgen, beziehungsweise, wir müssten in Richtung Grenze, wegen einer Überraschung, weil die Mutter von meinem Kumpel ...«, er hat genug Kundengespräche geführt, um den Gesichtsausdruck seines Gegenüber richtig zu deuten: Der will weg. Der hat nicht die kleinste Spur von Interesse oder Sympathie, der erkennt ihn ihm nicht den potentiellen Kollegen. Im Gegenteil, ebenso gut könnte er hier und jetzt für die Zeugen Jehovas werben oder Geld sammeln für Tierquäler. Der Mann sieht intensiv auf die schnell wechselnden Zahlen der Zapfsäulenanzeige. Nicht mehr lange und der Tank ist voll. »Und dann ist unser Auto liegen geblieben und ich sag noch so ›lass bloß die Finger vom Motor‹ und was macht er? Fummelt dran rum und reißt sich schön die Hand auf ...« Der Tank des Minivan ist voll und der Mann nimmt den Tankstutzen aus der Öffnung. »Ich fahr nur bis vorne zum Gewerbegebiet«, sagt er und unausgesprochen schwingt das deutscheste Credo überhaupt mit: ›Lass mich in Ruhe!‹

Till nickt stumpfsinnig und beschließt gleichzeitig, den Mercedesfahrer im dunkelblauen Nadelstreifenanzug an der zweiten Zapfsäule gar nicht erst zu fragen. Mercedesfahrer galten damals schon als notorische Nicht-Mitnehmer. Till sieht, dass Nappo mitsamt seiner blutenden Hand an der Tür zum Waschraum wartet und ihn in der Tat im Blick hat. Es ist ein warmer Sommertag, sie sind an einer nicht besonders stark frequentierten Tankstelle in einem sinnlosen

Vorort von Osthofen. Es kann nicht mehr lange dauern, bis der Tankwart im Inneren der Tankstelle auf ihn aufmerksam wird. Es kann nicht mehr lange dauern, bis Nappo an der Tür des Waschraums die Geduld verliert.

Ein FIAT-Punto hält, eine ältere Frau steigt aus, und das beige Outfit, die vernachlässigte Dauerwelle, die orthopädisch richtigen Schuhe, der »I-♥-Dackel«-Aufkleber auf der Rückscheibe, das alles sieht nach Prämiensparen aus, nach einem schon einseitig belegten Doppelgrab auf dem Hauptfriedhof, nach regelmäßigen grundlosen Arztbesuchen. Die Frau wird schreien, wenn Nappo mit seinem Che Guevara T-Shirt und seiner blutenden Hand aus der Tiefe des Raumes kommt.

»Entschuldigung«, sagt Till trotzdem und sie lächelt, »Sie fahren nicht zufällig in Richtung Autobahn und könnten uns mitnehmen?«

»An sich gerne, aber ich muss gleich noch bei meiner Tochter vorbei und ich hab die ganze Wäsche hinten drin. Meine Schwägerin wird morgen sechzig und ich hab gesagt, ich mach den Eiersalat. Ach, Sie können sich gar nicht vorstellen, was das für ein Theater ist. Ist das jetzt hier bleifrei?« Till hilft ihr beim Tanken und traut sich nicht, in die Richtung zu gucken wo Nappo wartet.

Die Frau gibt ihm Tipps, (»Waren Sie denn schon bei den Leuten hier von der Tankstelle? Ganz nette Leute, Türken, aber sehr nett, auch wenn *sie* 'n bisschen komisch ist«). Die nette Frau will gleich gucken, ob der nette Sohn der netten Türken da ist, und Till hat Mühe ihr das auszureden. Als sie wieder in ihr Auto steigt, ist er kurz davor zu sagen ›Ich bin Till Reiners, fahren Sie zur Polizei . . .‹, aber er bringt es nicht heraus. Sie wird Fragen haben, denn sie ist wie seine Mutter. Sie wird das Falsche tun, sie wird hundert Nachfragen haben, statt direkt zur Polizei zu fahren, und er spürt, dass er für Nappos schmale Geduld ohnehin schon viel zuviel Zeit mit der Frau verbracht hat. Und so fährt sie, ohne dass er ihr seinen Namen gesagt hat.

Er hat nicht mehr viele Chancen, wie er da steht, allein an der Zapfsäule. Er weiß das. Kein Auto in Sicht. Autos, des Deutschen liebstes Kind, ein Kind, das sie lieber haben als richtige Kinder. Bestimmt haben die Deutschen aktuell mehr Autos als Kinder und doch muss kein einziges dieser Autos tanken, nicht jetzt, nicht hier. Ein alter Citroën fährt an den Zapfsäulen vorbei, bis zur »Servicestation«, wo ein Eimer Wasser hängt, damit man seine Scheiben waschen kann. Ein Metallrost ist aufgestellt worden, an dem sich Fußmatten ausklopfen lassen. Daneben hängt ein Staubsaugerschlauch, mit dem man gegen Geldeinwurf sein Auto sauber saugen kann. Genau das hat der Mann vor, der zu dem Citroën gehört. Etwas über fünfzig, Kassenwart in irgendeinem Kegelverein, einer der regelmäßig sein Auto saugt, aber zu Hause nie einen Staubsauger in die Hand nehmen würde. Till kennt diese Männer. Er steht kaum zehn Minuten an der Zapfsäule und hat schon ein Abbild seiner Mutter getroffen, und steht jetzt auch noch seinem Vater gegenüber, der in dieser Version etwas schlanker ist als das Original und jünger auch, und er trägt keinen Seitenscheitel, sondern nur noch einen Haarkranz.

»Entschuldigung, eine Frage«, fängt Till an, ohne Vertrauen. Sein Vater hat zeit seines Lebens nie Anhalter mitgenommen. Leute, die per Anhalter fuhren, nahmen Drogen, hatten keinen Beruf, und lagen ihm als ordentlichen Steuerzahler auf der Tasche. Mädchen, die per Anhalter fuhren, wurden vergewaltigt und umgebracht. Der Staubsauger saugt und macht unangemessen Lärm. Der Mann hat sichtlich keine Lust, dass ihm irgendwer seine schon bezahlte Saugzeit stiehlt. »Sie fahren nicht zufällig in Richtung Autobahn?«

»Was??« Es kommt sehr ungehalten.

»Falls Sie nämlich in Richtung Autobahn fahren würden, wäre es super, wenn Sie uns mitnehmen könnten.« Für den Krach, den der Staubsauger macht, würde es nicht verwundern, wenn er in der Lage wäre, mit dem entsprechenden Aufsatz das komplette Auto aufzusaugen. »Sie würden uns einen großen Gefallen tun, wenn Sie …«

»Ich nehm keinen mit. Was soll das? Wer sind Sie denn?« Drogensüchtig, ohne Job, Sozialschmarotzer, es ist alles da, es schwingt alles mit, nichts hat sich geändert. Der Mann hält Till drohend den Saugrüssel vors Gesicht, als wäre es ein Leichtes für ihn, Till wegzusaugen, wie einen ein Meter dreiundachtzig großen Krümel. Es ist schwer zu sagen, wer von ihnen beiden überraschter ist, als Till dem Mann seine Faust in den Magen schlägt. Es ist ein ganz und gar ungewohntes Gefühl für Till und seine Faust. Er spürt einen weichen Widerstand. Der Mann stößt ein Grunzen aus und lässt den Saugrüssel los, der jetzt auf dem Boden liegt und unbeeindruckt weiter Luft einsaugt. Till weiß nicht weiter und tritt seinen Vater in einer völlig unsinnigen Aktion mit der Spitze seiner Slipper gegen das Knie. Der Mann sagt etwas, was Till wegen des Staubsaugers nicht hören kann, und der nächste Tritt landet zwischen den Beinen des Mannes, der daraufhin zusammensackt. Aus dem Nichts ist Nappo da, so schnell und effizient, wie er am Vortag das Schloss der Gartenhütte aufgebrochen hat. Er schlägt dem Mann seine nicht blutende Hand an die Schläfe, die Arme des Mannes rudern, Till will wegrennen, weg von dem Kassenwartmann am Boden, weg von der Tankstelle, weg von Nappo, stattdessen greift er sich die Fußgelenke des Mannes, der jetzt stumm und regungslos auf dem Boden liegt. Nappo hat irgendwas mit dem Mann angestellt, was Till nicht gesehen hat. Nappo schleift den Mann an den Schultern weg von seinem Citroën, und deswegen hat Till die Fußgelenke genommen, und unabgesprochen schleifen sie den Mann in den Waschraum, den sie von außen abschließen, und dann sitzen sie in dem Citroën, und Till muss sich zurechtfinden, und Nappo ruft ständig irgendwas.

Till müsste eigentlich den Sitz verstellen, aber er fährt, er fährt mit diesem Citroën, der nicht ihm gehört, sondern dem Mann im Waschraum, in dessen Bauch er geschlagen hat. Seine Hand fühlt noch immer diesen weichen Widerstand. Seit diesem Schlag sind drei Sekunden vergangen oder dreißig Sekunden oder dreißig Minuten. Er fährt, der Wagen fährt auf einer Straße, die sich nicht unter ihm öffnet, sondern daliegt, grau und glatt wie immer.

»Alter, Alter, Alter«, sagt Nappo und klingt zum ersten Mal fassungslos. Till fährt. Es ist alles ganz problemlos, irgendetwas rauscht im Inneren seiner Ohren, er kann plötzlich fühlen, wie groß er ist, und dass sein Blut überall hinkommt. Er spürt ein Klopfen unterhalb seiner Gürtelschnalle, eine Anspannung in seiner namenlosen Unterhose von Miriam. Till Reiners hat einem harmlosen älteren Mann in den Bauch geschlagen und kann jetzt fühlen, wie sein Schwanz durchblutet wird.

24

Miriam erkennt ihre Schrift auf dem Zettel. »Weichspüler«, hat sie geschrieben, »Nutella, Essig, Brot, Käse, Zwieback, Spinat, Nudeln, Tosau, Klopa« (Letzteres als eingeführte Abkürzungen für Tomatensauce und Klopapier). Sie hat aus alter Gewohnheit ein schludriges Herz unter die Liste gemalt, die ihr Hauptkommissar Bergmeister auf den Tisch gelegt hat.

Miriam ist nicht auf fremden Besuch eingerichtet. Ihr Chef aus dem Reisebüro, in dem sie halbtags arbeitet, hat ihr am Telefon freigegeben (»Selbstverständlich müssen Sie nicht kommen, solange das mit Ihrem Mann ... äh ... solange der noch nicht wieder da ist«), sie hat Nico in den Kindergarten gebracht und ist von den anderen Müttern und den Betreuerinnen mit mitleidigen Bemerkungen überschüttet worden. Obwohl der Tag eigentlich gerade erst angefangen hat, ist sie schon müde.

Jetzt steht der fremde, große Mann aus dem Polizeipräsidium in ihrem Wohnzimmer und erzählt, dass man Tills Auto verlassen aufgefunden hat, in einer Kleingartenanlage. Miriam ist sich im ersten Moment nicht sicher, ob Kurt Bergmeister nicht gesagt hat, dass man Till verlassen aufgefunden hat und sie überlegt, ob das heißt, dass er tot ist. Dann findet sie, dass die Wortwahl dafür sehr unpassend wäre. Andererseits ist der Mann ja Polizist, also Beamter, und Beamte nennen Briefmarken »Postwertzeichen«, und deswegen gibt es bestimmt auch eine offizielle Umschreibung fürs Sterben. Sie will nochmal nachfragen, aber Kurt Bergmeister hat unterdessen schon weiter geredet und deutet nochmal auf die Liste.

»Die haben wir neben dem Auto Ihres Mannes gefunden«, sagt er freundlich und das bedeutet, dass es im Satz davor doch um das Auto gegangen sein muss und nicht um Till. Offenbar hat Till ihr gemeinsames Auto also verlassen und so haben es die Polizisten vorgefunden. »Genauer gesagt, haben wir die Liste neben einer Gitarre gefunden.« Kurt Bergmeister öffnet einen hellbrauen Umschlag und legt großformatige, glänzende Fotos auf den Couchtisch, auf dem noch immer die beiden Schuhkartons mit den anderen Fotos stehen, in denen sie am Vorabend mit Ina nach besseren Till-Bildern gesucht hat. Unpassenderweise stehen da auch noch Weingläser, übersät mit fettigen Fingerabdrücken von ihr und Ina, eine fast leere Tüte Chips und eine fast leere Packung Joghurt-Dip, ein paar von Nicos Autos und Bobo, der Plüschaffe. Bobo grinst über beide Plüschbacken, auch das ist unpassend.

Seit Miriam Nico im Kindergarten abgeliefert hat, hat sie das Gefühl, dass sie all ihre Kraft verbraucht hat. Sie hat Schwierigkeiten, dem zu folgen, was Kurt Bergmeister ihr erzählt.

»Ist das die Gitarre Ihres Mannes?« Der Hauptkommissar bleibt ruhig. Miriam würde sich gern umziehen. Ihre graue Jogginghose ist ebenso unpassend wie die Weingläser und Bobo der Affe und das T-Shirt, unter dem sie nichts weiter trägt, sodass sich vermutlich ihre Brustwarzen deutlich gegen den Stoff drücken. Das ist alles, alles nicht passend für eine Frau, deren Mann irgendwo in Lebensgefahr schwebt. Auch diesen Begriff findet sie im nächsten Moment unpassend, denn Till schwebt ja nicht, er sitzt, steht, liegt oder geht. Till kann gar nicht schweben.

»Ja, ja, das ist seine Gitarre«, sagt sie und muss lachen, weil sie sich einen schwebenden Till vorstellt, und weil es dieselbe Gitarre ist, die sie am Vorabend auf den Silvesterfotos gesehen hat. Neben der Gitarre sieht sie auf dem Foto einen Plastikteller mit Essensresten. Auf einem anderen Foto ist derselbe Teller zu sehen, aus anderer Perspektive. Jetzt erkennt man auch noch eine Luftmatratze, eine Decke und einen Kasten Bier neben der Gitarre. Seltsame Urlaubsfotos eines Ferienlagers. Auch das ist unpassend. Lebensgefahr müsste andere

Fotos produzieren. Miriam blättert durch die restlichen Fotos. Ihr Subaru mit offen stehender Tür vor einer Bretterbude und daneben wieder die Luftmatratze.

»Wissen Sie noch, wann Sie diese Liste geschrieben haben?«

»Ja, ja, das war gestern Morgen, bevor mein Mann zur Arbeit gefahren ist.« Till war schon fertig angezogen, Nico sprang ungeduldig auf und ab, bereit für einen weiteren Tag im Kindergarten, und ihr fiel noch nichts ein, was sie am Abend kochen wollen würde. Sie kapitulierte und schrieb Nudeln und Tomatensauce auf den Zettel, das Notgericht der Familie Reiners.

»Da sind Sie sich sicher, Frau Reiners?« Miriam versteht nicht, was so wichtig daran ist, wann sie die Einkaufsliste geschrieben hat, aber die Art, wie der Hauptkommissar »Frau Reiners« zu ihr sagt, deutet darauf hin, dass sie irgendetwas Wichtiges übersehen hat. Kurt Bergmeister gibt ihr die Liste nochmal in die Hand, und jetzt sieht sie, dass auch auf der Rückseite etwas steht. In Tills ordentlicher Bankangestelltenhandschrift steht da »Hotel California« und darunter »Hm F# A E G D Em F#.«

»Ich vermute, das stand da gestern Morgen noch nicht drauf, oder?«, fragt Kurt Bergmeister, und Miriam schüttelt den Kopf und versteht noch immer nicht, obwohl sie weiß, dass die Buchstaben für Gitarrenakkorde stehen, und direkt hinter diesem Wissen liegt das, was dieser Zettel bedeutet.

»Aber das ist die Handschrift Ihres Mannes?« Miriam nickt eine vorsichtige Antwort auf diese Frage, und sie hat das Gefühl, der Hauptkommissar macht es jetzt so spannend, wie ein Quizmaster, der die richtige Lösung noch ein Weilchen hinauszögern will, während es für die Kandidatin um alles oder nichts geht.

»Dann müssen wir davon ausgehen, dass Ihr Mann und der Bankräuber gestern einen kleinen Liederabend veranstaltet haben«, sagt Kurt Bergmeister dann so neutral, als läse er die Nachrichten vor.

Und obwohl sie jetzt die Lösung weiß, hat Miriam das Gefühl, dass sich dahinter noch eine andere, größere Lösung versteckt, die ihr der Mann in ihrem Wohnzimmer noch nicht verraten hat. Eine Lösung, die bedeutet, dass die Kandidatin verloren hat und ohne Gewinn nach Hause geht.

25

Je länger Till auf die Landstraße vor ihm guckt, desto mehr hat er den Eindruck, dass sie direkt aus der Schnauze des Citroën kommt, dass der Wagen selber die Straße produziert, auf der er fährt. Ein anderes Fahrgefühl als in seinem Subaru. Der Citroën sieht schon nicht mehr so aus wie seine Vorfahren, und doch erkennt man noch, dass er ursprünglich aus einer anderen Zeit kommt, einer Zeit, als europäische Automarken, Menschen und Nationen noch klar unterscheidbar waren. Der Innenraum ist riesig im Vergleich zu seinem gewohnten Till-Reiners-Wagen.

Draußen liegt ordentlich aufgeteilte Landschaft in klaren Sommerfarben. Blau, grün, gelb, und hin und wieder ist ein Haus in die Landschaft gekleckst. Kaum zu glauben, dass sie noch nicht sehr weit von Osthofen entfernt sind. Diese Gegend ist ländlich und in ihrer sommerlichen Ruhe ein seltsamer Kontrast zu der aufgekratzten Stimmung in Till und »seinem« Wagen. Der ist nämlich ein Faraday'scher Käfig gegen ländliche Ruhe. Dieses Mal war es Till, der das Radio aufgedreht hat und schließlich bei »Here I go again« von Whitesnake gelandet war, was er symbolisch genug fand, um es laut aufzudrehen, und Nappo hat nicht widersprochen. Im Gegenteil, er hat im Rhythmus dazu genickt, sich dann weit aus dem Seitenfenster gelehnt und den Takt mit der flachen, nicht blutenden Hand aufs Dach geschlagen.

In den ersten Minuten der Fahrt hat Nappo die Ereignisse an der Tankstelle aus seiner Sicht euphorisch ein paar Mal Revue passieren lassen, »Alter, ich denk, mir fliegt 'n Brett weg, haut der Kerl auf einmal den Alten um!«, und Till hat gleichzeitig lachen und atmen und schlucken müssen, sodass er Schwierigkeiten hatte, überhaupt

Luft zu bekommen. Eine Zeitlang war nur Tills Japsen zu hören, gespickt von Nappos »Alter, Alter, Alter«-Seufzern, und dann ging alles wieder von vorne los. Nappo und Till redeten gleichzeitig und hauptsächlich für sich selbst. »Ich war kurz vor Schnauze voll ...«

»Ja, hab ich gesehen ...«

»Ich dachte, dem nächsten Wichser drück ich die Knarre ins Auge ...«

»Ich hab schon gedacht, die Mutti muss dran glauben, als du ...«

»Und dann schmiert der Kerl den Alten um!«

»Wollte ich überhaupt nicht, ich weiß auch nicht, was ich ...«

»Schmiert einfach den Alten um!«

»Ja, ich hab überhaupt nicht nachgedacht, ich hab bloß ...«

»Zack, schmiert der Kerl den Oppa um, weißte.«

»Ich hab halt den Oppa plötzlich einfach umgeschmiert!«

»Alter, Alter, Alter!«

›Keep on rocking in the free world‹, der große, unsichtbare DJ dieser Tage lässt sich nicht lumpen und spielt Neil Young. Auch das geht ohne Protest bei Nappo durch. Till und Nappo sind Jungs auf den ersten Metern eines Schulausflugs, Männer im Flugzeug auf dem Weg zum Ballermann, Fans im Stadion nach dem Einzug ins Championsleague-Finale. Und dazu ist es Sommer und kein Mensch auf der Straße und der Himmel grenzenlos gespannt, über die Felder, das Land, und die ganze, runde Welt. Zwei Kühe stehen am Weg und bewegen träge ihre Kiefer, und Till nimmt eine Hand vom Lenker und grüßt die beiden.

Erst ein Beitrag zum 100. Geburtstag irgendeines deutschen Schriftstellers bricht die gute Stimmung ein bisschen. »Er war einer der bedeutendsten Vertreter deutscher Nachkriegslyrik«, sagt der Sprecher.

»Am Arsch«, sagt Nappo und sucht einen neuen Sender.

Die offizielle Stimme des Sprechers hat aber bewirkt, dass Till jetzt zum ersten Mal nicht denkt, dass er den »Alten umgeschmiert« hat, sondern, dass er einen Mann, der sein Vater hätte sein können, in den Magen geschlagen hat, um ihm anschließend zwischen die Beine zu treten, und dass das in der normalen Welt da draußen nicht gut ist, dass er selber das nicht gut findet, und noch vor einem Tag für unmöglich gehalten hätte.

Dann sagt Nappo, dass er es trotzdem Scheiße findet, dass Till sich ausgerechnet einen Franzosen schnappen musste. Citroën sei mal klar das Hinterletzte. Kurz vor Skoda. »Franzosen sind wie Japaner mit Rundaugen«, sagt Nappo und doziert weiter, »die Franzacken können ja nun wohl mal definitiv keine Autos.« Früher seien einem die »Baguettemöhren alle unterm Arsch weggerostet«. Und so muss sich Till eine kurz Abhandlung über die Franzosen als Autobaunation anhören, während sein Kurzzeitgedächtnis ihm nochmal Bilder in die Innenseite seines Schädels projiziert, in denen der Kopf des alten Mannes plötzlich bewusstlos zur Seite kippt. Die Sicherheit im Gesichtsausdruck des Mannes war plötzlich weggespült. All die ordentlich gezahlten Steuern, alle abgeschlossenen Versicherungen, alle regelmäßigen Kirchenbesuche und pünktlich eingenommenen Tabletten haben ihn nicht davor bewahrt, an einem Sommertag von einem Angestellten der Dresdner Bank in den stinkenden Waschraum einer Tankstelle gesperrt zu werden.

Till kann sich vorstellen, dass sein Vater ähnlich ausgesehen hat, bevor er auf dem Weg zur Goldenen Hochzeit seiner Schwester seinen Wagen mitsamt seiner Frau auf dem Beifahrersitz in die Auslage der Metzgerei Schmölzing fuhr. Beide lagen plötzlich tot neben dem restlichen toten Fleisch, das als Wurst und Schnitzel verkauft werden sollte. Die Goldene Hochzeit wurde ein halbes Jahr später nachgeholt.

Als Till daran denkt, hofft sein arg strapaziertes Herz, der Mann möge bitte nicht in dem Waschraum gestorben sein.

»Was hast du eigentlich mit dem Mann gemacht, dass der plötzlich so weggekippt ist?«, formuliert er vorsichtig in Richtung Nappo, der jetzt »Behind blue eyes« in der Limp-Bizkit-Version gefunden hat und dazu Luftgitarre spielt.

»Den Todesgriff der Todeskralle«, antwortet Nappo cool und zeigt passend dazu seine blutende Kralle.

»Aber du hast den nicht …?«, fragt Till und denkt an das Kaninchen, aber Nappo antwortet »Ach Quatsch!« und lacht.

Dann hat Nappo die Idee, dass der Mann sicher ordnungsgemäß einen Verbandskasten mit sich führen wird. Che Guevara auf seinem T-Shirt hat nämlich bereits blutige Augen und auch der »Revolution«-Schriftzug darunter ist passenderweise schon blutverschmiert. Sie fahren rechts ran auf der leeren Landstraße, die die Mittagshitze gnadenlos wieder zurückstrahlt. Als sie den Kofferraum öffnen, finden sie nicht nur den Verbandskasten, sondern auch die Einkäufe des älteren Mannes. Toilettenpapier, Nudeln und Käse, ein dreidimensionales Echo einer Einkaufsliste, die Till am Tag zuvor von Miriam bekommen hat und die jetzt weg ist. Weg wie seine Gitarre, weg wie sein Auto und sein ganzes bisheriges Leben inklusive Miriam. In einer zweiten Tüte findet sich eine Dose Erbsen und Möhren, Fleischwurst, Butter, Ciabatta und sogar eine Flasche Weißwein. »Trinken auf Rädern«, sagt Till trocken und Nappo köpft die Flasche Wein kunstvoll mit dem Wagenheber und versichert, da seien »hundert pro« weniger Splitter drin als in seiner Hand. Zum Beweis nimmt er einen großen vorsichtigen Schluck und überlebt und dann trinkt Till auch. Den dritten warmen Alkohol in drei Tagen und dieser hier schmeckt ihm am besten.

Sie verbinden Nappos Hand, essen Käse und sitzen in der Sonne am Straßenrand, während das Radio den neuen Hit von Nelly Furtado ankündigt. Ein schönes Lied, voller Sommer und einer Frauenstimme aus einem anderen Teil der Welt. Die Sonne legt sich angenehm auf seine Haut, ein leichter Wind weht und der alte Mann ist nicht tot, und seine Versicherung wird für das Auto aufkommen, wie auch eine andere Versicherung für Tills Auto aufkommen wird. Alles wird in Ordnung kommen. Dies ist ja immer noch Deutschland, wo man nie wirklich tief aus der Ordnung herausfallen kann. Der warme Wein tut seine Wirkung. Till ist dem alten Mann dankbar dafür, dass er nicht den billigen, abgepackten Käse eingekauft hat, den Miriam meistens mitbringt. Dieser Käse hier schmeckt großartig.

Till müsste jetzt eigentlich mit Herrn Walther die Kredite der letzten Zeit durchgehen. Er sieht den Hydrokulturbaum in Herrn Walthers Büro vor sich, die ausgeblichenen Aquarelle an der Wand, von denen eines einen Sommertag auf einem Feld zeigt, und er sitzt jetzt hier im Original, das weit, weit besser ist als diese mut- und kraftlose Raubkopie eines Sommers hinter Herrn Walthers Schreibtisch. Jetzt muss vermutlich Nils mit Herrn Walther die Kredite durchgehen. Geschieht ihm recht, denkt Till. Von seiner Position am Straßenrand, mit blauem Himmel über sich, Wein und Käse im Bauch und der Musik, die durch all das hindurchschwebt, von dieser Position aus, wirkt Nils wie ein armseliger, aufgeblasener Angeber, und Till kann sich nicht vorstellen, wieso er jemals das Gefühl gehabt hat, dass Nils ihm überlegen ist. Till fühlt sich alterslos und grenzenlos, und wieso soll von hier aus nicht alles Mögliche machbar sein?

Hoch oben im Himmel kreisen Vögel, schwarze, elegante Punkte, lebende Zeugen dafür, dass das Leben leicht und schwebend sein kann. Auch wenn die ordentlich gezogenen Grenzen der Felder und die fehlerfrei daliegende Landstraße ihm noch vorkommen wie landschaftliche Verwandte der Vordrucke in der Bank, auch wenn das immer noch das Deutschland ist, aus dem er gestern Abend vor dem Olympia-Grill weg wollte. DIT-Fonds-Gegend. Aber Till hat in diesem Moment vergessen, mit wem er da unterwegs ist, er hat das tote Kaninchen vergessen, die alte Frau vom Parkplatz, den Anblick der Waffe in der Bank, das Gesicht des Mannes im Waschraum der Tankstelle. Es ist wie der kurze Augenblick im Kino, wenn es schon dunkel geworden ist und der Marlboro Cowboy die Pferde eingefangen hat und rauchend am Lagerfeuer sitzt, untermalt von dieser Musik, und man für einen kurzen Moment glaubt, dass es das alles wirklich gibt, Freiheit und Abenteuer und Prärien, auf denen große Orchester passende Musiken spielen.

Dann singt der Chor wieder »Musterhausküchenfachgeschäft«, und die Sonderangebote, Tage der offenen Tür und Aktionswochen melden sich in Gestalt der Radiowerbung zurück. »Etwas Glück« verkaufen sie einem da als das, was man braucht, um einen der »tollen Preise beim großen Radiorätsel« zu gewinnen.

Dabei war Glück doch gerade noch ein Stück Käse und warmer Wein auf der Landstraße. Gerade noch war Till nur eine Handbreit vom richtigen Glück entfernt, aber er ist zu faul und zu schwer, um zum Auto zu gehen und umzuschalten. Und so quäkt und plärrt die Radiowerbung, bis eine heitere Männerstimme gerade genug Seriosität aufbringt, um in den Nachrichten erneut die Toten des Flugzeugabsturzes in Ägypten anzusprechen. Danach folgen andere Tote, dieses Mal im Nahen Osten. Eine Autobombe. Und noch mehr Tote bei einer Überschwemmung. Und Fußballergebnisse. Die Welt ist aus den Fugen und verrückt. Musterhausküchen, Überschwemmungstote und Fußball, alles innerhalb von einer Minute und alles gleichermaßen nicht verstehbar.

Der Bankraub ist kurz vor den Wetterbericht gerutscht. Die Welt spült unablässig neue Tote in die Redaktionen der Nachrichten. Da hält sich ein einfacher Bankraub nicht so lange. Till hat das Gefühl, dass der Bankraub nur deswegen überhaupt noch erwähnt wird, weil er potentiell einen weiteren Toten produzieren könnte. Nämlich ihn, Till R. aus O. Nach wie vor keine Spur von Täter und Geisel, heißt es knapp. Der Mann im Waschraum der Tankstelle wird nicht erwähnt. Offenbar ist der also wirklich nicht tot.

Nappo hat die ganze Zeit am Hinterreifen des Wagens gelehnt und ist mehr und mehr in sich zusammengesunken. In den Verkehrslagebericht hinein sagt er plötzlich: »Das wird doch sowieso nichts«, ganz matt und schwach und Till sieht ihn verblüfft an. »Die packen mich doch sowieso … früher oder später … und dann gibt's Jahre satt …« Wie er da sitzt, neben dem Citroën des alten Mannes, wie ein Cowboy, der soeben einsieht, dass er mit seinem ungeliebten französischen Pferd nicht lebend durch die Wüste kommen wird. Selbst der schwarze Stoff-Che-Guevara wirkt mutlos. »Aber ich geh nicht in den Bau«, sagt Nappo zu niemandem, und es klingt, als sei er vom genauen Gegenteil überzeugt.

Till versteht nicht, was hier los ist, weil er doch gerade noch wusste, dass alles möglich sein kann und das Leben noch lange nicht zu Ende geht. Er war gerade noch im Marlboro Country. Vor dem vermaledeiten »Musterhausküchenfachgeschäft« war die Welt doch noch aus Gold, und deswegen hockt sich Till vor seinen Entführer und redet auf Nappo ein, wie ein Trainer auf seinen Boxer, der in der letzten Runde unerwartet die ersten Treffer kassiert hat. »Du kannst doch jetzt hier nicht schlappmachen. Was soll denn die Grütze? Das läuft doch bislang hier alles besser als unser Oma ihr Hündchen. Ich weiß wirklich nicht, was du willst!« Er versucht es jetzt ohne die Bank-Sprache. Er will, dass die Wein-Käse-Sommerstimmung wiederkommt, er hat keine Lust, wieder mit Herrn Walther unter dem Hydrokulturbaum zu sitzen. Er will noch weiter in fremden Autos fahren, jetzt, in diesem Moment. »Hast du doch gehört, die haben noch keine Spur und du hast 30 000 Mücken im Beutel und 'n Auto.« Er hört sich selbst erstaunt beim Reden zu. »Das wird schon alles!«, sagt er, »das ziehen wir chefmäßig durch!« Nappo nickt langsam und nachdenklich, als prüfe er Tills Argumente sorgfältig. »Wir sollten allerdings echt mal wieder los. Ich könnte mir vorstellen, dass der Kollege aus dem Waschraum jetzt so langsam seinen Wagen vermisst.«

Till steht auf und streckt Nappo eine Hand entgegen, die der auch ergreift und sich von Till hochziehen lässt. Sie lassen den Käse und den Wein an der Straße liegen und fahren los, und tatsächlich spielt das Radio jetzt »Brown Eyed Girl« von Van Morrison und dieses Mal sagt Nappo nichts und Till drückt aufs Gas und lächelt. Vielleicht wird das heute sein Tag. Vielleicht hat Gott doch einen guten Plan für ihn, den Till ganz langsam beginnt zu begreifen.

26

Der Mann am hinteren Bildrand des Monitors ist definitiv nicht Till. Die Bewegungen des Mannes wirken seltsam stockend und gänzlich unvertraut. Das ganze Bild ist schwarz-weiß, und Miriam hat Schwierigkeiten, die verschiedenen Abstufungen von Grau zuzuordnen. Dieser Mann ist älter als Till, dicker auch. Der Mann führt einen Schlauch in sein Auto und dann kommt ein anderer Mann dazu, dessen Umrisse und Bewegungen anders wirken, vertrauter und dann doch wieder nicht. Sie hat Till nie auf einem schwarz-weißen Video gesehen, das alles ist absurd. Der ältere Mann beugt sich plötzlich weit vor, der andere tritt ihn, tritt ihn zwei, drei Mal, und da ist eine Ähnlichkeit mit etwas, das Miriam kennt, wie eine neue Version eines altbekannten Songs. Ein dritter Mann kommt dazu, Miriam kann nur die Schuhe sehen und eine Hose, kein Gesicht. Das Bild ist falsch eingestellt. Der ältere Mann sackt zu Boden, das Ganze ist albern, es gibt keinen Ton, keinen Schnitt, es sind Bilder vom Mars und selbst die gibt es mittlerweile in Farbe.

»Das ist doch nicht mein Mann«, sagt sie. Sie muss etwas sagen, um nicht länger auf diese Bilder gucken zu müssen.

Kurt Bergmeister nickt freundlich und nimmt einen Schluck Tee. »Wir können es nochmal ein bisschen ranholen.« Er gibt dem jungen, nichtssagenden Mann, der neben dem Monitor gesessen hat, einen Wink mit den Augen. Es ist drückend heiß im Polizeipräsidium. Die Hitze der letzten Tage steht immer noch in diesen engen Räumen und jetzt legt sich eine neue Schicht Hitze auf die schon mehrfach gebrauchte Luft. Das Fenster steht weit offen, ein eher symbolischer Akt, der nichts an den Temperaturen in den Zimmern ändert.

Der Hauptkommissar klang dringend am Telefon und hat sie dieses Mal von uniformierten Beamten zu Hause abholen lassen. Dabei war kaum Zeit vergangen, seit er ihr in ihrem eigenen Wohnzimmer ihren eigenen Einkaufszettel gezeigt hatte, und ihr damit zu verstehen geben wollte, dass Till nach seiner Meinung einen Bankraub geplant und durchgeführt hat. Derselbe Till, den sie im letzten Urlaub nicht zu einem Ausflug auf Pferden überreden konnte, weil er Angst vor Tieren hatte, die immerhin schon einen Supermanndarsteller abgeworfen und in den Rollstuhl gebracht hatten. Derselbe Till, der sich und seinen Sohn auf einem Spielplatz wegen eines demolierten Plastikautos von anderen Vätern anschreien ließ.

Miriam sitzt neben dem stummen, jungen Mann, der einen Rollwagen vor sich hat, auf dem etliche graue, elektronische Geräte stehen mit verschiedenfarbigen, leuchtenden Knöpfen. Er spult den kurzen Film zurück und Miriam sagt: »Das Ganze ist doch absurd. Mein Mann rennt nicht durch die Gegend und haut Leute um, das ist doch völlig bescheuert! Mein Mann arbeitet bei der Dresdner Bank, der hat in seinem ganzen Leben noch nicht …«

Der stumme junge Mann lässt den Film von zuvor wieder ablaufen, alles ist jetzt noch grauer und grobkörniger, als würde jeden Moment Charlie Chaplin ins Bild kommen. Stattdessen hält das Bild an, und sie sieht einen grobkörnigen, grauen und undeutlichen Till, der sie ansieht. Das Bild flimmert ein wenig, Tills Gesicht flimmert und sieht nicht aus wie Tills Gesicht, das sie seit Jahren kennt, aus ganz unterschiedlichen Perspektiven, in ganz unterschiedlichen Ausdrücken. Das dort auf dem Bildschirm ist nicht Tills Gesicht.

»Ist das Ihr Mann?«, fragt der Hauptkommissar hinter ihr, ohne eine Veränderung in der Stimme und Miriam nickt. »Der Zeuge hat Ihren Mann auch sofort wieder erkannt, als wir ihm das Foto gezeigt haben.«

»Wer?«

Kurt Bergmeister tippt mit dem Fingernagel auf den anderen Mann auf dem Bildschirm, der dort als zusammengekrümmte, hellgraue Fläche zu sehen ist. »Der arme Kerl hat eine ganze Zeitlang bewusstlos im Waschraum gelegen. Hat 'n kleinen Schock, aber vermutlich hauptsächlich, weil sein Auto weg ist, ansonsten ist ihm nichts passiert.« Als sei es auch durchaus möglich gewesen, dass Till den Mann absticht oder mit einer Kettensäge zerteilt.

»Ich versteh das alles nicht«, sagt Miriam und es ist die reine Wahrheit. Sie fühlt sich so hilflos und verzweifelt wie Nico, der vor einem neuen Spielzeug sitzt, das noch eingepackt ist und dessen Verpackung er nicht ohne fremde Hilfe aufbekommt.

»Wir verstehen es auch noch nicht wirklich«, sagt der Hauptkommissar, jetzt wieder mit seiner Pilotenstimme. Er erzählt Miriam nicht die ganze Geschichte. Er erzählt nicht, dass der Tankwart die große Kühltruhe im Verkaufsraum aufgefüllt hat, und deswegen nichts von dem mitbekam, was sich draußen tat. Er erzählt nicht, dass es deshalb fast zwanzig Minuten dauerte, bis jemand den Mann im Waschraum fand. Er verschweigt, dass die Polizei den Vorfall eine weitere halbe Stunde lang als Autodiebstahl verbucht hat, und erst der Tankwart den zweiten Mann ins Spiel brachte, an den sich der Fahrer des Citroën gar nicht mehr erinnern konnte. Der Tankwart konnte keine gute Beschreibung des zweiten Mannes liefern, hatte aber immerhin Che Guevara auf dem T-Shirt erkannt. Es dauerte nochmal lange Minuten, bis sich einer der Beamten daran erinnerte, dass Che Guevara in einer der aktuellen Fahndungen eine Rolle spielte. Insgesamt war weit über eine Stunde vergangen, bis die Fahndung nach dem Citroën rausging, und in diesem Zusammenhang auch nach Till Reiners und dem unbekannten Räuber gefahndet wurde. Es gab wieder Telefonate mit dem Kriminalrat, sogar der Polizeipräsident hat angerufen, das SEK war in Bereitschaft und keiner der Kollegen aus den anderen Bundesländern hatte eine richtige Erklärung, warum der Bankräuber immer noch in der Gegend war, und offensichtlich jetzt erst weg wollte und wie in diesem Zusammenhang Till Reiners ins Bild passte.

In allen Büros ist es heiß, und deswegen tendieren alle Beteiligten zu der These, dass Till Reiners von Anfang an an dem Bankraub beteiligt war. Dadurch geht es nur noch um zwei Kriminelle, die ein paar tausend Euro erbeutet haben und früher oder später einen Fehler machen werden. Es geht nicht mehr um eine Geisel, nach der die Öffentlichkeit fragt, und für deren Wohlergehen die Männer in den heißen Büros zuständig sind. Die Kollegen haben Kurt Bergmeister zu verstehen gegeben, dass ein Beweis in Richtung Beteiligung am Bankraub enorm helfen würde.

»Es gibt ganz unterschiedliche Erklärungen für das Verhalten Ihres Mannes«, sagt der Hauptkommissar und nimmt auf dem albernen Wippstuhl Platz, der angeblich seine Haltung verbessert, wenn er am Schreibtisch sitzt. »Es ist durchaus möglich, dass der Bankräuber ihn zu diesem Verhalten gezwungen hat. Die Aussage unseres Zeugen deutet zwar nicht darauf hin, aber möglich ist es.«

»Was sagt denn der Zeuge?«

»Der Zeuge sagt, dass Ihr Mann ihn alleine angesprochen hat, um ihn dann aus heiterem Himmel zusammenzuschlagen.«

Miriam muss lachen und merkt dabei, wie angespannt ihre Bauchmuskeln gewesen sind. Till hat jemanden aus heiterem Himmel zusammengeschlagen. Sie muss lachen, unangemessen, aber unvermeidlich. Sie muss lachen, wie sie manchmal über Nico lachen muss, wenn der zufällig eine Wahrheit ausgesprochen hat, die er selber nicht versteht. »Von Sprudel kriegt man Mundpupse«, zum Beispiel, oder »Oma ist ein Muffeltier!«

Till schlägt niemanden zusammen. Auf keinen Fall.

Vor Jahren, lange vor Nico, waren sie auf der traditionellen Osthofener Herbstkirmes, sie wartete am Bierstand, während Till noch eine Bratwurst holen wollte, und ein junger, sehr blonder und leicht angetrunkener Mann mit strahlend blauen Augen kam zu ihr hin und sagte, dass »da oben im Himmel jetzt aber einer mächtig Ärger kriegen wird, weil er einen Engel verloren hat. Ausgerechnet hier, mitten in Osthofen.« Sie hatte schon genug getrunken, um das lustig zu finden, und sein Angebot, ihr ein Bier auszugeben, angenommen. Es war vielleicht das erste Mal nach der Hochzeit, dass ein anderer Mann Interesse an ihr zeigte, ein alkoholisiertes Interesse natürlich, aber durchaus nicht plump oder platt. Im Gegenteil. Der blonde junge Mann fragte ordentlich und höflich, was »so eine mörder Frau« in Osthofen zu suchen hätte und war mit ihrer Antwort, dass sie halbtags im Reisebüro arbeite, nicht zufrieden. »Du könntest alles machen«, sagte der Blonde, »kein Scheiß, absolut alles könntest du machen und dann 'n blödes Reisebüro, im Ernst, das versteh ich nicht!«, und das war eigentlich genau das, was auch sie selber damals über sich dachte. Deswegen lächelte sie den sehr blonden Mann an und der trank kopfschüttelnd sein Bier, stellte ihr noch ein paar Fragen und meinte dann, er wolle ihr jetzt nicht »irgendwie blöd kommen oder so«, aber sein Gefühl sage ihm, dass sie die Welt, ihr Leben und überhaupt alles anders sehen werde, wenn sie sich von ihm »jetzt mal richtig durchvögeln« ließe. Und zwar »Doggy style«, denn Doggy style sei überhaupt »das Beste, auch für die Frau«, wie er betonte, »gerade für die Frau«, das sei »wissenschaftlich bewiesen«. Er sei schließlich nicht »irgendein Machoarschloch, das bloß ficken« wolle.

An dieser Stelle in der Unterhaltung kam Till wieder dazu und fragte im Scherz, ob der blonde Mann sie belästige, und als sie sehr ernsthaft antwortete, ja, das tue er tatsächlich, hoffte sie insgeheim, Till werde den Kerl am Kragen packen und verprügeln. Stattdessen sagte Till, der junge Mann werde sich an ihr die Zähne ausbeißen, sie sei nämlich seine Schwester und lesbisch und sehr schlecht im Bett, da könne er jede Frau hier fragen. Die ganze Situation verläpperte ins Nichts, und Till verstand nicht, wieso sie sich so aufregte.

Irgendwas ist seitdem passiert, dass Till nun offenbar andere Männer ohne Vorwarnung zusammenschlagen kann. Miriam würde jetzt gerne das Video noch einmal sehen, aber der stumme junge Mann hat in der Zwischenzeit den Rollwagen mit dem Monitor aus dem Raum geschoben.

»Für Ihre Wohnung läuft noch ein Kredit, ist das richtig?«

Miriam erkennt den Umschlag mit den Fotos des Kleingartens wieder, den Kurt Bergmeister auf ihren Wohnzimmertisch gelegt hat. Der Umschlag steckt mittlerweile in einer Mappe, in der auch die Unterlagen sind, auf die sich der Hauptkommissar jetzt bezieht.

Miriam nickt. »Ja, wir zahlen die Wohnung ab, na und? Das ist doch kein Grund ...–«

»Würden Sie Ihre Ehe insgesamt als glücklich bezeichnen?«

Schon aus reinem Trotz sagt Miriam jetzt »Ja« und merkt, dass es irgendwie trotzdem wie eine Frage rauskommt. »Ich meine, natürlich haben wir hin und wieder kleine Streitigkeiten, aber die haben Sie und Ihre Frau doch wahrscheinlich auch, und Sie überfallen ja auch keine Banken ...«

»Ich bin geschieden«, sagt der große, übergewichtige Hauptkommissar so neutral wie immer. Er ist der dicke, alte Igel, der immer schon da ist, wenn der kleine, verwirrte Miriam-Hase ankommt. Till schlägt alte Männer auf Tankstellen zusammen und beraubt seine eigene Bank. Es ist völlig ausgeschlossen, es ist absolut absurd, aber es steht in den Unterlagen des alten Igels, dort, wo auch ihr Einkaufszettel liegt, der echt ist, und das Video aus der Tankstelle, auf dem der echte Till zu sehen ist. Es ist hier in diesen amtlichen Räumen eine amtliche Tatsache.

Miriam hat sich vor ein paar Jahren ein Buch über Albert Einstein gekauft, auf dessen Einband stand, dass es »allgemeinverständlich die Grundlagen der Relativitätstheorie« erklären würde. Sie hat sich wirklich bemüht und trotzdem nicht verstanden, um was es im Kern dabei ging. Jetzt fühlt sie sich ähnlich.

»Sollen wir Sie wieder nach Hause fahren?«, fragt der große Hauptkommissar, und das ist endlich eine Frage, die sie klar und deutlich mit Ja beantworten kann.

27

Die Filiale der Dresdner Bank in Osthofen-Süd bleibt einen Tag lang für den Publikumsverkehr geschlossen. Die Zentrale hat ein paar Leute geschickt, die Versicherung ebenfalls. Herr Walther ist noch im Krankenhaus und wird noch ein paar Tage zur Beobachtung dableiben müssen. Frau Odra ist verantwortlich und versucht, so gut wie möglich zu rekonstruieren, was gestohlen wurde und wen man benachrichtigen muss. Es waren Kunden in der Bank. 5000 Kanadische Dollar sind weg, die Kundin braucht die Devisen, aber dennoch. Drei Kunden ist in der Bank ihr privates Portemonnaie geraubt worden. Zahlt die Versicherung der Bank auch dafür? Kann man da über Kulanz was regeln?

Nils hat für die Kunden einen Zettel in die Tür gehängt: »Die Filiale bleibt wegen der aktuellen Ereignisse heute geschlossen. Wir bitten um Ihr Verständnis.« Er hat vier oder fünf Versionen geschrieben, bis Frau Odra zufrieden war. In der ersten Version hieß es noch »Die Filiale bleibt wegen eines Überfalls heute geschlossen«, das kam aber sowohl bei den Kollegen aus der Zentrale als auch bei Frau Odra nicht gut an.

Jessica hat wenig geschlafen. Ihre Aussagen sind in den meisten Beiträgen im Fernsehen ziemlich zusammengeschnitten worden. Sie hat das Gefühl, sie hätte mehr erzählen können und Besseres. Die ganze Krassheit, wie der komische Typ auf einmal eine echte Knarre hatte, das hat sie nicht richtig rübergebracht. Dabei hat sie versucht sich zu erinnern, wie Schauspielerinnen im Fernsehen in solchen Situationen aussehen, aber jedes Mal ging alles so schnell, und die Frau von RTL hat gesagt, dass sie nicht in die Kamera gucken müsse, und das hat Jessica zusätzlich verwirrt. Deswegen wirkte sie im Fernsehen irgendwie blöd. Sexy, aber blöd. Trotzdem ist drei Mal, in drei unterschiedlichen Beiträgen, »Jessica Simons« eingeblendet worden, und ihre Freundinnen haben gesagt, sie sei jetzt ein Star. Natürlich im Scherz, aber andererseits auch wieder nicht, und sie kam sich mit all den Kameras und Reportern und Mikrofonen auch genau so vor. Sie hat die nervös suchenden Augen gesehen, die jeden, der aus der Bank kam, scannten. In Sekundenschnelle wurde entschieden, wer uninteressant war, wer zur Polizei gehörte und mit wem es sich lohnte zu reden. »Können Sie uns sagen was genau passiert ist?«

Gestern Abend, als sie allein in ihrem Badezimmer vor ihrem Spiegel stand, hätte sie die richtige Version parat gehabt. Sie war drauf und dran, den Reporter anzurufen, der ihr seine Karte gegeben hatte. Falls ihr noch etwas einfiele, könne sie ihn anrufen, hatte er gesagt, mit einem Grinsen, mit dem Männer sie normalerweise fragen, ob sie was trinken will, oder tanzen, oder was sie noch so vorhabe. Jessica hat vor Jahren schon gelernt, auf derartiges Grinsen nicht zurückzulächeln. Unerreichbar sein, zappeln lassen, cool weiter mit den anderen Mädchen reden, die innerlich grün sind vor Neid, außer vielleicht Madeleine, die zu dick ist, um ernsthaft in ihrer Männerliga mitzuspielen, und die deswegen vielleicht ihre beste Freundin ist. Madeleine, die froh ist, dass Jessica immer noch mit ihr ausgeht, ihr Schminktipps gibt und sie am Türsteher im »Silberrausch« vorbeischiebt, während die anderen draußen Schlange stehen. Der Reporter hatte so gegrinst wie die meisten Männer im »Silberrausch«, aber von denen war keiner beim Fernsehen. Gestern Abend hat sie ihn nicht angerufen, aber sie hat seine Karte jetzt vor sich und dreht sie zwischen den Fingern hin und her.

Die Männer, die heute in der Bank herumlaufen, fragen sie nichts. Sie tragen langweilige Anzüge und Eheringe. Draußen sind keine Kameras mehr. Noch ist nicht alles so wie immer, aber es ist abzusehen, dass es nicht mehr lange dauern wird. Sie sitzt wieder an ihrem Schreibtisch, neben dem sie gestern gehockt hat, genau da, wo jetzt ihre Tasche steht und wo nichts darauf hindeutet, wie krass es gestern war. Wenn sie das noch erzählen will, sodass es nicht wieder nach zehn Sekunden abgeschnitten wird, wenn sie länger im Bild und noch mehr Star sein will, dann muss sie den Reporter anrufen.

»Kannst du dir vorstellen, dass er da wirklich mit drinhängt?«, fragt Nils, und sie weiß nicht, wovon er spricht. »Na hier, Kollege Seitenscheitel. Der Typ von den Bullen hat mich ausgefragt, wie er so ist, was er so macht, ob mir was aufgefallen ist. Und ich so, ›nee, nicht wirklich, was ist denn los?‹ Und er wollte zuerst nicht so recht raus mit der Sprache, aber ich kenn ja 'n anderen Bullen vom Handball, bla und blubb, jedenfalls hat der mir dann erzählt, die Bullen denken, er hängt da vielleicht selbst mit drin in der Nummer.«

Es dauert noch ein paar Sekunden, bis Jessica sagt: »Wer? Der Till jetzt, oder wer?«, und Nils kann wieder mal nicht fassen, wie die den Job in der Bank bekommen hat. Frau Odra hat mal erzählt, dass Herr Walther einem der wichtigen Bankkunden noch einen Gefallen schuldig war, und dass Jessica offensichtlich dieser Gefallen ist. Frau Odra hat auch erzählt, dass eigentlich gestern eine große Summe vom Autohaus Tröscher angekündigt war, und erst im letzten Moment hat der alte Herr Tröscher selbst angerufen und gesagt, dass er das Geld noch einen Tag im eigenen Safe lassen will.

»Hast du was am laufen mit unserem Tilli?«, fragt Nils und lacht zur Tarnung. Der Polizeikollege hat eine Andeutung in die Richtung gemacht.

»Bist du bescheuert?«

»Ich dachte bloß! Nicht dass du dich demnächst auch noch absetzt und ihr beide euch 'n schönes Leben macht!«

»Mit 28 000 oder was?«

Jessica weiß, was das Leben kostet. Vom Autohaus Tröscher Geld weiß sie nichts, merkt Nils, als er ihr davon erzählt. Er glaubt ohnehin weder, dass Till Reiners seine eigene Bank überfällt, noch dass Till Reiners was mit Jessica hat. Dafür ist die arme Sau in der Eigentumswohnung, mit Frau und Kind und Leinenbundfalten, viel zu wenig abgedreht. Till Reiners ist einfach bloß absoluter Durchschnitt. Die Polizei liegt garantiert daneben. Natürlich würde Kollege Reiners gerne mal mit Jessica ins Bett. Jeder Blinde kann das sehen und bräuchte noch nicht mal seinen Krückstock dafür. Aber das ist nur eine ganz normale Midlife-Crisis, und Nils vermutet, dass Till sich bestimmt noch nicht mal traut, Gratispornos im Internet zu gucken, geschweige denn was mit einer Kollegin wie Jessica anzufangen. Außerdem ist Jessica keine, die sich mit einem wie Till Reiners einlassen würde. Er kennt Frauen wie Jessica und mag sie nicht. Nils mag es eher dunkelhaarig, sportlich, kumpelig. Frauen zum Pferde stehlen, und dafür zum Beispiel hätte Jessica garantiert nichts zum Anziehen. Mit Jessica könnte man noch nicht mal einen Hamster stehlen.

»Is irgendwie schon komisch, dass man noch gar nichts gehört hat«, sagt sie und meint Till. Aber Nils ist sicher, dass es bestimmt eine völlig normale Erklärung dafür gibt, dass Kollege Reiners noch nicht wieder aufgetaucht ist.

»Aber vielleicht ist er auch längst tot.« Nils sagt das eigentlich nur so. Leute sterben, wenn sie alt sind. Andere Leute sterben, Leute die man nicht kennt und die deswegen irgendwie anders sind. Till Reiners ist nicht alt, und Till Reiners hat bis gestern an diesem Schreibtisch da vorne gesessen. Deswegen gibt es bestimmt eine im Nachhinein ganz einfache Erklärung für alles. Dann klingelt das Telefon und Nils muss sich mit lebenden Leuten beschäftigen, die wissen wollen, ob man für 500 Euro einen Hedge-Fonds kaufen kann und was der so bringt an Zinsen im Monat.

Jessica denkt unterdessen immer noch über das nach, was Nils ihr erzählt hat. Dass Till Reiners bei dem Bankraub mitgemacht hat. Wegen Geld aus einem Autohaus, das aber gar nicht da war. Till Reiners, der sie ständig heimlich anstiert, und sie dauernd zufällig berührt, auch wenn er ihr nur eine Büroklammer gibt. Ein bisschen lästig, aber irgendwie manchmal auch süß. Jessica muss ihn nur mal kurz ansehen, dann kann sie ihm jede Arbeit auf den Schreibtisch legen, zu der sie keine Lust hat. Wie er mit seiner albernen Gitarre auf dem Geburtstag von Grufti Walther gespielt hat. Megapeinlich. Der ist zu schüchtern für ein Grinsen, wie es die Jungs im »Silberrausch« in allen Varianten drauf haben. So wie sie Nils vorhin verstanden hat, hat die Polizei noch nicht offiziell rumerzählt, dass Till Reiners mit drinhängt in dem Bankraub.

Anders als gestern wird sie sich jetzt vorbereiten und dann den Reporter anrufen, dessen Visitenkarte vor ihr liegt. Sie weiß in etwa, wie Schauspielerinnen im Fernsehen so eine Geschichte rüberbringen würden.

28

Nappo ist aufgeregt, in einer Art und Weise, die Till zuletzt zu Ostern an seinem vierjährigen Sohn gesehen hat, als Nico überzeugt war, den Osterhasen beim Verstecken der Eier überraschen zu können. Nappos Osterhase hat vier Räder und steht hinter einem Zaun auf dem Gelände eines obskuren Autohändlers. Es ist der türkisfarbene Mustang Fastback, von dem Nappo nachts fantasiert hat.

Sie haben bereits vor zwei Stunden die Gegend verlassen, in der Till sich noch auskennt. Ab und an standen Ortsschilder an der Straße, Namen, die Till hauptsächlich von Verkehrsdurchsagen kennt. Jetzt sind sie in irgendeinem Vorort, irgendwo im Ruhrgebiet, da wo es immer noch so aussieht wie im Klischee, keine Spuren von Strukturwandel, stattdessen Kioske, Türken, die graue Wäsche zum Trocknen aufgehängt haben, graue Häuser mit Rissen in den Wänden. Die Läden heißen »Matzimarkt« und verkaufen Matratzen, oder »Bella Moda – Mode für Mollige«. Hier ist das Ruhrgebiet am ruhrgebietigsten. Nappo hat ihn geführt, »fahr hier links, nächste rechts«, knappe Ansagen, ohne dass sie je auf eine Autobahn kamen, ohne dass sie sich je verfahren hatten, ohne dass Till auch nur ansatzweise ahnte, wo es hingehen sollte. ›Duisburg‹ stand schließlich auf einem der Schilder und prompt hat die Sonne sich hinter Wolken versteckt. Die ganze Wein-, Käse-, Sommerstimmung verflogen.

Till verreist nicht gern. Till ist nicht gern da, wo er sich nicht auskennt. Und er ist jetzt da, wo er nicht hingewollt hat. Duisburg, die Stadt, die niemals schläft und auch niemals wach ist, eine Stadt im Dämmerzustand. If you can make it there, dann heißt das gar nichts. Und jetzt sind sie in einem Teil der Stadt, wo die wohnen, die es auch hier nicht geschafft haben. Trotzig versuchen ein paar Plakate

Farbe in die Gegend zu bringen. Für Schuhe wird geworben und für bayrisches Bier.

Nappo und der Mustang sind die zwei Königskinder, die zusammenkommen wollen und doch nicht können, weil ein windschiefer, gut zwei Meter hoher Maschendrahtzaun zwischen ihnen steht, gekrönt von einer Reihe rostigem Stacheldraht. Es wirkt nicht wie ein Autohandel, sondern eher wie ein Autoknast. Auf dem Gelände stehen auch schon etliche Autoleichen, ausgewaidete Wracks, Reifen und ein paar Haufen Autoinnereien. Daneben aber auch offenbar noch fahrtüchtige Wagen, unter anderem eben auch der türkisfarbene Mustang, der allerdings sicher auch schon bessere Tage gesehen hat und in diesem Zustand keinem Autoquartett zur Ehre gereichen würde. Für Nappo aber das schönste Auto der Welt. Außerdem hat Nappo das Gefühl, es ist höchste Zeit, den gestohlenen Citroën loszuwerden, und auch dafür scheint das hier der geeignete »Autohandel«.

Nappo will sich nicht damit abfinden, dass der Besitzer dieses Etablissements anscheinend schon Feierabend gemacht hat. »Der Lange geht doch nicht um sechs nach Hause!«, sagt er und rüttelt am Zaun. »Der Lange ist hundertpro nur kurz weg, hundert pro.«

Till nickt, weil er annimmt, dass Nappo das von ihm erwartet. Er sieht förmlich, wie hinter Nappos Stirn gerade ein paar Synapsen durchbrennen, wie immer, wenn es nicht so läuft, wie er sich das vorstellt. Er weiß nicht, wie er jemals das Gefühl gehabt haben konnte, dass das alles ein spannender, kleiner Abenteuerausflug wird. Seit die Sonne verschwunden ist, ist auch Tills Zuversicht verschwunden. Er will zurück zu Miriam, er will auf dem Teppichboden im Zimmer seines Sohnes sitzen und für Nico Stofftiere synchronisieren. Er will seine kleine, noch nicht abbezahlte Aussicht auf die Vorstadtstraße, er will seine Couch und seinen Fernseher und Miriam in ihrem T-Shirt. Er will einen Blick werfen auf den schlafenden Nico, er will ins Bett, in sein Bett, von wo aus man auf den Kleiderschrank sehen kann, dessen Tür Miriam nie ganz zumacht. Miriam, die ihren

Schmuck auf den Nachttisch legt und ihre Hände eincremt vor dem Schlafen. Die kleinen Nachtlichter in den Steckdosen, falls Nico aufwacht und Angst hat und ins Zimmer seiner Eltern kommen will. Das ist seine Welt, dafür ist Till gemacht, das will er die nächsten zwanzig oder dreißig Jahre machen und alt werden und sehen wie Nico groß wird und heiratet und die Welt immer weitergeht. Er ist keiner, der irgendwo in Duisburg vor einem Zaun mit Stacheldraht steht, neben einem durchgeknallten Bankräuber und seiner billigen, bescheuerten, albernen, lächerlichen Sporttasche, in der gestohlenes Geld ist und eine echte Waffe und Bässe aus vorbeifahrenden Autos wummern. Er will, dass das hier vorbei ist.

»Wir gehen da jetzt rüber, Scheiße!«, beschließt Nappo und sieht Till auffordernd an, der diese sechs Worte in seinem Kopf erst mal ordnen muss.

»Wie, was heißt …–«, fängt Till an, aber Nappo ist jetzt wieder der druckvolle, nervöse Nappo, der gestern in der Bank stand und Geld wollte.

»Du gehst da hoch und ziehst mich mit rüber!« Till registriert, dass er gemeint ist und der Zaun mit dem Stacheldraht. »Mach dir nicht ins Hemd, alles easykowski, ich kenn den Langen, der weiß Bescheid.«

Till steht vor Nappo, so hilflos wie er als Kind auf dem Zehn-Meter-Brett im Freibad stand und schließlich den ganzen, langen Weg über die glitschigen Stufen wieder hinunter musste, vorbei an allen anderen, die nicht abwarten konnten zu springen, die stolz Schmerzen vom Aufprall beim vorherigen Sprung zelebrierten, und Möglichkeiten diskutierten, beim nächsten Mal noch riskanter zu springen. Till täuschte auf dem Weg nach unten erbärmlich schlecht alle möglichen Verletzungen vor. Ganz blöde Instant-Krämpfe, Spontan-Zerrungen, akute, aber so gut wie tödliche Stiche überall, und natürlich kannten alle die Wahrheit, dass er gekniffen und sich nicht getraut hat zu springen.

»Mach jetzt hin, du Pussi!«, sagt Nappo, und hier gibt es keine Treppe und keine vortäuschbaren Krämpfe, obwohl Till jetzt tatsächlich Magenschmerzen hat. Nappo lehnt sich genervt an den Zaun und bietet seine angewinkelten Oberschenkel als erste Stufe an. »Räuberleiter«, sagt er und lacht durch die Nase, »Bankräuberleiter.« Er freut sich an seinem Geistesblitz, um gleich darauf wieder ins Genervte zurückzufallen: »Jetzt sieh zu, du Horst!«

Till stellt seinen hellbraunen rechten Slipper mit seinem Fuß darin auf Nappos Oberschenkel und krallt sich in die Maschen des Zauns. Er versucht eine halbwegs sinnvolle Bewegung zu machen, er merkt, dass er Nappo getreten hat, unabsichtlich, und hört ihn unter sich fluchen und versucht es nochmal mit Vernunft: »Sollen wir nicht vielleicht einfach warten, bis ...– «

»Schwing dich da hoch, du Pimmel!« Till hängt albern vom Zaun herunter, ein Hund bellt humorlos in der Nähe, er hört einen fremdsprachigen Streit, sieht aber keinen der Streitenden und von irgendwo hört er ein Radio. Till versteht nicht, wieso Nappo nicht versteht, dass der Stacheldraht ja deswegen da ist, um genau solche Aktionen zu unterbinden. »Den Stacheldraht kannst du einfach runterdrücken!« Till und Nappo werden als telepathisches Duo auf Jahrmärkten eine große Attraktion sein. Er versucht, den Stacheldraht mit zwei Fingern nach unten zu drücken. Es funktioniert, gleichzeitig merkt er, dass sein Bein zwischen Socken und Hose aufschrammt. »Wie doof kann man denn sein?! Das rechte Bein da hoch!«

»Welches rechte Bein?«

»Alter, das glaub ich nicht!«

»Mensch, wohin soll ich denn mit dem Bein?«

»Einer ohne Beine ist da schneller drüber als du!«

»ICH BIN BEI DER DRESDNER BANK, SCHEISSE!!«

Es kam lauter heraus als gedacht. Till ist mehr verzweifelt als sauer, aber der kleine Ausbruch bewirkt zumindest, dass Nappo jetzt umdenkt. »Dann bleib so, und zieh mich hoch ...«

»Wie soll ich dich denn so ...«

»Ich krieg Fußpilz! Zieh mich jetzt da hoch!!«

Irgendwie gelingt es Till, sich mit dem anderen braunen Slipper irgendwo in den Maschen festzuhalten und eine Hand nach unten zu strecken. Nappo ergreift sie, mit der nicht verbundenen linken, und ist flink wie ein auf Einbrüche trainiertes Eichhörnchen über den Zaun. Er drückt den Stacheldraht mit der verbundenen Hand nach unten, Till rollt sich schließlich irgendwie über den Stacheldraht, bleibt mit dem Hosenbein hängen und hört wie der Stoff reißt. Dann rutscht er an der anderen Seite des Zauns herunter und sieht, dass Nappo da bereits steht und das Gesicht verzieht.

»Bin irgendwie blöd aufgekommen«, sagt er und humpelt, während Till versucht den Schaden zu begutachten. Er hat eine blutige Schramme am Bein und sein rechtes Hosenbein ist auf halber Länge gerissen. Er merkt jetzt auch, dass das Bellen, das er die ganze Zeit gehört hat, sehr nah ist und noch näher kommt. Es gehört zu einem dickfelligen Schäferhund, dessen Aufgabe es offenbar ist, Leute davon abzuhalten, über den Zaun auf den Autohof zu klettern. Zwischen Till und Nappo und dem Hund steht jetzt nur noch ein steinalter Opel. Der Hund bellt in einer Art und Weise, die klarmacht, dass er keineswegs spielen will. Er sieht aus, als sei mindestens ein Elternteil kein Schäferhund gewesen, aber was will man erwarten in einer Gegend, in der jeder irgendeinen polnischen Vorfahren hat, jugoslawische Urgroßeltern oder einen gar nicht mehr bestimmbaren Herkunftscocktail. Ruhrgebiet eben. Der Ruhrgebietsschäferhund sieht aus, als wolle er in wenigen Sekunden beweisen, dass das alte Sprichwort von den Hunden, die bellen und nicht beißen, totaler Quatsch ist.

Auch Nappo ist kurz stehen geblieben. »Ach, das ist Saddam. Der ist harmlos«, sagt er dann und geht auf den Hund zu. »Na, Saddam, alter Knochenlecker?! Jaaaa ...« Saddam, der alte Knochenlecker, scheint Nappo allerdings nicht wieder zu erkennen, denn er bellt unvermindert weiter. »Reiß du mal schön das Maul auf, Saddam.

Genau wie das Herrchen! Nicht zu fassen! Aus, Saddam, aus!« Der Hund hört tatsächlich auf zu bellen und produziert stattdessen ein tiefes Knurren. Till hat sich seit Sekunden nicht mehr bewegt, Nappo steuert dagegen jetzt auf seinen Mustang zu, und Saddam, der Hund, scheint kurz zu überlegen, auf welchen der beiden Männer er sich zuerst stürzen soll. Er entscheidet sich dann für Nappo, denn ohne weitere Vorwarnung läuft er bellend auf ihn zu. »Ey, Saddam bist du bescheuert?! Sitz, Platz, Fuß, aus!«

Auch Nappo ist jetzt hörbar beeindruckt von Saddam und hüpft albern mit dem Hintern auf die Motorhaube des Mustangs. Saddam verbeißt sich allerdings im selben Moment in Nappos Sporttasche und Nappo versucht ihm die Tasche wieder zu entreißen. »Jetzt mach doch mal was, du Eimer!« Das geht an Till.

»Was soll ich denn ...?«

»Die Töle hat die Kohle!«

»Ja gut, aber ...«

Von der Motorhaube des Mustangs herunter kämpft Nappo um seine Tasche und Till versucht auszurechnen, wie groß die Chancen sind, dass er es alleine wieder über den Zaun und in den Citroën schafft, bevor Nappo den Hund erschossen hat und hinter ihm herkommt.

»Ey Saddam, lass jetzt los, du Arschlochhund!« Till bewegt sich zögernd wieder auf den Zaun zu. Weder Nappo noch Saddam bemerken ihn. Er hat es einmal geschafft, er kann es wieder schaffen. Von dieser Seite aus sieht es sogar einfacher aus. Er muss nur schnell genug über den Stacheldraht. Till klammert sich in den Maschen des Zauns fest.

»Hitler, aus! Hitler sitz!«, hört er dann hinter sich und schlagartig ändert sich die Geräuschkulisse, denn das Bellen und Knurren hört auf. Till lässt den Zaun wieder los und dreht sich um. Er sieht einen großen schmerbäuchigen Mann in einem Trainingsanzug, der aus dem Nichts aufgetaucht ist und jetzt vor dem Mustang und Nappo steht.

»Ach, das ist Hitler? Der sieht für mich genau so aus wie Saddam«, sagt Nappo und begutachtet den Schaden an seiner Tasche.

»Quatsch, Saddam ist viel größer und schärfer. Der hätte dich schon alle gemacht. Hitler ist 'n Weichei. 'N Kläffer. Hat neulich schon wieder Batteriesäure geschnüffelt, der Trottel. Ja, du bist 'n bisschen doof, ne?« Der Mann streichelt Hitler, den Schäferhundmischling. Till versucht so zu tun als sei er nicht da, und in der Tat nehmen beide Männer offenbar keine Notiz von ihm. »Und das da vorne, das Viereckige, nennt sich Tor, ist so 'ne neumodische Geschichte, dadurch kann man rein und raus gehen, dann muss man nicht über den Zaun.«

»Ja, ja, war aber zu und ich wollte doch den kleinen hier schon mal anfassen. Ich hab nämlich jetzt die Kohle!!« Nappo hält triumphierend seine Sporttasche hoch und Hitlers Herrchen spuckt unbeeindruckt auf den Boden. »Hast du deswegen auch deinen Steuerberater mitgebracht?« Er deutet mit dem Kopf auf Till, und Nappo winkt ab. »Nee, er ist ... keiner ... egal ...«

Hund Hitler sieht als Einziger zu Till herüber und wirkt enttäuscht, dass er jetzt offensichtlich auch ihn nicht mehr beißen darf. Hitlers Besitzer nickt nur langsam und sagt: »Du hast die Kohle? Komplett? Wie hast du das denn gemacht? Hast du 'ne Bank überfallen?« Nappo grinst und inspiziert, ob sein Ausflug auf die Motorhaube seines neuen Mustangs dort Spuren hinterlassen hat.

»Ich hätte auch noch 'n Citroën im Angebot.« Nappo deutet Richtung Till, hinter dem der Wagen steht, in dem sie hergekommen sind. Der Mann im Trainingsanzug sieht an Till vorbei und kratzt sich ausgiebig zwischen den Beinen.

»Der müsste allerdings erst mal 'ne Weile vom Markt.«

Auch das scheint Hitlers Herrchen nicht zu überraschen. »Guck ich mir an«, sagt er, »sollen wir zwei Hübschen dann mal Papierchen unterschreiben?«

Nappo grinst. Für ihn ist jetzt Bescherung. »Er müsste allerdings dann mit«, er bezieht sich mit einem Kopfnicken auf Till, und der Mann im Trainingsanzug zuckt nur die Schulter.

»Ich würd' sagen, wir gehen mal rein.« Er meint offenbar die Baracke, die ihm als Büro dient, »komm, Hitler, altes Untier!« Der Schäferhundmischling trottet jetzt brav neben dem Mann her, und Nappo humpelt neben Till und zischt ihm zu: »Versuch bloß nicht nochmal abzuhauen!«

29

Kurt Bergmeister zwängt sein Gesicht durch das Loch einer Massageliege. Die zierliche junge Frau, die neben der Liege steht, kann fester zugreifen, als man ihr auf den ersten Blick zutrauen würde, aber beide wissen, dass das, was sie da auf dem Rücken des Hauptkommissars veranstaltet, nur ein handgreifliches Placebo ist, ein netter Versuch, so zu tun, als ließen sich Jahrzehnte voller falscher Ernährung und falscher Haltung in wenigen Stunden ausgleichen. »Falsche Lebensführung«, hat der Arzt gesagt. So als könne man sein Leben auch richtig führen, so als ließe das Leben sich führen, wie ein gut ausgebildeter Hund. In Wirklichkeit ist es ja doch immer bloß das Leben, das einen führt, und zwar meistens an der Nase herum, kalauert der Hauptkommissar still vor sich hin.

Auch wenn er nicht an den Sinn von Massage glaubt, kommt er gerne. Eine gesellschaftlich anerkannte Art, sich von einer jungen Frau anfassen zu lassen. So einfach ist das. Kurt Bergmeister hat auf dem freien Markt keine Chance mehr auf eine zierliche junge Frau wie seine Masseurin. Seit der Scheidung hat er sein Leben womöglich noch falscher geführt als vorher. Zu neuen Frauen jedenfalls hat er es nicht geführt und mittlerweile hat er sich damit abgefunden. Er ist in einem Alter, wo es einfacher ist, mit dem Abfinden anzufangen. Die Unfähigkeit sich abzufinden ist in seinen Augen überhaupt die Grundlage von Kriminalität. Diese scheiß jugendliche Vitalität. Der Gedanke, dass das Leben anders und besser wird, wenn man mehr Geld hat, ein schnelleres Auto oder dergleichen. Dabei hilft das Geld einem in den meisten Fällen so wenig wie Massage.

Das wird auch Till Reiners früher oder später feststellen. Der Hauptkommissar weiß aus eigenem Erleben, wie eine Ehe aussieht, die langsam zerbröselt wie ein in der Keksdose vergessenes Weihnachtsplätzchen. Und er hat bei den Reiners noch die Krümel herumliegen sehen, wenn man so will.

Offenbar ist Till Reiners aber noch nicht in dem Alter, wo das Sich Abfinden die beste Alternative ist. Der will wohl noch die Führung in seinem Leben zurückerobern. Der denkt noch, dass das geht.

Die zierliche junge Frau steht jetzt so, dass Kurt Bergmeister durch das Loch in der Massageliege ihre weißen Birkenstockschuhe sehen kann, in denen sie barfuss ist. Er spürt ihre festen, geölten Hände rechts und links neben seinem Rückgrat herunter gleiten. Sie hat kleine Füße, mit gleichmäßigen, niedlichen, unbemalten Zehen. Er kann den Stoff ihrer Hose riechen, die leicht nach oben rutscht, sobald sie sich nach vorne beugt, um an den unteren Teil seines Rückens zu kommen. Dann sieht er die schmalen Knöchel ihrer Fußgelenke. Die junge Frau, die sich vermutlich richtig ernährt und genug Sport treibt und sicher einen Freund hat und sicher keinen Gedanken daran verschwendet, wie es wäre, den massigen, schmerzenden Rücken des Hauptkommissars nicht aus orthopädischen Gründen zu berühren, oder weil die Krankenkasse es bezahlt, sondern leidenschaftlich, freiwillig. Vor ein paar Jahren hatte er es mal mit einem Fall zu tun, bei dem der Hauptverdächtige Fußfetischist war. Ein unauffälliger Mann, der Fotos und Filme von Frauenfüßen sammelte. Bis zu diesem Moment hat Kurt Bergmeister das nie richtig verstanden. Aber jetzt versteht er. Er kann die jungen, schlanken, unerreichbaren Füße nicht länger ansehen. Er muss die Augen schließen. Von unerreichbarem Verlangen haben schon Dichter geschrieben. Er spürt so etwas durch seinen Brustkorb rieseln.

Till Reiners wollte die Augen wohl noch nicht schließen. Vielleicht muss man das anerkennen. Vielleicht muss man ihm sogar die Daumen drücken und Glück wünschen. Vielleicht sollte ein Mann sich doch nicht einfach abfinden. Vielleicht sollte Kurt Bergmeister nachher die zierliche Masseurin noch auf einen Kaffee einladen.

30

Ruhrgebietler sind wie Päpste. Sie behalten nie den Namen, den ihre Eltern ihnen gegeben haben. Sie bekommen neue, und danach kennt man sie nur noch mit diesem neuen Namen und der alte verschwindet mehr und mehr. Weil Ruhrgebietler nicht daran interessiert sind, anderen Achtung einzuflößen, heißen sie nicht Johannes Paul II. oder Bonifatius III., sondern zum Beispiel Schüppe, Schlanken, Buchse oder Günni. Till heißt Till und gehört schon deswegen nicht dazu.

Till hat keine Ahnung, wie Nappo wirklich heißt, beziehungsweise heißt Nappo jetzt vermutlich eben wirklich Nappo, und Nappo nennt sein Gegenüber beharrlich »Langen«, was passt, denn der Mann im Trainingsanzug ist groß. Der Mann ist groß und hässlich wie ein Baumarkt.

Sie sitzen in der kleinen Baracke, die dem Autohändler als Büro dient und die nur durch die Sommerhitze zusammengehalten wird. Ruhrgebietler behalten zwar nicht die Namen, die ihre Eltern ihnen geben, oft genug aber deren Möbel. Möbel, die auch ihre Eltern schon von ihren Eltern bekommen haben. Anders sind die Stühle, der Tisch und der Schrank nicht zu erklären, die in der Baracke stehen: Furnier, das sich vom Sperrholzkern hochgebogen hat, vorstehende Nägel, die früher einmal das Furnier auf dem Sperrholz gehalten haben, ehemals bunte Plastikfolie, die irgendwer vor langer Zeit über die Tischplatte gelegt hat und die seitdem dort liegt. An den Wänden hängt ein Kalender aus irgendeinem Jahr, der November anzeigt, und daneben hängen Bilder von nackten Frauen, die sich auf Motorhauben räkeln. Und das offenbar schon ziemlich lange, denn die Frauen haben ausgeblichene Brüste und unrasierte Schamhaardreiecke, was es heutzutage nicht mal mehr in ganz billigen Heftchen zu sehen gibt. Nils hat Till darauf hingewiesen. Nils kauft regelmäßig sogenannte Männermagazine.

Nappo und der Mann im Trainingsanzug reden seit einer Ewigkeit über Autos, Frauen und Fußball, wie alle Männer überall auf der Welt, und nebenbei kramt »der Lange« in den großen Stapeln Papier, die auf seinem Tisch liegen und aus den Schubladen eines Schränkchens quellen. »Muss ja allet seine Ordnung haben«, sagt er und meint vermutlich den Fahrzeugschein zum Mustang, der jetzt bald in Nappos Besitz übergehen wird. Nebenbei verhandeln sie über den Preis für den Wagen. »Bei zwölf scheißt die Ente«, heißt es zum Beispiel und Nappo sagt: »Ey, ey … jetzt ma ganz ohne Text … neun, cash auf Kralle und die Froschschleuder für lau obendrauf«, und dann reden sie wieder über Fußball. Zwischendurch reden beide mit Saddam und Hitler. Mit Till redet keiner. Selbst die beiden Hunde beachten ihn nicht weiter.

Till ist sicher, dass er es von den fünf anwesenden Lebewesen im deutschen Bildungssystem am weitesten gebracht hat. Er ist sich angesichts der Inneneinrichtung des Büros auch sicher, dass er insgesamt das höchste regelmäßige Nettoeinkommen hat und dass er von seiner ethisch-moralischen, kulturellen und sozialen Grundeinstellung den anderen mehrere Schritte voraus ist. Wenn die Evolution darauf abzielt, den Menschen vom Neandertaler wegzubringen und zu einem zivilisierten Mitglied der Gesellschaft zu machen, dann ist er definitiv weiter und besser als die anderen, und dennoch ist er jetzt der Schwächste im Raum. Weit hinter den Hunden. Ein gar nicht so kleiner Teil von Till würde sich sogar enorm freuen, wenn er jetzt gefragt würde, ob die Borussia nicht dieses Jahr wieder nur Graupen eingekauft hat, ob die Karre vom Dicken nicht ’ne wirklich geile Schleuder ist, und ob die Olle vom Fitti gemachte Hupen hat oder nicht. Aber all diese Fragen machen Nappo und der Lange unter sich aus. In einer kurzen, schnellen, direkten Sprache, die Till so fremd ist wie Holländisch. Auch da versteht man ja ungefähr, was gemeint ist und worum es geht, und auch das klingt ja ein bisschen nach Deutsch, aber man kann eben nicht mitreden.

Die beiden kommen noch nicht mal auf den Gedanken ihn zu fragen, ob er etwas trinken will, während sie schon beim zweiten Bier sind und bei der Frage, ob man Saddam nicht doch besser in Bin Laden umtaufen sollte, weil Saddam schließlich tot ist. Klar, Hitler ist auch nicht mehr ganz taufrisch, aber irgendwie ist Saddam jetzt schon komplett weg vom Fenster, während Hitler immerhin noch ständig im Fernsehen ist. Andererseits lässt sich Saddam besser brüllen und der Köter hört drauf. Und dann geht es wieder um den Preis fürs Auto.

So hat Till sich früher gefühlt, als kleiner Junge, auf Familienfeiern, wenn er bei »den Männern« sitzen sollte, wo geraucht wurde und man Bier trank, während die Frauen mit Pfirsichbowle in der Küche saßen. Auch damals wurde über Fußball geredet und statt über Frauen über Politik. Später am Abend holte Onkel Günter das Schifferklavier und spielte schweinische Lieder oder, wenn er ganz betrunken war, das Horst-Wessel-Lied. Onkel Günters Tochter war in etwa so alt wie Till und musste mit dem Namen Mechthild leben. Onkel Günter brachte ihr versaute Gedichte bei. Ein ums andere Mal rezitierte die kleine Mechthild in aller Unschuld vor der versammelten Männerrunde »Der Mond ist rund, der Mond ist rund, er hat zwei Augen, Nas und Mund ... und Eier.« Die Männer lachten jedes Mal, Mechthild wusste nie warum, bekam aber immer zwei Mark. Hin und wieder wurde Till gefragt, wie es in der Schule läuft und ob er schon eine Freundin hat, aber Tills Antworten blieben einsilbig. Gut und nein, lauteten sie und niemand erwartete mehr. Till war klein und wollte weg. Und auch hier in dieser Baracke ist er der, der den Männern zuhört und am liebsten auf sein Zimmer gehen würde.

Der Lange schreibt etwas auf ein Blatt Papier. Die Zungenspitze erscheint dabei in seinem Mundwinkel, der Daumen und drei Finger seiner Hand halten den Kugelschreiber so fest, als ob der Stift sich massiv gegen das Schreiben wehrt.

Und als Nappo dann liest, was der Lange geschrieben hat, bewegt er die Lippen. Offenbar wurde ein Kaufvertrag aufgesetzt, oder das, was der Lange dafür hält. Und Nappo unterschreibt.

Till wüsste gern, ob Nappo mit »Nappo« unterschreibt oder mit seinem richtigen Namen, aber von da, wo er steht, kann er nichts erkennen. Ein kleines Bataillon Schweißtropfen rutscht ihm den Rücken herunter, Saddam verbellt Hitler, es riecht nach Motoröl und Pommes, eine halbvolle gläserne Kaffeekanne dient als Briefbeschwerer. Der Kaffee darin muss frisch gewesen sein, als die Bilder von den nackten Frauen auf den Motorhauben es auch noch waren. Fliegen sitzen auf einem angebissenen Käsebrot und Nappo lächelt, als habe er soeben den Garten Eden betreten. So wie er jetzt lächelt, kann Till erahnen, wie Nappo als Junge ausgesehen haben muss, als die Zukunft noch voller Hoffnung und alles noch möglich war. Als er weder arm, noch reich, sondern einfach nur jung war. Jung und unbesiegbar und unsterblich, wie man ist, mit zwölf, wenn es zu Weihnachten genau das Fahrrad gibt, das man sich gewünscht hat.

»Dann lass ma' rüberwachsen, die Patte, Kollege«, sagt der Lange, und Nappo öffnet seine Sporttasche und zählt langsam und sorgfältig die Scheine. Sein Gegenüber zählt sie anschließend ebenfalls. Zählen scheint weniger mühsam als schreiben, dennoch dauert die Prozedur ewig. Dann wirft er Nappo einen Schlüssel zu. »Is jetzt dir, dat Möhrchen«, sagt er, und das junge Lächeln in Nappos Gesicht kehrt zurück. Die beiden geben sich die Hand und gehen dann aus der Baracke zurück in die Sonne, zurück auf den Hof, wo der Mustang wartet.

Gerade als Till denkt, dass er sich vielleicht tatsächlich in Luft aufgelöst hat, dass er vielleicht tatsächlich unsichtbar geworden ist, dass sie ihn vollständig vergessen haben könnten, ruft Nappo: »Ey,

Alter, komm jetzt!«, ganz ohne Vorwurf und ohne sich umzudrehen. Till geht ihm nach, hinter Saddam und Hitler her, und der Lange schraubt rote Nummernschilder an den Wagen.

»Is der geil. Alter«, sagt Nappo andächtig, und Till nickt sicherheitshalber. »Der is so geil«, bestätigt Nappo sich selbst, und dann nimmt er Till in den Arm und für einen Augeblick stehen sie da wie stolze Eltern eines Blechkindes, das jetzt eingeschult wird. Till versucht, das richtige Lächeln aufzusetzen. Es gelingt ihm nicht, aber das ist egal, denn Nappo hat ihn die ganze Zeit nicht einmal angesehen.

31

Jessica hat das Gefühl, dass es nicht gut läuft. Sie hat dem Reporter im Prinzip jetzt schon erzählt, was sie weiß, und bislang hat er zwar interessiert reagiert, aber noch nicht gesagt, dass er ein Kamerateam vorbeischicken wird. Er hat sie auch nicht ins Studio eingeladen. Er hat praktisch gar kein Interesse an ihr gezeigt.

Es war ein Fehler, den Mann anzurufen. Sie hat ›live‹ eine ganz andere Wirkung als am Telefon. Jessica weiß das. Sie hat letztes Jahr mit ihrer Freundin Madeleine und deren Freundin Sina mal darüber nachgedacht, ob sie sich nicht nach Feierabend noch ein bisschen Geld mit Telefonsex dazuverdienen könnten. Die dicke Madeleine und die verhuschte Sina waren angeblich erfahrungslos, was Männer so hören wollen. Jessica bot den beiden ihr Repertoire an, das sie ihrerseits aus einschlägigen Filmen hatte, was aber erwiesenermaßen auch am lebenden Objekt funktionierte: »Ich bin so feucht, ich bin so geil, ich will dich, du bist so hart, spritz mich voll, ja, ja, ja!!! Und ›Oh Gott‹ geht auch, wenn euch grad nichts einfällt.« Dann machte man – schon nicht mehr ganz nüchtern – einen Testanruf bei Werner, den Sina um drei Ecken kannte. Werner war schwul, und deswegen ideales Testpublikum. Ein Mann, aber eben doch nicht so richtig. Werner fand – »total neutral« –, dass Madeleine am Telefon unglaublich sexy klang und Sina unglaublich versaut und Jessica eher etwas langweilig. Werner hatte zufällig noch zwei Hetero-Freunde zu Gast, die unerwartet den Lautsprecher am Telefon betätigt und so die Jury komplettiert hatten. Die beiden Jungs kamen zum gleichen Ergebnis. Einer wollte sich spontan noch am selben Abend mit Madeleine treffen, der andere notierte sich für alle Fälle Sinas Nummer, während Jessica die ganze Telefonsexidee plötzlich dämlich fand.

Jessica hat das Gefühl, dass ihr Versuch, sich noch einmal ›richtig‹ vor einer Kamera präsentieren zu können, kurz vor dem Scheitern steht. Er hat jetzt momentan wenig Zeit, sagt der Reporter. Er will sie demnächst zurückrufen. Er sagt es in einem Ton, in dem auch andere Männer zu ihr schon »Ich ruf dich an« gesagt haben, um dann nie mehr anzurufen.

Wenn Herr Walther jetzt da wäre, könnte sie zu ihm gehen und sagen, sie habe starke Menstruationsbeschwerden. Das Wort reicht, damit der sie sofort gehen lässt. Bei Herrn Walther kann man diese Ausrede zur Not auch alle zwei Wochen benutzen. Er reagiert stets gleichermaßen hilflos und überfordert. Bei Frau Odra kommt sie damit nicht so leicht durch. Frau Odra bietet ihr Schmerzmittel aus ihrer Handtasche an. Menstruation sei ein Klacks gewesen im Vergleich zu den Hitzewallungen, die sie jetzt seit geraumer Zeit immer habe. Dann drückt sie Jessica drei große Aktenordner in die Hand und gibt ihr eine Aufgabe, die Jessica nicht versteht.

Damit würde sie normalerweise zu Till Reiners gehen und der würde das für sie erledigen. Till Reiners wird aber nicht mehr wiederkommen. Vielleicht wird auch Herr Walther nicht mehr wiederkommen. Frau Odra dagegen wird bleiben, diese Aktenordner werden bleiben, nicht nur heute oder morgen, sondern ewig, und ewig ist lange. Soviel Zeit hat Jessica nicht mehr. Vor ein paar Tagen hat sie in ihrem Badezimmer gestanden, um sich ausgehfertig zu machen, sie hat ihre Beine mit Selbstbräuner eingecremt und dabei zufällig die Haut an ihren Oberschenkeln zusammengedrückt. Winzige Maulwurfshügelchen aus Haut. So hat es ausgesehen. Eine Vorschau ihrer Beine, die in vielleicht zehn oder zwölf Jahren so aussehen werden, ohne dass jemand sie zusammendrückt. Und vorgestern saß sie im Biergarten im Ostpark, nach der albernen Geburtstagsfeier für Herrn Walther, und ist lange nicht angesprochen worden. Nur irgendwann, nach Stunden, von diesem eigentlich zu alten, zu spießigen Typen, der so tat, als hätte er Geld.

Und gestern hat sie dort gehockt, neben dem Schreibtisch, und ein anderer Mann mit einer Waffe hat sie angesprochen. Die falschen Männer, die falschen Beine, die falschen Akten. Plötzlich klingelt ein biologischer Wecker. Ein innerer Alarm, den sich Jessica nicht richtig erklären kann. Aber er führt dazu, dass sie Nils die Aktenordner gibt und unentschuldigt die Bank verlässt. Sie nimmt nur ihre Handtasche mit und die Visitenkarte des Reporters.

32

Der türkisfarbene Mustang Fastback hat weiße Kunstledersitze. Nur ein Panzer oder das Papamobil auf der B 1 wären noch auffälliger. In der jetzigen Situation nicht unbedingt das beste Fortbewegungsmittel, findet Till. Aber er sagt nichts, zumal Nappo strahlt. »Porno, Alter, die Karre ist voll porno!«

Nappo hat Schwierigkeiten den Wagen zu fahren. Seine Hand ist verletzt, und er verzieht jedes Mal das Gesicht vor Schmerzen, wenn er bremsen muss. Offenbar hat er sich beim Sprung über den Stacheldrahtzaun auch das Bein verstaucht oder geprellt. Trotzdem will er es sich natürlich nicht nehmen lassen, selbst zu fahren. Mit seinem blutbefleckten Che-Guevara-T-Shirt, seiner notdürftig verbundenen Hand und seinem Mehr-Tage-Bart wirkt er in diesem Mustang Fastback wie ein Marlboro-Mann auf Hartz IV, der sich einen echten Mustang nicht mehr leisten kann, aber auf Freiheit und Abenteuer doch noch nicht verzichten will. Till sieht daneben aus wie der Warnhinweis auf den Zigaretten, dass Marlboro neben Freiheit und Abenteuer auch Krebs verursacht. Tills Wagen war ein Subaru. Den haben sie samt seiner Gitarre an einer verlassenen Kleingartensiedlung stehenlassen.

Nappos Sporttasche mit dem Geld und der Waffe liegt im Fußraum. Nappo ist nicht angeschnallt, aber trotzdem würde er mit dem lädierten Bein und der verletzten Hand eine ganze Weile brauchen, um die Verfolgung aufzunehmen, wenn Till jetzt an einer roten Ampel einfach aus dem Wagen springt. Aber dafür müsste er vorher etwas trinken und duschen und schlafen und essen, und dann vielleicht würde er es hinkriegen, an einer roten Ampel aus dem Wagen zu springen. Jetzt fühlt er sich zu schwach, verschwitzt und durstig. Es ist einfacher sich von Nappo durch die Straßen fahren zu lassen, mit heruntergedrehten Scheiben, sodass ein lauer Fahrtwind ihm durchs Gesicht fährt.

Das Autoradio spielt Tom Petty, »Into the great wide open«. Vielleicht ist Gott doch ein DJ. Vielleicht hat Gott ja einen Plan für Till, und die ganze Geiselnahme ist nötig, damit Till am Ende klüger, mutiger, reifer, besser ist. Aber bei Gott und Marx war immer die entscheidende Frage, ob sich die Geschichte automatisch ereignet oder ob man selber etwas dafür tun muss. Im Fall von Marx ist mittlerweile klar, dass der Kapitalismus nicht einfach so von selber untergegangen ist. Und wahrscheinlich hat auch Gott eine Selbstbeteiligung eingebaut.

»Pass auf, Alter, wir machen das so: Wir sacken meine Kurze ein, ich fahr mit der irgendwo an 'nen Strand, und sobald wir hinter der Grenze sind, kannst du abhauen.«

Das mit dem Gedankenlesen scheint nach wie vor zu funktionieren.

»Das wär echt … da würd' ich mich freuen.«

Gott schlägt Marx um Längen. Gott macht auf jeden Fall die wesentlich bessere Musik, denn jetzt läuft unglaublicherweise »I will survive«, in einer Coverversion. Till schaut unwillkürlich in den fast blauen Himmel über ihnen und würde sich nicht wundern, wenn ein gütiges, großes, altes Gesicht hinter den Wolken hervorlugt und ihm zuzwinkert. Aber dort am Himmel kurven nur ein paar Tauben und die Sonne scheint, gleichgültig, planlos, ohne eine Spur von Anteilnahme.

Nappo hält vor einem türkischen Krimskramsladen, dessen Schaufenster aussieht, als habe man einen großen osmanischen Setzkasten ausgekippt. Hier wird alles angeboten, was mit Batterien läuft, blinkt oder wenigstens Krach macht. Nappo kauft ein Handy mit einer Prepaid-Karte, und anschließend sitzen er und Till im neuen gebrauchten Mustang vor dem Türkenladen und Nappo versucht seine

Freundin anzurufen. Von außen betrachtet sehen sie vermutlich aus wie die Raubkopie eines amerikanischen Gangsterfilms. Nappo ist die AOK-Version von Al Pacino, Duisburg ist ein mehrfach zu heiß gewaschenes New York, der Türkenladen eine schwache Bronx-Imitation, nur das Auto stimmt, wäre bei den Amis aber wenigstens neu und sicher nicht türkis. Türkis und türkisch. Insgesamt ist das alles hier nicht cool, sondern ziemlich deutsch, und Till hat gehörigen Anteil daran, auch wenn sein Seitenscheitel vom Fahrtwind und den Ereignissen der letzten Tage jetzt ziemlich zerzaust ist.

Nappo meldet sich mit einem munteren »Na, Puppe?«, aber die Reaktion von »Puppe« ist anders als erwartet. Till kann hören, dass sie ihm einen lautstarken Vortrag hält, den Nappo mehrfach erfolglos versucht mit einem »Ey …« zu unterbrechen. Dann sagt Nappo »Ja, ja!« und »War scheiße, weiß ich«, um dann aber seine Trümpfe auszuspielen. »Puppe, ich hab' was für dich … super geil … ab jetzt wird das alles anders … echt … versprech' ich dir …« Er klingt hilflos wie ein x-beliebiger Kandidat bei Kai Pflaume, der versucht, seine Frau zurückzugewinnen.

Till denkt an Miriam, Miriam in ihrem T-Shirt und der grauen Jogginghose, Miriam, die ihm zuletzt am Handy aufgetragen hat, noch eine Gurke zu kaufen. Miriam, mit der er im Prinzip schon ganz ähnliche Telefonate hatte, wie Nappo sie gerade führt: Damals, als er zugeben musste, sich doch nicht auf den Posten des Zweigstellenleiters in Büdingen beworben zu haben, oder als er zu einer Reunion seiner alten Band fuhr, nicht zu Hause anrief und erst zwei Tage später wiederkam, weil die Jungs ihn abgefüllt hatten, oder als Miriam in einer spontanen Aktion das Schlafzimmer neu streichen wollte und beim Aufräumen ein offensichtlich ausgiebig benutztes Pornoheft gefunden hatte.

Till lächelt unweigerlich zu Nappo herüber. ›So sind sie die Weiber, da kann man nichts machen‹, lächelt er, ›ich kenn das‹, lächelt er. Nappo will sich offenbar aber nicht von seiner Geisel solidarisch anlächeln lassen und schaltet am Telefon auf Tacheles. »So, jetzt halt mal den Sabbel!«, sagt er laut und bestimmend, »pack 'n paar Sachen, zieh dir was Geiles an, ich steh' in zehn Minuten bei Spritti vor der Pinte und dann fahr'n wir beide mal strandmäßig weg!«

Puppe, am anderen Ende der Leitung, scheint überrascht zu sein, und Nappo nutzt den kurzen Moment der Stille, um aufzulegen und anschließend zufrieden die Nase hochzuziehen. Er ist Chef. Er hat den Mustang gekauft. Das hier ist sein Tag. Den wird er sich von niemandem kaputt machen lassen.

33

Miriam weiß nicht, wie viele Telefonate sie noch verträgt.

»Man hört so gar nichts«, hat ihre Mutter gesagt, als sei Miriam CNN und habe vergessen, die Nachrichten zu senden. Die ganze Welt werde immer verrückter, meint ihre Mutter. Der Absturz in Ägypten, im Osten haben sie wieder verwahrloste Kinder gefunden, und dann ist immer noch der Till entführt. Schrecklich.

»Ich weiß, unter Hitler war die Welt noch in Ordnung. Schade, dass der Stauffenberg den erschossen hat«, sagt Miriam böse, und dann fängt ihre Mutter wieder an zu weinen und Miriam muss auflegen. Ihre Schwester bietet telefonisch nochmal an vorbeizukommen, aber im Augenblick will Miriam, dass alles normaler wird, und Manuelas Anwesenheit würde die Ausnahmesituation nur noch weiter unterstreichen.

Sie freut sich beinahe, dass Nico die Fischstäbchen, die sie ihm gemacht hat, nicht essen will. Essen ist ein so normales Problem, dass es gut tut, mit ihm darüber zu diskutieren, dass Fischstäbchen seit Monaten sein Lieblingsgericht sind. »Papa hat die gemacht und da waren die ganz schwarz und haben doof geschmeckt«, behauptet Nico, und die Erwähnung von Till in Kombination mit verbrannten Fischstäbchen bringt Miriam zum Weinen. Nie wieder wird Till Fischstäbchen verbrennen. Das Normale scheint für lange Zeit verloren. Seine in immer kürzeren Abständen weinende Mutter bringt Nico so aus der Fassung, dass er zwei Fischstäbchen isst, damit Mama wieder froh wird. Miriam ist gerührt und weint noch mehr, und Nico legt ihr seine kleinen Arme um den Hals um sie zu trösten. »Nicht schlimm, Mama«, sagt Nico und spuckt ihr dabei kleine Krümel Fischstäbchen an den Hals.

Alle Freunde und Bekannten haben mittlerweile mitbekommen, was passiert ist. Alle rufen an, alle fragen, ob sie helfen können, und jedes Mal sagt Miriam nein. Ein Typ von irgendeinem Sender ruft an und will etwas wissen über Till. Sie wimmelt ab. Bestimmt ein Dutzend Mal hat sie am Telefon erklärt, dass es noch nichts Neues gibt und dass die Kripo das auch ungewöhnlich findet, aber dass die Erfolgsquote der Polizei bei Geiselnahmen sehr hoch ist, und dass sie sich melden wird, sobald sich irgendetwas tut.

Je häufiger sie alles erzählt, umso weniger wahr wird es. Fast schon eine Geschichte, die jemand anderem passiert ist. Eine von den Geschichten, wie sie jeden Tag auf der »Vermischtes«-Seite der Zeitung stehen, neben den Promi-Scheidungen: Der Mann, der im Gully ertrunken ist beim Versuch, seinen verlorenen Haustürschlüssel herauszufischen, die Frau, die nach 52 Jahren zufällig im Bus ihre Zwillingsschwester wieder trifft, der Orang Utan, der nach jahrelangem Training jetzt »Für Elise« spielen kann, der Bankangestellte, der bei einem Bankraub als Geisel genommen wurde und seitdem verschwunden ist.

Miriam hat nicht mehr die Kraft, die Wäsche zu sortieren und zu waschen, sie kann das Wohnzimmer nicht aufräumen, sie kann vor allem jetzt nicht Rolf Zuckowski ertragen und bietet Nico stattdessen eine Doppelfolge Bob der Baumeister auf DVD an.

Die Wohnung kommt ihr klein vor, albern, lächerlich. Die Messingschiene am Fußboden der Küchentür, an der seit Wochen Schrauben fehlen und über die sie schon x-mal gestolpert ist, das Badezimmer, das einfach zu klein ist und in dem unbeeindruckt nach wie vor Tills Rasierzeug und sein Aftershave stehen, so, als käme Till morgen wieder. Und selbst diese Wohnung, da hat ihre Mutter recht, wird sie sich alleine nicht leisten können. Wenn Till nicht wiederkommt. Die wird sie verkaufen müssen, um in eine noch kleinere Wohnung umzuziehen. Mit Nico, der ohne Vater vermutlich bald anfangen wird, kleinere Tiere zu quälen oder sonstwie verhaltensauffällig zu werden und damit dann auch wirkungsvoll verhindert, dass sich irgendein anderer Mann noch für sie interessiert. Wenn Till nicht wiederkommt.

Manuela ruft noch einmal an. Sie ist als Ärztin vielleicht daran gewöhnt, sich nicht sofort von Schicksalsschlägen aus der Bahn werfen zu lassen. Sie hat Übung im Umgang mit verstörten Angehörigen. Sie ist ihre Schwester. Sie kennt sie länger und besser als Miriam zugeben will. »Was'n los, Möppi?« Bei der Erwähnung ihres Kinderspitznamens, alt und vertraut wie ein Geruch, gibt Miriam alle Zurückhaltung auf und erzählt, was die Polizei vermutet. Till hängt da selbst mit drin. Der harmlose Seitenscheitel, dessen Miniaturausgabe gerade Bob der Baumeister schaut, dieser normale, gewohnte, längst bekannte Till, war offenbar seit Monaten, Jahren, vielleicht von jeher nur die äußere Hülle für jemand ganz anderen. Miriams Opa hatte einen Standardspruch: »Man guckt die Leute immer nur vor'n Kopp.« Ausgerechnet Till muss ihr jetzt beweisen, dass der Satz trotz aller grammatikalischer Mängel wahr ist. Ihr kommt alles gelogen vor, ihre ganzen letzten Jahre waren gelogen ...

Es dauert, bis ihre Schwester zu ihr durchdringt. Manuela redet ruhig und gleichmäßig durch Miriams unaufhörlich quellende Tränen. Sie fragt nach Beweisen. Sie redet von dem Phänomen, dass wir in Grenzsituationen oft Fremden mehr vertrauen als denjenigen, die wir gut kennen. Dabei, sagt Manuela, sollte es doch umgekehrt sein. »Oder hast du irgendeinen Grund, Till nicht zu vertrauen? Ich meine, außer dem Gequatsche der Polizei.«

Miriam schüttelt stumm den Kopf am Telefon. Ihre Schwester hat einen Job, in dem Wirkungen Ursachen haben, in dem B auf A folgt und in dem es ohne B kein C gibt. Und Till würde für lumpige 30 000 Euro niemals seine Familie im Stich lassen. Till hat ein paar Gitarrenakkorde auf einen Zettel gekritzelt, so what? Er hat an einer Tankstelle jemanden geschlagen, ist aber vielleicht dazu gezwungen worden, wer weiß? Das Leben ist verrückter als 'ne Klapsmühle, oder? Wie gut kennt sie Till und wie gut diesen Kommissartypen, der ihr die angeblichen Beweise auf den Tisch gelegt hat? Wem kann Miriam mehr vertrauen? Jemandem, mit dem sie ein Kind hat, oder jemandem, der von ihren Steuern schlecht bezahlt wird?

Miriam beruhigt sich langsam.

»Vertrauen ist der Anfang von allem«, scherzt Manuela, und Miriam ist schon wieder so weit, dass sie eine Art Lächeln versucht.

»Falsche Bank«, sagt sie und zieht die Nase hoch. Manuela bietet nochmal an zu kommen. Miriam lehnt nochmal ab, aber es tut gut, eine Schwester zu haben.

Sie hat kaum aufgelegt, als das Telefon schon wieder klingelt. Miriam hebt ab, durch Manuelas Zuspruch jetzt um so mehr in der Hoffnung, die Stimme von Kurt Bergmeister zu hören, der ihr sagt, dass alles ein großes Missverständnis war und Till gleich wieder nach Hause kommt. Stattdessen meldet sich Stefan Lensing, und sie braucht einen Moment, bis sie sich daran erinnert, dass sie vor gut einem Jahr vier, fünf Mal mit Stefan Lensing geschlafen hat.

Stefan Lensing scheint der einzige Mensch zu sein, der nichts von Tills Verschwinden gehört hat. Er redet über sich, im alten Stefan-Lensing-Tonfall, den Miriam so langsam wiedererkennt. Smart, mit einem sanften, männlichen Gurgeln in der Stimme. Er wollte mal hören, wie's so geht, sagt er, was sie so macht, ob sie immer noch so gut aussieht.

»Momentan ist wirklich eher schlecht«, sagt sie und Stefan Lensing lacht.

»Ich hab einfach eine unglaubliche Wirkung auf Frauen, selbst am Telefon«, sagt er, und Miriam weiß nicht, wann zuletzt jemand in ihrer Umgebung laut gelacht hat. Jetzt, wo sie mit ihm redet, weiß sie auch die Antwort auf Manuelas Frage, nach einem Grund, Till nicht zu vertrauen. Sie würde sich selbst nicht trauen.

34

Die Kneipe heißt »Jenseits«, vermutlich weil sich die Namensfinder damals schlappgelacht haben, bei der Vorstellung des Dialogs: »Was machst du heut' Abend?« – »Ich bin im Jenseits, komm doch auch, da ist es super!«

Jetzt hat das »Jenseits« geschlossen, und vor der heruntergelassenen braunen Rolllade im Eingang steht eine junge Frau in einem dunkelroten Kunstlederminirock und einem weißen Trägerhemdchen, auf dem in kunstvoll geschwungenen roten Buchstaben »Bitch« steht. Nappo hat sie schon von Weitem gesehen und angefangen zu hupen. Die Frau kommt an den Straßenrand, wo Nappo eine Imponierbremsung hinlegt und dann aus dem Auto springt.

»Was ist das denn?«

»Das ist das neue Nappomobil … das ist dein Puppenwagen, Puppe!«

»Wie? Und wo hast du den her?«

»Jetzt steig doch erst mal ein.«

»Nee, wieso denn?«

Till sitzt im Wagen und hat sich jetzt schon fast daran gewöhnt, nicht beachtet zu werden. Er nutzt die Gelegenheit, sich Nappos Freundin anzusehen. Sein Kopf ist praktisch auf Minirocksaumhöhe. Nappos Freundin ist mindestens so groß wie Nappo selbst, und das auf flachen Schuhen. Die Beine sind nackt und für Tills Geschmack etwas zu stämmig, der Rock wirkt in der gleißenden Sonne billig, rotes Kunstlederimitat, und das Trägerhemdchen ist zu weit, um irgendwie sexy zu sein. Auf den nackten Schultern erkennt Till einen Sonnenbrand. Die Frau trägt kein erkennbares Make-up und hat die blond gesträhnten Haare nach hinten zusammengebunden. Ihr Gesicht ist kaum zu erkennen, denn mitten drin prangt eine exorbitant große Sonnenbrille. Vermutlich die chinesische Billigvariante einer Fälschung von einem Modell, das jemand wie Paris Hilton im letzten Sommer mal getragen hat. Während Nappo sehnig und drahtig ist, wirkt seine Freundin fleischig. Nicht dick, fleischig. »Da hast du was in der Hand«, hieß der Satz, mit dem die Generation seines Vaters solche Frauen beschrieb. Aus Tills Perspektive verschwindet Nappo gänzlich hinter seiner Freundin, die vor ihm steht, mit dem Rücken zum Mustang, der auf sie nicht den gewünschten Eindruck macht. Sie will noch nicht mal einsteigen, sie will erst über das reden, was Nappo angeblich gemacht, oder vielleicht auch eben nicht gemacht hat. Nappos Laune verschlechtert sich zusehends. Till hat das Gefühl, für ihn selbst wäre es besser, wenn Nappos gute Laune noch eine Weile erhalten bliebe. Andernfalls wird sich Nappo das mit dem Freilassen sicher nochmal überlegen.

»Ah, der ist schon schön, der Wagen!«, sagt Till gedehnt und sorgt damit für eine Schweigesekunde im Streitgespräch zwischen Nappo und seiner Freundin.

»Wer is er denn?«, fragt sie ohne sich umzudrehen, und Nappo sagt: »Er ist gar keiner«, und dann streiten die beiden weiter. Nappo beendet das Gespräch irgendwann mit einem genervten »Boah, ey, jetzt setz deinen Arsch in die Karre und Feierabend!«, und wie zuvor beim Telefonat bewirkt sein Tonfall, dass sie macht, was er sagt. Sie wirft ihre imposant große Tasche, die sie bislang in der Hand gehalten hat, auf die Rückbank und setzt sich dann trotzig schweigend daneben.

Nappo fährt genervt und niemand spricht. Till spürt den Impuls sich vorzustellen, lässt es dann aber. »Till Reiners, ich bin Geisel«, klingt ähnlich sinnlos wie »Guten Tag, aus Sicherheitsgründen ist es besser, wenn Sie nicht wissen, wie ich heiße.«

Im Radio singt der Eunuchenchor jetzt wieder »Musterhausküchenfachgeschäft«, und passend dazu verstopft Feierabendverkehr die Straßen. Dafür, dass es in diesem Teil Deutschlands Rekordarbeitslosenquoten gibt, haben immer noch verdammt viele Leute Feierabend. Till spürt eine klebrige Schicht aus Feinstaub, Schweiß und Ozon auf seiner Haut. Das Gefühl des Sommers im Ruhrgebiet. Dann sendet das Radio Nachrichten. Der Flugzeugabsturz in Ägypten ist schon weiter nach hinten gerutscht, irgendwelche Lohnforderungen und die Haltung von Frau Merkel dazu haben die Toten verdrängt. Von Till und dem Bankraub ist gar nicht mehr die Rede.

Auf der Rückbank versucht »Puppe« eine einigermaßen bequeme Haltung zu finden. Sie winkelt ein Bein an, wodurch Till aus dem Augenwinkel sieht, dass sie eine Tätowierung sehr weit oben an der Innenseite ihres rechten Oberschenkels hat und einen Sonnenbrand auf den Füßen, die in feuerrot lackierten Zehennägeln enden. Ein roter Slip leuchtet aus dem verschatteten Dunkelrot des Kunstlederrocks. Zusammen mit dem Sonnenbrand und dem Nagellack sind das verwirrend viele Rottöne auf einer einzelnen Frau.

Dadurch dass sie mit circa fünf Stundenkilometern vorankommen, haben alle Fußgänger, Fahrradfahrer und Staugenossen reichlich Gelegenheit, das exotische Auto und seine Insassen zu begutachten. Till weiß nicht, wohin mit all den fremden Blicken, während Nappo die offenbar gar nicht wahrnimmt und Puppe automatisch auf Rockstar schaltet und jetzt so wirkt, als sei sie in derartigen Autos aufgewachsen. Andererseits kann das auch Einbildung sein, hinter der riesigen dunklen Brille ist vieles möglich.

Der Wetterbericht verkündet, dass es heiß bleiben wird in den nächsten Tagen, dank des Hochs Jessica, das sich noch ein paar Tage halten wird. Gott wohnt also definitiv im Radio und hat eine ganz eigene Form von Humor. Es würde Till jetzt nicht mehr wundern, wenn es im Verkehrslagebericht einen Reiseruf gäbe, in dem Herr Walther ihn bittet, sich zu melden und das fehlende Geld wieder mitzubringen. Stattdessen kommen aber normale Staumeldungen, und danach Nachrichten aus der Region und da redet der Sprecher nach einer Meldung über die Wasserqualität in den örtlichen Baggerseen plötzlich über den Bankraub in Osthofen. Tills Nerven sind mittlerweile derartig durchgescheuert, dass er sofort das Radio leiser dreht und sich zeitgleich zu der roten Frau auf dem Rücksitz dreht und viel zu laut sagt »Hi, ich bin der Till!«.

So freundlich angeschrien zu werden ist sie offenbar nicht gewohnt, denn sie nimmt kurz die Sonnenbrille ab und sagt »Was is?«. Auch Nappo sieht besorgt zur Seite. Die allgemein sozial akzeptierte Zeitspanne, innerhalb derer man sich fremden Menschen vorstellen kann, ist seit geraumer Zeit abgelaufen.

»Ich wollte nur ... also ... das ist praktisch ... so heiß ich, mein' ich – Till«, stammelt Till nun wieder immer leiser werdend, und Nappo sagt in normaler Lautstärke in sein Lenkrad »Is 'n Kumpel von mir.« Dann sieht er Till an. ›So redet man mit Frauen‹, könnte der Blick heißen, ›mach kurze Sätze, sonst schnallen sie's eh nicht.‹ Vermutlich aber heißt der Blick ›Halt die Fresse!‹ Trotzdem spricht es aus Till heraus »Ganz schön heiß heute ...«, einfach weil der immer noch hörbare Radiosprecher erwähnt, dass es bislang keine Spur von dem erbeuteten Geld oder der Geisel gebe und weil das mit dem Vorstellen so schlecht gelaufen ist. »Soll noch 'n Weilchen so heiß bleiben, hat er ja grad gesagt ...« Der Blick, den Nappo ihm jetzt zuwirft, heißt definitiv ›Halt die Fresse‹.

»Und ist das deine Karre, oder was?«, fragt Puppe von der Rückbank. Das Trägerhemdchen gibt jetzt den Blick frei auf einen bordeauxroten BH. Die Frau besteht aus immer mehr zu viel unterschiedlichem Rot. Till nimmt sich vor, ab jetzt nur noch strikt nach vorne zu gucken.

»Hörst du eigentlich nie zu, oder was? Das is mein Karren!!« Nappo ist genervt.

»Ja sicher!«, kommt es spöttisch von der Rückbank.

»Ey, du machst mich ...!« Nappo hämmert seine lädierte Hand aufs Lenkrad und verzieht dann schmerzvoll sein Gesicht. »Zeig ihr den Schein!«

Das geht an Till und der braucht einen Moment, bis er merkt, dass irgendetwas Offizielles gemeint sein muss, was im Handschuhfach liegt. Till holt den Zettel heraus, den das Herrchen von Hitler und Saddam geschrieben hat, und beugt sich nach hinten. Die Frau liest unter der Sonnenbrille hindurch. Der Geruch von Sonnenöl steigt Till in die Nase. Kokos. Puppe hat sich kräftig damit eingeölt.

»Hmm«, sagt sie und klingt nicht überzeugt. »Und wie kommst du an die ganze Kohle?«

»Hab ich doch gesagt, ich hatte da was am Laufen, das hab ich gestern klargemacht!«

»So'n Quatsch! Als wenn du schon mal was klargemacht hättest, was soviel Kohle bringt!« So, wie sie es sagt, klingt es nicht wie ein Vorwurf, eher wie eine Feststellung.

Till hat wieder das dringende Gefühl, dass es für ihn besser ist, wenn er Nappo zur Seite springt. »Ah, in diesem Fall hat er aber!«, sagt er und schon wieder klingt er wie der Schlaumeier aus einer Kindersendung, der erklärt, wie das Salz ins Meer kommt. Er findet einfach den richtigen Ton nicht.

»Wahrscheinlich hast du das klargemacht. Du siehst eher so aus wie einer, der was von Geld versteht!« Puppe meint Till und gibt ihm den Zettel zurück. Das Auto ist jetzt randvoll mit Ironie.

Nappo ist bedient. »Wieso sieht er so aus, als wenn er ...? Er sieht total scheiße aus!«

»Und du bist Brad Pitt oder was?«

Gegen die hat Nappo keine Chance, merkt Till, verkneift sich dieses Mal aber solidarisches Grinsen.

»Ich möcht mal wissen, wieso ich dich überhaupt nochmal angerufen hab«, grunzt Nappo.

»Weil ich 'ne geile Sau im Bett bin!«, sagt sie ungerührt und schnell und streckt parallel das Bein, das sie zuvor angewinkelt hatte, durch die beiden Vordersitze. Sie legt ihren nackten Fuß auf die Mittelkonsole und kratzt damit Nappos Arm.

»Weiber, ey«, sagt Nappo, als sei damit alles erklärt.

35

Vielleicht gilt für Schreibtische und ihre Benutzer dasselbe wie für Hunde und ihre Besitzer. Nämlich dass sie sich im Laufe der Zeit immer mehr ähneln. Hauptkommissar Kurt Bergmeister hat zumindest das Gefühl, dass eher sein Schreibtisch der Spiegel seiner Seele ist als seine Augen, die dafür ja eigentlich zuständig sind. Der Lack ist ab, auch vom Schreibtisch, der unaufgeräumt und vollgerümpelt in Bergmeisters Büro auf der Osthofener Polizeiwache steht. Die Tischplatte liegt tatsächlich auf einem lackierten Metallrahmen, dessen Farbe an vielen Stellen abgeblättert ist.

Aus dem braunen Hauspostumschlag fällt dem Hauptkommissar unter anderem auch die Urlaubskarte einer Kollegin entgegen, die aus Mexiko schreibt, dort sei es super und sie käme vermutlich nicht wieder, und dass der umseitig abgebildete Esel sie an ihren gemeinsamen Chef erinnere. Kurt Bergmeister lächelt und fächelt sich mit der Karte eine kleine Brise zu. Die Kollegin hat zwei Kinder, ist verheiratet und jetzt offenbar in Mexiko, während er im Büro sitzt und ansonsten auch zu Hause allein ist. Er findet, dass der Begriff Single ab einem gewissen Alter albern wirkt. Er ist kein Single. Er ist allein. Alleinstehend bestenfalls. Auch dieser Begriff klingt so, wie sein Schreibtisch aussieht. Auf der Urlaubskarte ist neben dem Esel auch noch Landschaft und Strand und Meer abgebildet. Er versucht sich die Kollegin im Badeanzug vorzustellen, an diesem Strand. Andererseits hatten er und Sylvia damals auch noch fröhliche Karten geschrieben aus der Türkei, obwohl sie sich hauptsächlich gestritten hatten, bei Vollpension und 30 Grad im Schatten. All inclusive. Inklusive Ärger wegen der Poolanimation, bei der er nicht mitmachen wollte, inklusive Streit, weil er keine Besichtigungen von irgendwelchen Kreidefelsen machen wollte, inklusive Schweigen, weil ihnen schon am dritten Tag abends am Buffet der Gesprächsstoff ausging. Beide konnten es bald schon nicht mehr abwarten, wieder nach Hause zu kommen, und es wurde ihr letzter gemeinsamer Urlaub. Antalya '98. Aber muntere Ansichtskarten hatten sie nach Hause geschrieben. Den Schein wahren, nichts zugeben, weitermachen.

»Ich liebe dich«, sagt Kurt Bergmeister plötzlich leise in den Raum, zu niemandem. Er hat das schon so lange nicht mehr gesagt oder gehört. Es ist einfach aus ihm herausgekommen.

Er sieht sich um, ob jemand ihn gehört hat, aber da ist nur sein allein stehender Schreibtisch. Das Telefon darauf klingelt. Ein Zeichen aus der wirklichen Welt, aus dem Hier und Jetzt. Er meldet sich. Sein Chef will wissen, was es Neues gibt im Fall Dresdner-Bank-Geisel. Kurt Bergmeister hat den Esel auf der Karte vor Augen und muss der Kollegin recht geben: Der Chef hat etwas Eseliges an sich. Der Hauptkommissar sucht seine bewährte Pilotenstimme, um dem Chef zu sagen, dass es zwar nichts Neues gibt, er aber alles soweit im Griff hat und die ganze Sache läuft. Die Bank hat 3000 Euro Belohnung ausgesetzt, für Hinweise, die zur Ergreifung des Täters und/ oder zur Wiederbeschaffung des Geldes führen, röhrt der Esel durchs Telefon. 3000 Euro sind genau zehn Prozent der gestohlenen Summe. Offenbar hat die Bank für ihren abhanden gekommenen Angestellten keinen Euro draufgelegt. Je älter er wird, umso mehr entwickelt Kurt Bergmeister einen Sinn für die wahren Ungerechtigkeiten im Leben. Ob da was dran ist, dass der Reimanns da mit drin hängt, will der Esel wissen. Die Kombination aus dem falschen Namen und der niedrigen Belohnung sorgt dafür, dass Kurt Bergmeister Till Reiners in Schutz nimmt: »Kann ich mir nicht vorstellen, Chef, dass der da mit drin hängt.« Till Reiners weiß, was das Leben kostet und wie viel er in seiner Bank holen kann. Ein normaler Kredit und eine normale Ehe, das reicht eigentlich nicht, um dermaßen auszurasten. Da müsste dann schon noch ein richtiges Motiv dazukommen.

Den Esel kann man mit dem Hinweis auf Normalität erst mal ruhigstellen. Mit der Normalität ist es allerdings so eine Sache. Normale Menschen tun merkwürdige Dinge, Unerklärliches tun sie aus dem berühmten heiteren Himmel, der sich auch jetzt wieder über Osthofen spannt. Wessen Leben würde schon einer genauen Inspektion wirklich standhalten? Bei wem ist schon alles so, wie es zu sein scheint? Wir alle behaupten doch ständig in Postkartenmotiven zu leben, während die Wirklichkeit so aussieht wie unser Schreibtisch. Das alles aber sagt Kurt Bergmeister nicht, das alles könnte er dem Esel ohnehin nicht erklären, ohne selbst wunderlich zu wirken.

Postkartengroß liegt das mexikanische Meer vor ihm. Kurt Bergmeister hofft in diesem Moment, dass Till Reiners sich entschieden hat, keine falschen Grüße zu schicken. Dass er versucht etwas zu ändern, bevor er eines Tages so wird wie sein Schreibtisch. Er drückt ihm die Daumen.

36

Holland ist für Doofe. Holland kann gar nichts. Holland ist wie zu Hause bleiben nur mit Wegfahren. Puppe findet beständig neue Sätze, um ihre Geringschätzung der Niederlande zu formulieren. Nappo will aber nach Holland. Nappo will zum Strand, Nappo hat sich das alles ausgemalt und will das jetzt auch umsetzen. Und er ist der Mann. Er hat das Auto. Deswegen fahren sie jetzt auf der A3 in Richtung Arnheim.

Nappo hat keine Ahnung, findet seine Freundin, Nappo ist ein armer Prolo, der gar nichts peilt und der vor allem schon mal gleich gar keinen Stil hat.

»Ich hab Stil«, sagt Nappo, »ich hab sogar dreißig Zentimeter Stil, Baby!«

»Hm, klar, träum weiter!«, sagt Puppe, die in Wirklichkeit Nadine heißt, aber unter keinen Umständen Naddel genannt werden will, »wegen dem Bohlen seine Schlampe.«

Nappo wird sich seine Idee von Strand mit Puppe und Mustang nicht kaputt machen lassen. Und Strand ist entweder richtig weit weg oder Holland. »Was meinst'n du zu Holland?«, wird Till von der Rückbank aus gefragt, und Till versucht es diplomatisch: »Ich meine, es stimmt schon, im Gegensatz zu Italien oder Frankreich ...«

Weiter kommt er nicht, Nadine hakt sofort ein: »Eben! Siehste, er hat nämlich Stil! Frankreich! Hab ich dir schon tausend Mal gesagt! Frankreich is geil! Da könnt' ich auch Lana besuchen! Aber wo gurkt Nappo hin? Holland! Echt! Glückwunsch!«

»Wobei man natürlich auch in Holland ein paar schöne ...«

»Ach Quatsch!«, unterbricht Nadine, und Till kassiert schon wieder finstere Blicke von Nappo.

Seit einiger Zeit fährt nun Till das große türkisfarbene Auto, weil Nappos Hand und sein Bein ihm zu weh tun. Höchst ungern hat Nappo Till ans Steuer gelassen, das war deutlich zu merken, und Till hat versucht, es ihm recht zu machen und gesagt, dass ja gern auch seine Freundin fahren könne, aber die kann nicht mal einen Einkaufswagen fahren, war Nappos Meinung, geschweige denn einen Mustang, und überhaupt lässt er sich nicht von Frauen fahren. Damit fängt er gar nicht erst an, sagt Nappo.

Auch deswegen hat Nadine Tills Angebot zu fahren als Zeichen dafür gewertet, dass Till eben Stil habe und Nappo ein Asiproloarsch sei. »Woher kennst du ihn eigentlich?«, fragt Nadine, und Till versucht seine Antworten jetzt kürzer zu halten.

»Wir sind alte Kumpel.«

»Hab gar nicht gewusst, dass Nappo auch solche Leute kennt.«

»Welche Leute jetzt?«

»Na, so normale! Sonst hängt er immer nur mit totalen Vollpfosten ab!«

Nappo lässt natürlich nichts auf seine Freunde kommen, aber Nadine beharrt darauf, dass Plautze, Niete und Schuppi allesamt nur Versager und Trottel sind, die noch nie etwas auf die Reihe gekriegt haben, egal, was sie sich vornehmen.

»Doch«, sagt Nappo, »wenn wir uns besaufen wollen, sind wir am Ende immer alle rappeldicht! Das klappt jedes Mal.«

Und Nadine sagt wieder »Glückwunsch!«, und dann fahren sie an die Tankstelle einer Autobahnraststätte, und Nappo schickt Nadine zum Bezahlen und Bier holen. Er gibt ihr dazu großzügig Geld aus der Sporttasche. Dabei fällt ihr Blick auf die restlichen Scheine, und zum ersten Mal ist sie wirklich für einen Moment verwirrt und beeindruckt, bevor sie ohne Widerworte in die Tankstelle geht.

Als sie wiederkommt, hat sie ein beachtliches Sortiment an Süßigkeiten mitgebracht, das ausreichen würde, einen kleinen Kiosk aufzumachen. Sie wirft alles auf die Rückbank und reicht Nappo und

Till jeweils eine Flasche Bier nach vorne. Nappo öffnet seine Flasche mit einem Feuerzeug und als er sieht, dass Till seine Flasche hilflos in den Händen hält, öffnet er ihm genervt auch seine.

»Ich sag dann mal Prösterchen!« Ohne nachzudenken hält Till Nappo seine Flasche hin, der ihn so ungläubig ansieht, als hätte Till ihm gerade eine Tracht Prügel angeboten. Aber Nadine lacht, und Nappo kann nicht anders und stößt seine Flasche gegen Tills.

»Ich muss mal pissen!«, sagt Nappo dann und ist schon fast ausgestiegen, als ihm auffällt, dass er Till bislang auch bei solchen Gelegenheiten noch nicht aus den Augen gelassen hat, zumal jetzt, wo Till am Steuer sitzt. Till versucht ihm entgegenzukommen, er will ihm sagen, dass er sich keine Sorgen machen muss, dass er ihn nicht verpfeifen wird, dass überhaupt alles in Ordnung kommen wird.

»Soll ich mitgehen?«, sagt er und merkt erst danach, dass der ernste Unterton seiner Frage auf Außenstehende merkwürdig wirken muss.

Nadine lacht ein lautes, ansteckendes Lachen. »Soll ich mitgehen?! Du bist ja echt geil!«

Nappo entscheidet sich gegen das Rasthausklo. Die Gesamtsituation im Auto ist nicht nach seinem Geschmack. Er hat den Gesichtsausdruck, den er immer hat, wenn er nachdenken will und es nicht schafft.

Ein paar Kilometer weiter lässt er Till an einer kleinen Haltebucht parken. Er zieht den Zündschlüssel ab und stellt sich an einen Baum. Er will pinkeln und nachdenken.

»Wieso nimmt der Penner denn den Schlüssel mit?«, kommt von hinten.

»Kennst ja Nappo …« Till grinst schief. Nadines Bein liegt jetzt wieder auf der Mittelkonsole.

»Ja, leider«, sagt sie locker und setzt die riesige Sonnenbrille ein Stück weiter nach vorne auf die Nase. Sie sieht ihn über den Brillenrand hinweg an. »Machst'n du so eigentlich?«

Ihr Fuß berührt seinen Arm, Nappo wird jeden Moment vom Pinkeln zurückkommen. Till hat nur ein paar Schlucke Bier getrunken, fühlt sich aber schon deutlich angenebelt. »Ach nix, so Sachen mit Geld und so weiter.« Noch ein, zwei Fragen und er wird vom Banküberfall erzählen, und dass der Wagen, und strenggenommen auch das Eis, das Nadine gerade isst, und das Bier, das er in der Hand hat, von der Dresdner Bank bezahlt wurden. Aber Nadine fragt nichts weiter. Sie sieht ihn nur prüfend an und sagt ruhig »Hmm«, als hätte ›so Sachen mit Geld‹ ihr alle Fragen beantwortet. Ihr Fuß berührt jetzt seinen Arm so, dass es unmöglich ein Zufall sein kann und dazu sieht sie ihn weiter an und lutscht an ihrem Eis herum. Till muss sich dringend räkeln und strecken, um von dem Fuß wegzukommen. Er tut das so unecht und falsch, dass es auch dem Letzten auffallen muss. Zum Beispiel Nappo, der gerade wieder zurückkommt und ihn seltsam ansieht.

»Ich geh dann auch mal eben«, sagt Nadine und verschwindet im Gebüsch des Halteplatzes.

Sobald sie weg ist, sagt Nappo: »Okay, pass auf, du verpisst dich jetzt! Du hältst die Fresse bei den Bullen, du sagst gar nichts, kapiert?! Sonst find ich dich und schlag dich tot!«

Till braucht einen Moment, um zu verstehen, was Nappo gerade sagt. Er geht davon aus, dass im nächsten Augenblick sicher noch eine Bedingung kommen wird. Stattdessen kommt eine Erklärung von Nappo: »Das geht alles nicht mit ihr, wenn du hier auch noch sitzt, und wir sind ja praktisch auch durch.«

»Klar, das versteh ich«, sagt Till, als ob seine Meinung gefragt wäre. Till hat albernerweise das Gefühl, dass Nappo soeben mit ihm Schluss gemacht hat. »Was die Polizei angeht und das Ganze, da musst du keine Angst haben, da sag ich gar nichts. Da bin ich hundertzehnprozentig auf deiner Seite.« Er findet einfach nicht den richtigen Ton. Er will sich bedanken, er will sagen, dass er das alles eigentlich nicht wirklich schlecht fand, die letzten beiden Tage, auch wenn er Angst gehabt hat, klar, auch wenn er anfangs gedacht hat, dass dies das Schlimmste ist, was ihm je passiert ist, auch wenn er froh ist, dass es jetzt vorbei ist. Und das ist es. Es ist jetzt vorbei. Till sagt schließlich gar nichts, aber er hat das Bedürfnis, Nappo die Hand auf die Schulter zu legen, und erst im letzten Moment hält er sie ihm einfach nur hin, zum Abschied, zum Einschlagen. »Viel Glück«, sagt er und Nappo sieht ihn einmal mehr entgeistert an.

»Verpiss dich!«

Till nickt ernsthaft, als sei das der Vorschlag, auf den er die ganze Zeit gewartet hat. Er kann nicht anders und gibt Nappo doch noch einen freundlichen Knuff. Anschließend steigt er aus und merkt erst jetzt, wie wackelig seine Knie sind und wie sehr ihm der Stress der letzten Tage und das Bier der letzten Minuten im Magen liegen. Er fühlt sich fast hohl von innen, während auf der A3 Auto um Auto vorbeirast. Die Sonne schleicht schleppend auf den Horizont zu, um den Papierkorb summen Wespen, und Nadine kommt munter hinter dem Gebüsch hervor.

»Na, du auch noch pinkeln?« Der »Bitch«-Schriftzug leuchtet rot in der Sonne, sie hat die Sonnenbrille abgenommen und sieht mit nacktem Gesicht viel weniger abweisend aus, eigentlich sogar nett.

»Nee, ich steig hier aus!«, sagt Till. Bis zum Schluss kriegt er keinen vernünftigen Satz zustande. Nadine muss ihn für einen Idioten halten. Stattdessen lacht sie.

»Hab ich auch schon gedacht. Ist hier ja genau wie in Holland und wir sind schon da. Und ob da jetzt die Autobahn rauscht oder das Meer, is ja auch Latte …«

»Steig ein jetzt! Und du hau ab jetzt!«, brüllt Nappo aus dem Auto an die Adresse von Nadine und Till. Der Ton ist wieder so, wie kurz bevor es ungemütlich wird. Nadine steigt ein.

Ein paar Sekunden später steigt sie wieder aus und sagt: »Du kannst mich mal am Arsch lecken!« in Richtung Nappo, der im Auto sitzen bleibt.

»Ey, steig ein jetzt!« Je kürzer die Sätze, desto höher der Wutpegel, das hat Till gelernt.

»Du kannst ihn doch nicht einfach hier stehen lassen, du Penner!« Nadine zeigt auf Till, der schon fast an einem der Bänkchen angekommen ist, die in der Haltebucht aufgestellt sind für Picknick und Rast mit hartgekochten Eiern.

Nappo sagt etwas, das Till nicht versteht, und Nadine ruft: »Wenn er hier bleibt, bleib ich auch hier« und kommt zu Till. Groß, fleischig und nach Kokos riechend. Till sieht, dass Nappo über dem Steuer zusammengesunken ist. »Der denkt auch, er ist jetzt König, weil er mal n' paar Kopeken auf Tasche hat.« Nadine setzt sich rittlings auf das Bänkchen. Dafür ist ihr Rock nicht gemacht, der entsprechend weit über ihre Oberschenkel rutscht. Sie hat tatsächlich ein asiatisches Schriftzeichen auf der Innenseite ihres rechten Oberschenkels tätowiert.

»Für mich ist das total in Ordnung!«, sagt Till. Für ein paar Momente ist alles vorbei gewesen. Für einige Momente war er frei, frei und innen hohl und müde und ein bisschen betrunken.

»Kommt ja gar nicht in Frage! Der spinnt doch! Man setzt doch seinen Kumpel nicht an der Autobahn aus wie 'ne kranke Töle! Was is'n das für'n Stil?« Die Stilfrage scheint ihr ein echtes Anliegen zu sein und steht im Widerspruch zu ihrem hochgerutschten Kunstlederrock, der den Ausblick auf die Oberschenkeltätowierung und einen glitzernd glänzenden Slip freigibt.

Nappo ist nun ebenfalls ausgestiegen und kommt zu den beiden. »Hat schon 'n Grund, wieso er hier aussteigt, Puppe.« Nappo versucht es im Guten, ganz ruhig. Der Strand, der Mustang und Puppe. Das will er jetzt nicht durch einen außerplanmäßigen Wutanfall gefährden.

»Da hat er recht«, sekundiert Till, »es hat wirklich 'n Grund, und es ist wirklich alles bestens!«

»Nee, ist es nicht! Und ich bleib hier sitzen, wenn du ihn nicht mitnimmst! Kein Scheiß!«

»Das ist wirklich ganz nett, aber das muss echt nicht sein.« Till kann es nicht glauben, und die beiden Männer reden auf die Frau ein, die ihre Entscheidung aber getroffen hat, ein für alle Mal.

Nappo nimmt sie kurz zur Seite und spricht mit ihr laut und leise und heftig und sanft und dann dreht er sich zu Till und sagt: »Meine Fresse, dann steig halt wieder ein, Scheiße!«

Das Rauschen der vorbeifahrenden Autos zerrt an Tills Nerven, die penetrant strahlende Sonnenscheibe drückt ihm den letzten Schweiß aus den Poren. Till sieht zerknüllte Getränkepackungen neben dem Mülleimer und eine BILD, in der vermutlich auch von ihm selbst die Rede ist. Die Welt, das Leben, Gott, alles ist aus den Fugen.

Nadines überraschend schlanke Arme umfassen ihn von hinten und drücken ihn gegen den »Bitch«-Schriftzug. Er riecht ihren Kokosgeruch, während sie ihn spielerisch vor sich herschiebt in Richtung Auto. »Du kommst schön mit, Tilli.« Nadine lacht. ›Gute Reise‹ steht auf einem Schild, das Gott vermutlich mit einem Grinsen im Gesicht am Ende des Rastplatzes aufgestellt hat. Vermutlich ein Ruhrgebietler hat von Hand ›Am Arsch‹ daruntergeschrieben.

37

Dieses Mal macht Jessica alles richtig.

Eine Frau, ungefähr so alt wie sie selbst, hat sie geschminkt und es fühlte sich toll an, und wichtig, so wie sie es tausend Mal gesehen hat, von richtigen Stars. Es hat nicht so lange gedauert, wie sie gehofft hatte. Die Frau hat ihr nur ein paar Mal ein Puderschwämmchen ins Gesicht gestoßen, mehr brauche sie nicht, hat die Frau gesagt, und Jessica hat das als Kompliment interpretiert. Ein gelangweilter Langweiler hat ihr ein kleines Mikrofon an ihr Top geklemmt und dann das Kabel des Mikrofons über ihren Bauch gleiten lassen. Der Typ hat intensiv an ihr herumgefingert, man müsse sie ja schließlich verstehen können, aber ihr war klar, dass es ihm nicht im Geringsten um den Ton ging. Aber auch das gehört dazu. Jessica versucht freundlich arrogant zu wirken, was sie für die normale Umgangsform der Stars hält. Sie steht dabei im Foyer eines kleinen Landesstudios von RTL, während ein Kameramann draußen sein Stativ aufbaut. Man will Bäume im Hintergrund haben für das Gespräch.

Koalababy Kenami im Duisburger Zoo hat sich am Vormittag als verpennt und kamerascheu erwiesen, sodass der geplante Beitrag über den Nachwuchs in Deutschlands einziger Koalastation deutlich kürzer ausfiel als geplant. Nur dadurch ist Jessica überhaupt ins Programm gerutscht. Und weil sie in Person dann eben doch eine andere Wirkung hat als am Telefon.

Der Reporter war gleich deutlich interessierter, als sie bei ihm im Büro stand – einerseits, weil da schon absehbar war, dass es Essig sein würde mit den Bildern vom süßen Koalababy, und andererseits weil Jessica auf coole Schlampe geschaltet hat, wie Madeleine es immer nennt, wenn Jessica sich benimmt wie ein Star. Und sie weiß jetzt, wie sie ihre Geschichte rüberbringen muss. Man muss dick auftragen, um gehört zu werden. Ein gekidnapptes Mädchen wächst bei ihrem Entführer auf, wird dann befreit und schreibt ein Buch, und ihre Mutter schreibt ein Buch, und der Ex-Freund der Mutter schreibt ein Buch und alle kassieren für Interviews und am Ende wird ein Film daraus gemacht oder ein Musical. So läuft es heutzutage und Jessica weiß das.

Deswegen sagt Jessica, dass Till Reiners ihr angeboten hat, ein neues Leben anzufangen, mit ihm zusammen, praktisch, und dass er darum wohl die Bank ausgeraubt hat. In Wirklichkeit hat Till ihr auf Herrn Walthers Geburtstag gesagt, er würde jetzt mit ihr gerne nach Paris, oder wenigstens in den Biergarten, aber da hat er warmen Sekt getrunken und Gitarre gespielt und überhaupt hat er ihr das im Scherz angeboten. Aber sie hatte das Gefühl, dass vor allem Paris mehr war als ein Scherz, vor allem je mehr sie im Nachhinein darüber nachgedacht hat, nach dem Überfall.

Sie hat einfach diese Wirkung auf Männer, sagt Jessica dem Reporter. Ein Ex-Freund von ihr ist auch schon in den Knast gekommen wegen ihr. Allerdings war er in Wirklichkeit nicht direkt wegen ihr im Knast. Eher wegen eines winzigen Handgemenges in einer Straßenbahn. Mirko und sie waren beide schwarzgefahren und wurden erwischt. Mirko wollte abhauen, aber die resolute Kontrolleurin hielt ihn fest. Jessica hat sich eingemischt und die Kontrolleurin war dabei zufällig ausgerutscht und mit der Stirn auf den Fahrkartenentwerter gefallen. Sie schob das Mirko in die Schuhe, und weil der vorbestraft war, musste er deswegen tatsächlich in den Knast. So war es in Wirklichkeit. Aber letztlich hat jeder seine eigene Wirklichkeit, und Britney Spears redet auch unglaublich viel Zeug, was höchstens zur Hälfte stimmt.

Natürlich sind diese ganzen kriminellen Sachen irgendwie spannend und so weiter, sagt Jessica, aber sie will jetzt damit aufhören und arbeitet deswegen auch in der Bank. Am liebsten würde sie aber irgendwas mit Schauspielerei machen oder Musik. Sie hat keine Ahnung, wo Till Reiners jetzt ist, und sie kann ihm auch nur raten aufzugeben, und falls das jetzt jemand sieht, der irgendwie seriös ist und Platten macht oder was in der Art … oder auch Model kann Jessica sich vorstellen.

Das alles wird später rausgeschnitten, weiß der Reporter. Dass Till Reiners ihr angeboten hat, ein neues Leben anzufangen und deswegen die Bank ausgeraubt hat, wird nicht geschnitten. Im Gegenteil. Das schickt der Reporter zur Hauptredaktion nach Köln. Daraus lässt sich vielleicht was machen, das bundesweit ausgestrahlt wird. Die Kollegen haben ja sogar schon die Koala-Bilder angefragt. Es ist Sommer und die Nachrichtenlage ist mau. Der Flugzeugabsturz in Ägypten kam – so gesehen – gerade recht. Deutsche Opfer sind gut für die Nachrichtenlage, aber es fehlen noch immer Namen und konkrete Schicksale. Ein biederer Bankangestellter, der wegen einer fast zwanzig Jahre jüngeren Frau seine Familie verlässt, seine Bank ausraubt und dann flüchtet, das hat was. Und Jessica ist der feine Unterschied, der aus einer Randnotiz eine echte Geschichte macht. So wie alle noch das Geiseldrama von Gladbeck im Kopf haben, weil die beiden Gangster damals nicht zwei dicke, langweilige, normale Angestellte als Geiseln nahmen, sondern nur eine und dazu Silke Bischoff, die aussah wie die blonde der beiden ABBA-Sängerinnen. So wie es etliche deutsche Eisschnellläuferinnen gibt, die Rekordzeiten fahren und niemanden interessieren – und Anni Friesinger, die zusätzlich noch den Sechser in der Gen-Lotterie gezogen hat, weswegen alle sie nackt sehen wollen und die darum für alles Mögliche werben kann und reich geworden ist.

Außergewöhnliche Umstände können eine Erotik freilegen, die sonst vielleicht nicht weiter aufgefallen wäre. Auch bei Jessica, die zwischen ihren Sätzen auf der Unterlippe kaut, die, ohne es zu wollen, manchmal ins Hohlkreuz geht und den Kopf leicht schief legt, und die eine eigentlich peinliche Tätowierung auf ihrem Rücken hat, was an ihr aber passend aussieht, vor allem in Kombination mit dem Verbotenen eines Überfalls, mit einer Waffe, mit Gefahr und einer sitzen gelassenen Ehefrau.

Der Reporter kann jedenfalls verstehen, wieso Till Reiners mit der Kleinen durchbrennen wollte. Der blonde Engel … (die Assoziation zum *Blauen Engel*, Heinrich Mann, Schullektüre, der seriöse Professor Unrat, der durch ein »leichtes Mädchen« vom rechten Weg abkommt, na ja, nichts für die Zielgruppe, aber der Reporter hat Abitur).

Wenn er Glück hat, wird dies hier eine echte Geschichte und seine Chance zum Sprung in die Hauptredaktion. Vielleicht muss er dank Jessica Simons in Zukunft nicht mehr zwei Stunden darauf warten, dass ein verwöhntes Koalababy endlich aus dem verdammten Beutel krabbelt …

38

Woanders ist es eben doch anders als zu Hause. Selbst in Holland, von dem man immer denkt, es ist Deutschland, nur mit einer lustigen Sprache. Aber schon die Häuser sehen anders aus. Andere Farben, andere Formen und natürlich die berühmten halben Gardinen vor den Fenstern. Das große leuchtende Käserad am Himmel rollt langsam in Richtung Meer, wie auch der türkisfarbene Mustang. Die beiden liefern sich ein stilles Wettrennen.

Nappo will jedenfalls am Strand sein, bevor die Sonne untergegangen ist. »Te huur« steht an einigen Häusern. Alles Puffs, so viele Huren wie die da anbieten, hat Nadine trocken vermerkt. Aber niemand lacht, denn die Stimmung im Auto ist schlecht wie bei einem Familienausflug. Nappo hat sich verfahren und will es nicht zugeben, Nadine wollte eh nicht nach Holland, und Till war ja eigentlich schon raus gewesen aus der ganzen Nummer und fährt jetzt trotzdem weiter mit. Es ist eine abstruse Version vom Familienklassiker »Wielangenochichmussmalpippimirislangeweilig« – »Ich hab ja vorhin schon gesagt, wir müssen links« – »Dann musst du demnächst selber fahren!«

Till hat mit seiner Familie schon zig Aufführungen dieser klassischen Version eines Familienausflugs hinter sich. Zwei Mal im Jahr fährt er mit Miriam und Nico zu seinem letzten lebenden Verwandten, Opa Kurt im Schwarzwald, zu Nicos Geburtstag wollten sie dieses Jahr ins Phantasialand, und ab und an muss er Miriams Nörgeln nachgeben, dass sie ja nie irgendwas machen, und dann fahren sie zu angeblichen Sehenswürdigkeiten im Umland. Fast immer endet das im Streit, über die Route, ob und wie man den Stau umfahren kann, wo gehalten wird, wo gegessen wird, wann man wieder nach Hause fährt, wer die Idee zu diesem Quatsch hatte, und wieso man zu Opa

Kurt muss, der stinkt und ohnehin nichts mehr mitkriegt in seinem Heim.

Jetzt, im türkisfarbenen Mustang, fällt Till eher Miriams Rolle zu: Ausgleichen, beruhigen, vernünftig sein. Nadine ist ein sehr großes, massiges Kind, das nichtsdestotrotz nölt und bei Laune gehalten werden will, während Nappo die Vaterrolle ausfüllt, und zwar komplett mit Ausrastern, Fluchen und zwei Mal falsch abbiegen. Die scheiß Holzschuhmongos können laut Nappo einfach keine vernünftigen Verkehrsschilder aufstellen. Nappos Ausländervorurteile sind allumfassend, demokratisch verteilt, und beziehen sich offenbar nicht nur auf das Konstruieren von Autos.

Der Mustang hat natürlich weder Navigationsgerät noch Klimaanlage, und die holländische Luft, die durch die Fenster hereinkommt, ist schon mehrfach gebraucht. Allen ist schlecht, denn man hat sich konsequent durch den Berg von Kioskkram gefuttert, den Nadine an der Tankstelle gekauft hatte.

Nico musste sich auf der Fahrt zum Phantasialand im Subaru übergeben. Vor Aufregung und weil Till ihm angeblich ein falsches, viel zu großes Eis gekauft hatte. Till fühlt sich jetzt ähnlich. Er ist ziemlich sicher, dass Nappo ihn erschießen wird, wenn er seinen Mageninhalt auf die weißen Sitze stülpt. Nappo ist schon ausgerastet, als Nadine ihr Eispapier nicht ordnungsgemäß aus dem Fenster geworfen hat. Till versucht gleichmäßig aus dem Fenster zu atmen.

Draußen wird Holland vorbeigefahren, nett, klein, beschaulich, freundlich, was aber natürlich alles täuscht. Mittlerweile werden auch in Holland Leute erstochen, von Muslimen, wenn Till das in den Nachrichten richtig mitbekommen hat. Die Holländer haben zunehmend ein Problem mit Ausländern. Vielleicht will Nappo ja auch deswegen hierhin.

»So, guck, da vorne geht's zum Strand!«, sagt Nappo jetzt, als habe er damit endgültig bewiesen, dass er von Anfang an recht hatte mit seiner Fahrtroute.

»Hier stinkt's auch schon so«, sagt Nadine trotzig. Sie wird keine Zugeständnisse machen, keine Niederlagen eingestehen. Autos sind fahrbare Krisengebiete.

Gestern noch lagen Till und Nappo nebeneinander und haben ihre Träume abgeglichen. Nappo wollte mit einem Mustang und seiner Freundin an einen Strand fahren, und da klang es verheißungsvoll und richtig und Till hat ihn beneidet. Jetzt, mitten in der Verwirklichung des Traumes, klingt der ganze Traum falsch. Wen die Götter nicht leiden können, dem erfüllen sie seine Träume, oder so ähnlich hieß es bei den alten Griechen, wenn Till das richtig in Erinnerung hat. Vielleicht wäre es auch mit Sybille Krückmann am Strand zum Streit gekommen, oder sie und Till hätten sich nach kurzer Zeit angeödet. Nicht umsonst gibt es im Urlaub und zu Weihnachten die meisten Familientragödien. Der Mensch aber ist ein Verdränger und Vergesser. Davon lebt die katholische Kirche und macht deswegen unverdrossen jedes Jahr Weihnachten, und alle machen mit.

Auch die Reiseindustrie verspricht stoisch jedes Jahr »die schönsten Wochen des Jahres«. Deswegen ist ganz Holland aktuell wieder voll mit Leuten, die Urlaub machen wollen. Nappo hatte sich einen einsamen Strand vorgestellt mit Dünen. Jetzt stehen sie in Scheveningen an einer Treppe, die zum Strand führt, und unten im Sand wimmeln zahllose Kinder, samt den zugehörigen Eltern. Nappo will gleich wieder weiter. Also steigen die drei wieder in den Mustang, dessen Farbe hier nicht mehr so auffällt, weil es etliche Badehosen, Strandhemden und lustige Sonnenhüte gibt, die ähnlich schrillbunt sind. Es geht vorbei an Hotels und Ferienwohnungen, an Schildern, auf denen Softeis und Heringe abgebildet sind. T-Shirts hängen vor den Läden, Urlauber schlappen in Badelatschen vom Strand oder zum Strand. Die Strandcafés sind voll. Es sind Ferien in den meisten Bundesländern und vermutlich auch in Holland.

»Ich hab ja gleich gesagt, Holland ist scheiße.« Nadine von der Rückbank, und in Nappo führt die Erkenntnis, dass Mustang, Sonne,

Strand und Geld alleine nicht glücklich machen, zu einer kleinen Explosion.

»Halt die Fresse! Halt bloß die Fresse!« Es kommt jetzt ernsthaft und bedrohlich, und das merkt auch Nadine und schweigt.

Sie fahren an einem Leuchtturm vorbei, am Strand entlang, und allgemeines Schweigen wabert im Wagen. Die Sonne zeigt mittlerweile ihre Version der holländischen Nationalfarbe. Orange wie ein Chesterkäse hängt sie jetzt nur noch knapp über dem holländischen Meer. Nappo parkt verboten und die drei nehmen einen neuen Anlauf zum Strand. Scheveningen liegt jetzt hinter ihnen, sie sind in Richtung Den Haag gefahren. Hier gibt es zumindest Dünen, die nicht so menschenvoll sind. Die Luft ist weich und riecht nach Sonne, Wasser und Urlaub, Möwen kreischen von oben gegen Kinder an, und wenn man nicht unbedingt aufs Meer gucken will, findet sich in den Dünen ein Platz, den man mit keinem teilen muss.

Nappo ist grimmig entschlossen, das hier zu genießen, und legt sich in den Sand, der sich mit Dünengras und kleinen Steinen vermischt. Er kommt wieder hoch und zieht sich das Che-Guevara-T-Shirt vom Kopf. Und legt sich wieder hin. Er kommt wieder hoch und zieht sich die Schuhe und Socken aus. Er legt sich die allgegenwärtige Tasche mit dem Geld und der Waffe unter den Kopf. Die ganze Zeit stehen Till und Nadine daneben, während Nappo endlich liegt und die Augen geschlossen hat. Er sieht jetzt zufrieden aus, unrasiert, ungewaschen, aber zufrieden. »Komm her Puppe«, sagt er, ohne die Augen zu öffnen.

»Du arme Arschnase«, sagt sie. Es klingt wie ein Lob und ist wohl auch so gemeint. Sie kniet sich neben Nappo. »Hier bleiben wir jetzt, oder was?«

»Ja sicher, zieh dich aus, mach dich easy.«

Nadine hat ihre große Tasche, die mit absurd vielen Schnallen verziert ist, ebenfalls dabei. Mit schnellen Handgriffen pellt sie sich aus Rock und Top und trägt darunter praktischerweise schon einen roten, schimmernden Bikini, den Till zuvor für Slip und BH gehalten hat. Till steht derweil überflüssig in der Düne. Das dritte Rad am Fahrrad. Der vierte Mann beim Skat. Er versucht Nadine nicht anzusehen, er ist auf eine halbnackte Frau nicht vorbereitet. Nappo genießt die Sonne, und Nadine lässt Sand auf seinen Bauch rieseln, der Streit aus dem Auto ist verdrängt, vergessen, vorbei.

Till fühlt sich so fehl am Platz wie ein Kühlschrankverkäufer unter Eskimos. Der blutverschmierte Che Guevara liegt im holländischen Strand neben der Tasche mit der Waffe und dem Geld. »Revolution« steht noch immer unter dem Konterfei. Till hat mal irgendwo gelesen, dass auch der echte Che Guevara sich ungern gewaschen hat und unbedingt eine Rolex wollte. Vielleicht ist Nappo also tatsächlich so etwas wie ein legitimer Nachfolger.

»Was stehst du denn da so rum?« Das geht an Till. Nadine fragt ihn. »Chill mal ’n bisschen!«, sagt Nadine.

»Genau, chill Till!«, sagt Nappo und freut sich über sein Wortspiel, was Nadine sofort aufnimmt.

»Chill Till, aber echt.« Sie klopft neben sich in den Sand. Till soll sich setzen und er setzt sich steif neben sie. Aber Nadine ist nicht zufrieden. »Ey, Alter, das ist ja mal gar nicht chillig!« Sie knöpft ihm mit flinken Fingern das Hemd auf, und Till versucht, nicht auf die Furche zwischen ihren Brüsten zu starren, die jetzt in unangemessenem Abstand vor ihm baumeln, brötchenbraun und kokosduftend, von dünnem, roten, glänzenden Stoff verdeckt.

»Jetzt lass ihn doch mal!« Nappos Ton ist schon wieder leicht unzufrieden. »Das kann er ja wohl selber!«

»Ich find’s so süß, wenn einer schüchtern ist …«

Nappos Kopf senkt sich zwischen die Brüste, die Till versucht hat nicht anzusehen. Nappo macht lustige Geräusche zwischen ihren Brüsten, und Till knöpft sich verkrampft allein weiter auf, während er noch immer Nadines Kokosduft riechen kann. Seit Ewigkeiten ist er keiner fast nackten Frau so nah gekommen. Außer Miriam. Eine irgendwie erbärmliche Feststellung, findet Till, passend zu seinem weißen, haarlosen Angestelltenoberkörper, den er jetzt in die untergehende holländische Sonne hält.

»Schmier mich mal ein!«, sagt Nadine, und Nappo stöhnt genervt. »Nee, komm dann lass!« Sie hält Till einladend lächelnd die Flasche hin. Till schluckt trocken, und sie setzt sich vor ihm in den Sand und schiebt sich die Träger des Oberteils von den Schultern. »Hier bin ich schon halb verbrannt.« Diese jetzt zu sechs Siebteln nackte Frau vor ihm ist verboten wie der Baum der Erkenntnis im Garten Eden. Dabei ist Nadine noch nicht mal sein Typ. Zu groß, zu wuchtig, zu viel. Nicht mal ansatzweise eine Jessica. Er verteilt die milchige Flüssigkeit aus der Flasche auf ihrem Rücken. Fremde Haut. Fremde Konstellation von kleinen Muttermalen. Kleine, weiche Auswuchtungen an beiden Seiten oberhalb der Hüfte. »Du hast ja vielleicht weiche Hände!«, sagt sie, »toll, wie du das machst. Wie'n Gentleman.« ›Schentelmänn‹ sagt sie.

»Weiche Hände, harter Riemen! So teilen wir uns das auf!« Nappo zieht die fremde Frau von Till weg und dann kullern die beiden küssend durch den Sand, Nappos Oberkörper ist schmal, drahtig und auf der Brust dreiecksförmig behaart, er wirkt deutlich dunkler als Till, ohne die weiche Bauchwölbung, die jetzt wieder über Tills Gürtel sichtbar geworden ist. Nadine liegt auf ihrem Freund, ihr runder, praktischer Hintern in seiner roten Bikiniverpackung glänzt in der Sonne. »Was haben 'n Brathähnchen und 'ne Bikiniische gemeinsam? ... Das weiße Fleisch ist das Beste«, witzelt Nappo und schiebt ihr Bikinioberteil zur Seite.

Till sieht angestrengt auf die Düne. Knapp einen Meter neben ihm liegt die Tasche mit dem Geld und der Waffe, und einen Meter daneben liegt der Mann, der diese Waffe vor zwei Tagen auf ihn gehalten hat und grabscht an den Brüsten einer Frau herum. Ein Rentnerehepaar erscheint auf der Düne und beide ziehen Nordic-Walking-Stöcke hinter sich her. Till sieht sie, Nappo und Nadine nicht.

Nappo hat beide Hände unter die Bikinihülle des Hinterns geschoben und presst Nadine im ältesten Rhythmus der Welt an sich. »Komm her, du geile Sau!«, sagt er gutgelaunt.

»Ich fick nichts, was nicht gewaschen ist!«, sagt Nadine, ebenfalls gutgelaunt, »du stinkst wie der Arsch von 'nem toten Iltis.«

»Hallo!«, sagt Till professionell zu den beiden Pensionären. Die sehen ausdruckslos auf das merkwürdige Trio und schlurfen dann weiter.

»Gut, dann gehen wir eben baden!« Nappo zerrt sich seine Jeans von den Beinen. Nadine steht lachend auf und zieht sich, mit dem automatischen Griff aller Frauen, das Bikiniunterteil wieder über den Hintern. Nappo trägt dunkelblaue Boxershorts und ist ebenfalls aufgestanden. Aus dem richtigen Winkel fotografiert, sind die beiden das glückliche junge Paar, das Werbung macht für Urlaub in Holland.

»Komm!«, sagt Nadine und Till ist gemeint.

»Nee, geht ruhig alleine, schwimmen ist nicht so …–« Er sieht Nappos Blick. ›Mach jetzt keine Faxen‹, sagt der Blick, humorlos wie ein Torero.

»Ich geh schon mal!« Nadine läuft jung, prall und lachend die Düne hinauf in Richtung Meer.

»Wir können doch jetzt nicht ewig zusammen …«, fängt Till an. Aber Nappo hat jetzt keine Lust, sich mit Till zu beschäftigen. Klar ist, Nappo wird Till nicht mit Che Guevara und der Sporttasche in den Dünen zurücklassen. »Ich hab gar keine Badehose dabei«, sagt Till schlapp in Richtung der Boxershorts vor ihm, in der Nappo steckt, »und wir haben auch keine Handtücher …«

»Alter, nerv mich nicht!« Till steht also zum zweiten Mal in zwei Tagen in seiner namenlosen weißen Unterhose in der Öffentlichkeit und fühlt sich schlecht. »Jetzt mach dir nicht ins Hemd. Das ist Holland hier.« Als sei das eine beruhigende Feststellung. »Gibt immer 'ne Lösung«, sagt Nappo, weise wie Buddha, und humpelt zum Meer.

39

Stefan Lensing war eine Sandkastenbekanntschaft. Einer der wenigen Männer, die ohne zugehörige Frau auf den Bänken um den Spielplatz saßen und darauf aufpassten, dass der Nachwuchs nicht fremde Förmchen aufaß. Seine Frau hatte den besseren Job, und er war als freiberuflicher Grafiker ohnehin in der Lage, sich die Zeit einzuteilen. Offenbar fand er, er sei es seinem »kreativen« Beruf schuldig, sich die Haare lang wachsen zu lassen. Stefan Lensing trug zudem Hemden, auf denen lachende Totenköpfe ein buntes Muster bildeten und er benutzte ausgiebig Aftershave, das Miriam anfangs irritierend fand, später aber ungeheuer sexy. Er roch gut. Den ganzen Frühling über trafen sie sich regelmäßig auf dem Spielplatz, wo er der Hahn im Korb war. Stefan Lensing hatte eine Tochter, Alina, wenige Wochen älter als Nico und ebenfalls nett, unkompliziert und fröhlich. Er malte seiner Tochter eigene Kinderbücher, und etliche Mütter auf dem Spielplatz schmolzen dahin. Durch Stefan Lensing kamen in die Müttergespräche auf dem Spielplatz auch andere Themen, neben Kinderkrankheiten, Kindergartenplätzen, Kindererlebnissen und Kinderserien im Fernsehen.

Miriam war zu einer dieser praktischen Mütter geworden, die sie nie hatte werden wollen. Tupperdosenleben. Die große Tasche, mit den kleinen Tupperdosen, für die geschälten Apfelstücke. Haargummis, die im ganzen Haus verteilt waren und überall verloren gingen, mit denen sie täglich ihre Haare kunstlos nach hinten bändigte, sobald sie eines wiederfand. Mittlere Tupperdosen für Butterkekse. Unförmige, leicht waschbare Anoraks, gegen Regen und Kälte. Die ständig rotierende Waschmaschine. Berge von Wäsche, in ihrem Drei-Personen-Haushalt. Berge von Geschirr. Große Tupperdosen für Essen, das übrig blieb. Berge von Vorräten, die herangeschafft werden mussten. Und trotzdem fehlte ständig etwas. Ständig ging etwas zu Bruch. Und Till begutachtete den Schaden und rief dann einen Elektriker, einen Klempner oder einen anderen Handwerker, der versprach zu kommen, um dann in letzter Minute abzusagen oder ein wichtiges Ersatzteil nicht dabei hatte. In diesen Momenten war Till aber immer in der Bank, und Miriam musste allein mit den Handwerkern fertig werden. Berge von Terminen, die durch Nico dazugekommen waren. Und Miriam fand sich noch immer zu dick. Sie kam nicht zum Sport. Sie war zu müde. Eine leichte Müdigkeit hatte sich um jeden Knochen ihres Körpers gewickelt. Nicht schlimm, nicht lähmend, aber da. Jeans, Röcke und Blusen aus der Zeit vor Nico hingen im Schrank und lachten sie aus. Sie fragte sich, ob es nicht doch besser gewesen wäre, eher schwanger geworden zu sein, mit Mitte zwanzig vielleicht, als sie noch mehr Energie gehabt hatte. Stefan Lensing und sein Aftershave, seine sorgfältig schrillen Hemden und seine exzentrisch spitzen Schuhe waren derartig unpraktisch, dass Miriam sich zunehmend ihres Tupperdosenlebens bewusst wurde. Seit Nico auf der Welt war, waren Till und sie darum bemüht, die Welt am Laufen zu halten, sie sorgten dafür, dass das Leben weiterging und die Waschmaschine sich weiter drehte. Sie waren praktisch geworden.

Am Ende dieses Frühlings lud Stefan Lensing sie zu sich nach Hause ein. Nur sie. Keine der anderen Mütter. Zum ersten Mal seit Ewigkeiten kribbelte es in Miriam, obwohl es nur um ein Kaffeetrinken ging, semiberuflich zudem noch. Stefan Lensing hatte sich den Internetauftritt von Miriams Reisebüro angesehen und wollte ein paar Vorschläge machen. Zum ersten Mal seit Ewigkeiten überlegte Miriam lange, was sie anziehen sollte. Sie rasierte ihre Beine sorgfältig, wobei klar war, dass er ihre Beine nicht sehen würde, oder gar anfassen. Sie war verheiratet, und sie hatte keine Zeit für eine Affäre. Sie dachte darüber nach, auf dem Weg zu ihm Kondome zu kaufen. Sie kaufte stattdessen Kuchen. Sicherheitshalber nahm sie Nico mit.

Sie hatte sich die Stefan-Lensing-Wohnung origineller vorgestellt. Passender zu den schrillen Hemden. Stattdessen dezent individualisiertes IKEA, überall gerahmte Fotos von Alina, Stefan Lensing und einer Frau, die viel lachte und ein paar Jahre älter schien als er. Demonstrativ glückliche Familie, Gott sei Dank. Miriam war in ihren eigenen Augen kein Typ für eine Affäre. Sie hatte ja ohnehin kaum Zeit. Sie küsste ihn an diesem Nachmittag zum ersten Mal. Nach dem Kuchen. Während Alina und Nico im Garten hinter einem Schmetterling herliefen. Danach war ihr tagelang klar gewesen, dass es nur alberne, unbedeutende Küsse gewesen waren, Küsse, die nach Kuchen schmeckten und nach Aftershave. Einzelne, verirrte Küsse, nicht so spektakulär, wie sie gedacht hatte, nicht so neu und so gänzlich anders als die heimischen Küsse, nicht so weltverändernd, dass sie nach einer Wiederholung schrien. Drei Tage später küssten sie sich wieder. Dieses Mal hatte sie den Kuchen schon weggelassen. Beim dritten Mal nahm sie auch Nico nicht mehr mit. Sie war zu verwirrt, um Till etwas davon zu erzählen. Zumal es eigentlich auch nichts zu erzählen gab. Schließlich ging es weiterhin eigentlich um den Internetauftritt des Reisebüros und dann um Einladungskarten für Inas Eltern, die entworfen werden sollten und dann verbessert und geändert werden mussten.

Sie schlief auf der Couch mit ihm, hektisch und leise, weil Alina nebenan schlief. Sie hatten sich nicht einmal ganz ausgezogen, und er hatte Schwierigkeiten mit dem Kondom, das sich nicht ganz abrollen ließ. Miriam kam sich vor wie ein Teenager. Der Sex war nicht besonders, aber er war verboten. Er blieb verboten und wurde nicht viel besser. Aber sie mochte, dass Stefan Lensing tagsüber zu Hause war. Sie mochte, dass er zeichnen konnte, und die Art, wie er den Kindern und ihr vorlas. Sie mochte, wie er roch. Mit und ohne Aftershave. Sie mochte die Art, wie er über Comics reden konnte, als seien sie Kunst.

Sie mochte, dass in seinem Haus nie die Waschmaschine lief, wenn sie da war. Sie mochte, dass er trotz der langen Haare und der bunten Hemden kein besonders guter Liebhaber war. Miriam traute sich ihm alles ins Ohr zu stöhnen, was ihr durch den Kopf ging, während sie sich bei Till immer selbst zensierte. Durch die Schwangerschaft und die Geburt hatte sie Hemmungen verloren. Nacktheit hatte eine Normalität bekommen, die sie vorher nicht hatte. Miriams Körper hatte auf eine wundersame und wunderbare Weise funktioniert und dadurch war auch der Sex gewissermaßen praktischer geworden. Stefan Lensing profitierte davon. Zu Hause fiel es ihr schwerer, die neue Miriam zum Zuge kommen zu lassen, zu Hause war sie noch die alte Miriam und die musste deswegen diesen Seitensprung nicht beichten, fand sie.

Am Ende des Sommers bekam Alina eine Reihe von Kinderkrankheiten und Stefan Lensing einen Auftrag, für den er eine Zeitlang nach Karlsruhe musste. Dann wurde es Herbst und die Besuche auf dem Spielplatz wurden wetterbedingt eingestellt. Dann legte sich ein ungemütlicher, nasskalter Winter über Osthofen und die Affäre mit Stefan Lensing. Im darauffolgenden Frühling ging sie auf einen anderen Spielplatz.

Heute erfährt sie, dass Stefan Lensing sich von seiner Frau getrennt hat. Sie erinnert sich an die Frau als ein paar schwarz-weiße Lacher, gerahmt und aufgehängt in der fremden Wohnung. Sie hatten damals wenig über ihre jeweiligen Ehen geredet, aber seine, sagt er jetzt am Telefon, war damals schon so gut wie kaputt.

»Das, was wir da hatten«, sagt er, »hat man ja nicht, wenn alles super läuft, oder wie ist es bei dir?«

Sie stottert herum. »Och, na ja, was soll ich sagen … soweit …«

Sie hat selbst mit ihrer Freundin Ina nicht über Stefan Lensing geredet. Sie hat stattdessen ein BRIGITTE-Dossier gelesen über Seitensprünge und ein albernes Sachbuch, und zumindest die BRIGITTE fand Seitensprünge unter gewissen Umständen ganz in Ordnung und zeigte ihr, dass sie statistisch sehr gut aufgehoben war. Sie war außerdem nicht richtig verliebt gewesen, letztes Jahr, mehr verwirrt als verliebt. Sie hatte eine Midlife-Crisis. Miriam hatte sich gefragt, ob sie noch in Till verliebt war. Sie fragte sich das, während sie mit ihm schlief, nachdem sie nachmittags mit Stefan Lensing geschlafen hatte. Sie kam bei beiden nicht zum Höhepunkt, aber Till lag später in einer Kombination aus Mond- und Straßenlaternenlicht neben ihr und sagte »Ich liebe dich«, weich, verletzlich und ehrlich, und sah dabei so jung aus, als sei er der nur wenige Jahre ältere Bruder von Nico. Ihr Herz wurde weich wie ein warmer Camembert in ihrer Brust, als Till auf einem Arm gestützt dalag und sie ansah.

Er verdiente es nicht, verlassen zu werden. Sie hätte es sich nicht verzeihen können. Sie konnte ihn nicht verlassen, ebenso wenig wie sie Nico jemals verlassen könnte. Till war gut und harmlos wie Kamillentee. Und jetzt ist er entführt, und leidet vermutlich wer weiß wo.

Deswegen sagt sie, dass bei ihr alles in Ordnung ist, in bester Ordnung sogar. Und Stefan Lensing findet das schade. Er wohnt nämlich inzwischen nur wenige Straßen weiter. Extra ihretwegen sei er dort hingezogen, sagt er, und er sagt es lachend, um offenzulassen, ob das stimmt oder nicht. Aber vielleicht können sie sich trotzdem demnächst mal wieder auf einen Kaffee treffen?

»Im Augenblick«, sagt Miriam, »hab ich grad echt viel um die Ohren!«

Sie hat kaum aufgelegt, als die Folge von Bob der Baumeister vorbei ist und der Fernseher automatisch wieder aufs aktuelle Programm umspringt.

»Papa, Papa!«, ruft Nico begeistert, und in der Tat ist dort Tills Foto mit lustig verdrehtem Auge und Seitenscheitel zu sehen, und kurz danach taucht ein blondes, junges Mädchen auf, das Miriam vage bekannt vorkommt. Sie sagt, dass Till ihr angeboten hat, mit ihr abzuhauen und ein neues Leben anzufangen. Sie, sagt das sehr junge, sehr blonde Mädchen, könne Till Reiners aber echt nur raten, sich zu stellen. Und dass es ihr leid tut, wenn er sich irgendwelche Hoffnungen gemacht hat. Klar sei sie Single, sagt sie und lacht, wie man nur lachen kann, wenn man noch so jung ist und das Armdrücken gegen das Leben noch nicht verloren gibt. Irgendwie wär's ganz schön komisch, dass einer offenbar ihretwegen eine Bank ausraubt, sagt sie, aber trotzdem …

Miriam schaltet unter Nicos Protest den Fernseher aus. Sie ist verwirrter, als sie es mit Stefan Lensing je war. Sie muss der Blondine das Lachen aus dem Gesicht schlagen, denkt sie, so verwirrt ist sie.

40

Die an sich handzahme Nordsee hat Nadines Bikinioberteil erobert, was Nappo nacheinander super, geil und praktisch findet, während Nadine flucht, hauptsächlich weil der Bikini neu und teuer war. Till friert seit geraumer Zeit im Wasser, traut sich aber nicht rauszugehen, weil er Nappo nicht reizen will. Sein Bein tut weh im Meerwasser, da, wo der Stacheldraht es aufgeritzt hat. Auch Nappo hat geflucht, seine Hand brannte, aber er ist entschlossen Spaß zu haben wie ein Neunjähriger auf seiner Geburtstagsparty. Durch Zufall verfängt sich das rote Oberteil in Tills Füßen und er gibt es Nadine zurück. »Guck, er hat Stil, er hat das Ding wenigstens gesucht, du blöder Arsch!«

»Glotzt du meiner Alten auf die Hupen?!« Gutgelaunt tunkt Nappo Till unter Wasser, während sich Nadine jetzt genauso spaßig für ihn einsetzt und versucht Nappo seinerseits unter Wasser zu drücken.

»Jetzt lass ihn doch! Er hat sich echt ’n Finderlohn verdient!«, sagt sie und hält Till einladend ihre nackten Brüste hin, bevor sie das Oberteil wieder anlegt. Till hat Salzwasser in den Augen und im Mund. Er sieht nichts. Nur wässrig verschwommene Eindrücke. Sybille Krückmann reloaded. Er steht als Geisel in seiner nassen Unterhose in der Nordsee und sieht verschwommene Brüste. Das passt alles schlechter zusammen als Israelis und Palästinenser. Geiseln baden nicht. Das alles ist absurder als moderne Kunst.

Schließlich hat auch Nappo genug und geht wieder an Land, wo ein leichter Wind weht und es jetzt kühler ist als erwartet. Nappo schnappt sich kurz entschlossen ein paar Handtücher, die am Strand liegen, neben Strandtaschen und einem mitgebrachten kanariengelben Windfang, der wie ein halbhohes, halbrundes Zelt vor kühlen Böen schützen soll. Und noch ein Handtuch für Nadine und eines für Till, dessen Unterhose als klamme Erbärmlichkeit an seinem Körper klebt. Nappo lässt sein Handtuch auf Nadines Hintern flitschen und die beiden laufen spielerisch hintereinander her, wie Jungs seit dem Neandertal hinter Mädchen hergelaufen sind.

»Geht's noch?« Die Frage geht an Till, der wie üblich etwas abseits steht und angestrengt wegsieht. Gestellt hat sie ein Surfer mit blondierten Haarspitzen, ein Vollzeit-Nils, dessen fettloser Körper jetzt groß und geschwellt vor Till steht. Die Frage bezieht sich offensichtlich auf das Handtuch, das sich Till um die Hüften geschlungen hat und das vermutlich dem Surfer gehört. »Was soll'n die Scheiße?«

»Ich hab ... tut mir leid ... wir wollten nur ...« Er wird offenbar nie mehr aufhören sich zu rechtfertigen. Dabei ist er unschuldig, er hat lediglich Jessica retten wollen und seinen Wagen angeboten und das hat dazu geführt, dass er jetzt fast nackt mit einem fremden Handtuch um die Hüften am Strand steht.

»Mach mal easy, Meister!« Aus dem Nichts ist Nappo gekommen. »Wir war'n handtuchtechnisch 'n bisschen mau«, erklärt er und kramt in seiner Sporttasche nach einem Hundert-Euro-Schein. »Hier: Leihgebühr, okay?« Nappo hat gusseisern gute Laune, und der Surfer ist verblüfft. Nappo interpretiert das Schweigen so, dass er ihm noch einen Hunderter in die Hand drückt, und als der Surfer immer noch schweigt, sagt Nappo: »Nee, hast du recht, wir machen einfach 'n Lappen pro Lappen. Bumms.« Und Nappo gibt bereitwillig noch einen Schein ab mit dem Verweis auf die drei Handtücher, die sie sich genommen haben.

»Geil«, ist der ungläubige Kommentar des Surfers. Für die Kohle haben sich die drei Handtuchmieter auch noch ein paar Bier aus der Kühltasche verdient, findet Nappo. Er lässt sich nicht lumpen und legt noch mal hundert Euro drauf für sonnendurchweichte Sandwiches aus der Strandtasche. Der Surfer heißt albernerweise auch noch Björn und hat Freunde, die Sebastian heißen, und Tobias und Sarah und Carolin. Die ganze Palette moderner Bausparervornamen. Alle haben Surfbretter und gute Laune.

Der Handtuchdiebstahl ist ruckzuck zu einer weiteren Anekdote des Urlaubs geworden. Nappo hat sich durch die 400 Euro den Ruf erkauft, cool zu sein, und das gefällt ihm. Eine gute Investition, zumal die Surfer das Ganze eher als Gag genommen haben und ihm die Kohle im Laufe des Abends wiedergeben, abzüglich der Ausgaben für Bier und Snacks. Nappo sieht nun mal nicht so aus wie jemand, der 400 Euro zu verschenken hat. Nadine auch nicht. Der Kunstlederrock und das Bitch-Top passen nicht recht zum Studentenoutfit der anderen, die praktische Outdoorklamotten tragen. Aber das macht nichts. Nappo ist der selbstgebrannte Schnaps zum Red Bull des finanziell abgesicherten Studentenlebens. Selbst für Till fallen noch ein paar Brocken von Nappos Coolness ab. Er ist der Schweiger, das stille Wasser, der Denker im Hintergrund, der Dick Cheney zu Nappos George Bush. Es wird gelacht, geraucht und getrunken. Man könnte es filmen und »Sail away« dazu spielen. Und dann kommt Tills große Stunde, als einer eine Gitarre hervorzaubert und Nappo einen missglückten Versuch von »Hotel California« hinlegt, den Till dann korrigiert. Er kriegt sogar nach ein paar Versuchen aktuellere Sachen wie James Blunt hin, zu dem aber keiner den Text kann und so landen sie bei »Anton aus Tirol« und dem »Bett im Kornfeld«, was immer geht und was besser ankommt als seine Versuche bei Herrn Walters Geburtstag. Till ist erleichtert, dass auch die nachfolgende Generation noch Gitarre spielt.

Nappo hat sich als Larry vorgestellt, Nadine als Nancy und Till als Tom und alle halten sich daran, auch wenn klar ist, dass es nicht stimmt. Aber die Namen passen zu den 400 Euro, die Nappo in die Runde geworfen hat und nur Till weiß, dass es eine automatische Vorsichtsmaßnahme von Nappo war. Till kennt Nappo mittlerweile gut genug. Der misstraut Studenten. Er misstraut jedem, der freiwillig Bücher liest, auch wenn sie jetzt im Urlaub sind und auf dem Weg betrunken zu werden. Eins von den Surfermädchen fragt Till nach der Gitarreneinlage, was er beruflich macht, und Nappo mischt sich ein und sagt, dass das geheim ist und er sie töten müsse, wenn sie es erführe, denn Tom arbeite an etwas Ultrageheimen. Selbst dieser offensichtliche Blödsinn wirkt besser als die Wahrheit, denn das Surfermädchen bleibt interessiert, und Till versucht locker zu wirken. Hier und jetzt ist er Tom. Tom kann alles sein, zum Beispiel auch unverheiratet, trotz des Rings an seiner rechten Hand. Das interessierte Surfermädchen ist das langweiligste aus der Truppe und erzählt ihm nach kurzer Zeit etwas von ihrem BWL-Studium. Sie kommt zusätzlich ursprünglich aus Reutlingen. Neben dem BWL-Studium schreckt sie also auch noch durch den Akzent ab, aber das ist egal.

Die Dämmerung legt weiche Dunkelheit über alle. Das Meer schickt uraltes Rauschen und von der Promenade hört man sorgenfreies Geplapper anderer Touristen. Das hier ist kein richtiges Leben. Das hier ist Holland. Disneyland für Europäer. Nach der nächsten Dose Bier erfindet Till eine Plattenfirma, bei der er arbeitet. Hier ist alles möglich. Er ist für nichts verantwortlich, für sich nicht und für keine der Geschichten, die er jetzt erzählt. Er ist Gott am fünften Tag. Er kann einen Menschen erschaffen.

Ein Joint geht herum. Till hat Angst vor Drogen, er hat nie ernsthaft geraucht, aber jetzt, hier, kommt es ihm albern vor den Joint abzulehnen. Er arbeitet in einer Plattenfirma, er kennt die Red Hot Chili Peppers, er hat mit denen so einiges … das erzählt er nachher mal, erzählt er der Reutlinger BWL-Studentin. Der Joint hat überhaupt keine Wirkung. Auch auf die anderen nicht, die alle in kleinen Grüppchen reden. Nappo spielt seine Fassung von »Satisfaction«. Nadine schaut herüber zu ihm, der Mond nimmt ab, wuchtet sich aber trotzdem elegant an den Himmel. Das BWL-Surfermädchen heißt Steffi und findet auch Iggy Pop gut. Den aber kennt Tom nicht näher, behauptet Till, und hält das für einen klugen Schachzug seinerseits. Dadurch wird seine Plattenfirmengeschichte glaubwürdiger. Steffi sitzt jetzt direkt neben ihm. Sie hat niedliche Grübchen, wenn sie lacht. Till hätte damals auch studieren können, aber er konnte sich nicht entscheiden, für was er sich einschreiben sollte. Mathematik vielleicht, er war immer gut in Mathe gewesen, aber was hätte er später mit Mathematik angefangen? Es wäre auch auf BWL hinausgelaufen. Er hätte BWL studieren und dabei Mädchen mit Grübchen treffen können. Er hätte vielleicht surfen gelernt. Aber er wollte in Osthofen bleiben, sein Vater und seine Mutter hatten ihm geraten, erstmal eine Ausbildung zu machen. Danach könne er ja dann studieren. Aber dazu ist es nicht mehr gekommen. Ein neuer Joint durchläuft die Runde. Es brennt im Hals, er hat schon ewig nicht geraucht, aber was immer sie in den Tabak gemischt haben, hat ansonsten keine Wirkung. Till ist so klar wie die Nacht, die langsam kommt. Er ist frei. Er ist nicht mehr Till, er ist Tom, und Tom kann tun und lassen, was er will. Zum Beispiel sich unauffällig an Grübchen-Steffi lehnen, die nach Meer duftet.

Jetzt spielt jemand Klavier. Erstaunlich fehlerfrei. Es dauert einen Moment, bis Till begreift, dass das Klavier in einem iPod gefangen ist, der an kleine Boxen angeschlossen wurde. Wunderschöne Musik. Nadine und Nappo streiten, aber darum kann Till sich jetzt nicht kümmern, denn Steffi hat ihn etwas gefragt und er nickt. Man muss sich nur mal vorstellen, wie viele Sterne am Himmel längst tot und verloschen sind. Sterne, die man auch in Osthofen sieht, oder sonst wo auf der Welt. Es gibt unglaublich viele Sterne. Fast alle aber tot, so tot wie seine Eltern, an die er lange nicht gedacht hat. Er ist so einsam wie ein Stern. So einsam und so frei. Es gibt niemanden mehr, hier und jetzt, der sagen kann, wie er ist, wer er ist, was er kann und nicht kann. Und wenn es so jemanden nicht gibt, dann ist alles möglich. Dann kann er morgen neu anfangen mit Steffi, der wunderbar duftenden Steffi, und kann surfen lernen und BWL. Steffi kichert. Er hat womöglich wieder einiges laut gesagt, oder Steffi kann genauso

Gedanken lesen wie Nappo. Weißt du, wie viel Sternlein stehen, dort am blauen Himmelszelt? Erst nach ein paar Sekunden versteht er, dass er das gerade gesungen hat, laut wie einen Fußballschlachtruf, und die anderen lachen. So leicht kann man neue Freunde gewinnen. Freunde, mit denen das Leben einen ganz anderen Verlauf nehmen kann. Jetzt aufs Glückskonto einzahlen. »Der Mond ist rund, der Mond ist rund, er hat zwei Augen, Nas und Mund … und Eier«. Alle lachen. Steffi hat Beine. Auch mit Sommersprossen. Makellose Beine, die sie schon leicht geöffnet hat. Für ihn. So vieles ist denkbar, aber er sperrt sich ein, Tag für Tag, in ein Leben mit Miriam und Nico und Herrn Walther und Nils und all den anderen, jeden Tag, jeden Tag, während hier draußen alle möglichen Leben möglich sind. Und niemanden hier stört sein Alter, er ist so alt wie die anderen alle, die alle viel jünger sind. Er kann einfach nochmal ein neues Leben anfangen und danach noch eines. So viele Leben wie Sterne. Fünf, sechs Sterne-Leben wären möglich, während sein Leben momentan maximal drei Sterne hat. Steffi, die wunderbare Steffi, ist möglich. Und dort drüben Puppe, Nadine-Puppe, deren nackte Brüste er heute schon gesehen hat. Einzigartig weich und fast voll, wie idyllische Hügel auf der Landschaft ihres Körpers. Das vermutet er. Solche Brüste hat Nadine-Puppe, die ihn jetzt ansieht und lächelt. Sie hat auf jeden Fall Brüste, da ist Till ganz sicher. Auch Nadine-Puppe wäre möglich. Wieso denn nicht? Und wenn sie hundert Mal Nappos Freundin ist. Das sind kleinkarierte Argumente. Es gibt mehr Brüste auf der Welt als Sterne, weil jede Frau ja zwei hat, und zwar jede Frau. Auch Steffi. Grübchen-Surfer-Beine-Steffi hat zwei Brüste. Till weiß wo. Till ist nämlich Tom und Tom kennt sich aus. Tom ist ein Checker, ein Brüste-Checker. Steffi sagt etwas zu ihm. Auf rückwärts. Er hat es nicht verstanden. Sie ist aufgestanden, und dadurch fällt Till-Tom in den Sand. Und weil Steffi ihn geboxt hat. Es gibt noch mehr Sandkörner als Frauenbrüste und Sterne. Die Welt ist ein einziger Wahnsinn. Der Sand ist oben schon ganz kühl, wie Miriams Hintern, aber wenn man die Oberfläche wegschaufelt, ist er noch freundlich warm. Das rauschende Meer nebenan ist nicht mehr warm aber unendlich. Es gibt noch mehr Meer als Sand und Brüste und Sterne.

Till friert nicht und er schwitzt nicht. Er ist satt und will nirgendwo hin. Er liegt unter dem holländischen Himmel und ist glücklich.

41

Ihr Kopfinneres dreht durch wie ein bremsenloses Karussell. Sie kann das Telefon noch immer in ihrem Kopf läuten hören, obwohl sie das Kabel vor geraumer Zeit aus der Dose gezogen hat und das echte Telefon seither still ist. Sie sitzt an Nicos Bett und streichelt seinen Hinterkopf, um sich selbst zu beruhigen. »Sommerkinder wollen jeden Tag zum Baden gehen«, singt Rolf Zuckowski zum x-ten Mal und gut gelaunt wie jedes Mal. Solange er singt, steht die Welt noch.

Sie hat selbst schon zigfach all die Bekannten und Nachbarn gesehen, die im Fernsehen immer zu Wort kommen, wenn wieder ein Mörder oder Vergewaltiger gefasst wurde. Immer heißt es, der Mann sei ganz unauffällig gewesen, und höflich, und keiner habe gedacht, dass er so etwas würde tun können. Nie heißt es, der Mann sei eh ein Arschloch gewesen, dem man von Anfang an alles zugetraut hätte. Jetzt ist sie mittendrin in so einer Geschichte. Sie selbst hat in so eine Geschichte eingeheiratet. Fremde haben angerufen und Namen genannt. Eigene und solche von Sendern und Sendungen, die sie eben aus dem Fernsehen kennt. Kaum, dass die blonde junge Frau zu sehen gewesen ist. Kurz darauf meldete sich das Handy und wurde ebenfalls ausgeschaltet. Es wurden Fragen gestellt, am Telefon, aber Miriam hat keine Antworten. Sie weiß nur, dass jetzt auch ihre Schwester nichts mehr wegreden kann.

Der schwer atmende Kommissar hat recht gehabt. »Würden Sie Ihre Ehe insgesamt als glücklich bezeichnen?« Diese Frage hat er ihr gestellt. Diese Frage hat sich offenbar auch Till gestellt und mit nein beantwortet. Diese Frage hat sie umschlichen wie der böse Wolf das Haus der drei Schweinchen. Diese Frage haben sie beide in diese

Wohnung und in ihr Leben geschleppt, wie Hundescheiße, in die sie getreten sind. Diese Frage war schon da, bevor Stefan Lensing sie zum Kaffee eingeladen hat. Und die ganze Zeit hat auch Till diese Frage gerochen und sie auf seine Weise beantwortet. Heimlich, ohne ihr etwas zu sagen.

Miriam ist fest entschlossen, gleich die lose Fußleiste in der Küchentür festzuschrauben. Sie muss unbedingt etwas Handfestes tun. Etwas, das ihr gelingt. Danach wird sie sich etwas zu essen machen. Sobald Rolf Zuckowski durch ist. Sie hat Hunger. Sie geht im Kopf den Kühlschrankinhalt durch. Er vermischt sich mit all den Sachen, die sie mitnehmen muss, wenn sie hier weggeht. Und weggehen muss sie. Der erste Reflex galt zwar dieser blond lächelnden Schlampe im Fernsehen, die sie, wie sie sich inzwischen erinnert, auf der letzten Weihnachtsfeier getroffen hat. Aber das ist ja keine Lösung.

Till ist damals ganz aus dem Häuschen gewesen. Ständig hat er erwähnt, wie galaktisch dämlich die ist. Ein rotes Schlauchkleid hat sie getragen. Wie eine Weihnachtsnutte hat sie ausgesehen. Eine Weihnachtsnutte vom Engelsstrich. Miriam würde ihr jetzt immer noch gerne das Gesicht zerkratzen. Es war klar, dass Till die gut fand. Vor allem als Till erst drei Mal nachgefragt hat, von wem Miriam denn rede, als sie ihn auf Jessica angesprochen hat. Männer sind die unbeholfensten Lügner, wenn es um andere Frauen geht. Aber sie hat Till als chancenlos eingestuft und als erwachsen genug. Aber da hat sie wohl falsch gelegen. Er war chancenlos, aber kein Stück erwachsen. Und er hat sie und Nico in einem Schlamassel sitzen lassen und ist auf und davon. Und auch sie wird abhauen.

Sie muss den Kommissar anrufen. Sie braucht den Subaru, der bei der Polizei steht und auf mögliche Spuren untersucht wird. Sie muss wegfahren. Gras muss über diese Sache wachsen. Meterhohes Gras. Über ihren Namen, über ihre Ehe, über die Welt.

42

»Welches Arschloch hat gestern mit der blonden Banktrulla gesprochen?«

Der Esel blökt durchs Telefon in Kurt Bergmeisters Ohr. Der Esel ist nicht zufrieden und seine Aufgeregtheit steht im Gegensatz zum sommerlichen Abend, der sich draußen vors Präsidium gesetzt hat wie die türkischen Gemüsehändler vor ihre Läden. Föhnwarme Luft kommt durchs Fenster und verlässlich geht die Sonne hinter der unambitionierten Stadtsilhouette von Osthofen unter. Für Kurt Bergmeister die schönste Stunde des Tages. Man hat nicht das Gefühl, dass etwas Schlimmes passieren kann. Eine Stunde später wird es richtig dunkel sein, dann ist man wieder allein, und Mord und Totschlag sind wieder möglich. Jetzt aber findet Kurt Bergmeister die Aufregung fehl am Platz. Nein, sagt er müde ins Telefon, er weiß nicht, wieso diese Jessica Simons lieber mit RTL spricht als mit der Polizei. Und ja, die ist das fehlende Motiv.

»Der Reimann hängt da knietief drin!«, sagt der Esel und bleibt zumindest konsequent bei einem falschen Namen. Frauen sind doch immer das Motiv, denkt Kurt Bergmeister. Gerade wenn es um Geld geht, das verschwindet. Er denkt an die Vorstände bei VW, Männer mit Bäuchen und schütterem Haar, mit leicht aus dem Leim gegangenen Ehefrauen, die mit eigenen Boutiquen ruhiggestellt wurden, nachdem man eine gewisse Gehaltsgrenze überschritten hatte. Deutsche Männer, die nirgendwo besser hinpassten als nach Wolfsburg. Männer, die nach Schreibtischen aussahen und nach VW, und plötzlich junge, biegsame, südamerikanische Frauen wollten und dafür illegal Geld abzweigten. Kurt Bergmeister hat sich ein besseres Motiv für Till gewünscht, vielschichtiger, tiefsinniger. Er mag Miriam Reiners, in ihrer praktischen, freundlichen, weiblichen Art. Er muss Till Punkte dafür abziehen, dass er diese Frau für eine billig blondierte Klischeenudel verraten hat.

Kurt Bergmeister muss über sich selbst lächeln. Er wird noch Sozialist auf seine alten Tage. Er hat damals bei der Polizei angefangen, auch weil er auf der richtigen Seite stehen wollte, weil er etwas übrig hatte für die moralische Überlegenheit von Recht und Ordnung. Und jetzt hat er zunehmend das Gefühl, Recht und Ordnung dienen vor allem dazu, ein fehlerhaftes System aufrechtzuerhalten, damit nicht mehr Leute ihre Bank ausrauben, um endlich mit dem richtigen Leben anzufangen. Der Esel hat unterdessen weitergeblökt. Die Bank werde jetzt sicher die Belohnung aufstocken. Der Esel kann noch Personal freigeben, wenn Kurt Bergmeister es braucht. Vier, vielleicht sogar noch fünf Leute wären denkbar. Man müsse jetzt den Druck erhöhen. Kurt Bergemeister grunzt Zustimmung (Kapitalistenmitläufer, der er ist).

Wie die Lage aussieht, will der Esel wissen. Der gestohlene Citroën ist zur Fahndung ausgeschrieben. Die Flughäfen sind informiert. Man wird Handzettel drucken. Man checkt die Autohändler in der Gegend. Immerhin ist Till Amateur auf dem Gebiet. Vielleicht war er dumm genug, den Wagen, den sie dem Mann an der Tankstelle abgenommen haben, zu verkaufen. Der Druck wird erhöht. Till Reiners hat wenig Chancen. Mit Kriminalität kommt man nur davon, wenn man ein höheres Jahreseinkommen und bessere Berater hat. Dann hat Kriminalität auch einen anderen Namen. Die anderen, die ohne Berater und mit geringem Einkommen, kommen nicht davon.

Kurt Bergmeister selbst wird sich das blondierte Motiv vorknöpfen.

43

Der Mann am Telefon versichert, er habe ein geregeltes Einkommen durch eine Berufsunfähigkeitsrente und zudem ein Haus, und er sei auch bereit Jessica zu heiraten. Er sei 57, sehe aber jünger aus. Seine Mutter müsse dort allerdings wohnen bleiben. Der nächste Anrufer will wissen, ob sie Bock auf einen Riesenschwanz habe. Ganz offensichtlich brauche sie das ja wohl. Der dritte Anrufer ist Herr Walther aus dem Krankenhaus, der wissen will, ob das alles stimmt, was sie gesagt hat. Hat Till Reiners wirklich die Bank überfallen?

Jessica hat sich alles anders vorgestellt. Das, was sie über die Schauspielerei gesagt hat, ist rausgeschnitten worden. Sie sah nicht richtig geschminkt aus. Alles war ruckzuck vorbei. Sie sah nicht aus wie ein Star. Ihre Mutter hat gesagt, dass sie ganz große Scheiße gebaut hat. Seit sie im Fernsehen war, klingelt dauernd das Telefon, aber es sind immer nur Verrückte und Frührentner. Sie wundert sich, woher die so schnell die Nummer haben. Madeleine war am Telefon total merkwürdig. Hat rumgedruckst. Vielleicht weil Madeleine die Geschichte mit Mirko und der Straßenbahn kennt, aber sie muss doch auch wissen, dass man im Fernsehen nicht die normale Wahrheit sagen kann.

Herr Walther labert noch immer. Sie will ihn abwimmeln. Wie soll sie dem alten Sack erklären, wie das alles so läuft in der Welt? Wie soll der kapieren, dass das alles später total egal sein wird, ob der schnarchige Till Reiners die bekiffte Bank überfallen hat oder nicht. Wie soll sie ihm klarmachen, dass das Ganze eine echte Chance für sie ist. Herr Walther ist so tot wie zwei Zombies. Sie kann sich einfach nicht vorstellen, in welcher Welt er lebt. Er klingt reichlich scheiße am Telefon, gar nicht mehr so wie normalerweise in der

Bank. Vielleicht macht er es nicht mehr lange. Ihr Opa ist auch gestorben, im letzten Jahr. Er soll sich mal keine Sorgen machen, sagt sie zu Herrn Walther. Die arme Sau tut ihr jetzt sogar ein bisschen leid. Er japst. Sie hätte das zuerst doch der Polizei sagen müssen, und ihm und bla bla bla. Die Zentrale hat ihn angerufen. Und wenn es nicht stimmt, das mit Till Reiners, und er glaubt nicht, dass es stimmt … Jesus Christus, sie wird gleich auflegen, sonst hört der Alte nie mehr auf. Sie wird ihren Job verlieren, sagt er, und sie hat den Anfang des Satzes nicht richtig mitbekommen. Je länger er redet, umso mehr hat sie das Gefühl wie früher nach Mathearbeiten in der Schule. Oder nach Deutsch- oder Englisch- oder überhaupt nach Arbeiten oder Tests.

Alles ist schiefgegangen. Sie hat Scheiße gebaut.

44

Während ihrer Ausbildung arbeiten Sterne erstmal in einem Kronleuchter. Zum Beispiel in dem großen im Hotelfoyer, in dem Till jetzt sitzt. In einem Sessel aus samtiger Gemütlichkeit, während Nappo und Nadine vorne am Tresen alles klarmachen. Till ist Geisel und darum muss er sich um nichts kümmern. Er kann machen, was er will.

Die lustige Nadine wollte in ein schönes Hotel. Soviel hat Till noch mitbekommen. Und Nappo hat gesagt, das sei kein Thema, das sei gar kein Problem, das sei komplett gebongt. Jetzt sind sie hier. Till könnte in diesem großartigen Sessel sitzen bleiben, der weniger unsicher und wackelig ist als der Rest von Holland, aber Nappo und Nadine stehen vor ihm und schwenken eine dieser Karten, die es in Hotels statt Schlüssel gibt. Sie reden durcheinander. Till soll etwas schwingen. Seinen Arsch. Genau. Den soll er hochschwingen. Till findet, dass das eine merkwürdige Formulierung ist. Er hat aber keine Zeit darüber nachzudenken, die anderen drängeln. Er stemmt sich problemlos hoch, er ist betrunken, keine Frage, aber er ist gleichzeitig klarer als zu anderen Gelegenheiten, bei denen er betrunken war. Er hat alles voll im Griff, er ist sogar leichter als gewöhnlich.

Sie fahren mit einem Fahrstuhl. Till hofft, dass es in seinem Zimmer gleich weniger schwankt, wobei ihm klar ist, dass er selber schwankt, gleichzeitig aber eben auch nicht. Das ist ein verrücktes Phänomen, dem man mal auf den Grund gehen müsste. Der Teppichboden auf dem Gang kommt Till bekannt vor. Ein Bruder dieses Teppichbodens liegt in Osthofen herum. In der Dresdner Bank. Weit, weit weg. Die armen Schweine stehen da jetzt drauf und bedienen Kunden. Nils und Herr Walther und … wie spät wird es jetzt in Osthofen sein? Zeitverschiebung. Auch so ein Phänomen.

Nappo schiebt die Karte in einen Schlitz an der Tür zu einem Zimmer und dann öffnet sich die Tür. Nadine kichert. Dass Nappo und sein Kumpel so gute Kumpel sind, hätte sie nicht gedacht, sagt sie, und Till versteht nicht, was sie meint. Nappo sagt, sie soll die Fresse halten, und sie sagt, dass er sich einen Dreier abschminken kann. Ein großes, schönes Bett steht im Raum, versteckt unter einer ockerfarbenen Decke aus Nylon, Dralon, Perlon. Till lässt sich auf die Decke fallen und kuschelt sich an ein Kopfkissen, wie Nico, sein Nico, der kleine Kerl, auch weit, weit weg. »Das war mein Tag, der war so voll … das war mein Tag, der war so toll … dem sag ich jetzt auf Wiedersehen … mein Tag du warst so schön, ich will nicht schlafen gehen …«. Rolf Zuckowski, das kann er inwendig auswendig, aber Nappo ist unzufrieden. Nappo schiebt ihn aus dem Bett. Offenbar ist das alles anders geplant. Die muntere Nadine mit ihren stämmigen Schenkeln klappt mütterlich ein kleineres Bett auf. Nappo hat die Minibar entdeckt und bedient sich. Das schnelle Aufstehen aus dem großen, weichen Bett hat Till nicht gut getan. Ein kleiner Beutel ist in seinem Magen, der dort nicht hingehört. Vielleicht ist es sein Magen selbst. Sein Magen gehört nicht in seinen Bauch. Auch so ein Phänomen. Ein blödes Wasserfarbenbild hängt an der Wand. Das soll einen Strand darstellen. Sie waren gerade noch am Strand. Er muss zum Klo. Er muss es zum Klo schaffen. Er hat keine Kontrolle über den Beutel in seinem Magen. Er sagt das den beiden, der heiteren Nadine und ihrem Nappo, seinen neuen Freunden, aber er bringt es nicht mehr richtig raus …

Das Badezimmer ist schön. Schön aufgeräumt, alle Dinge sind an ihrem Platz. Helle Fliesen, kein lautes Licht. Nichts liegt herum, keine Plastiktiere wie zu Hause. Keine Miriamsachen, keine Zahnpastaspuren im Waschbecken. Till kniet ächzend vor dem elfenbeinfarbenen Klo und übergibt sich. Sein gesamtes altes Leben muss raus. Dann wird alles besser sein. Dann wird er wieder klar werden. Das Schwanken wird aufhören. Er spült ab, er schwitzt. Der Beutel in seinem Magen ist kleiner geworden, aber noch da. Er sieht sich im Spiegel. Unrasiertes schiefes Grinsen. Über ihm ist eine rote Lampe, die schöne Wärme abgibt. Er schaltet die anderen Lampen aus, er lehnt sich an die Badewanne und sieht auf die warme, rote Lampe. Clever gemacht. Statt einer Heizung. Darauf muss man auch erstmal kommen.

Till schläft ein. Der Beutel in seinem Magen weckt ihn wieder. Er ist wieder voll. Till kotzt wieder. Wieder das Bild im Spiegel. Die Wärmelampe. Er ist weniger klar, als er gedacht hat. Er muss ins Bett. In ein richtiges Bett, eines, wie es nebenan steht.

Drüben im großen Zimmer sind neue Lichtverhältnisse. Es ist dunkel, nur der Mond scheint, unterstützt von Laternen. Das kleine ausgeklappte Bett war für ihn. Das weiß er. Es geht ihm nicht gut. Das Bett ist nicht so weich und schön wie das andere. Sein Bauch ist auch weich. In all den hunderttausenden von Jahren, in denen die Natur schon Bäuche herstellt, hätte sie das Prinzip doch schon mal verbessern können. Mit Reißverschlüssen zum Beispiel. Mit einer einzigen Bewegung wäre der Bauch offen und man könnte rausnehmen, was einen stört. Aber die alte Frau Jablonsky hat recht. Nichts wird besser. Auch so ein Phänomen. Keinen Schritt kommen wir weiter.

Auch Nappo geht es nicht gut. Auch Nappo ächzt. Aber darum kann Till sich jetzt nicht kümmern. Er fällt in sein Bett. Die Bettwäsche riecht anders als zu Hause. Das große Bett war auf jeden Fall schöner. Nappos Ächzen hat sich verändert und Till sieht jetzt wieso. Nappo steht breitbeinig in dem großen Bett und aus dem Punkt, an dem seine Beine aufeinandertreffen, ragt Nadine-Puppes Kopf, der hinten in ihren Hals übergeht und weiter abwärts, kecke, runde Schulterblätter, Rudimente von Engelsflügeln. Geschickt ist auf der anderen Seite des Körpers als Ausgleich eine Brust konstruiert, die jetzt hin und her schwingt. Darunter der Bauch, der ebenfalls mitvibriert und als Ausgleich dazu wiederum der üppige Hintern, der das hereinfallende Mondlicht reflektiert. Das alles ruht auf zwei angewinkelten Schenkeln, deren Knie sich rhythmisch in die Matratze bohren. Puppes Schmatzen und Nappos Ächzen passen nicht zum Rhythmus. Till ist aber nun mal musikalisch. Die halten den Takt nicht. Die vögeln, aber halten den Takt nicht. »Hört doch mal auf jetzt!«, sagt Till deswegen laut, »das bringt doch so alles nichts!« Der Schall braucht eine Weile, bis er den Satz zu den beiden getragen hat, die tatsächlich kurz aufhören. »Das bringt wirklich nichts!«, sagt Till noch einmal entschieden.

»Halt die Fresse, du Arschloch!« Nappo findet offenbar schon, dass das was bringt, und ist damit, nicht zum ersten Mal, anderer Meinung als Till, und doch ist er sein Freund. Soll er anderer Meinung sein, Till muss ohnehin wieder aufstehen und ins Bad. Er beugt sich noch einmal über das Klo und achtet sorgfältig darauf, dass keine Spritzer auf dem Fliesenboden landen. Danach ist er so erschöpft wie Gott nach der Erschaffung der Welt und schwach wie ein Kind, das leichtes Fieber hat und zu Hause bleiben darf und im Bett lesen kann und dem die Mutter hin und wieder Kakao bringt.

Till schlurft wieder zurück und dieses Mal geht er zum großen Bett, das zuvor so weich und schön war. Darin liegt Nappo mittlerweile und Nadine sitzt auf ihm, breitbeinig, wie sie zuvor auch auf der Rastplatzbank gesessen hat, nur dass ihr jetzt der rote Rock fehlt und das rote, glänzende Höschen.

»Kann ich bei euch im Bett schlafen …«, fragt Till, und legt sich hin, ohne eine Antwort abzuwarten.

»Alter, hast du den Arsch auf?!«, fragt Nappo zurück, während Nadine lacht. »Und du hör auf zu lachen!«, sagt Nappo deswegen, »beim Ficken gibt's nichts zu lachen!« Nappo ist sauer, Nappo ist vermutlich betrunken. Nappo kann Till aber offenbar nicht aus dem Bett schubsen, ohne gleichzeitig Nadine abzuwerfen. Er bringt nur ein lautes »Ey!« zustande, während Till sich aber an ihn kuschelt und schon so gut wie eingeschlafen ist. Nappos »Verpiss dich!« erreicht Till nur noch durch eine unsichtbare Wolkendecke. »Geh runter!«, geht an die Adresse von Nadine, wird von der wiederum nicht gut aufgenommen.

»Wie ›geh runter!‹? Bist du bescheuert?«

»Ich will den Honk hier aus'm Bett kloppen!«

»Lass mich in Ruhe! Mach's dir selber! Ich bin sowieso müde! … ›Geh runter‹! Ich bin nicht deine Nutte! Das kannst du dir mal merken!« Dann ist Till endgültig eingeschlafen.

Aber der Streit geht weiter. Till wird ausgeschimpft. Herr Walther ist nicht zufrieden, es geht um Sekt und eine Abrechnung für Nico. Soweit Till das versteht, schuldet er Nico etwas. Und irgendwer schreit und ein Schreibtisch in der Bank fällt um. Miriam meckert, sie hält ihm einen großen Einkaufszettel hin, den sie geschrieben hat. Er hat vergessen einzukaufen. Er hat das Falsche eingekauft. Er hat statt Gurken und Ketchup ein neues Auto eingekauft. Das Auto kann fliegen und war ein Sonderangebot an einer Tankstelle. Und er nimmt darin eine Anhalterin mit, ein junges Mädchen mit Grübchen, die die ganze Zeit lächelt. Sie redet auf ihn ein. Er soll mitkommen. Er soll wachwerden, dabei fährt er ja schon. Das Auto ruckelt. Es fliegt jetzt nicht mehr. Es fährt noch nicht mal mehr richtig. Er soll endlich wach werden, sagt die Anhalterin zu ihm. »Ich bin doch wach!«, sagt Till. »Dann lass uns abhauen!«, sagt die Anhalterin, »ich hab die Kohle, ich hab die Schlüssel, lass uns los!«

Nadines Gesicht ist nah an seinem. Wieder hat das Licht gewechselt. Es dämmert jetzt draußen vor dem Fenster. Er kann Vögel hören, die sich neueste Nachrichten aus der Vogelwelt zurufen. »Komm!«, sagt Nadine zu ihm. Eins ihrer Augen ist etwas zu klein für ihr Gesicht. Er ist in seinem Bett und daneben hockt Nadine und lächelt brüchig. »Alleine krieg ich das nicht hin«, sagt sie, ohne Spaß, ohne Coolness, aber dringlich. Till hat die ganze Erklärung verpasst. Er kann gerade noch den letzten Fetzen Erinnerung greifen, dass sie ihm gesagt hat, was los ist. Da war er nur noch nicht richtig wach. Aber zigtausend Jahre lang waren Männer die Retter der Frauen, auch die beste Evolution kriegt so was nicht von jetzt auf gleich aus den Genen. Till steht also folgsam auf. Der holländische Boden hat sich noch immer nicht wieder ganz beruhigt. Till fühlt sich schwach, Nadine lächelt dankbar und zieht ihn aus dem Zimmer. Er hat sich nicht ausgezogen und muss sich deswegen jetzt auch nicht anziehen. Sein Hemd und seine Hose sind grotesk verknittert. Von wegen »Leinen knittert edel«, wie seine Mutter immer gesagt hat.

Vor dem Hotel ist überraschend viel frische Luft. Frische und feuchte Luft. Der Sommermorgen ist verschlafen zum Dienst erschienen. Diese Zeit des Tages ist nicht gemacht für Entscheidungen. Und doch zieht Nadine ihn hinter sich her, und Till ist überrascht, dass sie das türkisfarbene Auto wiederfinden und dass es immer noch türkis ist. Ein bisschen hat er angenommen, dass alles sich so auflösen würde wie sein Traum. »Vielleicht müsste ich erstmal ’n Tee trinken und einen Zwieback«, sagt Till, Veteran zahlreicher Magenverstimmungen.

»Später. Wir müssen jetzt erst mal weg!« Nadine scheint ungewöhnlich wach zu sein.

»Was ist mit Nappo?«, fragt Till, während Nadine den Wagen anlässt.

»Ich hoffe, den sehen wir nie wieder!«, sagt sie und fährt los.

45

Dass Nico ein Einzelkind geblieben ist, liegt an Deutschland. Das Land bietet keine Kinderinfrastruktur. Miriam weiß nicht, bei wem sie Nico jetzt abgeben könnte. Da ist niemand. Keine Organisation, keine Institution, erst recht keine Familie. Nichts. Dabei will sie sich am liebsten selbst abgeben. Sie will, dass ihre Oma wieder da ist und ihr mit ihren alten, erfahrenen Fingern übers Haar streicht, wie damals, als sie klein war. Ihre Oma hatte eine Haut wie ein getrockneter Apfel. Selbst aus ihren Augen schien die Flüssigkeit weitgehend gewichen zu sein: kleine braune Flusskiesel, mit denen Oma nur noch schlecht sehen konnte. Oma hatte zwei Weltkriege und zwei Männer überstanden und machte einem durch pure Anwesenheit klar, dass nichts, wirklich nichts so wichtig, so schlimm, so erschütternd sein konnte, dass man es nicht überleben konnte. Nichts außer dem *Bergdoktor*, einem von Oma geschätzten Groschenroman, der eines Tages Feuer fing, weil Oma nur noch mit einer Leselupe lesen konnte, die an jenem Tag wie ein Brennglas für die Sonne wirkte. Oma war nach einer kräftigen Dosis Klosterfrau Melissengeist in ihrem Stuhl am Fenster eingeschlafen und stand alsbald in Flammen. Der Bergdoktor hat somit im weitesten Sinne die Oma auf dem Gewissen. Deswegen gibt es Oma jetzt nicht mehr, deswegen ist Miriam jetzt allein. Allein und verlassen. Nicht nur von Oma, sondern auch von ihrer Schwester, die ja unbedingt nach Berlin musste, und von ihren Eltern, die nichts von dem verstehen, was passiert, und natürlich von Till, der sich feige weggeschlichen hat aus ihrem Leben.

Die zahlreichen Kindergartenbekanntschaften fallen als Anlaufstation aus, denn es geht jetzt nicht um Nico. Miriam braucht jetzt keine anderen Mütter. Stefan Lensing fällt aus, denn mit dem hat sie geschlafen und Männer werden dadurch immer kompliziert. Alle fallen aus. Wenn es hart auf hart kommt, sind wir allein wie der Mann im Mond. Oder eben die Frau. Das moderne Leben mit all seinen Bekanntschaften soll nur verhindern, dass es hart auf hart kommt. Wenn das nicht klappt …

Miriam hält es in der eigenen Wohnung nicht mehr aus. Sie muss weg. Fliehen. Abhauen. Wie Till geflohen ist. Sie ruft Ina an, ihre älteste und beste Freundin. Ina weiß nichts davon, wie die Welt sich in den letzten Stunden verändert hat, weil Ina mal wieder Versöhnung feiert mit ihrem Versager-Freund. Wankelmütige, kinderlose Ina. Die Versöhnung scheint noch im Gang zu sein, der Hintergrundmusik und dem Gläserklirren nach zu urteilen, das das Telefongespräch untermalt. Ina ist bemüht, sich ihr aktuelles, wiederaufgewärmtes Glück nicht anhören zu lassen. Selbstverständlich kann Miriam vorbeikommen, sagt sie. Auf einer nur für Fledermäuse und Freundinnen hörbaren Frequenz liegt darunter die Botschaft ›Jetzt passt es echt ganz, ganz schlecht. Wir sind gerade nackt und versöhnt.‹ Aber Miriam blendet das aus. Sie muss auch Nico mitbringen, sagt Miriam. Natürlich kann sie auch Nico mitbringen, sagt Ina und auf der anderen Frequenz ächzt es. Wie alle Kinderlosen mag Ina fremden Nachwuchs am liebsten häppchenweise. Natürlich kann Miriam so lange bei ihr bleiben, wie sie will, sagt Ina. Auf der anderen Frequenz verabschiedet sich Ina gerade von weiteren Orgasmen und Gläsern Wein und einem gemütlichen Zukunftspläneschmieden mit dem Mann neben ihr. Aber deswegen gibt es beste Freundinnen. Der einzige Ersatz der modernen Gesellschaft für Omas, Tanten und Großfamilien.

Miriam packt Koffer. Sie packt unsinnig. Nicos Spielsachen und Nutella und Fischstäbchen, als gäbe es das nicht zu kaufen im Kinderlosenland, wo Ina wohnt. Sweatshirts, T-Shirts, Jogginghosen für sich. Nichts, was auch nur ein bisschen kratzen könnte. Sie will es jetzt weich haben, um sich herum. Sie pfeffert stellvertretend ein gerahmtes Foto von Till, sich und dem damals nagelneuen Nico an die Wand. Der heutige Nico wird davon wach. Der heutige Nico will jetzt nicht weggehen. Wenn wir klein sind, wollen wir noch Ordnung und geregelte Tagesabläufe, später dann, wenn aus kleinen Jungen große Jungen geworden sind, sind geregelte Abläufe und Ordnung etwas, vor dem man wegrennt. Feste Brüste sind dann anscheinend interessanter als feste Essenszeiten. Das Bild der Blondine aus dem Fernsehen ist wieder da. Das falsche Grinsen. Eine H&M-Nutte. Das affige Blond. Das affektierte Zupfen an diesen billigen Strähnen. Dieses ganze billige Stück Frau. Und alle, alle, alle wissen Bescheid. Das Bild der Frau sticht Miriam in den Brustkorb. Sie bestellt ein Taxi und schnappt sich den weinenden Nico, gerade noch rechtzeitig, bevor die ersten Reporter anrücken.

46

Was genau ist eigentlich eine Strandhaubitze? Man weiß nur, dass sie wohl meistens voll sein muss, so wie man weiß, dass man Kohldampf schieben kann, im Gegensatz zum Wasserdampf, zum Beispiel.

Till versucht über solche Dinge nachzudenken, und er versucht gleichzeitig seine Augenlider geschlossen zu lassen und die Luftblase seiner inneren Wasserwaage ins Gleichgewicht zu bringen. Die frühe, feuchte Strandluft macht sich breit in dem Auto, das für ihn jetzt schon so vertraut riecht wie sein Subaru. Nadine fährt ohne Radio, ohne Springsteen, ohne Fluchen. Vor allem aber ohne Nappo. Sie haben Nappo zurückgelassen in dem Hotel. Till weiß das. Jetzt geht es nur noch um Till und Nadine und Nadine ist nicht gefährlich. Im Gegenteil. Nadine ist nett. Nett und nackt. Jedenfalls gestern, als sie im Wasser stand ohne Oberteil, und später, noch nackter, im Bett, nur eine lange Armlänge von ihm entfernt, aber von Nachtschatten verhüllt.

Till wird gleich Kräfte bündeln, und dann wird er zumindest ein Auge aufmachen können. Allerdings macht das fahrende Auto ihm zu schaffen. Das Innere seines Körpers schwappt gegen seine Knochen. Er schwitzt leicht, so als ob sein Körper Schwitzen übt. Aber das alles ist nicht schlimm, weil alles jetzt vorbei ist. Sobald sein Körper sich wieder in Form geschüttelt hat, sobald er die Muskeln soweit beisammen hat, um ein Auge offen zu halten, sobald Till wieder Till ist, wird er der netten Nadine sagen, was los ist. Alles, was er braucht, sind ein paar Scheine aus der Sporttasche, zum Beispiel die Kanadischen Dollars. Die werden reichen, um ihn wieder nach Hause zu bringen. Nach Hause zu Nico, dem kleinen Nico, den er in diesen zwei Tagen wochenlang nicht mehr gesehen hat, so kommt es ihm vor. Nico wird bestimmt gewachsen sein in seiner Abwesenheit. Nico und … – Till braucht tatsächlich den Bruchteil einer Sekunde, um sich an den Namen von Miriam zu erinnern. Miriam, deren graue Jogginghose ihm in den Sinn kommt, wenn er an sie denkt, und deren nackte Brüste die von Nadine sind.

Er muss Miriam anrufen und ihr sagen, dass es ihm schlecht geht, aber gut, gleichzeitig. Dass ihm nichts passiert ist. Er muss ihr und Nadine die ganze Geschichte erzählen, dass er nichts dafür konnte, dass Nappo ihn gezwungen hat, mit vorgehaltener Waffe in sein Auto zu steigen ..– stimmt nicht, stimmt ja nicht, denkt Till ganz hinten in seinem Kopf. Er hat Jessica retten wollen, Jessica, an die er die ganze Zeit überhaupt nicht gedacht hat. Aber das kann er weder Nadine noch Miriam sagen. Das mit Jessica wird er überspringen müssen. Das ist der Haken an Ehen, an Beziehungen, an Menschen im Allgemeinen: Man nimmt sich vor, mit diesem einen Menschen ehrlich umzugehen, man glaubt, dass man endlich einen gefunden hat, den man nicht mehr belügen muss, so wie man die Eltern belogen hat, so wie man seine Kollegen und Chefs belügt, so wie man früher oder später eben alle belügt. Nein, dieser eine Mensch, mit dem muss doch Ehrlichkeit möglich sein. Und dann kommt so eine tätowierte Jessica um die Ecke und man traut sich nicht zu sagen, dass man die auf eine alberne, kindische, blöde Art und Weise gut findet, dass die irgendwas anspricht, was die gute, liebe, warmherzige Miriam in ihrer grauen Jogginghose eben nicht anspricht, und man denkt, dass das nicht wichtig ist, dass man das nicht erzählen muss, dass man das verleugnen kann, und dann klumpt sich diese kleine Lügenschneeflocke mit der nächsten zusammen, wird ein Lügenschneeball und dann eine ganze Lügenlawine … Vielleicht ist das, was passiert ist, ja eine Chance, mal reinen Tisch zu machen. Till würde das jetzt gerne, so wie er heute Nacht all das ausgekotzt hat, was ihm im Magen lag, würde er gern auch auskotzen, was ihm in der Seele liegt, also wird er erzählen von Jessica und Nappo und der

Waffe und dem Auto und dem toten Kaninchen und wie er den Mann an der Tankstelle geschlagen hat, wie sie das Auto gestohlen haben, wie sie nach Holland gefahren sind. Er kann das alles erklären, er muss das alles erklären, und das alles hat ja eine innere Logik, und Miriam und Nadine werden das verstehen. Denn es sind beides Frauen, und Frauen haben große Verständnisreservoirs in sich, die sie brauchen, weil sie es viel mit Männern und Kindern zu tun haben.

Till räuspert sich. Nadine wird seine Generalprobe für die Geschichte, bevor er sie … Miriam erzählt. ›Hör mal zu, pass mal auf‹ will er sagen, aber es kommt nur als ein ganz leises »Hömmaassaauf …« heraus und dann nickt er weg.

Als er wieder aufwacht, tut sein Hals weh und er merkt, dass sich ein Sabberrinnsal von seinem Mundwinkel in Richtung Ohr bewegt. Die Sonne ist ordnungsgemäß weitergezogen, die Luft, die neben dem Auto herfliegt, hat sich verändert. Die holländischen Häuser sind weg. Till braucht ein paar Momente, um sich an sich zu erinnern. Dann sieht er den roten Kunstlederrock und die nackten Beine, die zu Nadine gehören und die auf dem Gas- und Kupplungspedal enden.

Nadine fährt. Er hat geschlafen. Er fühlt sich jetzt wieder besser, auch wenn er das Gefühl hat, dass er seinen Kopf nicht mehr bewegen kann.

»Du warst ja ganz schön weggetreten!«, sagt Nadine, ohne ihren Kopf zu drehen, auf dem jetzt auch wieder die große, schwarze Sonnenbrille sitzt. »Soll ich mal ranfahren und 'n Kaffee holen?«

Till versucht zu nicken, was sein Nacken nicht mitmacht. »Ja, wär prima«, bringt er heraus. »Wo sind wir denn eigentlich?«

»Keine Ahnung, wie der Bums heißt«, sagt Nadine, »ich kann kein Französisch.«

Ganz kurz und ganz automatisch zuckt ein Bild durch Tills Kopf. Nappo auf dem Bett und Nadines Kopf zwischen seinen Beinen.

Dann erst versteht er, was sie gesagt hat. »Sind wir denn in Frankreich?«

»Du hast doch gestern selbst gesagt, Frankreich wär viel besser als Holland.«

Till kann sich nicht daran erinnern. Frankreich ist jetzt jedenfalls falsch, die ganz falsche Richtung, weiter weg von Nico und Miriam (jetzt kommt der Name wieder flüssig), weiter weg von seinem eigentlichen Leben. »Nee, nee, da hast du mich ganz falsch missverstanden ...« Es kommt kläglich heraus. Till muss seine Gedanken neu ordnen. Tatsächlich steht ›Boulangerie‹ über einem der Läden und ›Tabac‹ und rue de irgendwas auf einem der Straßenschilder, an denen sie vorbeifahren. Holland war Spaß, Frankreich ist Ausland. Er ist jetzt ganz woanders. In Frankreich ist man im Urlaub. Frankreich ist völlig falsch. Auf Frankreich ist er nicht vorbereitet. Er muss das jetzt richtigstellen.

»Okay, da vorne gibt's bestimmt Kaffee«, sagt Nadine mitten in seinen geplanten nächsten Satz. Sie hält vor einem alten, steinernen Turm, neben dem eine Art Restaurant eine hölzerne Veranda gebaut hat, auf der Tische und Stühle stehen. Der Turm sieht aus wie ein Leuchtturm, der sich verlaufen hat. Die Stadt, der Turm und die Veranda sind momentan noch menschenleer.

Die Stadt wirkt alt, historisch. Soweit er sehen kann, ist alles älter als er. Bis auf die parkenden Autos vielleicht. Till ist Ruhrgebietskind. Aufgewachsen zwischen Nachkriegsarchitektur, die in erster Linie billig und praktisch sein sollte. Hundertjährige Häuser sind so selten wie hundertjährige Menschen. Es ging damals nach dem Krieg um das Nötigste, es ging darum, den kleinsten gemeinsamen Nenner zu finden. Die Leute sollten ein Dach über dem Kopf haben. Es ging nicht um die Frage, welche Farbe das Dach hat, welche Giebelform oder welche Dachziegel. Vielleicht ist Till auch deswegen so geworden, wie er ist. Zuviel Geschichte macht ihn nervös. Zuviel Architektur verwirrt ihn. Till ist ein Mann für das Nötigste. Und für den sind

Eskapaden in einem amerikanischen Auto mit einer wildfremden Frau in Frankreich nicht vorgesehen. Das ist nicht der kleinste gemeinsame Nenner.

Nadine kommt wieder und hat tatsächlich eine Schale Milchkaffee in der Hand. »Die sind zu doof für Henkel, die Franzosen!«, flucht sie und hält ihm die Schale hin. Nappos Einfluss in der Beurteilung von anderen Ländern ist unverkennbar. »Is scheiße heiß, das Ding!«

Der Kaffee tut gut. Nadine lehnt an der hölzernen Umgrenzung der Veranda, die von ordentlich bepflanzten Blumenkästen in Schach gehalten wird. Zwischen den Blumen leuchtet der «Bitch«-Schriftzug auf Nadines Top. Zwei ältere französische Frauen kommen vorbei, aber Till hat gelernt, dass es bei den Franzosen zur Folklore gehört, kein Englisch zu können, deswegen wundert oder stört sie das ›Bitch‹ nicht. Der kurze, rote Kunstlederrock drückt allerdings dasselbe aus, in Modesprache, und das nehmen die Damen wahr, zumal Nadine jetzt eines ihrer Beine angewinkelt hat. Sie werfen französische Blicke auf Nadine.

»Ich will zu 'ner Freundin«, sagt Nadine, »die arbeitet in 'nem Hotel in Dingsburg, keine Ahnung, wie das genau heißt, aber ich hab's auf der Karte gefunden. Wenn wir durchfahren, sind wir in vier, fünf Stunden da.«

»Ich müsste mal telefonieren«, sagt Till, der gerade beschlossen hat, auf die Generalprobe seiner Geschichte zu verzichten. Nadine verzieht keine Miene. »Meinst du, ich könnte von da drin telefonieren?« Nadine sieht ihn misstrauisch an. Sie ist es nicht gewohnt, dass ein Mann sie nach ihrer Meinung fragt. »Mein Handy hab ich ... also, das ist weg«, versucht sich Till an einer Erklärung. Nadine deutet mit dem Kinn auf die Mittelkonsole des Wagens. Da liegt ihr Handy, an dessen unterem Ende eine kleine Glaskugel baumelt. Till interpretiert ihre Geste als Aufforderung, ihr Telefon zu benutzen. Er nimmt es und schält sich aus dem Auto. Seine Beine scheinen sich erst wieder an ihre Aufgabe erinnern zu müssen. Till macht ein paar

Schritte. Er ist müde und gleichzeitig nervös. Er tippt seine Vorwahl ein, eine geübte Nummerfolge auf einer ungewohnten Tastatur. Dann fällt ihm ein, dass er ja aus dem Ausland telefoniert und er also die Deutschlandvorwahl mitwählen muss. Er wählt nochmal, er versucht, sich an seine Telefonnummer zu erinnern. Dank der Kurzwahltasten auf seinem Handy kommt es höchst selten vor, dass er seine eigene Nummer wirklich wählen muss. Die alte Frau Jablonsky hat auf jeden Fall recht. Nichts wird einfacher oder besser.

Till hört das Freizeichen. Und dann springt der Anrufbeantworter an. Weder Till, noch Miriam, noch Nico Reiners sind zu Hause, sagt Miriams Stimme. Etliche Jahre jünger als jetzt. Nachrichten soll man nach dem Piepton aufsprechen, sagt Miriam, für alle, die die letzten zwanzig Jahre im Dschungel oder im Koma verbracht haben und immer noch nicht wissen, wie ein Anrufbeantworter funktioniert. Dann der Piepton. »Ja, hallöchen, ich bin's ...«, sagt Till. Alles falsch! Hallöchen?? Zurück! »Äh ...ich wollte nur sagen, dass ich ... also, ich wollte mich einfach mal gemeldet haben ...« Hör auf, rät ihm eine innere Stimme, direkt in seinem Kopf. Hör bloß auf! »Der Papa ist in Ordnung, Nico ... Nicolino.« Das wird nichts mehr, weiß die innere Stimme. Der Papa ist in Ordnung? Mein Gott! Die innere Stimme gibt auf. »In Frankreich ist er, der Papa ... hör mal, ich meld mich nachher nochmal. Tschüsschen Küsschen!«

Der schweißnasse Daumen drückt auf das rote Symbol des Telefonhörers und beendet die Peinlichkeit. Till sieht sich um, ob Nadine mitgehört hat, aber die lehnt weiter mit ihrem Kaffee am Verandageländer. Tschüsschen Küsschen. Wo hat er das hergeholt? Aus der Rumpelkammer seiner Erinnerung. Das hatten Miriam und er in der ersten Verliebtheit für sich entdeckt. Damals, als sie sich gegenseitig Puffel und Muffel nannten und miteinander sprachen wie Kleinkinder. Damals entstand Tschüsschen Küsschen, was aber nicht mal das erste Ehejahr überlebt hat. Jetzt hat irgendwas in ihm das wieder rausgeholt.

Ein Motorroller knattert vorbei. Ein alter Mann, der tatsächlich eine Baskenmütze trägt, humpelt in Richtung des steinernen Turmes. Vermutlich muss er sein Baguette abholen, vermutlich arbeitet er als Klischeefranzose für die Touristen. Gleichzeitig hat Till das Gefühl, gerade seine Fachprüfung fürs Deutschsein abgeliefert zu haben. Verklemmt, peinlich, unbeholfen, aber gewissenhaft. Er versucht, sich an Miriams Handynummer zu erinnern und Tschüsschen Küsschen zu verdrängen. Der alte Franzose hat vermutlich gerade »Bonjour« gesagt. Natürlich. Till nickt zurück. 2396 ist möglich als letzte Ziffernfolge oder auch 3296 oder 2369. Er versucht es mit 2396 und landet bei einer französischen Ansage, die Till nicht wörtlich versteht, aber zumindest soweit, dass ›le numéro‹, die er gewählt hat, nicht ›existe‹.

Er wählt 3296 und erwischt ein entfernt klingendes Freizeichen. Till legt sich im Kopf Text zurecht: ›Hallo, ich bin's. Es geht mir gut. Ich bin befreit …‹ Er korrigiert sich auf ›Ich hab mich befreit. Mach dir keine Sorgen.‹ Es klingelt weiter, er versucht sich an den Text zu erinnern, den er fünf Sekunden zuvor im Kopf hatte. ›Ich hab mich befreit‹, sagt er in seinem Kopf.

»Hallo?« Miriam. Miriams »Hallo«, so wie immer. Ihre Stimme. Ihre echte Stimme, nicht die vom Band. Wie oft hat er schon gesagt, dass er es unmöglich findet, sich mit ›Hallo‹ zu melden. Man hat sich gefälligst mit Namen zu melden, damit der andere weiß, mit wem man es zu tun hat.

»Ich bin's … ich bin … mach dir keine Sorgen …« Er hat seinen Text vergessen. Das ›Hallo‹ hat ihn rausgebracht.

»Du blödes Arschloch!«, kommt von Miriams Stimme durch den Hörer. Sie muss ihn verwechseln. »Was denkst du dir eigentlich?«

Für wen hält sie ihn? »Ich bin in Frankreich …«, sagt er stumpf.

»Ja, toll, Glückwunsch!«, sagt Miriam und dann nochmal »Du blödes Arschloch!«.

Das Gespräch ist unterbrochen. Vielleicht hat Till sogar selbst auf den Knopf gedrückt. »Du blödes Arschloch«? Obwohl deutsch gesprochen wurde, versteht er jetzt weniger als bei der französischen Ansage vorhin. Sie muss ihn doch erkannt haben. Ohnehin fällt ihm niemand ein, den Miriam am Telefon sofort als »blödes Arschloch« bezeichnen würde. Er ist sich plötzlich nicht mehr sicher, ob es wirklich Miriam war, mit der er gesprochen hat. Vielleicht hat er sich verwählt und eine andere Frau erwischt, die mit ihrem Mann immer so redet. Das soll es geben. Der Umgangston anderer Paare, die aus der Puffel-Muffel-Phase raus sind, ist mitunter rau. Er wählt die Nummer neu. Der alte Franzose schlurft jetzt wieder zurück. Ohne Baguette. Das Freizeichen klingt erneut weit weg, viel weiter als die Strecke, die zwischen Frankreich und zu Hause liegt. »Was?!«, blökt die Frau in den Hörer, die nicht Miriam ist. Jetzt ist Till ganz sicher und findet es albern, dass er das nicht sofort erkannt hat. Miriam klingt ganz anders. »Was denkst du dir eigentlich? Was soll ich Nico jetzt sagen? Ist dir das alles scheißegal?« Die andere Frau kennt also offenbar auch einen Nico.

»Miriam?«, fragt Till sicherheitshalber in das Telefon, das durch eine Technik, die Till nicht versteht, in diesem Moment die Quintessenz einer Frau von weit weg ganz nah an ihn heranbringt.

»Fandest du mich so … blöd? So langweilig? Ich versteh das alles nicht.« Die Frau weint und klingt deswegen jetzt plötzlich doch wieder wie Miriam.

»Hören Sie, ich glaube, da liegt ein Missverständnis vor …« Till lächelt tapfer, die Blumen auf der Veranda leuchten gegen die Sonne an, Nadines stämmiges, angewinkeltes Bein ragt in sein Blickfeld. Alles, alles ist aus den Fugen. Seine ungewohnten Bartstoppeln kratzen über die Membran und er hört das telefonisch verstärkt.

»Du bist wirklich das Allerletzte!«, sagt Miriam, so wie Miriam das schon oft gesagt hat, und dann legt sie auf. Sonst war es oft Spaß, oder nur ein bisschen ernst. Als er ihr zum Valentinstag eine Mikrowelle geschenkt hat: »Du bist wirklich das Allerletzte!« Mit circa

70 Prozent ernst und 30 Prozent Spaß. Als sie das Pornoheft gefunden hat: »Du bist wirklich das Allerletzte«, in einer 50/50-Spaß/Ernst-Variante. Als er ihre Eltern künstlich hustend angelogen hat, dass er und Nico wirklich ansteckend krank sind und sie deswegen zu Weihnachten lieber zu Hause bleiben wollen: »Du bist wirklich das Allerletzte«, 80 Prozent Bewunderung, 20 Prozent Ernst. Jetzt, hier, in Frankreich, klingt es ernst ohne Beimischung. Tills Magen zieht sich auf Faustgröße in ihm zusammen und irgendwas in ihm will weiter. Weg. Weg von hier, als sei er als Einziger am Schauplatz eines schlimmen Unfalls, bei dem die Verletzten wirklich verletzt sind und nicht nur kichernd darauf warten, in die stabile Seitenlage gebracht zu werden. Till ist kein Mann für Erste Hilfe, auch nicht für die zweite und dritte Hilfe. Er hat gern seine Ruhe und seine Ordnung.

Plötzlich umschlingen ihn zwei Arme und halten ihm die Schale mit dem Milchkaffee vors Gesicht. Er hat nicht mitbekommen, dass Nadine sich hinter ihn gestellt hat. »Ich finde, wir gehen erst mal duschen und kaufen dir dann 'n paar ordentliche Klamotten …« Sie sagt es fröhlich, unbeschwert, als sei nicht gerade die Welt umgekippt. Sie passt zu den Blumen an der Veranda, zur unbedarft scheinenden Sonne und den vereinzelt ins Stadtbild getupften Franzosen. Till ist derjenige, der hier nicht hinpasst. »Die haben nämlich auch Zimmer hier«, sagt Nadine und zieht ihre Nase kraus, »komm!«

47

Miriam hält sich selber nicht aus. Sie besteht nur noch aus Enttäuschung, schlecht verpackt in Haut und Haaren.

Das Handy liegt jetzt wieder stumm und teilnahmslos auf dem Tisch. Miriam sitzt auf der Couch, auf der sie versucht hat zu schlafen. Nico, mit seiner jungen, biegsamen Kinderseele, fand anfangs, es sei ein doofes Abenteuer, bei Tante Ina zu übernachten, dann aber war er schnell eingeschlafen und hatte fast den gesamten Platz auf der Couch eingenommen.

Mit einem Teelöffel hat jemand seit dem Telefonat ihr Inneres aus ihr herausgekratzt. Ein letzter Rest von Zweifel, dass doch alles anders war als sie dachte, ist jetzt durch Till selbst ausgeräumt worden. ›Ich bin's … mach dir keine Sorgen … ich bin in Frankreich.‹ Tills ganz normale Till-Stimme. ›Ich bin übrigens Gottes Sohn‹ hätte er auch sagen können, ›und schreib in Frankreich an einem ganz neuen Testament‹ oder ›Ich bin in Wahrheit aus Kunststoff und ein Experiment der NASA‹. Es hätte keinen Unterschied gemacht.

Es klingelt wieder, wieder ist es die unbekannte Nummer, eine Zahlenfolge, hinter der sich jetzt ihr mittlerweile genauso unbekannter Mann verbirgt. Till Reiners, dessen Namen sie angenommen hat. Sie kann keinen Gedanken fassen, alle Gedanken fallen ins Bodenlose ihrer Enttäuschung. Sie drückt den Anruf weg.

Ina hat ihr Nico abgenommen, der gleich in den Kindergarten soll. Nico probiert erfolgreich, ob er seinen Willen bei Ina schneller durchsetzen kann als bei seiner Mutter, und hat beschlossen, auf das Frühstück zu verzichten. Ina ist diplomierter Morgenmuffel und ohne Kaffee, Ruhe und Zeitung ohnehin nicht ansprechbar. Sie reißt sich zusammen, hat aber gegen Nico keine Chance. »Pups, Pups,

Pups«, singt Nico und rennt durch die Wohnung. Ina ist anzusehen, dass sie deutlich lieber mit ihrem ehemaligen Ex-Freund aufgewacht wäre als mit Nico.

Für Miriam ist der Kindergarten momentan auf der anderen Seite der Erde. Sie kann sich nicht vorstellen, den zu Fuß oder im Auto zu erreichen. Aber sie ist jetzt lange genug Mutter, um zu wissen, dass sie gleich wieder funktionieren wird, irgendwie. Ina fragt etwas.

»Wie, er ist in Frankreich?« Ina kennt Till von Anfang an, seit Miriam ihn das erste Mal mitgebracht hat, und Till war von Anfang an jemand, der nur als Anhängsel existierte. »Kommen Miri und Till auch?«, »Ich geh zu Miri und Till zum Grillen«, »Miri und Till sind schwanger!« Solche Sätze fielen. Till gab es nur als Anhang zu Miriam. Wie Bert als Anhang von Cindy und Clyde als Anhang von Bonnie. Ina könnte nicht mal genau sagen, welche Augenfarbe er hat. Es ist schwer vorstellbar, dass Till vor Miriam existiert hat, einfach nur als Till, ohne alles. So jemand wacht doch nicht eines Tages auf und beschließt, nicht mehr Anhang zu sein. »So was hat er doch noch nie gemacht«, sagt Ina.

»Das sagen Kampfhundbesitzer auch immer, wenn die Töle grad 'n Kind gefressen hat«, antwortet Miriam bitter. Sie kaut die zwei Sätze, die Till am Telefon gesagt hat, wieder und akzentuiert sie mit zahlreichen Varianten von ›So ein Arschloch‹, blödes, dämliches, arschiges, dreckiges. Nico bekommt eine große Auswahl und freut sich.

»Die Mama darf so reden, die Mama hat's schwer«, tröstet Ina, und Nico ändert seinen Schlachtruf von »Pieps, paps, pups!« in »Arschiges Arschilochi!« Miriam sieht ihm fast teilnahmslos dabei zu. Nico ist in ein paar Jahren auch nur ein weiterer Mann, der irgendeine Frau verarschen, betrügen und hintergehen wird.

Vor Till war Miriam mit Hardy Riesch zusammen, der eine Kneipe in Osthofen hatte, die er hartnäckig als Bar bezeichnete. Hardy wollte sich seit Ewigkeiten eine Harley kaufen und mal quer durch die Staaten brettern. Wegen der Kneipe stand Hardy spät auf, ging spät schlafen und sah ständig übernächtigt aus, was Miriam anfangs cool fand. Miriams Männer vor Hardy waren langweilige Nachbarsjungen oder langweilige Kollegen aus dem Reisebüro. Till war nicht langweilig, nicht so langweilig jedenfalls, dachte sie damals und deutlich solider als Hardy Riesch. Hardy fand, Till sei kein bisschen Rock 'n' Roll. Till wollte keine Harley. Er wollte nicht durch die Staaten fahren. Vor Jahren wollte er mal durchs Ruhrgebiet, mit einem Tourbus, mit einer Band. Sie kannte die Fotos von »Copyright«, der kurzlebigen Band aus Osthofen, auf denen Till mit seiner Gitarre posierte. Till war »realistischer« und weniger übernächtigt als Hardy. Das glich er anfangs dadurch aus, dass er ihr selbstgemachte Lieder auf der Gitarre vorspielte. Miriam war damals alt genug, um zu erkennen, dass sie selbst kein Rock 'n' Roll war. Sie und ihre Freundinnen bescheinigten sich zwar regelmäßig, »völlig verrückt« zu sein, ein »total durchgedrehter Haufen«, in Wirklichkeit aber war ihnen klar, dass sie auch nur waren wie alle anderen. Sie wollten Familien, Häuser, Gärten, Urlaube am Meer. Mit Hardy Riesch würde das schwierig bis unmöglich.

Jetzt stellt sich heraus, dass Till womöglich mehr Rock 'n' Roll ist, als sie je gedacht hat. Vielleicht hat er deswegen die alten Fotos von sich und der Band wieder ausgegraben und in den Flur gehängt. Vielleicht hat er deswegen vor nicht allzu langer Zeit gesagt, dass er sich nicht vorstellen kann, noch 25 Jahre lang in die Bank zu gehen. Hardys Harley ist noch immer ein Wunsch, er hat noch immer seine Kneipe in Osthofen, während Till jetzt mit gestohlenem Geld in Frankreich sitzt.

Ihr Handy klingelt, und sie sieht eine örtliche Nummer. Die interessierte Zuschauerschaft ihrer kleinen privaten Soap hat ihren Dienst wieder aufgenommen. Sie will nicht drangehen, erinnert sich aber dann doch daran, wer sich hinter dieser Zahlenkombination verbirgt, und meldet sich. Sie will, dass Till nicht damit durchkommt. Sie will

Rache, dafür, dass sie hier auf der Couch schlafen muss und dass Nico so laut und ungezogen ist. Als Kurt Bergmeister ihr mitteilt, dass es nach wie vor nichts Neues gibt, sagt sie bitter: »Doch. Doch, es gibt etwas Neues ...«

48

Kurt Bergmeister frühstückt seit einiger Zeit gerne in seinem Büro, wo er ohnehin mittlerweile fast lieber ist als zu Hause. Zu Hause verändert sich ohne ihn nie etwas. Wenn er vergisst, den dreckigen Frühstücksteller morgens in die Spülmaschine zu räumen, steht er abends immer noch da, und die Wurst- oder Käsereste sind einfach nur älter geworden, so wie er selbst älter geworden ist.

Das Büro leistet sich eine Putzfrau, die ab und an hinter ihm herräumt und ihn immer wieder mit einer neuen Ordnung überrascht. Sie sortiert seine Stifte neu, sie legt seine Unterlagen ordentlich aufeinander, sie stellt seine Kaffeebecher in die Spülmaschine. Hin und wieder gießt sie sogar die Grünpflanzen. Früher hat er sich oft gewünscht, allein frühstücken zu können, wenn Sylvia ihm morgens wieder ausführlich ihre Träume nacherzählte. Wild zusammengestoppeltes Zeug, an das sie sich offenbar stets bestens erinnern konnte, während er höchstens noch neblige Erinnerungen hatte, was ihm in der Nacht durch den Kopf gegangen war. Er wollte aber nicht wissen, was im Unterbewusstsein von Fremden los war, ebenso wenig, wie er zum Frühstück benutzte Unterwäsche anderer Leute haben wollte, auch wenn es in diesem Fall um seine Frau ging.

Als Sylvia dann weg war, fehlte ihm ihre Stimme. Ihm fehlten ihre Nacherzählungen sinnloser Träume, die seine Frühstücke begleitet hatten wie Meeresrauschen oder Kaminprasseln. Das Radio ist kein richtiger Ersatz. Deswegen ist er heute zum Frühstücken ins Büro gefahren. Deswegen hat er Miriam Reiners angerufen. Er wollte ihre Stimme hören, er wollte wissen, wie sie geschlafen hat, er wollte ihre Träume hören.

Stattdessen hört er jetzt, dass Till Reiners aus Frankreich angerufen hat, und muss gleich dienstlich werden. Er hört, dass Miriams Stimme ein paar Grad Wärme verloren hat, er hört, dass sie sich zusammenreißt, um nicht zu weinen. Gleichzeitig sieht ihn Till Reiners an, munter lächelnd, mit einem verdrehten Auge und dem ordentlichen Seitenscheitel hängt sein Foto an der Magnettafel, die vor langer Zeit an die Wand gehängt worden ist, um etwas mehr Ordnung in den Arbeitsalltag zu bringen. Ein guter Vorsatz, wie Abnehmen, mehr Sport treiben, oder abends öfter mal weggehen. Er zieht Till Reiners alle Bonuspunkte wieder ab, die er ihm am Vortag gutgeschrieben hat. Till Reiners hat seine sympathische Frau verlassen. Miriam, deren Namen Kurt Bergmeister mag, und die jetzt so enttäuscht und traurig klingt.

Er will Miriam Reiners trösten, er will ihr sagen, dass es kein Ende der Welt gibt, denn die Welt ist rund und deswegen geht es immer wieder von vorne los. Vielleicht mit ihm, zum Beispiel mit ihm, warum denn nicht mit ihm? Morgens ist Kurt Bergmeister anfällig für Romantik. »Kommissar sucht Frau«, so was sollten sie bei RTL mal machen. Er kennt reichlich Kandidaten. Die meisten »normalen« Paare lernen sich bei der Arbeit kennen. Er lernt bei der Arbeit Verbrecher kennen oder Opfer oder Angehörige von Verbrechern und Opfern. Keine Frau kommt auf die Idee mit ihm zu flirten, wenn er sie gerade nach einem Alibi gefragt hat.

Till Reiners hat sich nicht einmal die Mühe gemacht bei seinem Anruf die Nummer zu unterdrücken. Miriam liest sie vor und der Hauptkommissar notiert sie auf einem gelben Klebezettel. Mittlerweile ist der Computer hochgefahren und Kurt Bergmeister sieht, dass auf ihn 56 neue Mails warten. Er soll funktionieren. Auch Miriam erwartet das von ihm. Auf seinem Telefon leuchten kleine Dioden, die anzeigen, dass auch andere mit ihm reden wollen. Der Fall hat jetzt eine andere Aufmerksamkeit bekommen. Die Zentrale der Dresdner Bank ist nicht begeistert, dass in der Öffentlichkeit der Eindruck entsteht, sie beschäftige irgendwelche Flittchen, die Familienväter erfolgreich dazu bringen, den eigenen Laden zu überfallen. Kurt Bergmeister hängt das Seitenscheitel-Foto aus seinem Blickfeld.

Till Reiners will weg von der Frau, weg aus dem Alltag, weg aus dem normalen Leben, und Kurt Bergmeister, der nichts lieber will als Alltag mit einer Frau, und mit regelmäßig nacherzählten Träumen, er soll das verhindern, während gleichzeitig dieser Till und Leute wie dieser Till verhindern, dass er nochmal so einen Alltag erlebt. Das Leben ist absurd. »Ich lass die Nummer gleich checken«, sagt der Hauptkommissar mit seiner Pilotenstimme, »ich denke, danach sind wir ein ganzes Stück weiter.«

49

Die Einrichtung des Zimmers sieht aus als wäre Kafka jetzt Designer bei IKEA. Eine blaue Tagesdecke liegt auf dem Bett, deren buntes Muster aussieht wie fleischfressende Pflanzen oder männliche Geschlechtsteile mit unappetitlichen Krankheiten. Es gibt einen Schrank, dessen Aufgabe es ist, noch mehr Platz in dem ohnehin schon kleinen Zimmer wegzunehmen, ein Beistelltischchen steht neben dem Bett, mit einem Telefon und einem albernen Tischdeckchen, auf dem eine Plastikblume in einer Plastikvase Traurigkeit verströmt. Auch Nadine findet, dass die Franzosen das mit dem Stil noch nicht so richtig draufhaben.

Till liegt angezogen auf dem Bett und starrt an die Decke. Die Tür zum Badezimmer ist angelehnt und er hört Nadine unter der Dusche. Die Sonne macht sich im Zimmer breit und beleuchtet die Hässlichkeit der Einrichtung. Er muss hier weg. Er muss nach Hause und alles richtigstellen. Die Frau, die Miriam ist, hat seinen letzten Anrufversuch einfach weggedrückt. Er versucht es jetzt nicht weiter. Erleichterung, Freude, irgendeine Reaktion, die auf acht Jahre Ehe schließen lässt, hatte er erwartet. Acht Jahre, die doch weitgehend gut waren, wie Till findet. Stattdessen Vorwürfe! Dass Miriam ihm jetzt in dieser Situation Vorwürfe macht! Man kann ihm doch nicht vorwerfen, dass er entführt wurde! Man kann ebenso wenig jemandem vorwerfen, dass er Krebs hat oder blond ist oder kitzelig.

Eine Ahnung quillt in ihm hoch, dass Miriam den Zusammenhang mit Jessica kennt. Frauen haben diesen verdammten siebten Sinn, durch den seine Mutter schon immer wusste, wenn er seine Pausenbrote nicht gegessen hatte, durch den Renate Hillinghausen wusste, dass er sie in Englisch abschreiben lassen würde, weil er heimlich in sie verknallt war. So hat Miriam jetzt vermutlich geahnt, dass er etwas für Jessica übrig hat. Genau genommen hat Till schon früher geahnt, dass Miriam etwas ahnt. Nicht umsonst hat sie sich letztes Jahr so demonstrativ häufig mit diesem Stefan Lensing getroffen und so getan, als würde sie mit ihm flirten. Sie hat ihrem Mann zeigen wollen, dass auch sie noch mitmischen kann im Körperpoker. Wobei Till glaubt, dass Stefan Lensing trotz Kind und Frau eigentlich schwul ist, mit seinen langen Haaren und bunten Hemden. Selbst wenn nicht, ist Stefan Lensing so wenig Miriams Typ, dass die muntere Drohung, die Miriam da andeuten wollte, völlig versickerte. Mit dem konnte sie ihm nun wirklich nicht ernsthaft drohen. Irgendwann schien selbst Miriam das eingesehen zu haben, und der Name tauchte in den Spielplatzerzählungen nicht mehr auf. Aber trotzdem! Auch wenn er hundertmal uneheliche Fantasien über seine Kollegin entwickelt hatte! Er hätte jetzt genauso tot sein können wie das Kaninchen in der Kleingartenanlage. Er ist gerade einem echten Verbrecher entwischt, der ihm eine echte Waffe in die Seite gerammt hat. Er ist über einen echten Stacheldrahtzaun geklettert und hat ein echtes Auto geklaut und da kann man von seiner eigenen Frau eine andere Reaktion erwarten als »Du bist wirklich das Allerletzte!«. Während er versucht das offiziell zu denken, hört er darunter auch noch Miriams ›Fandest du mich so … blöd? So langweilig?‹, und weiß jetzt sicher, dass das mit Jessica zu tun hat.

Vielleicht hat sich Jessica verraten, vielleicht ist sie weinend zusammengebrochen, nachdem er sich für sie geopfert hat. Weil sie nämlich nicht so oberflächlich, dumm und einfallslos ist, wie alle immer denken. Weil sie im Inneren auf ihre Art auch sensibel ist und weil auch sie den siebten Sinn der Frauen hat und weiß, dass es Till nicht nur darum geht, sie nackt zu sehen und anzufassen. Vermutlich hat Jessica verstanden, dass er sie beschützen wollte, dass er verhindert hat, dass der Mann mit der Waffe sie in ihr Auto verschleppt, um dann mit ihr Gott weiß was anzustellen. Vermutlich hat Jessica das der Polizei erzählt, beeindruckt und ehrlich überrascht, und vermutlich hat die Polizei es Miriam erzählt. Vermutlich hätte Till jetzt beste Karten bei Jessica. Sie ist nämlich nicht so eindimensional wie alle denken, niemand ist nur Klischee, selbst Nils hat vermutlich noch eine andere Seite, die man in der Bank nur nie sieht. Jessica ist jedenfalls nicht einfach nur eine kleine, billige Schlampe. Außerdem kann und wird sie wohl nicht erzählt haben, dass sie und Till seit Jahren ein Paar sind, das heimlich schon zwei Kinder hat und ein Reihenendhaus in Osthofen-Süd. Es ist ja nichts, gar nichts vorgefallen zwischen ihnen, außer in seiner Fantasie, und seine Fantasie ist wirklich kein Grund, ihn in seiner jetzigen Situation ein blödes Arschloch zu nennen.

Dass bei Familie Reiners nicht alles im Lot ist, muss doch auch Miriam klar sein. Das kann auch für sie keine Überraschung sein. Bislang haben sie beide eben nur drum herum geschwiegen. Beide haben sie gehofft, es ginge vorbei wie eine von Nicos Krankheiten. Vermutlich hat Miriam gedacht, er habe ein paar flüchtige Kopfflirts, so wie sie mit Stefan Lensing. Aber wenn Jessica es ausgesprochen hat, womöglich noch so übertrieben, wie er es von Jessica vermutet, dann bekommt alles plötzlich eine Ernsthaftigkeit, die Miriam nicht mehr ignorieren kann. Und Miriam neigt zu Überreaktionen und unbegründeter Sorge. Sobald Nico auf einen Baum klettert, bestellt Miriam im Geist schon Krankenwagen und Rollstuhl, weil er herunterfallen wird. Miriam geht in jedem Urlaub davon aus, dass die Zimmermädchen sie ausrauben werden, Miriam malt mit dickem Pinsel große Teufel an alle verfügbaren Wände. Es wird einige Zeit dauern, bis er das wieder geradegebogen hat, bis er Miriam erklärt hat, was in Wirklichkeit los war, was er in Wahrheit dachte und denkt. Es wird dauern, bis alles wieder so wird, wie es war.

Vor dem Hotelfenster rufen Franzosen sich etwas auf Französisch zu und lachen. Nadine singt »It's raining men« unter der Dusche, Nappos Sporttasche liegt auf einem der beiden Stühle im Zimmer und passt farblich kein bisschen zur Farbe der Wände. ›Du bist wirklich das Allerletzte‹, bis in die letzte Nuance der Betonung kann er den Satz hören. Sie hat einfach nicht recht, objektiv, findet Till. Er ist nicht das Allerletzte, er hat sich tapfer geschlagen und gut gehalten.

Nadine kommt aus dem Bad und hat ein weißes Handtuch über der Brust verknotet und ein kleineres Handtuch turbanartig auf den Kopf gebunden. Sie strahlt. Sie sieht fast mädchenhaft aus, weich und gemütlich. Ihre stämmigen Unterschenkel enden in überraschend kleinen Füßen, von denen jetzt Wassertropfen auf den Teppichboden rutschen. »Die Dusche ist geil!«, sagt sie und wirft ihm auch ein Handtuch zu und ein Lächeln. Ein kleines, schiefes Lächeln, und Till sieht erst jetzt, dass die Haut rund um ihr rechtes Auge etwas angeschwollen ist. »Wenn du duschen bist, geh ich runter und hol Frühstück!«

Mit Nadine muss um nichts herumgeredet werden. Sie wirft ihm nichts vor. Im Gegenteil. Sie gibt ihm ein Handtuch und Frühstück. Zu Hause wird noch warten müssen. Er ist nicht das Allerletzte. Nadine kann das bezeugen.

50

›Die Mama ist nicht böse, die Mama ist nur sehr enttäuscht!‹, ist der Standardsatz, den Jessica in ihrer Kindheit zig hundert Mal von ihrer Mutter gehört hat. Die Höchststrafe. Ein Satz, gegen den man nicht ankommt, weil es nichts darauf zu sagen gibt. Anschließend hat ihre Mutter sich meistens eine Zigarette angezündet und ist auf den kleinen Balkon gegangen.

Ihre Mutter war enttäuscht, wenn sie sich doch wieder mit den türkischen Jungs an der Tankstelle hinter der Siedlung getroffen hatte. Ihre Mutter war enttäuscht, als sie sich ihre erste Tätowierung stechen ließ, einen unschuldigen kleinen Delfin, an der Hüfte. Auch, wenn sie nach Partys leicht oder schwer alkoholisiert nach Hause kam, natürlich wenn Lehrer anriefen, weil sie Unterschriften gefälscht hatte, oder wenn sie nicht mitging zur Geburtstagsfeier von Onkel Diethard, der irgendein hohes Tier irgendwo war, und angeblich dafür sorgen konnte, dass sie nicht auf der Straße landen würde. Immer war ihre Mutter nicht böse, aber enttäuscht. Onkel Diethard sorgte dann wohl auch dafür, dass sie den Job bei der Bank bekam, obwohl es hieß, dass es hunderte junger Mädchen gab, die dafür besser geeignet wären. Auch Jessica ist überzeugt, dass die ganzen Banktrottel um sie herum besser geeignet sind, den scheiß Bankjob zu machen, weil sie im Gegenzug eben deutlich besser geeignet ist, ein Star zu sein.

Keiner spricht ihren Auftritt im Fernsehen direkt an. Alle tragen Gesichtsausdrücke, die die mimischen Pendants sind zu »Ich bin nicht böse, ich bin nur sehr enttäuscht«.

Frau Jablonsky möchte sichergehen, dass der Räuber wirklich nicht ausgerechnet ihr Geld gestohlen hat. Frau Odra versichert ihr das mehrfach und erzählt ihr dann, dass Herr Walther die ganzen Ereignisse gar nicht gut verkraftet hat. Dabei spricht sie so laut, dass auch Jessica es hören muss und so deutlich, dass auch Jessica verstehen muss, dass niemand außer ihr mit »den ganzen Ereignissen« gemeint ist. Auch Herr Walther ist also sehr enttäuscht. Selbst Nils sieht sie an, als hätte sie ihn auf dem Klo beim Onanieren erwischt. Frau Jablonsky ist die Einzige, die nicht weiß, was gemeint ist. Für sie ist klar, dass aus den jungen Leuten nichts werden kann, wenn die den ganzen Tag Computer gucken, aber sie meint nicht Jessica, sondern wirklich die Jugend im Allgemeinen.

Dadurch dass sowohl Herr Walther als auch Till Reiners in der Filiale ausfallen, haben die anderen doppelt so viel zu tun wie sonst und wuseln gestresst umher. Erst am Nachmittag soll eine Aushilfe aus der Zentrale kommen. Nils sitzt angespannt an seinem Platz und schaut intensiv auf die Zahlenkolonnen auf seinem Bildschirm. Die kleine, dicke Frau Odra versucht erfolglos, Frau Jablonsky loszuwerden. Vor Jessica stapeln sich Belege, eng bedruckt und unendlich langweilig. Fremdes, abstraktes Geld, was täglich hin und her geschoben wird und auf diesen Zetteln kleine schwarze Tapsen hinterlässt, in Form von Zahlen. Zahlen, die länger da sein werden als sie und Nils und Frau Odra. Jessica starrt auf die Zahlen und rechnet aus, wie viele Seven-Jeans man sich von dem Geld kaufen könnte. Sie sitzt am Tisch von Till Reiners und versteht plötzlich, dass auch Till keine Lust mehr hatte auf Zettel mit Zahlen. Vielleicht ist er der Einzige, der sie versteht und auf seine Art und Weise dasselbe will wie sie. Vielleicht hat sie ihn immer falsch eingeschätzt. Auf dem Tisch liegen die aktuellen Ausgaben der *WAZ* und der *Ruhr Nachrichten*, die beide auch schon angerufen haben und mit ihr sprechen wollten. Frau Odra hat das kategorisch abgewimmelt. »Die Bankangestellte Jessica S.« heißt sie in beiden Zeitungen. Nichts steht da von ihren Schauspiel- oder Gesangsambitionen. Der seriöse Ton der Artikel stellt sie völlig falsch dar. Als habe sie einen unschuldigen Familienvater zu einem Banküberfall verführt. Sie fühlt sich missverstanden, und begreift jetzt nicht nur Till Reiners besser, sondern auch die Stars, die sich immer über »die Medien« beschweren, in denen sie falsch dargestellt werden. Die *Ruhr Nachrichten* haben jedenfalls nichts von ihr verstanden.

Dann ruft ein Mann auf ihrem Handy an, der sie nicht heiraten oder vögeln will. Er sei topseriös, sagt er, was Jessica aufgrund der Erfahrung mit der *WAZ* und den *Ruhr Nachrichten* skeptisch werden lässt. Er interessiere sich für sie, sagt der Mann. In seiner Eigenschaft als Manager. Ob sie Interesse habe. Frau Odra sieht schon wieder zu ihr hin, als ahne sie, was der Mann am anderen Ende der Leitung gesagt hat. Jessica steht auf, weg von den Zahlenzetteln, weg von den Artikeln mit der Bankangestellten Jessica S. Sie geht in das verlassene Büro von Herrn Walther, wo der erbärmliche Hydrokulturbaum deprimiert herumsteht. Wie ein Mahnmal für den unbekannten Zweigstellenleiter.

Ja, sagt Jessica zu ihrem zukünftigen topseriösen Manager, sie hat auf jeden Fall Interesse.

51

Man muss dem IKEA-Kafka zu Gute halten, dass er viel Wert aufs Badezimmer gelegt hat.

Die Dusche spült den Wahnsinn der letzten Tage aus Tills Schultern und dem restlichen Oberkörper in die Beine. Der Angst- und Sommerschweiß, der sämtliche Poren verklebt hat, wird weggewaschen. Das holländische Meer hat das gestern nicht geschafft. Till versteht, dass Nadine zuvor angefangen hat zu singen. Er steht bewegungslos unter dem warmen Regen der Dusche und sieht teilnahmslos, wie das Wasser an ihm abperlt. Er hat keine Ahnung, wie spät es ist. Er weiß nicht einmal, wo er eigentlich ist. Er ist einfach. Seine normalen Tage werden automatisch organisiert. Aufstehen, Frühstück, Nico muss in den Kindergarten, die Bank, Mittagspause, Feierabend, Essen, Fernsehen. Das hat sich einfach so ergeben. Er wollte diese Ordnung so wenig, wie er Rolf Zuckowski wollte, aber es ging nicht anders. Alle Eltern kaufen und spielen die Kassetten. Alle Eltern gehen arbeiten, bringen ihre Kinder in den Kindergarten und sehen abends fern. Man macht Grillabende, spielt Doppelkopf, fährt in Urlaub, geht zu Elternabenden. Man verliert Haare und gewinnt ein paar Kilos dazu, man wird älter und ein paar Verwandte und Bekannte ringsum lassen sich scheiden, um wenig später mit neuen Partnern das Spiel noch einmal von vorne zu beginnen. Nichts davon sucht man sich aus. Till will ja auch jetzt nicht in Frankreich unter der Dusche stehen, mit einer fremden Frau nebenan und einer Tasche mit Geld und einer Waffe. Es ist erschreckend, wie wenig von seinem Leben man selbst in der Hand hat. Auch dass seine Frau ihn offenbar für ein Arschloch hält, hat sich ohne sein Zutun ergeben. Vielleicht hat er damals auch nur geheiratet, weil alle heirateten und

Kinder bekamen? Vielleicht hatte er sich damals in Miriam verliebt, weil es langsam Zeit wurde? Er kann sich an sich selbst von damals kaum noch erinnern.

Thorsten »Toto« Völkers hat zu seinem Dreißigsten eine Geburtstagsparty gemacht und Till nur deswegen eingeladen, weil er alle einlud, mit denen er überhaupt zu tun hatte.. Till weiß nicht mehr, wieso Miriam da war. Ihr erster gemeinsamer Abend ist später so oft nacherzählt worden, dass Till keine wirklich echte Erinnerung mehr daran hat. Toto Völkers hatte als Clou der Feier eine Karaoke-Anlage gemietet, ein damals noch ziemliches neues Partyvergnügen, und das Los brachte Till und Miriam zusammen um »Something stupid« zu singen. Er habe so toll gesungen und sie dabei so süß angeschmachtet, erzählte Miriam später immer wieder, dass sie all ihre Freunde nach ihm ausgefragt habe. Till versucht sich unter der Dusche vorzustellen, wie Miriam damals ausgesehen hat, aber es gelingt ihm nicht. Sie hatte sich an diesem Abend reichlich bei Totos berühmter Todesbowle bedient und Till später auf die Schuhe gekotzt, als er versucht hatte, sie in Totos Garten zu küssen. »Something stupid« und die vollgekotzten Schuhe waren in den ersten Jahren ihrer Ehe zu einer ausgeschmückten Legende geworden, weswegen er sich jetzt, hier, unter der Dusche, an so gut wie kein echtes Bild mehr davon erinnern kann. Auf den Fotos von damals sind sie beide hauptsächlich unglaublich jung. Miriam, rechnet Till jetzt zurück, war damals ungefähr so alt wie Nadine heute. Till stellt die Dusche ab und greift zu dem weichen Frotteehandtuch, das Nadine ihm gegeben hat. Er trocknet sich ab und betrachtet sich im Spiegel. Die Sonne der letzten Tage hat Spuren hinterlassen. Er hat rote Stellen im Gesicht und an den Armen. Zusammen mit den stoppeligen Inseln von Bartwuchs sieht er aus wie ein Hilfsabenteurer. Nadine hat einen knallroten Kulturbeutel dabei, daneben liegt ihre Bürste, mit der sich Till die Haare nach hinten kämmt. Sein Haaransatz, wie der seines Vaters, hat die Form einer Möwensilhouette. Seinen haarlosen Angestelltenoberkörper, weich und undefiniert, sieht Till hier fast automatisch leicht im Profil, was ein besonders perfider Einfall vom IKEA-Kafka ist. Frontal kennt Till sein Spiegelbild und kann es sich an guten Tagen leicht schönlügen, jetzt, im Profil ist nicht mehr zu leugnen, dass die zusammengesunkene s-förmige Bürohaltung, die er seit Jahren an den meisten Tagen einnimmt, zu einem Oberkörper geführt hat, der so schlapp und faltig in der Welt herumsteht wie einer der gelben Müllbeutel, die Till zwei, drei Mal die Woche zu Hause aus dem Abfalleimer zieht. Am unteren Spiegelrand baumelt sein Schwanz, schlaff und feucht, wie ein fleischliches, verkleinertes Spiegelbild des Turms, neben dem das Hotel liegt, in dem sie jetzt sind. Alt, ausgemustert, nutzlos. Ein Relikt aus früheren, besseren Zeiten. Mittlerweile ohne Funktion.

Till bindet sich das Handtuch um die Hüften und geht zurück ins Zimmer, wo die fürsorgliche Nadine nicht nur Croissants und zwei neue Schalen Milchkaffee hingestellt hat, sondern auch eine neue Hose samt Unterhose, T-Shirt und Socken, die allem Anschein nach für ihn bestimmt sind. Nadine telefoniert plappernd und aufgeregt. »Wir sind in Gravelines«, sagt sie ins Handy, »was weiß ich, wie man das ausspricht.« Till sieht sie ungläubig an. Sie fängt seinen Blick auf und erklärt. »Hier nebenan war 'n Laden. Gar nicht mal so scheiße. Ich dachte, das ist in Ordnung, war echt billig, und die Klamotten, die du anhattest, gingen ja mal gar nicht. Wer hat dir die überhaupt rausgelegt?« Dann plappert sie weiter in dem Modus, in dem Frauen mit Freundinnen reden und den Till gelernt hat auszublenden. Till ist froh, dass Nadine offenbar auf die Frage nach seinem bisherigen Outfit keine Erklärung erwartet, und steigt dankbar unter dem Handtuch in die neue blauschwarze Unterhose. Die Hose, die Nadine ihm gekauft hat, ist olivgrün und ¾ lang. Sie hat große Taschen auf den Oberschenkeln, und auf den Taschen ist die Kontur einer Eidechse gemalt. Es sieht aus, als sei die Hose tätowiert. Selbst Nils würde sich vermutlich nicht für so eine Hose entscheiden. Dazu hat

Nadine ihm ein kragenloses Hemd gekauft, das nur im oberen Drittel Knöpfe hat. Selbst olivfarbene Flipflops hat ihm die fürsorgliche Frau vor das Bett gestellt. Till zieht sich an und fühlt sich verkleidet. »Cool«, sagt Nadine stattdessen ohne Ironie, »aber mach das Hemd aus der Hose!« Till gehorcht. Sie hat inzwischen aufgehört zu telefonieren. Er will ihr gerne etwas Nettes sagen.

»Passt ja alles, also von der Größe her und so ...«.

»Ich hab mal in 'ner Boutique gearbeitet. Größen schätzen kann ich.«

Der olivgrüne Till und seine aufgemalte Eidechse setzen sich an den Tisch. Aus seinen Haaren laufen ihm kleine Wassertropfen in den Nacken. Till trinkt seinen Kaffee. Nadine hat sich heute für ein natürlich rotes Top entschieden, auf dem ein großer schwarzer Totenkopf prangt. Nadine und der Totenkopf sehen Till an, und Till versenkt sich in seine Kaffeeschale.

»Ich hab Arzu gesagt, dass wir hier abhängen und dann zu Lana fahren, nach Dingsburg«, erklärt Nadine ihr Telefonat. »Hab ich doch erzählt«, Nadine ist begriffsstutzige Männer gewohnt, »meine Freundin, die in dem Hotel arbeitet. Und Arzu ist auch 'ne Freundin von mir.« Till nickt pro forma.

Es wird Zeit, dass er endlich mal erzählt, was los ist. Dass er endlich mal sagt, dass er wieder nach Hause will, oder zumindest, dass er eigentlich wieder nach Hause wollen sollte. Es wird Zeit, dass er aufklärt, dass er und Nappo keine Freunde sind, keine Kumpel und keine Kollegen und dass das Geld, von dem Nadine ihm gerade so großzügig die Eidechsenhose gekauft hat, weder Nappo gehört noch ihm.

»Ich weiß, dass das deine Kohle ist, da in der Tasche«, sagt Nadine trocken wie das Croissant, das gerade unter Tills Händen zerbröselt und den Franzosen keine Ehre macht. »Ich kenn Nappo, ich bin nicht blöd, ich weiß, dass der nichts auf die Kette kriegt, bei dem man so viel Kohle verdient.« Die Sporttasche steht offen auf dem Bett und soweit Till sehen kann, ist nur noch das Geld da, die Waffe aber nicht mehr. Er kann sich nicht vorstellen, dass Nadine sie hat. Vielleicht hat Nappo sie letzte Nacht woanders versteckt. Das würde erklären, wieso Nadine ihm das Geld zutraut. Geld allein ist ihm nämlich zuzutrauen, Geld und eine Waffe nicht.

Till hat das Gefühl, als müsse er Nappo verteidigen, oder zumindest rechtfertigen. »Na ja, ganz so übel ist der Nappo nicht ...«, fängt er an.

»Nee, lass mal! Jetzt ist Feierabend. Der Typ ist einfach nur 'n blödes Arschloch!« Nadine zerrt böse mit den Zähnen an dem widerspenstigen Frühstückshörnchen, das jetzt für Nappos schlechten Charakter büßen muss. Nach kurzer Zeit sitzen Till und Nappo wieder im selben Boot. In der MS Fortunaficker. Das wäre ein passender Name für das Boot. Beide werden von ihren Frauen für Arschlöcher gehalten. Beide haben eine vierzigjährige Kreuzfahrt auf der MS Fortunaficker gewonnen. Mit Vollpension und Abendunterhaltung.

»Er hat mir eine reingehauen, heute Nacht«, sagt Nadine und zeigt auf das angeschwollene Auge, »einfach so, weil ich was gegen seinen scheiß Hollandtrip gesagt hab.« Nappos erfüllte Träume, Strand, Auto und Puppe, und dann ist da keiner, der das honoriert, außer einer Geisel, die ständig ihren Mageninhalt ins Klo kotzt. Wie schwer es ist, glücklich zu sein. Aber das kann er Nadine jetzt nicht erklären. Dass sie Nappos Glücksverweigerin gewesen ist, dass Nappo in solchen Situationen immer so reagiert wie King Kong, das alles führt zu keiner sinnvollen Entschuldigung oder Erklärung für ihr geschwollenes Auge. Ebenso wenig, wie er Miriam erklären könnte, warum er Jessica retten wollte, und wieso er sich jetzt hier in Frankreich die Zähne ausbeißt an einem Croissant und einer fremden Frau, die einen Totenkopf zwischen den Brüsten trägt. Also nickt Till einfach nur. »Du tickst irgendwie ganz anders als Nappo«, sagt Nadine und lächelt ihn fast schüchtern an.

»Ach, gar nicht mal so ...« Till lächelt schüchtern zurück. Jetzt und hier ist das sogar die Wahrheit.

»Ist mir schon klar, dass du keinen Bock hast, mit mir in Frankreich abzuhängen, aber ich wollte einfach nur weg heute Nacht und alleine hätt ich mich nicht getraut. Ich wirke immer wie 'ne harte Sau, aber eigentlich ...« Nadine lässt das Ende des Satzes offen und lächelt nochmal. Wie der erste unbeholfene Entwurf eines Lächelns. Sie ist ganz weich und mädchenhaft jetzt und wirkt in ihrem Totenkopftop verkleideter als Till in seiner Eidechsenhose.

»Ach was«, sagt Till schon wieder ohne nachzudenken, »Ich hab eh nichts Dolles vor. Von mir aus können wir ruhig noch 'ne Weile abhängen. Ist doch ganz nett hier.«

Nadine kriegt jetzt ein richtig fertiges Lächeln hin. »Cool«, sagt sie und steht auf, »dann lass mich mal was mit deinen Haaren probieren!« Sie geht ins Badezimmer und kommt mit ihrer Bürste und einer Tube zurück. »So'n komischen Seitenscheitel hat ja wirklich kein Mensch mehr.«

52

»Gott du Stricher« hat jemand auf die Wand gesprüht, vor der Kurt Bergmeister steht und nach einer Hausnummer sucht. Ein Hauptschul-Hiob hat so seine Meinung über den Schöpfer zeitgemäß als Graffiti festgehalten. Immerhin wird hier offenbar wenigstens noch über Gott nachgedacht.

»Da drüben ist es«, sagt der junge Kollege, der den Hauptkommissar begleitet. Kurt Bergmeister versucht sich zu erinnern, wie der junge Mann heißt, dessen langweilige Stoppelfrisur perfekt zum schlammfarbenen Hemd passt. Er hat keine Ahnung mehr. Zu viele Gesichter jeden Tag, zu viele Namen.

›Czielonka‹ hat sich der Hauptkommissar auf einen Zettel geschrieben, schon wieder ein Name. Auf den Namen Czielonka ist das Handy zugelassen, von dem Miriam Reiners angerufen worden ist. Miriam Reiners kann er sich merken, ein runder flüssiger Name. Sie hat am Telefon so aufgelöst und traurig gewirkt, dass er fast gesagt hätte »Mach dir keine Sorgen, Miriam, liebe Miriam. Es wird alles wieder gut ...« Die Stoppelfrisur wartet ungeduldig auf ihn vor dem Klingelschild, auf dem eine bunt durcheinandergeschmierte Mischung von Namen und Schriften steht. Belek, Tasic, Wöllner/Hellerbach, Iwanenko, Czielonka. Auf einem Klingelschild lässt sich die gesamte neuere Geschichte der Republik ablesen. Eine alte Frau kommt aus dem Haus genau in dem Moment, als Stoppelfrisur auf die Klingel drücken will. Kurt Bergmeister und sein Kollege zwängen sich an der Frau vorbei in den Hausflur, wo drei Kinderwagen stehen. Natürlich gibt es keinen Aufzug und natürlich wohnt Nadine Czielonka im fünften Stock. Kurt Bergmeister spürt seinen Rücken und schwitzt, als sie endlich oben sind.

Jemand hat einen Aufkleber achtlos auf die Wohnungstür geklebt: »Mahlzeit Motherfucker« und ein Duplo-Sammelbildchen von Michael Ballack. »N. Czielon« steht auf einem Pflaster, das unter der Klingel klebt. Das Ende des Namens ist abgefallen. Stoppelfrisur drückt auf den Knopf und die Klingel hustet metallisch, löst ansonsten aber keine Reaktion aus. Stoppelfrisur hält ein Ohr an die Tür und lauscht. Dann zuckt er die Schultern, während Kurt Bergmeister sieht, dass sich in der gegenüberliegenden Wohnung ein Schatten über dem Spion in der Tür legt.

Schneller als man es dem massigen Mann zutrauen würde, ist er bei der Nachbarwohnung und klingelt. Der Schatten über dem Spion verschwindet. Kurt Bergmeister klopft. »Polizei, guten Tag« sagt er zur Tür und es klingt wie ein merkwürdiges Echo von »Mahlzeit Motherfucker«.

»Wir haben ein paar Fragen, machen Sie bitte auf!« Seine Stimme hallt im Hausflur nach, er ist die Autorität, er ist die Gewalt, die vom Volke ausgeht und in dieser Gegend auch schon mal zum Volk zurückkommt. Kurt Bergmeister hält seinen Ausweis vor den Spion. Stoppelfrisur klingelt. Über der Klingel hat jemand mit Kugelschreiber »Arzu ficken 2x klingeln« geschrieben. Stoppelfrisur klingelt nochmal, als hätte er jetzt gelesen, was über der Klingel steht. Nach ein paar Sekunden öffnet sich die Tür einen Spalt. Und ein junges, südländisches Gesicht schaut zögernd heraus. »Guten Tag, mein Name ist Bergmeister, ich bin von der Kripo und das ist mein Kollege …« Er hat den Satz so betont, dass eigentlich jetzt noch ein Name kommen müsste. Aber es kommt keiner. Kurt Bergmeister lächelt stattdessen. Die türkische Frau reagiert nicht.

»Wir würden gern mit Frau Czielonka sprechen«, sagt die namenlose Stoppelfrisur.

»Wieso?« Es kommt patzig und abweisend. Die junge Frau hat große, schöne, sehr dunkle Augen, sorgfältig gezupfte Augenbrauen und einen gut erkennbaren Damenbart über der Oberlippe.

»Kennen Sie sie?«, fragt der Hauptkommissar und ist bemüht, nicht auf die dunklen Stoppelansätze über ihrem Mund zu sehen.

»Die hat nix gemacht, ey, wenn, dann war das scheiß Nappo.«

»Wer?«

»Ey, ich sag gar nix mehr ohne Durchsuchbefehl.« Die junge Frau schlägt die Tür wieder zu und Kurt Bergmeister und sein Kollege sehen sich an. Die Gegend hier ist nicht einfach. Die Polizei kommt hier weder als Freund noch als Helfer, nur als Feind und Ärgermacher. Unter der Klingel steht ›Belek‹ und die Stoppelfrisur klingelt jetzt noch einmal sehr, sehr nachdrücklich …

53

Nico hat in den ersten fünf Minuten seines heutigen Kindergartentages schon schätzungsweise 200 Euro Sachschaden verursacht. Er hat versucht, einem anderen Mädchen ein Auto wegzunehmen, aber heutige Mädchen sind weiter als Miriam und lassen sich nichts mehr gefallen. Der Streit zwischen den beiden resultierte in einem zerstörten Regal, für das Miriam aufzukommen verspricht. Typisch Mann. Bei auftauchenden Problemen immer erst mal was kaputt machen. Ein Regal oder eine Ehe, je nachdem, was grad in der Nähe ist. Tills Gene sind in Nico unverkennbar.

Die Kindergärtnerin behauptet Verständnis zu haben. Das mit dem Regal sei nicht so dringend. Ob es Nachrichten von ihrem Mann gebe? Miriam kennt mittlerweile den Ton, in dem sie gefragt wird. Der genüssliche Thrill von Leuten, die froh sind, dass es nicht sie getroffen hat und die gern wissen wollen, wie es weitergeht. Gemütlicher Grusel. Vielleicht sollte sie noch Popcorn verkaufen, bevor sie erzählt, was aktuell in ihrem Leben los ist. »Ja, ja, alles gut«, sagt sie genervt.

»Ist er denn wieder zu Hause?«, kommt die Nachfrage, mit einem leichten Unterton von Enttäuschung.

»Nein, er macht eine Umschulung zum Zuhälter in Frankreich. Wenn Sie Interesse haben, mach ich Ihnen gern einen Kontakt!« Hat sie das wirklich gesagt? Laut? Mitten hinein in das unschuldige Waldorfgesicht der Kindergärtnerin? Vermutlich, denn die sieht aus, als habe sie überraschend auf eine gammelige Kartoffel gebissen. Angewidert und überrascht.

Miriam hat das Bedürfnis, sich im Kopf zu kratzen, unter der Schädeldecke. Vielleicht ist sie vor ein paar Minuten verrückt geworden oder kurz davor es zu werden. Sie will weg und kann sich gleichzeitig aber nicht rühren. Der dicke Kommissar mit der sonoren Stimme hat angerufen und gefragt, ob sie eine Nadine Czielonka kennt. Mit deren Handy habe ihr Mann sie nämlich heute Morgen angerufen. Es kann Zufall sein, aber das ist unwahrscheinlich. Nadine Czielonka wohne nämlich in Duisburg, mit dem Auto keine halbe Stunde von Osthofen entfernt. Natürlich, ihr Mann hat selbstverständlich keine Lust, wochenlang dieselbe Schlampe zu ficken, deswegen ist Jessica Dingenskirchen mittlerweile eben abgemeldet, und stattdessen Nadine Irgendwas im Rennen, nächste Woche ruft dann Chantal Bumsbirne an, die ist auch nett und auch aus der Nähe von Osthofen. Das, da ist sich Miriam relativ sicher, hat sie dem Kommissar aber alles nicht gesagt.

Sie wundert sich selbst über die Obszönitäten, die sie im Kopf hat. Um sie herum bringen Mütter ihre Kinder in den Kindergarten. Auch ein paar Väter geben ihren Nachwuchs ab. Miriam kennt die meisten. Katrin Meersmann, die von Anfang an alleinerziehend war, Nicola Schaller, die schon zwei Mal geschieden ist und jetzt mit dem nächsten Mann zusammenlebt, der selbst zwei Kinder aus früheren Beziehungen hat. Volker Bittner, der seinen Sohn nur jede dritte Woche in den Kindergarten bringt, weil der Sorgerechtsstreit mit seiner Ex-Frau immer noch nicht beigelegt ist, Nadja, die sich nicht traut, endlich von ihrem Mann wegzugehen, und der sie schon oft geraten hat, einfach das Kind zu nehmen und abzuhauen, Andrea, die sich mit ihrem Mann seit Jahren tödlich langweilt. Alles in allem mehr gescheiterte Beziehungen als glückliche. Der Mann, der seine Frau wegen einer anderen verlässt, um sich dann mit einer dritten in Frankreich niederzulassen, fällt da insgesamt auch nicht weiter aus dem Rahmen. Vielleicht, weil es den Rahmen schon längst nicht mehr gibt.

Genau in diesem Moment kommen Maja und Jürgen Triebeck glücktriefend mit ihrem Lino um die Ecke. Jeder der beiden Erwachsenen hält einen Arm des gemeinsamen Kindes und zieht ihn auf Linos Kommando gleichzeitig lachend in die Luft, wie eine 3D-Werbung für gesunde Margarine. Der Anblick sticht Miriam mitten ins Herz, was an Ort und Stelle, direkt unter Nicos Kleiderhaken, ausblutet. Eine große Welle Bilder rauscht durch sie hindurch. Till, der einen Lenkdrachen gekauft hat und aufgeregt wie ein Kind mit Nico in den Park gegangen ist, um ihn steigen zu lassen. Der Drache hat sich mit dem ersten Windstoß in einem Ast verfangen und war kaputt, aber Nico hat kurz danach eine Nacktschnecke gefunden, die ab sofort sein Haustier war, mit großem Brimborium getauft wurde und unbedingt mit nach Hause genommen werden musste. Der hilflose, liebevolle Till in der Schwangerschaftsvorbereitung, der sich selbständig ein Buch über Schwangerschaft und Kinder gekauft hat und sogar drei oder vier Kapitel davon gelesen hat. Till und Nico am Strand, mit Eimerchen und Förmchen und großangelegter Burg, Till als Nikolaus, der sich später den weißen Bart um den Schwanz gebunden hat, was wirklich aussah, wie ein Gesicht und sie laut lachen ließ, Till, der auf ihr lag, als das Kaninchen aus dem Gebüsch kam und ihnen zusah, die ganzen gemeinsamen Jahre, die ganze unwiderruflich verstrichene Zeit, ihr Leben, sein Leben, Nicos Leben, mit dem Till und vielleicht ja auch sie so umgegangen war, als hätten sie noch so viele davon in der Hinterhand wie ein indischer Fakir, der an die Wiedergeburt glaubt.

Lino und seine glücklichen Eltern gehen an ihr vorbei und lassen Miriam in ihrem großen Haufen Traurigkeit sitzen. Nico, wieder in seiner aktuellen Lieblingsrolle als Bob der Baumeister, hat offenbar das Gefühl, seine Mutter rächen oder verteidigen zu müssen, denn er schlägt Lino zur Begrüßung einen Spielzeugbaukran an den Kopf. Lino weint. Er weint für Miriam mit.

54

Das französische Meer sieht so aus wie das holländische. Auch was die Strandgestaltung angeht, haben sich weder die Natur noch die Einwohner etwas Besonderes einfallen lassen. Trotzdem ist der Strand hier nicht so besucht wie sein holländisches Pendant vom Vortag. Till und Nadine finden mühelos einen Parkplatz für Nappos Auto, das Till in der Eidechsenhose und dem kragenlosen Hemd viel selbstverständlicher fährt als noch 24 Stunden zuvor. Nadine hat ihren Bikini angezogen und sitzt jetzt neben ihm, die übergroße Brille auf der Nase und nach Sonnenöl duftend. Sie hat alles dabei. Sie ist eine Frau. Auch bei einer überstürzten Nacht- und Nebelflucht würde sie nie ihre große Tasche zurücklassen. Nadine ist jetzt für die Musikauswahl zuständig, aber es gibt nur französische Sender, die entsprechend viel französisches Zeug spielen. Baguette-Rock, Chansons und Eingeborenen-HipHop. Kein einziger Moderator kann Britney Spears richtig aussprechen. Le Bitölls sagt einer und meint die Beatles. Der Wagen hat nur Radio und ein Kassettenteil, aber Kassetten gehören in die Zeit von Renate Hillinghausen. Mittlerweile sind sie so unmodern wie Till.

Sie sind in Gravelines, von dem Till zuvor noch nie etwas gehört hat. Er ist in Urlaubsstimmung. Er kann nicht anders. Der Kokosduft vom Beifahrersitz, die unverständlichen Radiowerbespots, die bunten Wimpel überall und das schäumend an Land schlagende Meer überlagern Miriams Sätze in seinem Kopf. Es ist ja keine Frage, dass er wieder nach Hause muss, dass er wieder in die Bank muss, dass er mit Miriam reden muss, dass sie ihre Situation klären müssen, aber er hat sich diesen kleinen Urlaub hier verdient. Er war Geisel. Geiseln haben Anspruch auf Sonderurlaub. Das wird er bei Herrn

Walther schon durchkriegen. Er hat für seinen Umzug einen Tag Sonderurlaub bekommen, und beim Tod seiner Eltern. Auch da gab es nur einen Tag, obwohl beide gestorben waren, zwar am selben Tag, im selben Auto, zur selben Zeit, aber trotzdem. Eigentlich ist er da schon von Herrn Walther um einen Tag Sonderurlaub betrogen worden. Der Name seines Chefs klingt für ihn so fremd wie die Beatles für einen französischen DJ.

Als sie aussteigen, sieht Till, dass zeitgleich mit ihnen eine Gruppe Jugendlicher angekommen ist. Jungs auf Motorrollern mit angeklammerten Mädchen. Die Jungs sind 16 oder 17, die Mädchen auch. Alle sehen zu ihm hin und zu Nadine, die die ganze Gruppe cool ignoriert und ihren glitzernden Bikini zum Meer dreht. Till braucht einen Moment, bis er versteht, was anders ist als sonst. Die Jungs lächeln ihm zu, ihm, seinem Auto und der perfekt dazu passenden wuchtigen Frau. Das jahrhundertealte, wissende Lächeln zwischen Jungs, das sagt »Alter, du hast es drauf«. Die Eidechsenhose ist, dank Frau und Auto, an ihm plötzlich eine Selbstverständlichkeit. Nicht falsch, nicht unpassend, nicht bekloppt, sondern so wie die Strumpfhose für Supermann, die Maske für Zorro oder die bemalten Gesichter für KISS: an sich eben albern, und dann doch wieder nicht.

Nadine hat ihm die Haare zu einem wirren Konstrukt zerwuschelt, das mit Gel in Form gehalten wird. Till hat auf der Fahrt versucht sich im Rückspiegel zu erkennen, sich aber immer nur ausschnittsweise gesehen. Er hat sich nicht recht wiedererkannt, aber jetzt, durch die Blicke der Motorrollerjungs, hat er das Gefühl, dass Nadine gute Arbeit geleistet hat. Er, Till Reiners, ist in diesem Moment in den Augen dieser Jungs eine coole Sau.

Er hätte gern ein Foto von diesem Augenblick, obwohl der natürlich nur geliehen ist, das weiß Till. Das Auto, die Frau, die ganze Coolness gehört eigentlich Nappo und er hat sich das geliehen, oder, noch richtiger, gestohlen, aber egal. Er ist der Roadie, der kurz vor dem Konzert über die Bühne läuft und bei dem 30 000 Leute im Stadion klatschen. Till lächelt seine Variante eines coolen Lächelns zurück und schlägt Nadine dann beiläufig auf den Hintern. »Komm, ab an' Strand«, sagt er und Nadine lacht und läuft vor, wie gestern mit Nappo. Er sieht ihr nach, ihrem praktischen, gewölbten Hinterteil, ihren munter wippenden Haaren. Sie hat die Handtücher aus dem Hotel mitgenommen, sie hat Sonnencreme dabei, sie beide können problemlos ein normales Strandpärchen imitieren. Till wirft einen letzten Blick auf die Motorrollerjungs und ihre Mädchen. Er geht hinter Nadine her wie Bruce Willis, wenn er am Ende mal wieder die Welt gerettet hat. Es war verdammt knapp dieses Mal, aber, Scheiße, einer muss den Job ja machen.

Ein paar Familien sind da und französeln munter durcheinander. Kleinkinder plärren, ein Radio plärrt dagegen. Till und Nadine suchen sich einen Platz. Sie sitzen nebeneinander und sehen aufs Meer, wie zwei zufällig gleichzeitig Gestrandete auf einer Insel. »Is schon komisch, das Ganze irgendwie.« Nadine fasst die Situation präzise zusammen und Till lächelt aufmunternd aufs Meer. Wenn sie sitzt, wirft ihr Bauch drei kleine Falten, in denen das Kokosöl glitzert. Ihre kleinen rotlackierten Zehen wuseln durch den Sand. Zwischen den Brüsten hat sich eine Konstellation von Sommersprossen niedergelassen, die dunkler sind als die restliche Haut.

Till lässt Sand durch die Finger gleiten. »Ich find's gar nicht so schlecht«, sagt er, dankbar für die Eidechsenhose und die Handtücher und dafür, dass Nadine ihn von Nappo und der Waffe befreit hat. Jetzt lächelt Nadine unter der großen Sonnenbrille. Zwei französische Familien schreien sich über ein paar Meter etwas Unterhaltsames zu. Till versteht kein Wort. Kinder laufen kreischend vor den Wellen weg. Eine Möwe kommentiert das Geschehen in ihrer Sprache. Es riecht nach Pommes Frites. Nadine dreht sich auf ihrem Handtuch und legt ihren Kopf auf Tills Oberschenkel.

»So bleib ich, bis ich ausseh' wie 'n Stück Schokolade.«

»Vollmilch?« Till sieht auf ihre rotglitzernd verpackten Brüste.

»Vollmilch Nuss«, gibt Nadine trocken zurück, »zumindest wüsste ich, wo wir zwei Nüsse finden.«

Die wärmende Sonne und ihr warmer Hinterkopf auf seiner nackten Haut in Kombination mit ihren Andeutungen und den verschwommenen Erinnerungen an die Nadine von letzter Nacht, die sorgfältig verschattet, aber dennoch nackt, nackt, nackt war, sorgen für eine langsam wachsende Erektion in Tills neuer, von Nadine gekaufter Unterhose. Er versucht, an etwas anderes zu denken, er hofft, dass sie nichts davon mitbekommt, er will einer fast fremden Frau keine Erektion in den Nacken halten, ihm fällt nichts ein, woran er denken könnte. Die verwackelten Brüste von Sybille Krückmann, mit der er ans Meer fahren wollte, um sie dort zu küssen und zu vögeln und zu … nein!! Anders! … Die Monatsaufstellung aus dem Privatkontenbereich, die er Herrn Walther in ein paar Tagen vorlegen muss, und die jetzt, wo er nicht da ist, vermutlich Nils machen muss, oder aber Jessica, goldbraune, bunttätowierte Jessica, deren achtlos entblößtes Rückgrat mit den feinen Härchen in den Mulden … NEIN!!! Till versucht seine Erektion unauffällig von Nadine wegzubewegen. Er muss an etwas ganz anderes denken! Die knallblondgebleichte vollbusige Ungarin, Russin oder Polin aus der einzigen Porno-DVD, die Till besitzt und die er seit drei Jahren erfolgreich in der Hülle für Steuererklärungssoftware vor Miriam versteckt. Die einzige Frau in dem Film, deren Stöhnen nicht falsch nachsynchronisiert worden ist und die wirklich den Eindruck vermittelt, als mache es ihr Spaß, mit zwei Männern gleichzeitig zu schlafen. Till kennt mittlerweile jede ihrer Gesten und Gesichtsausdrücke auswendig. Till ist in den letzten drei Jahren öfter mit ihr gekommen als mit Miriam. Einer der Männer im Film kommt zwischen ihren Brüsten. Jetzt pocht Tills Schwanz noch heftiger direkt unter der Oberfläche seiner Eidechsenhose. Er streichelt nebenbei Nadines Kopf und bleibt mit seinem Ehering in ihren Haaren hängen. Nadine zuckt. »Bist du eigentlich verheiratet oder so was?«, fragt sie dann folgerichtig. Till grunzt ausweichend. Er will nicht, dass Nadine sich jetzt von ihm wegdreht.

»... das ist nix mehr richtig«, sagt er deswegen, und vielleicht auch noch als Nachwirkung der Sätze, die Miriam zuvor am Telefon gesagt hat. Vielleicht auch als jetzt endlich formulierte Erkenntnis aus den vergangenen Tagen. Nadine nickt wissend. Der Lauf der Welt. Nichts Neues. Oft gehört. Schon vergessen. Till dagegen hat plötzlich das Gefühl, als hätte jemand anders es gesagt, als hätte ihm jemand eine überraschende Nachricht übermittelt, die ihn wirklich interessiert. Bei den Stones ist eine Gitarristenstelle freigeworden und Till Reiners hat die Möglichkeit jetzt mitzumachen. Keith Richards hat »Renate, ich warte« gehört und ist begeistert.

›... das ist nix mehr richtig.‹ Vielleicht stimmt das, vielleicht mündet sein bisheriges Leben in diesen Satz. Hatte nicht das Orakel zu irgendeinem antiken Helden gesagt »Du musst dein Leben ändern«, und war der nicht daraufhin losgezogen, und hatte die Welt erobert, oder die Griechen besiegt oder sonst irgendwas Tolles angestellt, womit niemand gerechnet hätte?

Nach allem, was er gestern von Nadine gesehen hat, ist sie keine, die vor einer Erektion am Strand schreiend flüchtet. Sie mag ihn. Sie hat ihm neue Klamotten gekauft, sie hat ihm Kaffee geholt, sie hat ihren Kopf auf seine Beine gelegt und ihm gestern im Wasser ihre Brüste gezeigt. ›Du musst dein Leben ändern‹! Diese antiken Orakel haben doch Ahnung, die wissen doch Bescheid! Was für Alexander den Großen oder Odysseus oder wen auch immer gut gewesen ist, kann doch für Till Reiners nicht falsch sein! ›Du musst dein Leben ändern‹ folgt doch aus ›...das ist nix mehr richtig‹! Vielleicht ist seine Erektion ein erster Aufbruch zu neuen Ufern.

Vom Meer kommt ein albernes Männerlachen. Till sieht einen jungen Vater, der mit seinem kleinen Sohn sehr ernsthaft und sorgfältig eine Schildkröte aus Sand gebaut hat, an der jetzt die ersten

Wellen nagen. Es sieht so aus, als tue der Sohn dem Vater einen Gefallen, interessiere sich aber in Wahrheit kein Stück für Sand, Wasser oder Schildkröten. Die kleinen wulstigen Arme des Kindes und die tapsigen Bewegungen der Beine, sind Kopien von Nico, der vor einem Jahr mit ihm an einem anderen Strand saß und eine Burg bauen wollte. Till weiß, wie sein Sohn riecht, er weiß, wie er lacht, er kennt seine Geräusche beim Einschlafen und das Gefühl der weichen Arme, die sich um seinen Hals schlingen, wenn er ihn trägt. Und jetzt sitzt er hier, Till Reiners, Angestellter der Dresdner Bank Osthofen, in Frankreich, in einer Eidechsenhose, mit einer rotglitzernden, fremden Frau und einer Erektion.

›… das ist nix mehr richtig‹, hat er gesagt, aber doch nicht Nico gemeint, und nicht die Bratwurst, die Miriam macht, und all das, was sie sonst noch tut, um seinem Leben irgendeinen Sinn zu geben. Ohne sie torkelt er richtungs- und führerlos durchs Universum und landet voll und bekifft in Holland, oder mit einer fahrlässigen Erektion an einem französischen Strand. Erwachsen werden heißt, Entscheidungen zu treffen und zu diesen Entscheidungen zu stehen. Das ist gut, das ist das Ziel. Langfristigkeit. Durchhaltevermögen. Alles Dinge, die er auch seinen Kunden in der Bank immer empfiehlt, weil sich so was am Ende auszahlt. Behauptet er. Es gibt Statistiken, die das belegen. Er kennt die Zahlen und Grafiken zu dem Thema. Rock 'n' Roll ist für Leute wie Keith Richards, die schon besser heißen als Till Reiners, und eben die Rolling Stones gründen und nicht »Copyright«, und die dann »Satisfaction« schreiben und nicht »Renate, ich warte«.

Die Rolling Stones sind voll. Bei denen wird keine Stelle frei. Das ist völlig aussichtslos. Er wird nicht mit Nadine schlafen, er wird nicht zwischen ihren Brüsten kommen. Das ist alles Quatsch. Sobald die Sonne und seine Erektion untergegangen sind, wird er ihr die Wahrheit sagen und nach Hause fahren. Der Strand, die Franzosen, das Meer und die Eidechsenhose werden zu einer weiteren Anekdote seines Lebens, an die er sich in ein paar Jahren genau so wenig wirklich erinnern können wird, wie an seine erste Begegnung mit Miriam.

Nadines Handy klingelt und sie rollt sich weg von seiner nachlassenden Erektion und sucht in ihrer Tasche nach dem Telefon. »Hi, Süße!«, sagt sie und will weiterreden, aber dann sagt sie eine ganze Weile gar nichts und dann sagt sie leise »Fuck« und »Scheiße« und »Wann?« Dann hat sie ihre normale Stimme wiedergefunden und sagt: »Mach dir keinen Kopf … is nich schlimm … ich meld mich!« Sie ist jetzt wieder so, wie Till sie in Erinnerung hat, als sie ihn mitten in der Nacht geweckt hat, um abzuhauen.

»Die Bullen waren da«, sagt sie, »vielleicht besser, wir hauen hier ab.« In ihrer Stimme liegt eine Spur Angst und eine Dringlichkeit, die Till albern findet und die ihm gleichzeitig selbst Angst macht. Deswegen bewegt er sich erst mal gar nicht. Aber Nadine meint es ernst. »Komm!«, sagt sie, und ihre Stimme ist eine Nuance höher als gewöhnlich. »Arzu hat gesagt, die wissen, dass wir hier sind! Wir müssen abhauen!«

›Wir müssen abhauen‹ ist für Till ein Satz aus einem Fernsehkrimi, das ist kein Satz aus seinem Leben, seinem Nico-Bratwurst-Langfristigkeitsleben. ›Wir müssen abhauen!‹ gehört in eine Kategorie mit ›Diese Stadt ist zu klein für uns beide!‹, ›Mann, ich bin langsam zu alt für diese Scheiße!‹ und ›Folgen Sie dem Wagen da vorne!‹

Er ist jetzt aufgestanden und Nadine räumt alle Utensilien wieder in ihre große Tasche. Offenbar geht sie sehr selbstverständlich davon aus, dass das Geld in der Sporttasche nicht bar ausbezahlter Lohn für Überstunden ist oder der Gewinn aus zwei Rubbellosen. Anscheinend findet sie es selbstverständlich, dass dem Geld etwas zugrunde liegt, für das die Polizei sich interessiert. Und anscheinend hält sie es für genau so selbstverständlich, dass Till etwas damit zu tun hat. Till stellt fest, dass ihm das auf eine bestimmte Art und Weise genau so gefällt wie der Blick der Motorrollerjungs. Er geht als coole Sau durch, auch bei einer Nadine, die noch vor ein paar Stunden nackt auf Nappo saß. »Was habt ihr denn für'n Scheiß gebaut?«, fragt sie ihn beiläufig, so als wolle sie wissen, was es zu essen gibt.

»Ach, bloß Pillepalle«, gibt er zurück, so wie er sagen würde ›Bloß Kartoffeln mit Soße‹. Nachdem ihr Kopf zehn Zentimeter von seinem Schwanz entfernt lag, kann er seiner Puppe jetzt nicht sagen, dass er Angestellter der Dresdner Bank ist. Die anderen Leute, draußen, in der echten Welt kennen ja die wirkliche Wahrheit, zu der er jederzeit zurückkommen kann.

»Aber das Auto ist sauber?«, fragt sie ihn, jetzt schon wieder auf dem Weg zurück zum Parkplatz. Till nickt. »Und ihr habt keinen umgenietet oder so 'ne Scheiße?« Sie fragt ihn ernsthaft, so als gäbe es ernsthaft die Option, dass er jemanden erschießen könnte. Killer-Till. So Bruce-Willis-haft wie möglich sagt er, sie soll sich keine Sorgen machen, es sei wirklich alles in Ordnung und nur Kleinkram.

Till braucht einen Moment bis er versteht, was sich an dem türkisfarbenen Mustang verändert hat. Dann sieht er die kleinen Scherben am Boden, die so aussehen wie die Scherben auf dem Parkplatz von Wachsmuth & Söhne, wo Nappo und er versucht haben, einen Skoda zu klauen. Es dauert noch einen weiteren Moment, bis Till begreift, dass die Sporttasche mit dem Geld weg ist. Die Jungs mit den Motorrollern haben ihn mit ihren bewundernden Blicken betäubt und belogen. Er hat gedacht, er sei cool und einer von ihnen und deswegen hat er vergessen, die Tasche mit dem Geld mitzunehmen. Jetzt haben die Motorrollerjungs die Tasche und einen großartigen Sommer vor sich. Till hat fast Tränen in den Augen.

»Die haben uns das Geld geklaut«, sagt er hilflos. Nappos Geld, das jetzt sein Geld ist.

»Wieso hast du das denn im Auto gelassen?« fragt Nadine und Till antwortet:

»Die Arschlöcher haben mir einfach das Geld geklaut«, so als habe Nadine die Situation noch nicht verstanden.

»Scheiße, so eine Fickscheiße!«, sagt Nadine. Beide sind einen langen Moment lang fassungslos.

Nadine fängt sich als Erste. »Nutzt nix, wir müssen trotzdem hier weg.«

Till friert und schwitzt gleichzeitig, er kann nichts mehr denken, er sieht noch den Jungen mit dem Motorroller vor sich, der ihn bewundernd angeschaut hat. Dieser Blick empört ihn mehr als alles andere. Als ob der einbeinige Blinde in der Fußgängerzone am Ende des Tages sein zweites Bein aus der Garage holt und gemütlich mit dem Auto nach Hause fährt. Als ob jemand beim Hochamt in der Kirche aus dem Klingelbeutel stiehlt. Till setzt sich automatisch auf den Beifahrersitz.

Nadine fährt. Hinter ihnen türmen sich aus dem Nichts plötzlich Wolken am Himmel. Auch heute ist gar nicht sein Tag.

55

Fußball ist unter Männern das, was unter Hunden das Schnüffeln am Hintern ist: Eine Möglichkeit den anderen kennenzulernen. Einen Mann ohne Meinung zu Fußball gibt es so wenig wie einen Hund ohne Hintern. Fußballgespräche füllen die langen Minuten im Fahrstuhl zwischen dem Erdgeschoss und dem vierzehnten Stock, oder die Momente in der Kantine, wenn jemand sich mit an den Tisch setzt. Fußball ist eine Möglichkeit für gute Laune zu sorgen, bevor man mit seinem eigentlichen Anliegen rausrückt. Kurt Bergmeister hat sich im Laufe der Jahre ein Grundwissen über Fußball angeeignet und hält sich auf dem Laufenden, obwohl ihn der Sport eigentlich nicht interessiert. Fußball ist der Basisschmierstoff. Zusammen mit solidarischem Schimpfen auf die Leute im Präsidium oder im Ministerium, also auf die, die keine Ahnung haben und machen was sie wollen, und auf die Gesamtsituation, die generell immer schlimmer wird. Daneben braucht man regelmäßige Gefälligkeiten. Günstige Autowerkstätten, jemanden, der sich mit Computern auskennt, Schnäppchentipps. ›Warst du schon, Kennst du eigentlich, Ich hab da jemanden an der Hand.‹

Kurt Bergmeister weiß das alles und tanzt sich durch das gesamte inoffizielle Protokoll, um seine Dienstreise nach Frankreich zu beschleunigen. »Was ist denn bei den Bayern los? Das gibt's doch einfach nicht!« Zwei Minuten Aufwärmphase. »Ich hab da übrigens bei meinem Kumpel mal nachgefragt wegen dem Navi, das du neulich gesucht hast.« Langsamer Druckaufbau. »Die ticken da im Präsidium alle nicht mehr sauber … aber was will man machen?« Indirektes Zusteuern auf das eigentliche Ziel: »Hör mal, ich muss wegen dieser Geiselsache da nach Frankreich … wär wirklich dringend … richtig,

richtig, aber wenn ich das über die normale Schiene mache, du kennst das doch, bis dahin hat der Reiners die Kohle schon ... – das ist wirklich großartig, Kollege, danke!« ›Sie haben Ihr Ziel erreicht.‹

Till Reiners ist mittlerweile ein richtig großes Thema geworden. Die deutschen Opfer des ägyptischen Flugzeugabsturzes sind beerdigt und damit weg vom Fenster. Die große Politik ist im Sommerurlaub, das Fernsehen sendet Wiederholungen, und selbst die Bundesliga hat Pause. Ein flüchtiger Bankangestellter mit undurchsichtig vielen Frauen neben seiner eigenen ist da das hochwillkommene aktuelle Loch-Ness-Monster. Osthofen war vor sieben Jahren zum letzten Mal bundesweit in den Zeitungen, als Lisa, das Flusspferd, aus einem gastierenden Zirkus ausgebrochen war, tagelang durch die Gegend rannte, Vorgärten verwüstete, Kopulationsversuche mit parkenden Autos durchführte und sich insgesamt benahm wie ein drei Tonnen schwerer Teenager aus der Rütli-Schule. Durch Till Reiners kommen jetzt plötzlich wieder Reporter in die Stadt, und das gefällt den Herren im Rathaus nicht. Man hätte gern seine Ruhe wieder. Kurt Bergmeister muss allen möglichen Stadtvätern Zusammenhänge erklären, man erwartet Ergebnisse.

Nadine Czielonka, soviel weiß er inzwischen, ist oder war immer mal wieder die Freundin von Stefan Nawrocki, genannt Nappo, ein kleiner Fisch, ein paar Vorstrafen, Autodiebstähle, eine Schlägerei, bei der er aber das Opfer war, ansonsten arbeitslos und ohne erkennbare Verbindung zu Till Reiners. Nadines Nachbarin Arzu Belek hat nach einigem Gezicke den Namen preisgegeben, der Rest stand im Polizeicomputer. Von einem Till Reiners hatte Arzu glaubwürdig noch nie gehört. Dass Nadine jetzt mit dem unterwegs sein soll, kann sie sich nicht vorstellen, mit Nappo jedenfalls ist aber aktuell wohl aber grad mal wieder Schluss. Ob und wie Nadine, Nappo und Till Reiners zusammenhängen, weiß noch niemand.

Der namenlose Kollege mit der Stoppelfrisur hat es geschafft, bei den zuständigen Kollegen soviel Druck zu machen, dass man Nadines Handy orten konnte und zwar in Gravelines, einem Ort in Nord-Frankreich, von dem Kurt Bergmeister noch nie gehört hat. Die französischen Kollegen müssen informiert werden, Anträge müssen geschrieben und übersetzt werden, Zuständigkeiten werden geprüft und wieder verworfen, und das alles an einem Julitag, an dem die Sonne schon mal ernst macht mit dem Klimawandel, und die BILD-Zeitung ein Foto von Till bringt mit der Schlagzeile »Liebes-Räuber auf der Flucht«. Das größere Foto daneben zeigt die blonde Bankangestellte, wegen der Till Reiners seine eigene Bank überfallen hat. Kurt Bergmeister hat sich eingehend mit dieser Jessica Simons unterhalten und ist ziemlich sicher, dass sie in keiner Weise mit dem Überfall zu tun hat. Sein umfangreicher Bauch sagt ihm die ganze Zeit ohnehin, dass irgendwas an dem Fall nicht stimmt. Aber sein Bauch ist kein Beweis.

Der Hauptkommissar soll eine Tasche packen und dann nach Frankreich. Der Esel ist persönlich in seinem Büro aufgetaucht und hat gesagt, es sei wichtig, dass sie an dem Fall dranblieben. Till Reiners benimmt sich auch daneben, ist aber deutlich weniger niedlich als Lisa, das Flusspferd. Und selbst Lisa wurde damals eingeschläfert, nach ihrer Flucht.

56

Die Fotos werden auf jeden Fall ästhetisch, das haben ihr alle versichert, und das sei ja nun mal das Wichtigste. Marilyn Monroe hat so angefangen und danach diese Riesenkarriere gemacht. Andere auch. Michelangelo und so weiter haben auch nackte Frauen gemalt, aber eben ästhetisch und deswegen sind die heute Kunst und deswegen wäre es toll, wenn Jessica jetzt mal das Oberteil ausziehen könnte, bevor sich alle totschwitzen, in dem Atelier, das eigentlich eher eine Art Garage ist. Der Kai findet, dass das mit dem Ausziehen völlig in Ordnung geht und Geld gibt's natürlich auch. Wie viel genau muss er noch checken, das hängt noch an verschiedenen Sachen, die er auch noch checken muss, aber jetzt, wie gesagt, ist das ja auch gar nicht der Punkt.

Der Kai ist Manager und kennt Leute. Er hat Kontakte, auch und gerade im Musik- und Fernsehbusiness. Er hat bei Tokio Hotel mitgemischt, ganz am Anfang, hat aber jetzt keinen Bock mehr auf die Teenie-Scheiße und ist deswegen ausgestiegen. Er kennt den Dieter ganz gut, also Bohlen, klar. Und tausend andere Leute kennt er auch. Er hat da gerade was am Laufen mit der Yazemin, die Dritte oder so geworden ist bei der vorletzten Popstars-Staffel oder so. Der Ivo jedenfalls ist ein Top-Fotograf, den der Kai schon ewig kennt und deswegen weiß er, dass die Fotos ästhetisch werden, und nicht billig. Keiner will hier Porno machen. Das ist ja klar. Im Prinzip ist das alles nix anderes als sich am Strand mal das Oberteil auszuziehen, nur ohne den Strand eben, und mit Scheinwerfern statt Sonne.

Jessica lacht. Der Kai ist nett und gar nicht so, wie man sich die Leute im Showgeschäft immer vorstellt. Er fährt ein ganz normales Auto und keinen Porsche, er trägt eine Jeans und ein rosa Hemd, das er schon ziemlich durchgeschwitzt hat. Er sieht unter der Solariumsbräune ziemlich blass aus. Er telefoniert viel. Er muss ständig Sachen checken. Alle sagen ihr dauernd, wie gut sie aussieht. Wenn sie das richtig verstanden hat, dann ist die Maskenbildnerin, die sie abpudert, Ivos Frau oder Freundin. Sie muss sie überall abpudern, sagt sie, als Jessica sich endlich das Top über den Kopf gezogen hat. Tatsächlich tupft sie anschließend auf Jessica herum, aber so gelangweilt, als würde sie Schnitzel panieren. Auch die beiden Männer gucken nicht einmal zu ihr hin. Die Nervosität geht weg, weiß die tupfende Frau von Ivo, sobald die ersten Bilder im Kasten sind. Solche Bilder gibt es von fast allen Promis, sagt sie. »Außerdem siehst du doch toll aus.« Die Frau sagt es mit derselben gelangweilten Betonung wie Fachverkäuferinnen beim Metzger sagen »Darf's ein Viertelpfund mehr sein?«.

Jessica fühlt sich wie beim Frauenarzt, wenn sie schon auf dem Stuhl sitzt, der Doktor aber noch die Plastikhandschuhe anzieht. Andererseits: Sie hat schon Sachen gemacht, die peinlicher waren. Sie war Miss Kohlenkirmes 2005, ein alberner Wettbewerb auf Osthofens Traditionsherbstkirmes, bei dem sie auf einer Bühne in einem Mini-Shirt mit Sahne und Vanillesoße begossen wurde. Und vor zwei Jahren hat Marco sie betrunken gemacht, ausgezogen und ihr mit Edding ein Gesicht aufgemalt, bei dem ihre Brüste die Augen waren. Er hat das mit seinem Handy fotografiert und herumgeschickt. Das waren auf jeden Fall keine ästhetischen Fotos.

Nachdem Ivos Frau sie mit Puder paniert hat, hat sich Jessica fast schon daran gewöhnt, nackt zu sein. Ivo hat unterdessen einen Schreibtisch vor die Scheinwerfer gestellt, auf dem lose Blätter und Akten liegen, ganz wie in der Dresdner Bank. Sie soll sich mal da drauf setzen und mit den Büroutensilien spielen. »Soll ich dir deinen Bleistift anspitzen?«, schlägt der Kai trocken als Bildunterschrift vor. Sie soll ihre Lippen anfeuchten und sich etwas weiter nach vorne beugen, dadurch wirken ihre Brüste größer, sagt Ivo. Sie fährt sich mit der Zunge über die Lippen. Sie überlegt, was sie ihrer Mutter sagen soll und wie Herr Walther auf diese Bilder reagieren wird. Sie beugt sich nach vorne und Ivo drückt auf den Auslöser. »Sehr gut«, sagt er, »super siehst du aus!« Der Kai telefoniert im Hintergrund schwitzend. Vielleicht ruft er Dieter Bohlen an. Sie ist jetzt ein Star, irgendwie.

Ivo knipst. Sie versucht, einen Krampf in ihrem Oberschenkel zu ignorieren. »So ist geil!«, sagt Ivo, »den Ausdruck halten!« Vielleicht haben Marylin Monroe über dem berühmten Lüftungsschacht damals auch die Beine wehgetan, wer weiß …

57

Die Menschen machen Pläne, damit Gott was zu lachen hat. So in etwa geht der Spruch, an den Till denken muss. Nadine hat ihm erzählt, wie sie in der Nacht in Holland ihren Plan geschmiedet hat. Ihre Freundin Lana arbeitet in einem Hotel in Frankreich und hat ihr schon oft gesagt, sie soll auch kommen, es würde sich schon ein Job für sie finden. Sie wollte immer mal da hin. Auch mit Nappo, sie hat ihm Dutzende Male davon erzählt, aber Nappo hat nie zugehört. Natürlich nicht. Und allein hat sich Nadine nicht getraut. Fremdes Land, fremde Sprache, niemand außer Lana, den sie kennt. Aber weil Nappo sie geschlagen hat und Till von Frankreich erzählt und der Wagen vor der Tür steht und sie noch einen letzten Rest Mut in sich verspürt, durch das Bier am Strand, und das Geld da offen herumliegt, da will sie sich das zumindest mal angucken. Eigentlich hat sie sich ohnehin schon von Nappo getrennt, vor ein paar Tagen, und dieses Mal endgültig, weil Nappo ein Loser ist, der nichts auf die Kette kriegt. Aber geschlagen hat er sie vorher noch nie.

Langsam begreift Till ein paar Zusammenhänge. Nappo, der von Nadine nicht für einen Loser gehalten werden will, der sich selbst nicht für einen Loser halten will, der für ein paar Tage so tun will, als seien er und das Leben anders, als sie beide sind. Er will Nadine überraschen und zurückgewinnen. Er denkt, es liegt am Geld, nicht anders als all die Millionen Lottospieler jedes Wochenende. Er sieht die Bank, zufällig vielleicht, ein spontaner Entschluss wahrscheinlich, ›Ich geh mal eben Geld holen‹, ohne Plan für den Rückweg, so wie Nico, der tapfer auf Klettergerüste klettert und dann am Gipfel nach seinem Vater schreit, der ihn wieder herunterholen muss, weil Nico Angst vor der ungeahnten Höhe hat. Nappo hat nur bis zum Geld gedacht. Und dann macht das Geld auch nicht glücklich, der Wagen nicht und auch nicht Holland. Dann ist doch alles falsch, weil diese Trottelgeisel noch immer dabei ist und Nappo daran erinnert, dass er von Anfang an alles falsch geplant hat, dass er nicht in der Lage ist, irgendwas fehlerfrei durchzuziehen, ganz wie Nadine gesagt hat.

Dann ist plötzlich die Sonne weg und damit die Hoffnung, dass doch alles anders werden könnte. In der Dunkelheit sieht man klarer, was wirklich los ist. Till kennt das von Nächten, in denen er selbst wach gelegen hat und ihm klar wurde, dass er kein Rockstar mehr werden wird, dass er überhaupt nichts mehr werden wird, außer der Ehemann von der Frau, die schwanger neben ihm lag und im Schlaf leise Blähungen von sich gab. Nächtliche Erektionen, die er versuchte mit der Hand so leise wie möglich wieder verschwinden zu lassen, und jedes Mal zuckte er zusammen, wenn Miriam sich drehte. Vollmonde blickten unbeteiligt ins Schlafzimmer, wo er lag und darüber nachdachte, Fortbildungen zu machen oder Bewerbungen auf Zweigstellenleiterpositionen zu schreiben, und gleichzeitig beides so unglaublich langweilig fand, dass er schier nicht glauben konnte, wirklich in seinem eigenen Leben zu sein. Tagsüber zufrieden zu sein ist einfach. Nachts, wenn man wehrlos im Bett liegt, rückt einem die Wahrheit auf den Pelz.

Till versteht Nappo, er hat das Gefühl, dass sie sich auf eine bestimmte Art und Weise nicht nur ähnlich sind, sondern ergänzen. Nappo konnte seine Gedanken lesen, Nappo sang ›Mit Pfefferminz bin ich dein Prinz‹, Nappo konnte Autos kurzschließen und Gartenlauben aufbrechen, Nappo ließ sich von der nackten Nadine reiten, klaute Handtücher am Strand und hatte Haare auf der Brust. Nappo war die Weiterentwicklung von Dirk Manthey, der Till damals in Südfrankreich wegen der Sauerländer Schwestern hatte sitzen lassen und damit nicht nur ›Copyright‹ beendete, sondern auch Tills komplette Musikkarriere. Es ist dieselbe Mischung aus Wut, Neid, Bewunderung und Verständnis, die für Till das Gefühl von Freundschaft ausmacht. Er will Nappo vor Nadine verteidigen. »Nappo ist eigentlich 'n ganz knorker Typ«, sagt er und kann sich selbst gleichzeitig wieder nicht fassen. »Knorke« hat vermutlich zuletzt Günter Pfitzmann zu Harald Juhnke gesagt, die deswegen beide zu Recht schon eine Weile tot sind. »Knorke« trifft auch so gar nicht das, was er sagen will. Er kann nicht sagen, was er meint. Das zieht sich durch sein Leben. Von ›Renate ich warte‹ bis ›Nappo ist eigentlich 'n ganz knorker Typ‹. Tills greatest hits.

Nadine hat erstaunlicherweise aber verstanden was er sagen will. »Schon klar, dass du deinen Kumpel verteidigst«, sagt sie ernsthaft und entschließt sich dann an den Straßenrand zu fahren. Sie sind in einer kleinen französischen Ortschaft, die so aussieht wie all die Dörfer, die man im Fernsehen sieht, wenn die Tour de France läuft. »Ich hab überhaupt keinen Plan, wo wir eigentlich sind«, sagt sie und Till spürt, dass auch sie anderes und mehr meint, als nur ihre geografische Unsicherheit. »Bringt doch alles nichts«, sagt sie und Till interpretiert das als ihre Erfahrung mit dem Leben im Allgemeinen. Aber wenn ihm die letzten Tage irgendetwas gezeigt haben, dann, dass man nicht aufgeben soll, dass jederzeit irgendetwas passieren kann, was alles auf den Kopf stellt.

Er legt ihr seine Hand auf den Unterarm und lächelt sein beruhigendes Dresdner-Bank-Lächeln für verunsicherte Kleinanleger. »Mach dir keine Sorgen«, lächelt er, aber durch die Eidechsenhose und seine neu vergelte Frisur bleibt das Lächeln wirkungslos.

»Wir haben gleich kein Benzin mehr, wir haben keine Kohle, wir wissen nicht, wo wir sind und wo wir hinsollen ...«, zählt Nadine auf. Ihr letztes eigenes Geld ist für eine Tankfüllung draufgegangen. Der Mustang stammt aus einer Zeit, in der die Konstrukteure auf Ölpreise noch keine Rücksicht nehmen mussten. Für längere Fahrten muss man mit diesem Auto eigentlich eine eigene Tankstelle hinter sich herziehen. Der Geldautomat in einem der kleinen Örtchen, durch die sie gekommen sind, sprach nur französisch, hatte Nadine aber in unverständlichen Worten klargemacht, dass er nicht bereit war, wegen ihrer EC-Karte Geld auszuspucken. »Ich hab Durst und Hunger! Das ist doch alles Scheiße!«

Er kennt Nadine nicht gut genug, um beurteilen zu können, ob sie gleich wirklich heulen wird. Er hat aber das Gefühl, dass er und Nappo und alle Männer jetzt gefragt sind, dass er es in der Hand hat, zu zeigen, dass Männer, und damit eben auch Nappo, keine Loser sind. Till ist lange genug dabei um zu wissen, dass die Welt natürlich nicht weitergekommen ist. Die Männer sollen verdammt nochmal die scheiß Keule schwingen und irgendetwas tun! Das Drecksmammut töten, die stinkenden Typen vom Nachbarstamm verprügeln oder wenigstens Geld holen, mit dem man Essen, Trinken und Benzin kaufen kann.

Till versucht ein ›Ich mach das schon‹-Lächeln. Er ist seiner neuen Frisur und der Eidechsenhose etwas schuldig. Jetzt ist es zu spät, um mit der Wahrheit herauszurücken. Jetzt kann er nicht mehr sagen, dass er eigentlich ein Seitenscheitel ist und eine Leinenhose.

Till steigt aus und geht in einen kleinen Supermarkt, dessen glatte, verglaste Vorderseite mit den großen Leuchtbuchstaben wie ein Fremdkörper wirkt, im sonstigen, ordnungsgemäß malerischen Stadtbild. Die Glastür teilt sich und Till hat nicht die geringste Ahnung, was er hier soll. Er hat kein Geld. Ein einziges gestohlenes Rolling-Stones-Album macht aus ihm noch lange keinen erfahrenen Ladendieb. Eine winzigkleine Frau schlurft in Pantoffeln durch den Gang und hustet ihm ein argloses »Bonjour« entgegen. Sie hat Wasser in den Beinen oder eine ähnliche Krankheit. Sie ist vermutlich vor zwei Stunden am anderen Ende des Supermarktes losgegangen, sie hat eine Höchstgeschwindigkeit von 1/90 Stundenkilometer, sie ist überhaupt keine Gefahr, aber dieses muntere »Bonjour« macht es Till unmöglich, vor ihren Augen etwas aus den Regalen zu ziehen und wegzurennen wie ein Neunjähriger. Genau das aber, wird ihm jetzt klar, ist sein Plan. Er gönnt sich einen Aufschub und schlendert durch die Regalreihen, vorbei an Windeln und Toilettenpapier. Die Pantoffelzwergin fragt ihn etwas und er lächelt blöd in ihre Richtung. Er biegt schnell um eine Ecke, sodass sie aus seiner Perspektive hinter den Regalen verschwindet. Er greift zu einer Flasche Cola, er greift zu einer Packung eingeschweißtem Käse. Er fühlt sich von dem an sich sehr überschaubaren Warensortiment überfordert wie ein Schwabe in Dubai. Käse und Cola sind nichts, womit der Mann in die Höhle zum Weibchen zurückkommen sollte. Nicht wenn man eine Eidechsenhose trägt und die ganze Zeit so tut, als sei man der gute Freund eines Mannes, der eine echte Bank überfallen hat. Käse und Cola sind nichts, was die Frau im Mustang dazu bringen wird, ihn zwischen ihren Brüsten kommen zu lassen. Till stapelt Cracker auf seine Käsepackung und eine große Packung Schokoladenkekse und Wasser. Er schwitzt, seine Handinnenflächen sind feucht wie die Scheiben eines Aquariums.

Jemand tippt ihm auf die Schulter und Till lässt Käse, Kekse und Cracker fallen. Ein Mann steht hinter ihm, ungefähr 50 und einen Kopf größer als der Pantoffelzwerg, mit überraschend großen Händen. Französisch quillt aus ihm heraus und er reicht Till einen Korb, für den sich Till mit einem dreifachen »Merci« bedankt. Der Mann ist vermutlich 90 Mal schneller als der Pantoffelzwerg. Er ist vermutlich so schnell wie Till, er ist vermutlich stärker als Till, er hat den Vorteil, sich hier auszukennen, er hat den Vorteil, in der ortsüblichen Sprache laut um Hilfe rufen zu können. Till schwitzt jetzt auch unter den Füßen, was ihm bewusst macht, dass er Flipflops trägt, die Schuhart, in denen auch ein 100-Meter-Olympiasieger gegen den alten Franzosen schlecht aussehen könnte, der nämlich feste Schuhe an den Füßen hat. Till schaufelt jetzt wahllos Dinge in seinen neuen Korb. Der alte Franzose beschließt vermutlich gerade, den Laden zuzumachen, sobald Till gegangen ist, weil er dann seinen durchschnittlichen Monatsverdienst in der Kasse hat. Till stellt eine Flasche Scheuermilch zurück und versucht sich zu beruhigen. Andererseits will er so schnell wie möglich hier weg, bevor noch mehr Franzosen aus den Hinterräumen kommen.

Dass das Fluchtfahrzeug mit laufendem Motor warten soll, sieht man in jedem Krimi. Es wäre sinnvoll gewesen, Nadine darauf hinzuweisen. Er ist jetzt keine Geisel mehr, er hat jetzt keine Ausrede. Das was er hier macht, ist strafbar. Auch in Frankreich. Andererseits ist Till noch immer ehrlich empört über die Motorrollerjungs, die ihn dreckig belogen haben, um ihm sein Geld zu stehlen. Franzosen waren das, und deswegen ist es in Ordnung, dass ein anderer Franzose das jetzt ausbaden muss. Er ist jetzt fast am Ausgang, die Flipflops sind bereit, sich in seinen Füßen zu verheddern, er spürt das. Der Korb wiegt jetzt locker 80 Kilo. Der hutzelige Pantoffelzwerg hat sich tatsächlich eine kleine rosa Strickstola umgelegt, die ursprünglich vermutlich einer Puppe gehört hat. Der Zwerg hat vor Sekunden etwas gerufen, was den alten Franzosen in Lichtgeschwindigkeit nach vorne katapultiert hat, vor Till, vor die rettende Glastür, die, wenige Millimeter dick, die Grenze zwischen drinnen und draußen bildet, zwischen Sieg und Niederlage. Was heißt Überfall auf Französisch? Wie soll man jemandem in einer fremden Sprache drohen, während gleichzeitig die eigene Körpersprache »Entschuldigung!« brüllt und »Ich würde gern bitte jetzt gehen!«?

»Das ist jetzt ein Überfall! Ich brauche das Zeug hier! Machen Sie keine Fehler!!« Es kommt deutsch heraus, aber nicht so laut wie er wollte. Die beiden Franzosen bleiben heiter und brabbeln durcheinander. Der Mann hat sich keinen Zentimeter von der Glastür wegbewegt. Till hat keinen Text mehr. Er hat vor wenigen Minuten »knorke« gesagt, wie soll er jetzt hier einen Überfall durchziehen können? Er ist fast froh, dass die beiden ihn nicht verstehen. Er schreit plötzlich. »Ich will Kohle! Ich brauch Geld!«

Er wirft den jetzt 190 Kilo schweren Korb in Richtung des Franzosen und stürzt auf die gestrickte Stola zu, in der der Hutzelzwerg wohnt. Irgendetwas in Till schlägt heftig auf die Kasse, die sich brav öffnet und ihm eine mit Fächern unterteilte Zunge entgegenstreckt. Die Hutzelfrau ist umgefallen und krabbelt am Boden wie ein rosa Strickkäfer mit Pantoffeln, der Mann jammert, ein Sonderangebotsständer liegt auf ihm und er kämpft mit Waschmittel. Tills tropfende Hände greifen in die Kasse und fassen Scheine und Papier. Er stopft sich alles in die Eidechsentasche und rennt los, etwas zu überraschend für die gemütliche Glastür, die sich Zeit lässt, bevor sie zu beiden Seiten weggleitet. Sein großer Zeh sendet Schmerzen ins Hirn. Till stolpert nach draußen, wo die nobelpreiskluge Nadine tatsächlich schon vorgefahren ist und auf ihn wartet. Plötzlich spürt Till wieder den mittlerweile vertrauten Sitz unter sich und sagt in fast normaler Stimme »Fahr mal los!«, und der Wagen setzt sich in Bewegung.

»Und?«, fragt Nadine ebenso normal.

»Die hatten nichts Vernünftiges. Ich hab nur ’n bisschen Geld geholt.« Er dreht sich um und sieht, dass der Franzose erst jetzt aus dem Laden torkelt und noch Waschpulver im Haar hat. Er ist langsamer, als Till vermutet hatte. Er läuft nicht mal dem Mustang hinterher, der jetzt seinem Namen Ehre macht und in die französische Prärie davonfährt, stolz und unbesiegt.

58

Der Spermafleck auf dem Bettlaken hat die Form von Sizilien. Miriam starrt darauf, und der Fleck starrt regungslos zurück. Es ist Inas Bettlaken, auf Inas Bett, in Inas Schlafzimmer. Hier hat Ina sich gestern mit ihrem Ex-Freund versöhnt.

Der kleine Fernseher, der auf einem Tischchen vor dem Bett steht, läuft ohne Ton. Eine Frau in Miriams Alter redet darin mit einem Mann, den die Macher der Soap ihr als gutaussehend anbieten wollen. Dann küssen die beiden sich. Zum ersten Mal fällt Miriam auf, dass der bodenlange Spiegel in Inas Schlafzimmer aufs Bett zeigt. Sie hat für einen Moment die behaarten Schultern von Inas ehemaligem Ex-Freund, dem Spermafleckenverursacher, vor Augen. Sie findet behaarte Schultern schrecklich. Die Fernseh-Frau in Miriams Alter spielt verliebtes Anschmachten und der Schönling spielt Zufriedenheit. Auch der wäre nicht Miriams Typ. Zu muskulös, zu glatt frisiert, zu gut rasiert.

Sie könnte momentan nicht sagen, wer ihr Typ ist. Sie kann sich nichts vorstellen, was zu diesen irgendwie ekligen Bettflecken führt. Gerade jetzt, nach dem Duschen, wo sie nichts weiter trägt als eins von Inas Handtüchern. Tills unbeholfene Art hat sie gemocht, das liebevoll Gradlinige. Ohne Experimente, ohne Überraschungen. Er wollte nicht, dass sie Krankenschwestern-Outfit trug oder ihn mit Gummipenissen schlug. Ab und zu sahen sie zufällig Reportagen aus Swinger-Clubs oder Bordellen und schauten ein paar Minuten lang zu wie bei Reportagen über Tibet oder das Leben von Berggorillas. Miriam hat vor ein, zwei Jahren eine Porno-DVD in der Hülle einer Steuererklärungssoftware gefunden, aber auch darauf war eine langweilige dickbusige Blondine, die es mit zwei Männern trieb, das Außergewöhnlichste. Ansonsten gab es nur das normale Rein und Raus. Miriam hat mit Till nicht über die DVD gesprochen. Sie hätte nicht gewusst, was sie sagen soll. Sie geht davon aus, dass Männer Pornos gucken, deswegen werden ständig so viele davon hergestellt. Sie findet es nicht schrecklich oder ekelhaft, eher langweilig.

Seit Nicos Geburt ist Miriam abends häufig müde. Sie erinnert sich, wie Till vor ein paar Tagen versucht hat, sie auf der Couch zu verführen, nachdem sie mit Ina telefoniert hatte. Auch da war sie nicht in der richtigen Stimmung, es war zu warm, ihr war der Wein auf die falsche Art zu Kopf gestiegen und der Fernseher lief. Es muss ihr letzter gemeinsamer Abend gewesen sein, vor dem Banküberfall. Sie hat abends seit einiger Zeit wirklich Kopfschmerzen, wie Frauen in Sitcoms oder Ehe-Sketchen. Auf eine gewisse Art und Weise war Till ihr Typ, aber sie offenbar nicht der seine. Sie hat sich darauf eingerichtet, für den Rest ihres Lebens Frau Miriam Reiners zu sein und ist es jetzt offenbar nicht mehr. Das hier ist etwas anderes als sich von Hardy Riesch zu trennen. Der hier ist so unwiederbringlich weg wie ihre Oma.

Die Fernsehfrau in Miriams Alter küsst nun plötzlich einen anderen Mann. Das Leben geht weiter, im Fernsehen und im Leben. Ihr Vater hat sich zum ersten Mal eingeschaltet und ihr eine kleine Wohnung in Aussicht gestellt. Sie kann ihren Teil des Erbes schon jetzt bekommen, hat er gesagt und ihr im Detail erläutert, wie das geht. Sie hat nicht richtig zugehört, aber offenbar sprach ihr Vater schon von einer konkreten Wohnung und hat sogar darauf geachtet, dass Nico weiterhin in denselben Kindergarten gehen könnte. Vielleicht wird sie sich in ihrer nächsten Wohnung auch einen bodenlangen Spiegel ins Schlafzimmer hängen. Vielleicht wird sie Stefan Lensing anrufen, vielleicht wird sie eine der dauernd beworbenen Internet-Dating-Geschichten ausprobieren. Auch der Fernsehschönling küsst nun eine andere Frau.

Der dicke Kommissar hat angerufen und gesagt, er fliegt jetzt nach

Frankreich. Es ging um einen Ort, von dem sie noch nie gehört hat. Angeblich ist Till dort, mit Jaqueline, Chantal, Marleen, oder wie immer die Nutte heißt, für die er Miriam verlassen hat, was ihr jetzt in diesem Moment, vor einem fremden Spiegel, einem fremden Spermafleck und einem fremden küssenden Mann im Fernsehen, so weh tut, dass sie zum ersten Mal begreift, wo das tausend Mal gehörte Gerede von zerbrechenden Herzen herkommt. Alle Klischees stimmen. Ehefrauen bekommen Kopfschmerzen, Männer eine Midlife-Crisis, und Herzen können brechen.

Sie sind ihm dicht auf den Fersen, hat der Kommissar gesagt, als sei das eine gute Nachricht für Miriam. Sie wissen jetzt, wer sein Komplize ist, hat der Kommissar gesagt, der offenbar überhaupt nichts versteht oder der sie bewusst quälen will. Sie löst ihr Handtuch und stellt sich vor den Spiegel. Sie will sehen, ob sie es verdient hat, verlassen zu werden. Sie ist mit ihren Oberschenkeln ganz zufrieden, auch wenn ihre Beine an sich vielleicht zu klein sind. Sie hat keine pornotauglichen Brüste mehr, so wie in der Schwangerschaft, als die Haut an den Seiten der Wölbungen schon dünn schimmerte, so prall wie sie waren. Andererseits findet sie sich weit entfernt von den Fällen, die man ständig im Fernsehen sieht, wenn es um Schönheitsoperationen geht. An Hintern und Hüften sieht sie immer mehr aus wie ihre Mutter. Sie kann sich noch daran erinnern, dass sie sich als Mädchen nicht vorstellen konnte, jemals so auszusehen. Und jetzt ist sie verlassen worden, während ihre Mutter es geschafft hat, verheiratet zu bleiben. Miriam tanzt vor dem Spiegel wie an einer unsichtbaren Tabledance-Stange und sieht sich dabei zu. Sie versucht es so erotisch wie möglich hinzukriegen. Sie will nicht gegen ihre Mutter verlieren und gegen Till mit seinem Geld und seiner Nutte und gegen ihre Schwester mit ihrem Lebensretterjob und gegen ihre beste Freundin, die behaarte Männer dazu bringt, Spermaflecken zu produzieren, und gegen Nico, der sie locker überleben wird. Miriam will nicht auf allen Gebieten und gegen jeden verlieren. Sie verrenkt sich ekstatisch und stöhnt dazu.

»Na, entweder du hast das Schlimmste überstanden, oder ich fang an mir ernsthaft Sorgen zu machen«, sagt Ina aus dem Hintergrund, und Miriam ist sich nicht sicher, wie lange sie ihr schon zugesehen hat. Sie fühlt, wie sie rot wird. »Ich hab mir grad überlegt, dass ich mein nächstes Schlafzimmer voll verspiegeln werde«, sagt sie dann trotzig und Ina findet, das sei ein guter Vorsatz, den man am besten mit Prosecco besiegelt.

59

»Liebe deinen Nächsten, aber halt dein Geld fest«, hat seine Mutter ihm eingeschärft und Till einen Brustbeutel umgehängt, als er zum ersten Mal allein in den Urlaub fahren wollte, zum Zeltlager an der Ostsee mit der katholischen Jugendgruppe. Gerade im Urlaub, gerade auf Campingplätzen werde geklaut wie in Polen, sekundierte sein Vater, der in seinem ganzen Leben weder jemals auf einem Campingplatz noch in Polen gewesen war.

Till ist froh, dass seine Eltern nicht mehr erleben, wie er in einem billigen Zwei-Mann-Zelt steht und nach Geld sucht, nachdem er das Zelt ungefähr neun Stunden lang ausspioniert hat, so ist jedenfalls sein Gefühl. Till hat sich eine Geschichte zurechtgelegt, was er in dem Zelt zu suchen hat, wenn ihn jemand fragt. Gestern hat er ein nettes Pärchen kennengelernt, wird er sagen. Man hat zusammen Bier getrunken und er ist ganz sicher, dass sie ihm das hier als das Zelt gezeigt haben, in dem sie wohnen, wird er sagen. Ja, dass niemand da ist, sieht man relativ schnell, und nein, er vermutet nicht, dass das nette Pärchen sich zum Schlafen in die Handtasche zurückgezogen hat, die er in der Hand hält, und an der Stelle der Geschichte würde er sich durch ein paar geschickte Körpertäuschungen aus dem Zelt herauswinden und rennen. Auf dem illegalen Sektor ist er nach wie vor zwölf Jahre alt.

Till findet tatsächlich Geld. Er lässt ein paar Scheine liegen, um Gott zu besänftigen. Die Polizei wird trotzdem kommen und ihn mitnehmen. Sie wird draußen vor dem Zelt warten, umringt von allen anderen Urlaubern, die ihn beobachtet haben werden, bevor er in das Zelt gegangen ist. Auf wundersame Weise wird die Polizei ihn zu seinen Eltern bringen, die bitter enttäuscht sein werden. Vielleicht wird er in eine französische Zelle kommen, in ein französisches Gefängnis, das so aussehen wird wie bei *Papillon*, nur ohne Dustin Hoffman und Steve McQueen.

Als Till wieder aus dem Zelt kommt, wartet nur die allgegenwärtige Sonne. Dieselbe, die schon am Vortag da war und die ihn noch aus der Zeit kennt, als er mit Frau und Kind in Osthofen gewohnt hat. Till spürt sein Herz klopfen, irgendwo in der Halsgegend. Die ganze Situation ist einfach nur Quatsch und Wahnsinn und muss sofort beendet werden. Er ist Till Reiners, er hat Brustbeutel getragen, er sagt »knorke«, er hatte immer einen Seitenscheitel.

Nadine steht in ihrem Totenkopf-Top an den Mustang gelehnt und sieht aus wie eine von den Frauen, die in Katalogen immer an derartigen Autos lehnen, als gehörten sie serienmäßig zur Grundausstattung. »Nadine, pass mal auf«, sagt Till und konzentriert sich, um nicht wieder »knorke« zu sagen oder etwas Ähnliches, »du hast, glaub ich, 'n ziemlich falsches Bild von mir. Ich bin nicht so, wie du denkst. Ich bin nicht so wie Nappo. Wir beide können nicht einfach so durch Frankreich eimern, in so 'nem Auto und gucken, wo wir Geld herkriegen, und dann so tun, als wär das alles das Normalste von der Welt.« Er sieht die ganze Zeit den Totenkopf an, der an den Seiten ausgebeult wird. Er versucht alles so freundlich wie möglich zu sagen, er will, dass Nadine versteht, dass er sie mag, so wie er Nappo mochte und im Prinzip die ganzen letzten Tage. »Du kannst den Wagen haben und ich hab dir hier noch 'n bisschen Geld besorgt«, sagt er und gibt ihr das Geld, das er für genau diesen Zweck aus dem Zelt geklaut hat, als Ablösesumme.

»Ich hab grad mal auf die Karte geguckt. Wenn wir morgen früh losfahren, sind wird nachmittags in Cherburg oder wie das heißt. Bei Lana.« Sie hat offenbar überhaupt nicht zugehört. »Fährst du bis dahin noch mit? Bitte?« Sie sieht ihn an durch die große schwarze Sonnenbrille. Er mag sie wirklich. Er kommt jetzt von hier aus ohnehin nicht direkt nach Osthofen, nicht heute. »Ist mir schon klar, dass wir beide jetzt nicht noch wochenlang zusammen rumgondeln«, sagt sie, »aber alleine bin ich immer irgendwie … ich weiß auch nicht …«

Wir sind Menschen, wir wollen alle nicht alleine sein. Till versteht das. Deswegen heiraten wir und bekommen Kinder und hören mit ihnen Rolf Zuckowski. Wir wollen alle nicht alleine sein. Er wird morgen wieder nach Hause fahren. Nadine hat ihn verstanden. Er macht einen Deal mit Gott, der ihn auch schon aus dem Zelt und dem Supermarkt hat entkommen lassen. Morgen, Gott, morgen wird das alles hier zu Ende sein.

60

Die Franzosen haben die Fischsuppe erfunden und Minipli, aber von Organisation keine Ahnung.

Kurt Bergmeister steht seit Ewigkeiten in einem kleinen Supermarkt und wartet auf den versprochenen Beamten, der des Deutschen mächtig ist oder wenigstens Englisch spricht. Der Hauptkommissar ist aber im Augenblick nur von einsprachigen Einheimischen umzingelt und lässt eine Fremdsprache auf sich einprasseln, deren Grundlage er vor langer Zeit in der Schule gelernt und mittlerweile weitgehend wieder vergessen hat. Der ihm zugeteilte Beamte übersetzt das schnelle Französisch des Supermarktbesitzers in langsames Französisch, ein anderer kann ein paar Brocken Italienisch, was zusätzlich für Verwirrung sorgt.

Dafür rufen die heimischen Kollegen an und berichten über einen Erfolg. Man hat in Duisburg einen Autohändler gefunden, der den von Till gestohlenen Citroën gekauft hat. Nach einer kurzen, eher symbolischen Weigerung, gute Kumpel zu verpfeifen, hat der Autohändler ausgepackt: über Nappo, der ihm den Wagen als angeblich total legal verkauft hat, über den schweigsamen Typen mit der komischen Frisur, der dabei war – auf jeden Fall freiwillig, sagt er – und über den türkisfarbenen Mustang, den er Nappo verkauft hat. Die Kollegen sollen herausfinden, was türkis auf Französisch heißt. Turquoise. Mustang bleibt mustang und das Auto ist le oder la voiture, soviel kriegt Kurt Bergmeister noch zusammen. Er radebrecht diese Vokabeln in einen Satz, das Handy am Ohr, und der überfallene Supermarktbesitzer antwortet mit einem zustimmenden Schwall. Kurt Bergmeister wartet, bis der Beamte den Schwall in langsames Französisch übersetzt hat und nimmt das mehrfach vorkommende

»oui« als Hinweis darauf, dass er richtig liegt. Was heißt Seitenscheitel? Das Wörterbuch im Präsidium gibt »faire la raie« an, »einen Scheitel ziehen«. Kurt Bergmeister gibt das so weiter und erntet verblüfftes Schweigen. Diese Deutschen! Der Hauptkommissar fährt sich mit den Händen über den Kopf, um anzudeuten was er meint, und kommt sich vor wie Louis de Funès. Ratlosigkeit. Im deutschen Präsidium wird jemand gesucht, der Französisch spricht. Frau Wöbke aus der Asservatenkammer war schon ein paar Mal in der Provence im Urlaub. Frau Wöbke kann jetzt aber nicht weg aus ihrem Büro, Frau Wöbke wird telefonisch dazugeschaltet. Sie hat ein paar VHS-Kurse gemacht. Sie kann locker zum Beispiel bis zweihundert zählen, auf Französisch, oder einen Fisch bestellen. Beides ist momentan nicht gefragt. Der überfallene Supermarktbesitzer weiß langsam nicht mehr, wieso er ständig mit irgendwelchen begriffsstutzigen Deutschen reden soll. Die Deutschen haben noch nie etwas Gutes für sein Land gebracht. Und jetzt hat ihn offenbar auch noch einer überfallen. Es geht eine Weile hin und her. Am Ende einigt man sich darauf, dass es ein großer, vielleicht türkisfarbener Wagen war, der draußen gewartet hat. Ein Wagen, der sicher kein französischer war. In dem Wagen saß vermutlich eine Frau, oder ein Mann, oder ein Mann und eine Frau. Der Supermarktbesitzer weiß es nicht. Er weiß es immer weniger, je länger er befragt wird. Es könnte auch eine Horde Hobbits gewesen sein, oder drei Bergziegen, die anschließend auf einem Tandem die Flucht angetreten haben. Zeugen sind international unzuverlässig.

Kurt Bergmeister verlässt sich auf seinen Bauch. Till Reiners war hier. Till Reiners oder dieser Nappo haben diesen Laden überfallen, für ein paar Kröten. Obwohl noch mindestens die Hälfte des Dresdner-Bank-Geldes da sein müsste. Irgendetwas ist vorgefallen. Till Reiners wird zunehmend mysteriös. Der Hauptkommissar versteht ihn mittlerweile so wenig, wie er die Franzosen versteht. Gleichzeitig hat er das Gefühl, ihm immer näher zu kommen. Die beiden Jungs machen viele Fehler. Er gibt ihnen höchstens noch zwei Tage. Die Fahndung nach einem »türkisfarbenen Ford Mustang« geht an alle Polizeistationen in Frankreich.

61

Uniformen machen Till nervös. Selbst die Einheitsklamotten bei McDonalds-Angestellten. Till erschrickt auch vor Leuten, die offenbar zu einer Art französischer Heilsarmee gehören. Er sieht den waschpulverbestreuten Supermarktfranzosen vor sich, er riecht das Zeltinnere, aus dem er Geld gestohlen hat. Die Leute werden eins und eins zusammenzählen, plus x, und dann wissen, dass er es war. Auch die schäbigste Ein-Stern-Pension verlangt beim Einchecken einen Personalausweis. Und dann haben sie ihn. Die Polizei in Deutschland war schon bei Nadine. So hatte es damals mit Baader-Meinhof auch angefangen, und am Ende waren alle tot oder in der DDR.

Die elende gelbe Scheibe strahlt und strahlt aus dem Himmel, als wolle sie alles niederbrennen, auch wenn sie sich jetzt so langsam auf den Horizont zu bewegt. Till schwitzt und der nervöse Schweiß quillt gemeinsam mit dem Hitzeschweiß aus seinen Poren. »Ich hab ja nichts gemacht! Ich bin sauber! Ich kann einfach neu anfangen«, sagt Nadine und das ist eigentlich genau Tills Text. Die Wahrheit, die einfache, simple Wahrheit kommt doch immer irgendwann ans Licht. Die Wahrheit sorgt für mildernde Umstände bei seiner Aktion im Zelt; der Supermarkt war Mundraub, oder fing zumindest als Mundraub an und ist dann aus Nervosität zu einem Geldraub geworden. In allererster Linie ist Till ein Opfer, er wurde bedroht, entführt und bestohlen und musste plötzlich für Nadine sorgen. Er muss sich wieder beruhigen.

Sie sind in Quiberville-Plage, ein Ort, der nicht so aussieht, als sei die Jagd auf Kleinkriminelle hier an der Tagesordnung. Einstöckige Häuschen, rotverklinkerte Restaurants, schmale Straßen. Schroffe Felsen bilden den malerischen Abschluss des Festlands, bevor ein schmaler Streifen Strand ins Meer überleitet. Nadine will dorthin. Sie will immer zum Meer, wie eins von den Schildkrötenbabys, die nach dem Schlüpfen durch einen Instinkt zum Wasser getrieben werden.

»Ich hab ja auch nichts gemacht«, sagt Till, als sie auf den Handtüchern sitzen. Gestohlene Handtücher, die eigentlich der Pension in Gravelines gehören. Sie haben sie geklaut. Ein Schild am Strand gibt Auskunft, dass man sich in der Normandie befindet. Vielleicht sind hier die Alliierten gelandet. Dort wo jetzt Till und Nadine gelandet sind und auf geklauten Handtüchern darauf warten, dass nicht Hitler, sondern die Sonne untergeht. »Ich arbeite eigentlich bei der Dresdner Bank«, erklärt Till. Er muss jetzt einfach mal irgendwo wieder mit der Wahrheit anfangen. Sie sind ziemlich allein am Strand, der hier eher kieselig ist und nicht mehr so sandig wie noch am Vortag. »Nappo hat unsere Bank überfallen«, sagt er und es klingt nicht mal annähernd so, wie es wirklich war. Der Moment, in dem Nappo plötzlich eine Waffe in seine Richtung gehalten hat. Der Moment, in dem er plötzlich mit Nappo zusammen aus der Bank kam, um in sein Auto zu steigen. Auch da hat er geschwitzt. Er muss etliche Liter weggeschwitzt haben in den letzten Tagen.

Till versucht zu erklären, wieso er einfach nicht losgekommen ist von Nappo, wie eins zum anderen kam, wie Nadine plötzlich da war, und wieso sie jetzt hier am steinigen Strand in der Normandie sitzen, während er eigentlich nach Osthofen gehört und um diese Zeit normalerweise zum Beispiel noch eine Gurke kaufen müsste fürs Abendessen. Er spricht nach vorn in Richtung des Meeres, in Richtung der Möwen, die hin und wieder einen kreischenden Kommentar einstreuen. Nadine schüttelt ihren Kopf und im Gefolge etwas sanfter auch den Totenkopf auf ihrem Top.

»War eigentlich klar, dass er irgendwann mal richtig Scheiße baut«, sagt sie und klingt traurig. Nadine erzählt, wie sie Nappo kennengelernt hat. Er war der oft gesuchte junge Mann zum Mitreisen beim Autoscooter. Er ließ sie und ihre Freundin umsonst fahren und stand auf den Gummistoßstangen des Wagens, in engen Jeans und unglaublich geilen Schlangenlederstiefeletten. Sie fand ihn cool. Nappo hat zwei Ausbildungen abgebrochen, kennt sich mit Autos aus und ist immer irgendwie über die Runden gekommen bislang. Anfangs war Nappo lustig, hat sie nachts mit in die Geisterbahn genommen und ein anderes Mal sind sie nachts im Zoo über den Zaun geklettert und er hat erfolglos versucht, eine schlafende Giraffe umzuschubsen. Nadine grinst, als sie daran denkt. In letzter Zeit ist es deutlich weniger geworden mit dem Spaß. Er hat zunehmend mehr getrunken, sie haben sich häufig gestritten. »Ich wollte ja nur, dass ich ihn irgendwann auch mal anrufen kann und sagen, bring noch 'ne Gurke mit zum Abendessen. Verstehst du? So was ganz Normales halt«, sagt Nadine auch zum Meer und den Möwen, die alles verstehen und alles schon gehört haben.

Till nickt. Offenbar wollen alle immer etwas anderes. War nicht selbst Gott unzufrieden gewesen und hatte deswegen die Sintflut geschickt, um nochmal neu anzufangen? »Immer Gurken holen ist auch nicht so das Wahre«, sagt Till sanft. Dann sagen sie beide eine Weile nichts mehr. Eine vielköpfige Familie räumt lautstark ihre Sachen zusammen und beendet den Strandtag, genauso wie die Sonne, deren Nachglühen noch hellrot über dem Meer liegt.

»Was hast du da eigentlich gemacht, im Supermarkt?«, fragt Nadine zögerlich. Jetzt, wo sie weiß, dass er kein Kumpel von Nappo ist und der Seitenscheitel und die Leinenhose kein Zufall waren, ist er ihr viel fremder geworden als vorher.

»Ich konnte dich doch nicht hängen lassen«, sagt er in einem Tonfall, als wäre auch er jahrelang auf Autoscootern mitgefahren, aber jetzt, wo die Wahrheit einmal draußen ist, lässt sich Nadine nicht mehr täuschen.

»Hast du die Kohle gezockt?« Es kommt so ungläubig heraus, als hätte er auf die Frage nach seinem Lieblingsgericht »gebackene Kinderköpfe« geantwortet.

»Ah, Schwamm drüber«, sagt Till und möchte sofort wieder auf die Löschtaste drücken. ›Schwamm drüber‹ ist nicht Autoscooter, sondern bestenfalls Dosenwerfen. Wieder schweigen beide. Die Steine drücken sich durch das Handtuch in seinen Hintern. ›Schwamm drüber‹ schwebt noch irgendwo in der Luft über ihnen. Till wird für den Rest seines Lebens Gurken zum Abendbrot holen. Alles andere ist Science Fiction.

»Irgendwie ist das total süß von dir«, sagt Nadine und klingt ergriffen, während Till sich nicht sicher ist, ob sie ihn nicht gerade so richtig verarscht. Zum ersten Mal sieht Nadine jetzt nicht mehr das Meer an, sondern Till mit den sinnlos verstrubbelten Haaren in seiner neuen Eidechsenhose. »Wir sind beide ziemlich am Arsch, hm?«, sagt sie, so wie es Eva auch zu Adam gesagt haben muss, nachdem die Schlange sich weggeschlichen hatte. Die einzigen Menschen am Strand.

Nadine trägt die übergroße Sonnenbrille und dann beugt sich ihr Totenkopf über Tills Eidechse. Till riecht fremde Haare. Ein Streichelreflex setzt ein, er kennt das von Nico. Er streichelt ihr über den Kopf. Viel festere Haare als bei Nico, auch anders als bei Miriam. Eigentlich ja nur totes Gewebe. Haare. Gleichzeitig spürt er sie bis in entfernte Winkel seines Körpers. Sie dreht sich und beide sehen eine Weile dem Meer bei der Arbeit zu. Es wird die Kiesel am Strand irgendwann zu feinem Sand zermahlen haben, eines Tages, wenn Till, Nappo, Nico und Nadine längst tot sind. Frau Odra auch. Und Miriam. Sein neues, kragenloses Hemd ist hochgerutscht. Er spürt ihre Haare an seinem Bauch und den sanft einsetzenden Wind, der den Abend in die Bucht weht. Die Kiesel unter ihm rutschen, Nadine hat sich bewegt, die schwarze Brille kommt auf ihn zu. »Irgendwas wird schon«, sagt Nadine, vielleicht fragt sie es auch. Wie soll man nicht wenigstens ein bisschen optimistisch sein, wenn man das Meer vor der Nase hat und es ringsum warm ist. Die Kiesel haben die Sonne gespeichert.

›Irgendwas wird schon‹, so lassen sich ganze Philosophien zusammenfassen. Der Mund unter der schwarzen Brille küsst Till kurz vor sein linkes Ohr. Eine Möwe lacht. Nadine küsst ihn nicht wie eine Tante oder eine Französin bei der Verabschiedung. Sie küsst ihn. Er spürt ihren Atem in seinem Ohr. Sie sind wirklich wie Adam und Eva, sie haben sich einander nicht ausgesucht, aber es gibt niemand anderen. Er küsst sie zurück, seine Lippen landen halb auf der zu großen Brille und zur anderen Hälfte auf ihrer Stirn, hinter der er den Knochen spürt, den Knochen ihres echten, richtigen Totenkopfs. Er hat seit Jahren keine Frau geküsst. Nur Miriam, die zählt aber nicht. Nadines Lippen bleiben unterhalb seines Auges liegen, feucht, weich und zart. Ist das jetzt die Aufführung von »Till und Sybille Krückmann am Strand«? Mit zwanzig Jahren Verspätung? Ohne Proben, an einem falschen Strand und nicht mit der Originalbesetzung? Nadines nicht unerhebliches Zusatzgewicht drückt noch mit auf die Kiesel. Die Schicht Handtuch darüber polstert nicht besonders. Jetzt sind ihre Lippen auf seinen gelandet. Er weiß, was erwartet wird, er kann das, er hat das schon mal gemacht, er ist überrascht. Selbst die Lippen an seinem Ohr haben ihn nicht auf einen wirklichen Kuss vorbereitet. Es ist, als hätte er bei der Weihnachtsbescherung versehentlich ein Päckchen für jemand anderen geöffnet.

Er wird jetzt nicht, auf keinen Fall, seine Zunge nach vorne bringen. Gleichzeitig will er nicht so wirken, als würde er immer nur Gurken kaufen. Er hat schließlich einen Supermarkt überfallen, einen Wagen gestohlen und ein Campingzelt ausgeraubt. Er öffnet seine Lippen ein wenig, er schmeckt den ungewohnten Geschmack, eine Erregung, die bis in seine Zehen geht. Till weiß nicht, was jetzt gefragt ist, ob er alles falsch macht, wenn er jetzt einen Schritt weitergeht.

Er hat mit vierzehn bei einer Matratzenparty mal das Licht angemacht, als jemand gesagt hat »Mach mal einer das Licht an!«, im Spaß, wie Till zu spät feststellte, als alle erschreckt und empört versuchten, sich oder ihre jeweiligen Partner zu verstecken, damals als man noch das Licht ausmachte. In Tills Kopf rotieren Bilder wie beim Schleudergang einer Waschmaschine. Die Hutzelfrau aus dem Supermarkt in ihrer albernen Stola, der Mann dem er an der Tankstelle in den Bauch geschlagen hat, Nico, der seine Bratwurst nicht essen will, Miriam, die sich schminkt. Das Meeresrauschen nervt, und er könnte sich viel besser konzentrieren, wenn die Kiesel nicht so kieselig wären.

Nadine drückt ihn nach hinten und er rutscht weg, hält sie aber fest. Jetzt liegt sie halb auf dem Handtuch und er liegt halb auf ihr, er atmet hörbar, er greift in ihre fleischige Seite, er fühlt ihre Haut. So beiläufig wie möglich schiebt er den Totenkopf hoch. Nadine, nah. Alles was er bislang immer nur hinter einem Salzwasser- oder Nachtschleier gesehen hat. Sie protestiert nicht, sie macht mit. Die Sonnenbrille ist hochgerutscht. Die Auswirkungen von Nappos Schlag an ihrem Auge sind zu sehen, es hat sich leicht verfärbt. Till versucht zu erkennen, ob sie lächelt. Es ist schwer zu sagen. Er küsst ihren Bauch, ein leicht salziger Geschmack. Sie hält ihn mit ihren Armen, so wie sie ihn schon ein paar Mal stehend von hinten umarmt hat. Er hat ihre Erlaubnis, er fühlt mit seinen Fingern über ihren Rücken, er löst die Schlaufe, die die Träger des Glitzerbikinis bilden. Dann stoßen seine Finger auf den Verschluss, den gewiefte Techniker zusätzlich zur Schlaufe an den Bikini gebaut haben. Till kennt die Witze über BH-Verschlüsse. Er ist nicht der Geschickteste, er ist auch in diesem Spiel seit Jahren übungslos, denn Miriam zieht sich selbst aus, meistens im Badezimmer. Er hat nicht viel Zeit, er darf sich nicht verfummeln, er weiß es. Seine Finger tappen ahnungslos wie Touristen auf fremden Terrain. Er gibt auf. Es muss anders gehen. Er schiebt die Träger über Nadines Schulter und rutscht mit seinem Kopf zur Ablenkung südwärts. Was machst du hier? Du wolltest die Wahrheit erzählen, du wolltest reinen Tisch machen und fummelst jetzt an einer Frau herum, die dich noch nicht mal richtig interessiert. Er sieht jetzt nah die Tätowierung an der Innenseite ihres Oberschenkels, ein chinesisches Schriftzeichen.

»Was heißt'n das?«, fragt er um Zeit zu gewinnen und abzulenken.

»Ente süß sauer«, sagt sie, sicher nicht zum ersten Mal, aber Till lacht und sie lacht auch. Es ist gut in solchen Situationen zu lachen. Sex soll man nicht zu ernst nehmen, das hat Till schon häufiger gelesen.

»Und in echt?«

»Ist das das chinesische Zeichen für Mut.«

Geschwungene Linien unter der Haut. Es gefällt ihm, es ist nicht so plakativ wie bei Jessica. Aber auch da hat ihm das Muster auf ihrem Rücken immer gefallen. Er fährt mit einer Fingerspitze sanft über das Zeichen. Mut. Wenn man das Wort in dieser fremden Schrift sieht, hat es eine ganz andere Wirkung. Mit so einer Schrift kann man sicher auch Dinge ausdrücken, für die wir kein Wort haben. Vielleicht haben die Chinesen sogar ein Zeichen für eine Situation wie diese hier am Strand. Till spürt Nadines Hände auf seinem Rücken, auf seinem Bauch, an seiner Hose, geschickter als seine Hände. Sie wissen, dass seine Hose geknöpft wird. Sie haben mit Knöpfen keine Schwierigkeiten. Gleich wird wieder ein Rentnerpaar mit Stöcken vorbeilaufen, ein Kaninchen wird kommen, eine Möwe wird ihm auf den Rücken scheißen. An einem anderen Strand ist er neulich gewesen, eine junge Studentin hat sich für ihn interessiert, deren Namen er vergessen hat, aber nicht ihren Akzent. Mit der hat er nicht geschlafen, aber er hätte können, er hätte dürfen, er hätte sollen. Er hätte mit Jessica im Stadtpark sitzen sollen, er hat sich von einer blöden Gurke davon abhalten lassen. Das hier ist das Leben.

Till liegt wieder auf den Kieseln, das Handtuch fehlt jetzt, Nadine tut irgendwas, er spürt Stoff, er sieht ein Stück des Himmels, er versucht den Rest des Strands im Auge zu behalten, er sollte sich darauf konzentrieren, dass sein Schwanz ihn jetzt nicht hängen lässt, er muss die Formulierung verdrängen, irgendwas ist nicht richtig, irgendwas stimmt nicht, die verdammten Kiesel sind steinhart und vom Meer nicht annähernd so rund gelutscht, wie man erwarten könnte. Nadines begabte Hände haben sich an der Unterhosensperre vorbeigemogelt. Das ist alles nicht zu fassen, das alles geht trotz Ehe, das hat nichts mit Liebe zu tun, das alles kann er immer noch Miriam erklären. Till ist jetzt, in diesem Augenblick, ganz fest überzeugt, dass das alles nebeneinander geht, weil auch Nadine unmöglich in ihn verliebt sein kann, unmöglich. Es geht jetzt nur um den Sommer, das Meer, Frankreich, das Leben, das so eben auch ist. Nadine hat ihren Mund, ihre Lippen, ihre echten Lippen um seinen Schwanz gelegt, feuchte Wärme. Aber die verdammten Kiesel sind gegen ihn. Das alles wäre im holländischen Sand kein Problem. Ein Lkw hupt entfernt. Till besteht aus Nervosität. Seine Nerven sind an Formularen trainiert, nicht an Supermarktüberfällen und fremden Mündern, die seinen Schwanz ... – Das ist alles zuviel. Die blondierte Frau im Film, zwischen deren Brüsten der Mann kommt. Aber selbst die liegt nicht auf Kieseln.

Nadines Totenkopf schlägt Falten, darunter eine nur noch halb glitzernde Brust. Porno wäre kein Beruf für ihn, denkt Till. Nadine soll das nicht tun, nur weil er für sie den ganzen Supermarkt überfallen hat. Sie arbeitet keuchend und mit einer völlig deplatzierten Entschlossenheit, als sei seine Erektion ein peinlicher Fehler, den sie so schnell wie möglich wieder beseitigen muss.

Sex ist die albernste Erfindung der Natur. Der klare Beweis, dass Gott nicht existiert, oder wenn, dann kann er nicht besonders helle sein. Es ist ein alberner, unnützer Spaß, wie Comics lesen. Die Kiesel arbeiten gegen Nadine. Sie benutzt ihre Hände, Till versucht zu erkennen, was sie macht. Geübte Bewegungen, routiniert, wie bei der klassischen Handarbeit. Stricken, häkeln, wichsen. Was ist eigentlich mit Aids? Verschwunden, wie Rinderwahnsinn? Wenn sie eine kleine Verletzung in der Mundhöhle hat? War es nicht so? Reichte nicht das?

Langsam hört Till auf zu denken, er will beide Brüste sehen, er will den albernen Glitzerquatsch nicht mehr im Blickfeld haben. Er will, dass sie stöhnt, er will sie hören, er will, dass sie kommt, er will zwischen ihren Brüsten kommen, in ihrem Mund, er will dass Jessica …

»Die scheiß Kiesel tun weh!« Nadine kann wieder sprechen.

»Absolut«, sagt er heiser. Zwei nüchterne Feststellungen hintereinander. Sie sind zwei Erwachsene, die erwachsen mit sich umgehen.

»Das drückt hier voll«, sagt sie vorwurfsvoll, als hätte er die Kiesel eigenhändig dort ausgestreut und läge deswegen jetzt zu Recht mit einer soeben sinnlos gewordenen Erektion im Abendwind.

Till nickt verständig, während sie auf ihre Knie drückt. »Am Besten gehen wir wieder nach oben. Das bringt ja hier alles nichts mehr.«

Das Meer macht stoisch weiter, Nadine nicht. Till hat noch einen kleinen Moment gewartet, aber es geht im Augenblick darum, die restliche Würde zusammenzuhalten.

»Jetzt warte doch mal«, sagt Nadine, aber eher pro forma.

Er spürt die Kiesel jetzt selbst wieder überall und sammelt die Handtücher ein, die beide versagt haben, so wie er. »Nee, ach lass mal, ist echt nicht nötig!« Ein weiteres Stück für seine beachtliche Sammlung blöder Sätze. ›Nee, ach lass mal, ist echt nicht nötig!‹ Ein Klassiker für jeden Porno, wenn es auf solchen Filmen auch Outtakes gäbe. Das ist alles Quatsch.

Die Möwen schreien sich ihre winzigen Seelen aus den Schnäbeln, Apfelsinenschalen, Plastikflaschen, Algen und anderer Müll ist zwischenzeitlich angespült worden, oder Till hat das alles zuvor nicht gesehen. Wen wollen die Franzosen eigentlich mit diesem Stück blödem Land verarschen? Wem wollen sie das Gerümpel als Strand verkaufen? Till hat langsam mehr und mehr Verständnis für Nappos Ausfälligkeiten. Nappo, dessen Freundin, Ex-Freundin es ihm gerade beinah besorgt hätte. Wenn Nappo das gewusst hätte, als er in die Schalterhalle der Dresdner Bank, Filiale Osthofen-Süd, kam! Nappo, den sie besoffen und bekifft und vermutlich ebenso unbefriedigt in einem Hotel in Holland zurückgelassen haben. Schon wieder sitzen sie im selben Boot. Dieses Mal sogar mit derselben Frau.

Nappos Auto hat am Straßenrand zum Strand ein Knöllchen bekommen, das Till zornig auf die Straße wirft. Er hat keine Ahnung, wo Nappo jetzt ist. Er hat keine Ahnung, wo er selbst ist oder sonst irgendwer. Er würde jetzt gern aus seiner Haut fahren, in eine andere Daseinsform. Nadine ist dicht hinter ihm. »Bist du sauer oder so was?« Till macht die Andeutung eines Kopfschüttelns. »Wenn wir jetzt fahren, sind wir morgen früh bei Lana in Cherburg«, bietet Nadine als Ausgleich an, »dann geb ich dir das Auto. Dann fährst du nach Hause.« Schon wieder klingt es halb wie eine Feststellung und halb wie eine Frage. Till macht die Andeutung eines Nickens und setzt sich auf die Beifahrerseite. Soll sie ihn wo auch immer hinfahren.

Im Autoradio singt Bruce Springsteen »But if you don't feel like being alone/Baby, I could walk you all the way home.«

Es ist Gott, der im Detail steckt, nicht der Teufel. Vielleicht auch beide, dann wird es im Detail allerdings ziemlich eng. Till lacht leise durch die Nase. Nadine fährt los.

62

Bei Tag sind alle Männer so gleich wie nachts die Katzen. Till steht vor Miriam und sieht so aus wie irgendwer. Die Stimme, ein paar Gesten, das Räuspern zwischen zwei Sätzen, das ist Till, mehr nicht. Er versucht eine Erklärung, an der sie nicht interessiert ist, weil Nico weint und den Kopf von Bobo dem Plüschaffen abgerissen hat, Ina lacht im Hintergrund, und Miriam umarmt ihren Sohn und fällt dabei um, vom heimischen Sofa herunter, durch den Fußboden durch, was natürlich Unsinn ist. Gleichzeitig kann sie nicht aufhören zu fallen, bis sie aufwacht und wirklich vom Sofa gefallen ist, aber nicht dem heimischen, sondern dem von Ina. Nico und Bobo, der Plüschaffe – beide komplett unversehrt – haben es geschafft, sie vom Sofa zu schubsen.

Es ist dunkel, die Konturen der Möbel sind zu erkennen und die Konturen von drei Flaschen Prosecco, der flüssigen Antwort auf persönliche Schwierigkeiten, dem zeitgemäßen Klosterfrau Melissengeist. Der Inhalt der Flaschen ist jetzt ungleichmäßig in Ina und Miriam verteilt, deswegen kann sich Miriam auch nicht sofort wieder aufraffen. Sie ist Mitte dreißig und liegt in einer Sommernacht ganz unten. Neben einem Sofa, auf dem ein Kind und ein Affe schlafen, im Wohnzimmer ihrer besten Freundin.

Sie riecht den Teppichboden. Sie ist so dermaßen gescheitert, dass es ihr die Tränen in die Augen treibt. Vermutlich weint sie jetzt Prosecco. Sie hat sich am Tag die neue Wohnung angesehen, die ihr Vater ihr vermittelt hat. Papa hat ihr die Vorteile der Wohnung erläutert. Laminat, hat er gesagt, aber gut verlegt, hat er gesagt, mit Trittschalldämmung. Vaterwörter, die sagen sollen, ich kümmere mich um dich, ich bin für dich da, ich liebe dich. ›Ich liebe dich‹

kann ihr Vater nicht sagen, vermutlich hat er es noch nie in seinem Leben gesagt. Stattdessen sagt er Trittschalldämmung und Miriam versteht ihn und findet auch das so traurig, dass sie fast gleich an Ort und Stelle losheult. Und Raufaser, sagt ihr Vater. Raufaser. ›Du musst da nichts mehr streichen. Kannst gleich einziehen‹. 65 Quadratmeter. Ein Taj Mahal des Scheiterns. Bobo, der Plüschaffe sieht zu ihr herunter. Er ist der Einzige, der sich in den letzten Tagen nicht verändert hat. Miriam schläft wieder ein.

Etliche Straßenzüge weiter liegt Jessica wach in ihrem Bett, in dem auch ein Stofftier wohnt. Ein abgeliebter, räudiger Bär namens Räuber. Räuber kennt sie nackt seit zwanzig Jahren. Er hat die Entwicklung ihres Körpers kommentarlos zur Kenntnis genommen.

Morgen, spätestens übermorgen werden die Bilder in der Zeitung sein, hat der Kai gesagt. Und dass er sicher ist, dass es danach losgeht. Ein paar gute Leute aus der Musikszene können sich was mit ihr vorstellen, hat er gesagt. Vom Image her eben in Richtung Gangsterbraut, tough, aber sexy, LaFee in älter, so die Richtung. Noch liegt sie in ihrem Jugendzimmer. Noch sieht sie aus dem Fenster das, was sie immer schon gesehen hat. Die Bettwäsche riecht so wie immer. Ihre Bilder werden rumgehen, natürlich. Sie kann sich schon denken, was die Jungs sagen werden. Und die Mädels. Madeleine hat ziemlich sparsam geguckt, als sie von den Fotos erzählt hat. Egal. Freundinnen gibt es immer. Männer sowieso.

Zur Bank muss sie nicht mehr lange. Sollen die anderen da hingehen, bis sie zu Staub zerfallen, sollen die anderen ihre blöden Zahlen hin und her schieben. Jessica hat das Gefühl, als sei das Blut in ihr wärmer geworden. Es ist ein Gefühl wie vor drei Jahren, als sie dachte, dass sie schwanger ist und beim ersten Mal den blöden Test nicht richtig gemacht hat. Das Ding verfärbte sich, war aber weder die eine noch die andere Farbe. Es war gar nichts. Madeleine meinte schwanger. Madeleine musste ihr Geld vorstrecken für noch so einen Test. Dieses Mal mit dem richtigen Ergebnis. Nicht schwanger. In der Wartezeit hat sie sich gefühlt wie jetzt. Nur, dass es jetzt besser ist.

Der Vorteil am Altsein ist, dass die ganze Scheiße mit dem Sex vorbei ist. Till kann fast fühlen, wie das sein wird. Wenn man einfach nur noch sitzt und zusieht, wie die Tage kommen und gehen. Wie andere sich damit rumschlagen müssen. Nico. In ein paar Jahren wird es losgehen. Unvermeidbar, das ganze Spiel nochmal von vorn. Nico wird seine Sybille Krückmann treffen, vielleicht nicht in der Schule, sondern im Internet. Das ändert nichts. Das Internet ist nur eine Möglichkeit mehr, nicht an Frauen ranzukommen. Nur eine weitere Option für Missverständnisse. Die alte Frau Jablonsky hat recht, nichts wird besser. Alles wird nur anders.

Till sitzt auf dem Beifahrersitz und lässt sich durchs nächtliche Frankreich gondeln, was so ausgestorben wirkt wie Atlantis. Kein Mensch auf den Straßen, keine Lichter in den Fenstern, nur hin und wieder durch die Leuchtbuchstaben von Restaurants oder Tankstellen ein Hinweis darauf, dass es in dieser Gegend Strom gibt. Nadine hat seit dem Strand nicht mehr viel geredet. Till hat zur Sicherheit die Augen geschlossen. Er will es ihr leicht machen.

Das Radio bringt französische Gute-Nacht-Musik. Er hat ähnliche Situationen schon hinter sich. Brigitte Hellinger war seine erste Freundin gewesen, beide waren 17. Beide hatten keine Ahnung. Aufklärung betrieb Dr. Sommer und das Kino am Bahnhof, in dem im Wechsel zum Beispiel *Die 36 Kammern der Shaolin* und *Schulmädchenreport 10* liefen. Beide waren erst ab 18, aber die alte Frau im Kassenhäuschen nahm es nicht so genau. Tills Eltern hatten sich weitgehend um das Thema herumgedrückt. Vermutlich hatten sie selbst keine Ahnung. Brigitte imitierte ein Groupie, so wie Till einen Rockstar imitierte. Im ausgebauten Dachboden von Brigittes Eltern war Till entjungfert worden. Er hatte erst nachher herumgestottert, was denn mit der Pille ist und so weiter, und sie hatte erzählt, dass sie wegen Unverträglichkeit die Spirale nahm. Bei den Jungs aus der Band hatte Till gehört, dass man mit dem Schwanz in der Spirale hängen bleiben konnte, wenn man fest genug zustieß. Till blieb deshalb beim Sex vorsichtig und Brigitte hatte sich unter einem Musiker offenbar etwas anderes vorgestellt. Das Ganze ging ein halbes Jahr. Er erinnert sich hauptsächlich an die Holzverkleidung des ausgebauten Dachbodens, an den Kakao, den Brigittes Mutter auf einem Tablett ins Zimmer trug, und an Räucherstäbchen. An den Sex erinnert er sich kaum. Weder mit Brigitte, noch mit Ramona, mit der er danach vier Jahre zusammen war. Till findet es albern, wie viel Energie und Aufwand Männer investieren, um an Sex zu kommen, an den sie sich zehn, fünfzehn Jahre später nicht mehr erinnern. Er erinnert sich an Bruce-Springsteen-Songs aus dieser Zeit besser als an die Orgasmen.

Die ganze Zeit über versucht er, nicht an Miriam zu denken. Sieht hinaus in die Nacht und lehnt seinen Kopf an die kühle Scheibe des Seitenfensters. Offenbar wird Miriam ihn verlassen, wenn er wiederkommt. Offenbar hat sie, wie damals Brigitte, etwas anderes erwartet. Der Wagen fährt und wiegt ihn angenehm hin und her. »Running on empty«, Jackson Browne, das würde er jetzt gern hören, in der Live-Version. Aber sein Draht zu DJ-Gott ist gekappt. Das Radio spielt zornigen französischen Rap. Die Franzosen sind offenbar trotz der Landschaft auch nicht zufrieden. Till schließt die Augen und sofort taucht Miriam auf, als klebte ihr Bild an den Innenseiten seiner Augenlider. Miriam in ihrer roten Unterwäsche, die sie von einem Ausflug nach Düsseldorf mitgebracht hat. Miriam, die Tränen lacht, als er mit Nico Weihnachtsplätzchen backen will und der Teig nur eine wässrige Pampe geworden ist, Miriam angetrunken, letztes Silvester im Haus ihrer Eltern, als sie plötzlich weint, weil Frank Sinatra singt. »It was a very good year.«

Vielleicht war es das nicht. Vielleicht war das nicht ihr Jahr. Vielleicht ist das Kapitel zu Ende. Mut. Till sieht das blass-schwarze Zeichen vor sich. Mut. Vielleicht fährt er morgen mit diesem Wagen nicht nach Hause. Vielleicht fährt er weiter. Er wird sich an den nicht gehabten Sex mit Nadine länger erinnern als an viele Nächte mit Miriam. Überhaupt wird er sich an die letzten paar Tage für immer erinnern. Es ist mehr passiert als in so vielen Jahren zuvor. Er hat Angst gehabt. Zum ersten Mal echte Angst. Er wird das nicht vergessen. Er wird weiter fahren, durch Frankreich, durch Spanien, wer weiß wohin. Was soll ihm schon passieren? Etwas Besseres als den Tod finden wir überall, sagt der Esel zum Hahn bei den Bremer Stadtmusikanten. Till hat Nico das Märchen ein paar Mal vorgelesen, einfach so, ohne groß darüber nachzudenken. Recht hat der Esel.

Kurt Bergmeister stellt sich Miriam Reiners vor, in dem T-Shirt und der grauen Jogginghose, die sie getragen hat bei seinem Besuch in ihrer Wohnung, um ihr die Fotos aus dem Kleingarten zu zeigen, vor drei Tagen, als der Plüschaffe ihnen beiden zugesehen hat.

Seine Fantasie ist so gebaut, dass sie nur mit Personen funktioniert, die er wirklich kennt und gesehen hat. Mit Angelina Jolie kann seine Fantasie nichts anfangen. Deswegen empfängt Miriam Reiners ihn jetzt in seiner Fantasie, durcheinander, etwas verschüchtert, aber freundlich, nett, mit einer kurz versteckten Fröhlichkeit unter all der Verwirrung. Er wird ihr sagen, dass ihr Mann tot ist, dass er bei dem Einsatz unglücklich von einem Polizisten erschossen wurde. Vielleicht ist das auch nicht nötig. Wird eh vorbei sein mit der Reiners-Ehe. Auf den Tod lässt sich so schlecht aufbauen. Vielleicht reicht es, dass Till Reiners für ein paar Jahre ins Gefängnis geht, und Kurt Bergmeister nimmt die kleine, freundliche, weiche Miriam Reiners in den Arm, um ihr zu sagen, dass nichts verloren ist, sondern im Gegenteil alles möglich. Und dass er warten kann. Er ist eine Koryphäe des Wartens. Auch und gerade nachts. Es geht ihm jetzt um Zärtlichkeit, tonnenweise Zärtlichkeit, und um Liebe, mit der der

Hauptkommissar nicht weiß, wohin. Es geht nicht um irgendwelchen Kram. Es geht um nichts Nacktes. Seine Fantasie ist sauber. Man kann vom Boden essen in seiner Fantasie.

Die französischen Kollegen klopfen an seine Tür. Le voiture, versteht er. Der Wagen ist aufgetaucht. Der Mustang hat falsch geparkt. Die Kennzeichen stimmen. Türkis? Turquoise? Peut-être … je ne sais pas … Wo? Où? Quiberville-Plage. Normandie. Kurt Bergmeister versteht nicht, was das Ziel sein soll. Wo wollen die beiden hin? Oder die drei oder was immer das für eine seltsame Konstellation ist, die da durch Frankreich fährt. Das alles macht keinen Sinn. Das Knöllchen ist erst ein paar Stunden alt. Die Kollegen vor Ort sind alarmiert, die Hotels in der Gegend werden abgeklappert, die Campingplätze, die Parkplätze. Das Netz wird enger. Der Hauptkommissar muss seine Fantasie verschieben. Die Nacht ist ohnehin schon zu weit fortgeschritten, um Miriam Reiners noch anzurufen.

63

Die Uhr kann ihn mal am Arsch lecken. Er wird jedweder Uhr künftig kündigen. Er wird sich von keiner Uhr mehr auf der Nase herumtanzen lassen. Es ist kurz nach halb sieben am Morgen. In seinem alten Leben wäre es jetzt Zeit aufzustehen. Heute aber legt er sich gerade erst hin. Einfach so. Er wird es der Uhr zeigen. Er kann und wird jetzt machen, was er will. Nicht mal Nappo ist mehr da, der ihn zwingen könnte aufzustehen, und Nadine wird ihn heute sicher nicht aus dem Schlaf reißen.

Sie sind ein paar Minuten zuvor angekommen in Cherbourg-Octeville, in der Region Basse-Normandie, wie ihn ein Infozettel in der Kunstledermappe des Hotelzimmers informiert. Es war der erste Anlaufpunkt der Titanic nach der Abfahrt aus Southampton, liest Till und will das aber nicht als Omen sehen. Sie sind in einem netten Hotel in der Nähe des Yachthafens, und Nadines Freundin Lana hat tatsächlich für ein Zimmer gesorgt. Hôtel Royal. Immerhin drei Sterne. Stilmäßig super, findet Nadine. Weder sie noch Till müssen sich eintragen. Soweit Till verstanden hat, arbeitet Lana unter anderem im Frühstücksraum des Hotels, aber er hat nicht wirklich zugehört. Er hat in bewährter Manier auf Durchzug geschaltet, als die beiden Freundinnen schnatternd aufeinander treffen. Lana ist eine überraschend farblose kleine Person. Polin, soweit er das mitbekommen hat. Mittlerweile mit einem Franzosen verheiratet. Auch ein Aspekt der Globalisierung. Heute kann jede mit jedem. Ein paar Jahre haben die blasse Lana und die bunte Nadine offenbar in denselben Läden in Osthofen abgehangen. Dann hat Lana ihren Franzosen kennengelernt und geheiratet. Seitdem haben Lana und Nadine nur telefoniert. Till versucht kurz sich vorzustellen, welcher Mann sich in die nichtssagende Lana so verlieben kann, dass er sie ein Leben lang sehen will, aber offenbar gibt es eben wirklich alles. Jeder findet dann doch wen, jeder hat jemanden, der ihn regelmäßig anruft, alle haben Bekannte. Für alle wird gesorgt.

Lana hat ein Doppelzimmer besorgt, zu einem Spezialpreis, wie sie sagt, und Till tut so, als spiele Geld nun wirklich keine Rolle. Lana sieht ihn erstaunt an. Till ist sich nicht ganz sicher, wie Nadine seine An- und Nappos Abwesenheit erklärt hat, aber es ist ihm jetzt auch egal. Die beiden Frauen reden im Flur leise durcheinander, während Till sich im Zimmer aus der Eidechsenhose schält und sein neues und auch einziges Hemd aus alter Gewohnheit ordentlich über die Stuhllehne hängt. Lana und Nadine kommen ins Zimmer, als er unschlüssig seine ebenfalls einzige Unterhose schon halb ausgezogen hat und Till zwingt sich so zu tun, als sei auch das kein Problem und für ihn völliger Alltag. Für einen Moment hat er die Porno-Konstellation mit zwei Frauen im Sinn, aber Lanas Blick ist so müde und blass wie die ganze Lana, sodass Till sich nur mit einem kurzen Lächeln die Unterhose wieder anzieht und verkündet: »Ich leg mich schon mal hin!« Die beiden Frauen nehmen das schweigend zur Kenntnis und Till schläft ein, tief und traumlos.

Er wird wieder wach, weil Nadine ihm ins Ohr schnarcht. Laut, unregelmäßig und unweiblich. Ihr Kopf ist zurückgebogen, ihr Mund steht offen. Alles nicht sehr charmant, aber Till muss lächeln. Es sind erst ein paar Stunden vergangen, es ist seine erste Viertel-Nacht mit einer anderen Frau. Die Nacht mit Nappo und Nadine zählt nicht. Nadine hat sich im Schlaf an ihn angelöffelt. Wie die Hamster und Mäuse in den Käfigen der Zoohandlung, vor denen er mit Nico regelmäßig stehenbleiben muss. Auch die rudeln sich in einem Eckchen zusammen und schlafen über- und aneinandergekuschelt. Ur-Bedürfnisse. Ein Mensch ist da so gut wie der andere. Das Sonnenlicht trifft die weinrot bis blau angelaufene Stelle am Auge. Eine Haarsträhne hat sich darüber gedeckt. Till fühlt sich ausgeschlafen und frisch. Es ist ihm egal, wie spät es ist. Es gibt keine Ordnung mehr. Er wird aufstehen, duschen, die Stadt erobern. Cherbourg.

Als er aus der Dusche kommt, hat sich Nadine an sein Kopfkissen gekuschelt und aufgehört zu schnarchen. Das Glitzerbikini-Oberteil liegt auf dem Fußboden und er legt es auf den Schreibtisch. In der Kunstledermappe findet er einen Briefbogen des Hotels. Relikt aus einer Zeit, als die Menschen noch Briefe schrieben. Er schreibt: »Liebe Nadine, ich bin kurz in der Stadt. Wir sehen uns später noch, hoffe ich.« Routinezettel, die Miriam und er auch oft austauschen: Kannst du noch eben, Ich fahr kurz zu, Wär super wenn du heute ... Till schreibt deswegen jetzt: »Schön, dass du da bist. Ich danke dir für alles.« Mit der eigenen Hand hingeschrieben hat es viel mehr Gewicht, als wenn es eine SMS wäre. »Ich danke dir für alles« ist vielleicht etwas dick. Aber jetzt steht es da. Er will eigentlich etwas anderes erklären. »Es war sehr schön gestern Abend.« Auch nicht das, was er eigentlich sagen möchte, aber er hört jetzt lieber auf, bevor es endgültig schwülstig wird.

Till stromert durch die Stadt. Der Hafen ist imposant. Auf der einen Seite jede Menge kleiner Yachten und Boote, auf der anderen liegen riesige Fähren und Kreuzfahrtschiffe. So viele Leute wollen weg. Zu Lande, in der Luft und eben auch zu Wasser. An den Wegrändern stehen kleine Palmen. Nicht ganz die Variante, die man dank des Fernsehens in südlicheren Ländern erwartet, aber unverkennbar Palmen. Der botanische Beweis, dass Till in einer anderen Welt ist. Er schlendert. Er kann sich nicht erinnern, wann er das letzte Mal geschlendert ist, ob er überhaupt schon jemals geschlendert ist. Jetzt aber ist er ein Schlenderer. Die Welt ist prima in Ordnung. Die Leute um ihn herum halten sie aufrecht. Boote werden geputzt und hergerichtet. Lkws werden entladen, Läden werden beliefert. Till sucht ein Straßencafé. Aber offenbar haben die Franzosen die wieder abgeschafft, seit auch in Deutschland massenhaft draußen gesessen wird, sobald die Temperaturen nennenswert über dem Gefrierpunkt liegen. Ein kleines Bistro hat aber dann doch zumindest ein paar rumpelige Tische nach draußen gestellt. Till bestellt einen Kaffee und zeigt auf ein kleines mit Schinken belegtes Baguette in einer Vitrine. Die Frau hinter der Theke versteht ihn sofort. Er kommt klar. Er kommt zurecht.

Er setzt sich in die Sonne und sieht dem Treiben zu. Menschen gehen in alle Richtungen an ihm vorbei. Der Kaffee ist großartig, der Schinken schmeckt besser als der, den es zu Hause gibt. Neben ihm sitzt eine elegante ältere Dame und schnattert in ihr Handy. Till lächelt ihr zu, erntet aber nur einen frostigen Blick auf seine Eidechsenhose. Die Tasche der Dame baumelt über der Lehne ihres Stuhls und Till sieht ihr Portemonnaie darin zum Greifen nah. Um das Stuhlbein ist die Leine eines kleinen Fellhaufens gewickelt, für den die Bezeichnung Hund hochgestapelt wäre. Das Vieh kläfft gegen das Schnattern der Frau an. Der Kaffee macht Till ruhig. Er ist jetzt fast Profi. Er hat schon Autos gestohlen und Supermärkte beraubt, er wird sich von einem kleinen Portemonnaie nicht bange machen lassen. Er ist momentan eine Art Robin Hood mit Eigenbedarf. Er hat einen Deal mit Gott. So lange Till nicht übertreibt und es die Richtigen trifft, wird Gott auf seiner Seite sein. Till hat Zeit. Er bestellt noch einen Kaffee. Die Frau hört jetzt zu, schnattert dann aber erneut los. Der Köter verbellt Fußgänger. Till gibt Gott ausreichend Gelegenheit ihn zu warnen. Stattdessen legt die Frau plötzlich auf und geht in das Bistro. Also hat er die Erlaubnis von oben. Nichts wird ihm passieren. Till fischt mit großer Selbstverständlichkeit in der Tasche. Der Fellhaufen bellt dazu. Till geht, zügig jetzt, ohne Schlendergang, aber auch ohne Panik. Das fremde Portemonnaie fest in der Hand. Wenn jemand hinter ihm herläuft, wenn jemand auch nur ruft, wenn sich irgendwas an der Geräuschkulisse hinter ihm verändern sollte, wird er das Portemonnaie fallen lassen und losrennen. Er lauscht hinter sich. Er ist ganz Ohr. Jemand hupt, und Till schrickt zusammen, aber er behält das Portemonnaie in der Hand. Er nimmt sich vor, bis zur Straßenecke zu gehen, ganz normal, ganz ruhig. Er zwingt sich mit aller Macht, die zwanzig Meter zu gehen, ruhig und normal. Sobald er an der Ecke ist, rennt er los. Er sprintet, er läuft über die Straße, ohne nach rechts und links zu sehen. Er rennt, bis seine untrainierte Lunge kapituliert. Er hat das Portemonnaie noch immer in der Hand. Er bleibt stehen und holt Luft. Er hat es geschafft. Er hat es geschafft! Till strahlt entgegenkommende Passanten an. Er hat einer älteren Frau das Portemonnaie geklaut und feiert das, als wäre er im heimischen Garten beim Maulwurfvernichten auf Erdgas gestoßen.

Er biegt rechts ab und dann wieder links und dann wieder rechts, und tut so, als sei das professionelles Kriminellenverhalten. Gott führt ihn zu einem kleinen Laden, in dessen Fenster Fotos von tätowierten Oberarmen, Unterschenkeln und Rücken hängen. »Tabou-Tattoo« steht auf der Scheibe. Till hat vor einiger Zeit aufgehört zu denken. Er geht in den Laden. Ein junger Mann sitzt hinter einem Tisch und liest Comics. Er hat einen kleinen metallenen Stift in der Nase und lächelt trotzdem freundlich. Till zeigt auf eines der Fotos im Fenster. Ein asiatisches Schriftzeichen. Der junge Mann nickt. Auch er versteht ihn. Till kommt gut zurecht. »Courage«, sagt er. Mut. Und wieder nickt der junge Mann. Es gibt eine Menge französische Worte im Deutschen. Café, Portemonnaie, Courage. Der junge Mann mit dem Metallstift in der Nase schlägt eine kleine Mappe vor Till auf, darin sind noch mehr Fotos. »You want something like this?«, fragt er mit Akzent, und wundert sich kein bisschen.

Till lächelt. »Yes. Please. On the arm, please«, antwortet Till und wundert sich genauso wenig.

64

»Papa is 'n Pupsgesicht!«, sagt Nico mit der Ernsthaftigkeit eines vierjährigen Nachrichtensprechers. Er hat kein Verständnis für die Abwesenheit seines Vaters. Miriam hat ja selbst keine Erklärung für alles, deswegen missrät ihr auch der Versuch, ihrem Sohn die Lage zu erläutern. »Der Papa musste mal weggehen«, hat sie gesagt und darüber nachgedacht, wie viel Wahrheit die Erklärung enthält, je nachdem, wie man den Satz betont. »Is Papa weg, weil ich immer soviel kaputt mache?«, war Nicos Antwort, der gleich nach dem Aufstehen eine von Inas Tassen fallen gelassen hat.

Die Gedankengänge ihres Sohnes drücken ihr schon wieder Tränen in die Augen. »Nee«, sagt sie, »der Papa macht doch noch viel mehr kaputt.« Schon wieder ein Satz mit mehr Wahrheit als geplant. »Der Papa hat dich ganz lieb, das weißt du doch.« Die angelernte Pädagogik gewinnt. Egal, was Till veranstaltet, Nico soll es nicht mehr ausbaden müssen als nötig. Nico denkt drei Sekunden darüber nach und hat dann offenbar mit dem Thema abgeschlossen. Sein Bagger kann zaubern, beschließt er, und fliegen und vor allem Krach machen. Von den Kindern lernen, heißt es doch immer, denkt Miriam. Vielleicht sollte sie auch langsam mal einen Schritt weiterkommen und sich ihren eigenen Zauberbagger suchen, statt ständig alles vollzuheulen. Zum Depressivwerden hat die Natur den Herbst vorgesehen. Jetzt im Sommer soll man gefälligst Hoffnung haben, aufbrechen, braun werden. Die schönsten Tage des Jahres. Die Plakate in ihrem Reisebüro versprechen das doch täglich. Ihr Chef hat angerufen, um mal vorsichtig nachzufragen, wie es denn so aussieht. ›Noch immer nichts Konkretes von Ihrem Mann? … Hmm, ah, ja … das ist ja … schrecklich … Ich frag nur, weil wir natürlich momentan Hochbetrieb haben, wissen Sie ja.‹ Das Leben geht weiter. Alle fahren in Urlaub. Die Welt bleibt nicht stehen, nur weil einer von sechseinhalb Milliarden Menschen beschließt, aus der Reihe zu tanzen. Sie hat versprochen, am nächsten Tag wieder zum Dienst zu erscheinen.

Nico lässt sich Zeit mit dem Schuhe zubinden. Sie hilft ihm, während der Zauberbagger Inas Schuhe platt walzt. Ein Polizist hat ihr gestern den Subaru zurückgebracht, die Spurensicherung ist fertig damit, auch Tills Gitarre liegt darin. Es ist der alte, bekannte Wagen, der jetzt etwas anders riecht und Spuren der Spurensicherung aufweist. Offenbar hat man Fingerabdrücke gesucht, oder Drogen, oder das Geld. Die Fußmatte auf der Beifahrerseite fehlt. Der Kindersitz ist abmontiert worden. Miriam hat nicht die Geduld, ihn wieder einzubauen. Für die Fahrt zum Kindergarten wird es auch so gehen. Vielleicht ist es eh Zeit das Ding wegzuwerfen. Veränderungen. Wenn sie selbständig wird, kann Nico gleich mitmachen.

»Ich wusste, heute ist mein Tag«, sagt eine Stimme hinter ihr und scheint sie zu meinen. Sie weiß, wer es ist, braucht offiziell aber trotzdem einen verwirrten Moment, bis sie Stefan Lensing erkennt. Jetzt ohne die langen Haare. Jetzt ohne buntes Hemd. Dafür mit dem alten Lächeln, was eine Spur älter geworden ist. »Wie geht's?«

Sie bringt als Antwort nur einen Haufen Konsonanten hintereinander zustande. »Hmnnfft.« Nico schmettert seinen Zauberbagger gegen Stefan Lensings Schienbein und verschafft ihr dadurch ein bisschen Luft. Der Mann, mit dem sie geschlafen hat, und ihr Sohn reden angeregt über Baufahrzeuge. Offenbar liest Stefan Lensing noch immer keine Zeitung, offenbar sieht er noch immer nicht fern. Offenbar lebt er in einer Zeit, bevor sich ihr Leben geändert hat. »Immer noch so schwer verheiratet?«, fragt er Nico, und Miriam braucht einen Moment, bis ihr klar wird, dass die Frage in Wirklichkeit an sie geht. Zum zweiten Mal sagt sie »Hmnfft«, und auch dieses Mal scheint ihm das als Antwort völlig auszureichen. »Wir können ja vielleicht demnächst trotzdem mal 'n Kaffee trinken.«

Dieses Mal klingt ihr »Hmnfft« positiv, ermutigend. Trotzdem schiebt sie zur Sicherheit noch in normaler Sprache hinterher »Ja, gerne«. Das Leben geht ja weiter. Mit dem alten Auto und dem alten Kind und dem alten Stefan Lensing, zum Beispiel, der neu aussieht. Besser. Infragekommender. »Auf jeden Fall. Kaffee. Ich trinke sowieso viel zu wenig Kaffee. Hat mein Arzt schon gesagt.«

Stefan Lensing lacht. Sie kann ganz normale Sätze sagen, die im ganz normalen Leben Männer zum Lachen bringen. Es wär doch auch gelacht! »Jetzt muss ich aber den Baggerführer hier zum Kindergarten bringen!« Stefan Lensing gibt ihr seine Karte, mit seinem alten Namen und einer neuen Telefonnummer. Und sie sagt die richtigen Sachen zur Verabschiedung, und Nico ist zauberhaft süß und drei Ampeln hintereinander sind grün und sie kommt gut durch zum Kindergarten. Nico geht protestlos zu den anderen Kindern, die Kindergärtnerin fragt sie nichts mehr, und die Sonne scheint dazu.

Auf dem Weg zurück zum Auto liegt ein Kiosk, und da liegen die aktuellen Zeitungen aus, und neben einer Meldung über Fußball beugt sich eine Blondine in die Kamera. Miriam sieht das alles nur für eine halbe Sekunde, aber sie hat auch Stefan Lensing in Wahrheit so schnell erkannt. »Die Räuberbraut zeigt alles«, steht da und Miriam steht vor der Zeitung, in der das steht. Sie kann keine 50 Cent für die Zeitung ausgeben. Das ist ihr nicht möglich, auch wenn sie möchte. Sie steht einfach da und sieht auf das Foto. »Die Räuberbraut zeigt alles.« Ein Schreibtisch mit Papieren, eine Schreibtischlampe. Glänzende Lippen, der Ansatz einer Tätowierung über der Hüfte. Zwei kleine Brüste, ein kleiner drallrunder Hintern. »Es reicht hinten und vorne nicht«, sagt Jessica, angeblich über ihren Verdienst bei der Bank. Und deswegen, steht da, wollte Familienvater Till R. ihr unbedingt unter die Arme greifen. Und die Zeitung schreibt, dass man das natürlich gut verstehen kann, wenn man Jessica so sieht. Mehr Fotos auf Seite 3 und auch im Internet. Dabei hatte der Tag eigentlich so gut angefangen.

65

Im Yachthafen liegen internationale Boote, darum gibt es hier auch internationale Presse, und darum hat Till jetzt die nackte Jessica vor Augen. Es ist unglaublich. Er hat ein Boot gesehen, das Miriam hieß, und ist automatisch hingegangen.

Die »Miriam« ist ein durchschnittliches Boot, an dessen Heck eine französische Flagge schlaff herunterhängt, und etwas weiter, im Zentrum des Hafens, steht der kleine Zeitungsstand. Die deutschen Schlagzeilen fallen ihm ins Auge, weil sie die einzigen Worte sind, die er lesen kann und versteht, und nur deswegen sieht er überhaupt das Foto darunter und denkt zunächst, dass er die Frau kennt, aus dem Fernsehen vermutlich, Schauspielerin, Sängerin, und dann, ganz langsam, Jessica.

Jessica. Seit Monaten will er sie nackt sehen, zu Hause. Kaum ist er weg von zu Hause, zieht sie sich aus, mitten in einer Zeitung, während Till in Frankreich ist. Sie ist es. Er kauft die Zeitung und es steht direkt unter dem Foto. »Jessica Simons.« Auch wenn ihr Gesicht in der Zeitung irgendwie anders wirkt, als er es kennt.

Till ist groggy. Als wäre sein Blutdruck im Tätowierstudio geblieben. Sein Oberarm brennt. Der freundliche Tätowierer hat eine Salbe auf sein Werk geschmiert und eine Art Verband. Morgen soll Till den Verband abnehmen und die Tätowierung vorsichtig waschen, zumindest hat Till das so verstanden. Alle paar Stunden soll er sie waschen, ohne Seife, nur mit Wasser. Es hat weh getan, aber eigentlich nicht besonders. Erst jetzt spürt er einen flächig brennenden Schmerz an seinem Oberarm. Und dazu die Zeitung. Jessica und Till R., der ihr angeblich unter die Arme greifen wollte. Der Liebesräuber. Er liest die mageren Sätze unter den Jessica-Fotos etliche Male.

Jedes Mal verheddert sich mitten im Satz sein Verständnis. Er hat seine Bank überfallen. Er ist abgetaucht. Er wollte mit Jessica Simons neu anfangen, aber Geld ist nicht alles für Jessica, die Räuberbraut, sagt Jessica, laut Zeitung. Seine Familie hat er im Stich gelassen, liest der echte Till R. über den Zeitungs-Till-R. Der echte ist in Frankreich, von wo aus er ja tatsächlich weg will von seiner Familie und wo er sich gerade eine Tätowierung hat machen lassen. Insofern stimmt ja alles, aber eben auch nichts. So langsam versteht er, wieso Miriam ihn am Telefon so beschimpft hat.

Es ist zu verwirrend. Boote knarzen und rütteln im Rhythmus des Wassers an ihren Tauen, mit denen sie an den Stegen festgemacht sind. Till geht, er nimmt die Zeitung mit, er faltet sie sorgfältig, wie ein wichtiges Dokument. Er muss nachdenken, wo das Hotel liegt, und gibt auf. Es kann überall sein. Er hat sich ein Taxi verdient, nach all der Verwirrung. Hôtel Royal. Der Fahrer nickt und sie sind nach ein paar Minuten da. Till zahlt den Fahrer aus dem gestohlenen Portemonnaie. In 3-Sterne-Hotels gibt es noch richtige Schlüssel mit schweren, klobigen Schlüsselanhängern. Dass der Schlüssel an der Rezeption hängt, ist ein gutes Zeichen. Nadine ist offenbar nicht da. Till will jetzt alleine sein. Das Bett im Zimmer ist genauso ungemacht und zerwühlt, wie sich auch Till fühlt. Er legt sich darauf und starrt an die Decke. ›Räuberbraut‹. Kein Wort von Nappo. Als sei er, Till Reiners, mit einer Baseballkappe und einer Waffe in seine eigene Bank spaziert.

Er hat heute einer Frau das Portemonnaie gestohlen, und er ist nicht mehr panisch und planlos weggerannt wie noch im Supermarkt. Er hat vorher geguckt, was es zu holen gibt, und ist nicht einfach zufällig in das erstbeste Zelt gegangen. Er wird besser. Vielleicht steht er eines Tages wirklich mit einer Waffe in einer Bank. Absurd. Natürlich absurd. Aber das Portemonnaie liegt seelenruhig und tatsächlich neben ihm auf dem Nachttischchen und hat das chinesische Tattoo bezahlt, die deutsche Zeitung und das französische

Taxi. Es wird ihm auch noch das Abendessen bezahlen. Noch zehn, zwölf Portemonnaies, dann wird Till anschließend nicht mehr rennen. Das Portemonnaie ist ein erster Hinweis, wo es mit ihm hingehen wird.

Ein Telefon steht neben dem Portemonnaie, darunter liegt ein in Folie eingeschweißter Zettel, auf dem in Französisch erklärt ist, wie man telefonieren kann. Aber er kann jetzt nicht in Osthofen anrufen. Er hat noch das letzte Telefonat mit Miriam im Kopf. Ein Ferngespräch, ferner als der Abstand zwischen Deutschland und Frankreich. Auch jetzt in Cherbourg ist Osthofen weit weg. Er ist nicht mehr zu Hause. Er wird keine Gurken mehr kaufen. Er hat es nicht mehr in der Hand. Es hat sich anders ergeben. Alles in seinem Leben hat sich irgendwann einfach so ergeben. Auch die Heirat mit Miriam hat sich ergeben. Markus Brauckmann, ein alter Bekannter von Till, heiratete, alle heirateten in diesen Jahren. Miriam und Till standen auf der Hochzeitsfeier von Markus Brauckmann, die dritte Hochzeit in dem Jahr, und Till fragte, wer wohl als Nächstes heiraten wird. »Wir?!«, hat Miriam halb gefragt und halb verkündet, aus einer Laune heraus, und ein paar Leute bekamen es mit und klatschten und Till fand es romantisch und eine gute Idee. Aus einer anderen Laune heraus kann er jetzt in Frankreich genauso gut die Ehe beenden oder auslaufen lassen. Es ist genau so stimmig, so richtig, so durchdacht, wie damals.

Er hat nie mit Miriam wirklich über Kinder gesprochen. Sie fanden beide Kinder in Ordnung. Natürlich gehören Kinder dazu. Klar fragten alle nach ein, zwei Jahren, was denn jetzt mit Kindern ist. Früher oder später hätten sie natürlich ein Kind gewollt, aber in Wahrheit hat Nico sich einfach ergeben. Miriam hatte eine Magen-Darm-Geschichte, die Wirkung der Pille war dadurch offenbar aufgehoben. Es war passiert. Es hat sich ergeben. Der Unterschied ist: Alles, was sich bislang ergeben hat, war genau das, was alle erwartet haben, weil es alle genauso machen. Jetzt wird sich eben etwas anderes ergeben.

Till steht auf. Nadines glänzender Bikini liegt noch auf dem Tisch. Sie hat auf dem Briefbogen mit Lippenstift einen Kussmund unter seine Sätze gemacht. Till lächelt. Er sieht aus dem Fenster. Er hat sich wieder gefangen. Fremde Frauen drücken ihre Lippen für ihn auf Papier. Und nicht nur auf Papier. Er erinnert sich an den Vorabend, an den steinigen Strand. Er wird auch das besser machen, demnächst. Nach den nächsten zehn oder zwölf Portemonnaies.

Till liest zum achten oder neunten Mal den spärlichen Text unter der spärlich bekleideten Jessica. Auch für Jessica hat sich offenbar etwas anderes ergeben. Auf dem dünnen Papier der Zeitung sehen sie und ihr Tattoo anders aus, als er sie in Erinnerung hat. Die alberne Pose ist viel weniger sexy als ihre Alltagshaltung in der Bank, wenn sie sich auf seinen Schreibtisch lehnt. Jetzt plötzlich hat sie auch nur zwei Brüste, wie alle anderen Frauen. Kleine, selbstbewusste Rundungen, die unverbraucht aussehen, im Gegensatz zum Beispiel zu den schweren, einladenden Brüsten von Nadine. Unglaublich albern, wie er sich jahrelang um Jessica herumgedrückt hat, die jetzt einfach so nackt vor ihm liegt. Noch kleiner als in der Bank. Vermutlich hätte er sie einfach nur ansprechen müssen. Nicht mit versteckten Blicken, nicht mit nach Feierabend zusammengetackerten Unterlagen, nicht mit heimlich in seinem Kopf gespielten Songs für sie, die sie nie gehört hat. Mit einfachen, klaren Sätzen. Er hätte es so machen können, wie die Zeitung geschrieben hat. Jessica läge vermutlich jetzt nackt und dreidimensional neben ihm.

Till spürt seine Erektion. Offenbar hat sein Hormonhaushalt das Debakel auf den Kieseln vergessen. Offenbar tut Jessica auch in der Zeitung ihre Wirkung. Die Eidechsenhose sitzt und rutscht lockerer als die Hosen, die Till in seinem alten Leben getragen hat. Die Eidechse faltet sich zusammen und schlackert um seine Knöchel. Die Unterhose. Die oft gemachten Handgriffe, aufsteigende Lust, aber Jessica verrutscht auf der Bettdecke, eine Werbung gegen Harndrang kommt stattdessen in sein Blickfeld, mit einer lächelnden älteren

Frau in weißer Bluse. Till faltet die Zeitung neu, er legt Jessica sorgfältig auf sein Kopfkissen. Er beginnt von Neuem. Es tut gut. Es fühlt sich gut an, nach dem Schmerz auf dem Arm. Er wird gleich, wenn er fertig ist, ein Tuch brauchen, einen Lappen, irgendwas. Es ist ihm egal. Es ist ihm nicht egal. Er will keine Flecken ins Bett machen, die Nadine sehen kann. Er stolpert mit der Eidechsen- und der Unterhose um die Knöchel ins Bad. Ein kleines Handtuch wird gehen. In Hotels wechseln sie täglich die Handtücher. Er kehrt zurück zu Jessica, die ihn nach wie vor mit feuchten Lippen ansieht. Aber die Foto-Jessica ist sperriger und unflexibler als die Jessica, die er aus seiner Fantasie kennt. Er schließt die Augen, er sieht Jessica, aber er kriegt die inneren Bilder nicht richtig hin.

Er hat die Tür nicht abgeschlossen. Wenn Nadine jetzt wieder zurück ins Zimmer kommt, in dieser Situation, nach dem Abend am Strand … Noch einmal läuft Till mit der doppelten Hosenfußfessel durch das kleine Zimmer und schließt ab. Er kehrt zurück aufs Bett. Jessica ist vom Kopfkissen gefallen. Es ist alles ein bisschen erbärmlich. Er ist fast vierzig und kniet mit heruntergelassenen Hosen vor einem Stück Zeitung. Er hat vor vier Tagen erfolglos versucht mit Miriam zu schlafen auf der Couch. Und jetzt hockt er hier. Noch ist er nicht cool. Es fehlt mehr als nur zehn, zwölf Portemonnaies. Man nimmt sein altes Leben mit in sein neues. Er ist jetzt nicht plötzlich der beste Ficker der Stadt. Man kann nicht beschließen, Keith Richards zu werden.

Vielleicht kann jemand vom Nachbarhaus Till durchs Fenster sehen. Er sieht sich um. Er wird sicherheitshalber die Vorhänge zuziehen. Schon wieder stolpert er mit kleinen Schritten durch den Raum, jetzt zum Fenster. Die Sonne scheint nun durch die blassrosa Vorhänge und lässt dadurch das Foto weicher wirken. Jetzt sieht Jessica ein bisschen mehr aus wie Jessica. Sein Arm brennt, er spürt seine Tätowierung. Er nimmt die ungewohnte linke Hand. Er braucht mittlerweile deutlich länger als mit fünfzehn oder sechzehn, als die

Selbstbefriedigung in allen Spielarten ihren ersten großen Höhepunkt hatte. Wenn man so will. Die heutige Jugend wird anders groß. Zumindest wenn man glaubt, was in den Zeitungen steht. Durch die Ehe hatte die Selbstbefriedigung dann wieder ihr Comeback.

Es ist erbärmlich. Aber es ist auch gut. Es ist gut. Es ist gut. Gott, ja. Jessicas Tätowierung, ihre Härchenhaut am Rücken, ihre leicht rauchige Stimme »Ich wollte das schon so lange«, sagt sie. Sie wird zuerst kommen. Sie ist gleich so weit. Sie stöhnt. Nur noch ein bisschen. Ein bisschen. Komm. Es klopft. Till hört auf. Das Bett hat sicher geknarrt. Er versucht sich an die Akustik der letzten Sekunden zu erinnern. Er hat ziemlich sicher nichts laut gesagt. Er hat ein bisschen gestöhnt wahrscheinlich. Aber das Bett hat fraglos laut im Rhythmus gequietscht. Es klopft.

»Oui?«, ruft er albern und zieht die Hose hoch. Statt einer Antwort klopft es nun heftiger. Wieder Schmerz im Oberarm und da, wo unvollendet seine Hose spannt. Till geht zur Tür. Die Frau im Bistro hat ihn verstanden, der Tätowierer, der Taxifahrer. Sprachlich kommt er klar. Er wird dem Zimmermädchen sagen, dass sie später wiederkommen soll.

Das Hotel beschäftigt aber offenbar Männer, einen Mann, ohne Uniform, einen Mann, der Nappo ist. Nappo, obwohl Nappo nicht hier sein kann. Der Mann stürzt an ihm vorbei. Zu schnelle Bewegung für den kleinen Raum, als wolle er gleich durch die Wand weiterlaufen ins nächste Zimmer. Nappo.

»Willst du mich verarschen?«

Nappo schreit es so laut, dass jeder es hören muss. Die Nachbarn, das Personal. Das kann nicht lange gut gehen. Es wird gleich jemand anderes kommen.

»Mmm«, verneint Till, als sei es eine echte Frage gewesen, und deswegen schreit Nappo jetzt noch lauter.

»Du willst mich echt ficken!«, schreit er.

Jessica liegt, thematisch passend, noch auf dem Kissen, neben dem kleinen, sinnlos gewordenen Handtuch, jetzt offenbar unverrückbar, trotz des Sturms, den Nappo ins Zimmer gebracht hat. Che Guevara ist völlig verschmiert. Ebenso der Verband um die Hand. Nappo hat sich in den letzten Tagen nicht rasiert. Er hat sich auch nicht erholt. Er sieht ausgemergelt aus. Er sieht verzerrt aus. Er sieht schrecklich aus. Till hat Angst. Er hat sich heute tätowieren lassen, er hat eine frische Wunde am Arm, er hat vor Sekunden, fast nackt, versucht, Sex mit Jessica zu simulieren, er hat gerade erst beschlossen neu anzufangen. Nappo passt da jetzt noch nicht rein. Till kann es noch nicht mit Nappo aufnehmen. Nappo hat etwas gesagt. Till muss aufpassen. »Was bringt dich denn hierher?«, fragt er mit trockenem Mund. Da ist es wieder. Er trifft einfach den Ton nicht. Ein Schlag landet an seinem Kopf. Zu Recht. ›Was bringt dich denn hierher?‹ Nicht zu fassen!

Es tut weh. Till fällt aufs Bett. Nappo hat bei ihm dieselbe Stelle getroffen wie bei Nadine, denkt Till, sie werden ein synchrones Veilchen am Auge haben, wie ältere Ehepaare, die sich die gleichen Jacken kaufen und darüber schreit Nappo »Wo sind die dreißig Steine, du Wichser?«.

Tills Kopf reagiert mit dem Bild vom Strand, Nadines freigelegter Busen, die Steine unter dem Handtuch. Till befühlt seine Schläfe, er erwartet, Blut in seiner Hand zu sehen, aber es ist nichts. »Das ist 'ne ganz blöde Geschichte«, fängt er an. Er muss sich erst wieder an Nappo gewöhnen. »Wir waren ja in Holland gewesen, weißt du ja und …«

Nappo ist außer sich. Er tritt ihn, trifft aber halb den Rahmen des Bettes und schreit fluchend. »Erzähl mir doch keine Scheiße!! Erzähl mir doch keine Scheiße!! Ich fick dein Leben!!«, schreit er. Er ist nicht wiederzuerkennen.

Und jetzt schreit Till auch: »Das Geld ist futsch!« Futsch? Sagt man das noch? »Mopedjungs haben uns das geklaut!«

»Wo ist die Kohle?!!«

Nappo ist schrill, er hat offensichtlich nicht zugehört. Till ist sich nicht sicher, ob Worte überhaupt zu ihm durchdringen. Nappo hat tagelangen Anlauf genommen, um hier zu landen. Till hat noch nie jemanden so wütend gesehen. Sein Vater hat ihn einmal verdroschen, als Till mit seinem Chemiebaukasten versucht hat Schwarzpulver herzustellen. Die Hälfte der Garage war angebrannt. Sein Vater hat damals vielleicht vierzig Prozent von Nappos jetziger Wut aufgebracht.

»Ich hau dich kaputt!« Nappo schwingt seinen linken Arm in Richtung von Tills Kopf, weil die rechte Hand ja verbunden ist. Till dreht sich auf dem Bett weg wie bei einer Kissenschlacht mit Nico. Albern, gemessen an der Wut, die im Spiel ist.

»Jetzt hör mir doch mal zu!« Er muss Nappo unbedingt beruhigen. »Die Jungs haben die Tasche mitgenommen. Die ganze Tasche mit dem ganzen Geld!«

Nappo hat sich ausgepowert. Er sackt stumm in sich zusammen. Till erkennt seine Chance, jetzt mehr von der Geschichte zu erzählen. Unbedingt etwas Positives sagen. Positiv, und richtig formuliert. »Der Wagen ist noch da! Tiptop in Ordnung. Picobello. Wirklich. Außer das eine Seitenfenster. Das ist hin ... aber ansonsten. Und der Wagen steht dir natürlich zu, das ist ja klar!«

Nappo steht mittlerweile neben dem Tisch. Auf dem Tisch liegt Nadines rotes Bikinitop. »Fickst du meine Alte?«, fragt Nappo, ganz ruhig und ehrlich überrascht.

»Der steht unten auf dem Parkplatz, der Wagen«, sagt Till schwach.

Nappo liest gerade den Zettel, den Till morgens geschrieben hat. »Es war sehr schön gestern Abend.«

Ja. ›Es war sehr schön gestern Abend‹, das hat er geschrieben und Nadine hat einen Kussmund darunter gedrückt. »Das ist schon wieder so 'ne ganz blöde Geschichte«, sagt Till. Irgendwas wirklich Positives muss er Nappo noch in Aussicht stellen.

»Du fickst meine Alte«, stellt Nappo nüchtern fest. Zum ersten Mal hat Till das Gefühl, dass Nappo ihn hier, in diesem Zimmer des Hôtel Royal, umbringen wird. »Du zockst meine Kohle, du zockst meine Karre und dann fickst du meine Alte!« Es klingt fast anerkennend.

»Das stimmt oberflächlich gesehen, fast«, sagt Till und selbst seine Fußsohlen sind kalt.

Nappo hat die Waffe in seine Hand bekommen. Er muss sie die ganze Zeit dabei gehabt haben. Hinten in der Hose vielleicht. Die Waffe, die nicht mehr in der Sporttasche war. Die Waffe, die das Kaninchen erschossen hat. Che Guevara ist voller Blut. Nappos Gesicht unter dem struppigen Bart, ohne eine Spur von französischer Gelassenheit. Till setzt sich auf. Seine Hoden, die gerade noch Spermien auf Jessicas Bild jagen wollten, schrumpfen in seinen Körper hinein. Sitzend hat er keine Chance hier wegzukommen. »Jahrelang hör ich ›die Lana, die Lana‹«, äfft Nappo müde Nadine nach, »›ich will auch nach Frankreich. Da is bestimmt super. Das wär auch was für uns. Jetzt lass uns doch mal nach Frankreich. Hotel Rojal, Hotel Rojal.‹« Nappo dreht den Glitzerbikini in der gesunden Hand. Er hat also doch zugehört, wenn Nadine mit ihm gesprochen hat. Frauen tun Männern manchmal unrecht. »Am Arsch!«, grummelt Nappo. »Mit so 'nem scheiß Bankpimmel zieht die Perle ab.« Es klingt so, als würde er es Till einfach nur erzählen, dabei ist Till der scheiß Bankpimmel, mit dem die Perle abgezogen ist.

Wenn er jetzt aufsteht, wird Nappo das als Angriff auslegen. Das Zimmer ist ohnehin klein. Mehr Platz kriegt man nicht für drei Sterne. »Jetzt hör mir doch mal zu«, sagt Till, um irgendwas zu sagen.

»Ich krieg echt 'n Affen!« Jetzt schreit Nappo wieder und tritt den Stuhl des Zimmers, der nun wirklich an der ganzen Situation unschuldig ist. Der Stuhl fällt um. Nappo schleudert den Bikini in eine Zimmerecke.

Kalte Angst fließt durch Tills rechten Arm, der ausholt, dessen Hand den klobigen Schlüsselanhänger gegriffen hat, der jetzt an Nappos Kopf schlägt. Den Aufprall spürt Till bis tief in die Schulter hinein. Er ist als Kind im Freibad von anderen, größeren Jungs mal in einen Mülleimer gesetzt worden. Die Pappstreifen mit mittelscharfen Senfresten von den Bockwürstchen lagen darin. Und Bockwurstreste, und Eispapier, Wespen, Coladosen, Kaugummis. Die ganze Mischung klebte ihm am Hintern. Damals gab es noch keine weiten, dreiviertellangen Badehosen. Damals waren sie eng und dünn. Er hat geweint, damals und ist weinend auf einen der Jungs zugerannt. Der Junge hat gelacht. Die anderen haben gelacht. Alle haben gelacht und er hatte Wurstreste am Hintern und Tränen im Gesicht. Er hat den Jungen damals so fest er konnte in den Bauch geboxt. Der Junge hat erstaunt ausgesehen, aber er fiel nicht um, er war gar nicht tot, er hat nicht einmal geblutet. Er hat nur kurz nach Luft geschnappt, dann sah Till, dass der Junge ihn sich vornehmen würde. Till ist weggerannt damals, gerannt und gerannt, durch das große, eiserne Drehkreuz des Freibads, in seiner senfgefleckten Badehose, mit Caprieis-Resten am Arm. Er ist so nach Hause gekommen. Nur mit seiner Badehose. Er hat versucht sich den Senf abzuduschen und die Schande und gehofft, dass niemand Fragen stellt.

Und jetzt, Jahre und Jahre später, hat er wieder einen anderen Jungen geschlagen, und auch der ist nicht tot, auch der sieht erstaunt aus, auch in dessen Gesicht sammelt sich schon wieder die Vorbereitung auf einen Angriff. Und dieses Mal hat er eine Waffe. Eine echte, richtige Waffe. Und wieder rennt Till. Frau Jablonsky hat recht. Es wird nichts besser. Man singt zusammen »Highway to Hell«, aber besser wird nichts. Till rennt dieses Mal nicht in Badehose, aber er rennt barfuß. Er rennt durch das schmucklose Treppenhaus, Stufe für Stufe, er kann nicht anders rennen, er kann nicht drei, vier Stufen auf einmal nehmen, er hofft, dass seine Beine Bescheid wissen, und nicht stolpern. Die Tür zum Treppenhaus schlägt noch einmal zu. Nappo.

Raus! Raus! Raus! Raus auf den Parkplatz, ans Licht, nach draußen, zu den Leuten, wo alles vorbei sein wird. Leute sind Sicherheit. Licht ist Sicherheit. Er ist heute schon einmal gerannt. Mit dem Portemonnaie in der Hand. Nichts gegen das jetzt. Die Tür ist zu. ›Sortie‹ steht darüber. Till weiß, dass das Ausgang heißt. Der Tür ist das egal, sie gibt nicht nach. Das Poltern hinter ihm. Till läuft in die andere Richtung, eine andere Tür, eine andere Aufschrift. Die Tür öffnet sich. Das Foyer, alles ordentlich, Blumen in der Vase, ein Wahnsinn, dass die Franzosen in solchen Situationen Blumen in Vasen stecken. Kein Mensch zu sehen, keine Sicherheit, kalter Stein unter den Füßen. Nappo hat Schuhe, Nappo hat einen Vorteil. Durch die Glastür mit den drei Sternen, die Glastür wackelt, neue Stufen, Asphalt, auf den Parkplatz. Ein Auto fährt und fährt an ihm vorbei. Keine Menschen. Wo sind die scheiß Menschen?

66

Der ganze Süden gaukelt einem vor, dass das Leben in Ordnung ist. Osthofen ist viel ehrlicher. Osthofen verspricht nichts.

Cherbourg-Octeville heißt schon so, als würde hier nicht gestorben und nicht betrogen. Als hätte das Elend hier Hausverbot. Dabei gibt es nicht mal einen Parkplatz. Hauptkommissar Kurt Bergmeister ist ungerecht und weiß es. Er hat zu wenig geschlafen und zu wenig gegessen. Die Franzosen nennen ihr Frühstück nicht umsonst petit déjeuner, denn es gibt bloß Kleinigkeiten. Und zum Mittag irgendwas mit Huhn, das nicht geschmeckt hat. Immerhin gibt es in Cherbourg einen Polizisten, der Englisch spricht. Phillipe, Anfang 40, ein schweigsamer Kerl, mit schlechter Haut.

Der Mustang ist gesehen worden. Der Mustang steht auf dem Parkplatz des Hôtel Royal, aber der Parkplatz ist voll. Die Frau an der Rezeption hat im Gästebuch nachgesehen. Kein Till Reiners, kein Stefan Nawrocki, überhaupt keine Gäste aus Deutschland sind angekommen in den letzten Tagen. Je suis désolée. Sie weiß nicht, wem der Mustang gehört. Andauernd wird der Parkplatz von fremden Leuten zugestellt. Der Renault des französischen Kollegen steht in der zweiten Reihe und wird immer wieder von anderen Autos angehupt. Es gibt ständig Diskussionen, in aller Einfallslosigkeit scheint schon wieder die Sonne, und zwei uniformierte französische Kollegen wieseln herum und regeln angeblich irgendwas. Aus dem Renault heraus hat der deutsche Hauptkommissar keine gute Sicht auf den Mustang. Dass ihnen Till Reiners jetzt unter der Nase wegfährt, wäre das Letzte, was passieren sollte.

Kurt Bergmeister will wieder nach Hause. Er will wieder in sein Bett. Er will in keinem Auto mehr sitzen. Wegen 30 000 Euro. Vermutlich kostet der gesamte Polizeieinsatz am Ende das Doppelte. Nur damit andere Bankangestellte abgeschreckt werden und nicht auf ähnliche Gedanken kommen wie Till Reiners. Kurt Bergmeister merkt, wie ihm die Augen zufallen. Aber er ist noch wach. Er kennt das, wenn er abends vor dem Fernseher sitzt. Die meisten Sachen im Fernsehen kann man auch mit geschlossenen Augen verfolgen.

»Uatt issis?«, sagt der französische Kollege Phillipe, und Kurt Bergmeister lächelt. Auch die Sprache der Franzosen gaukelt einem etwas Schönes vor, während Deutsch die perfekte Formularsprache ist. Phillipe rüttelt ihn, und jetzt, wo er die Augen wieder geöffnet hat, ergibt »Uatt issis?« ein gefragtes »What is this?«, und Phillipe zeigt auf einen Mann, der auf den Parkplatz gerannt ist, hektisch, panisch, angstvoll. Er stößt vor Stoßstangen, er blickt sich um, und wenn Kurt Bergmeister das richtig sieht, ist er barfuß. Phillipe bedrängt den Hauptkommissar mit Fragen, der versucht das Foto von Till Reiners mit dem Gesicht des Mannes auf dem Parkplatz in Einklang zu bringen. Er ist es und ist es nicht. Die Haare sind anders, das Lächeln fehlt, alles ist anders und stimmt.

»Oui, ja, yes, ça c'est ... it's his ... him, Monsieur Reiners. Till.« Till gibt es auch auf Englisch. Die Kurzform von until. Bis. Deswegen hängt Kurt Bergmeister noch etwas an. »He has the side parting.« Seitenscheitel. Davon hat er Phillipe erzählt. Jetzt ist der Seitenscheitel weg. Nichts ergibt Sinn.

Phillipe funkt seine Leute an, hinter ihnen hupt jemand. Ein zweiter Mann ist plötzlich auf dem Parkplatz in einem fleckigen T-Shirt. Che Guevara, unverkennbar. Che Guevara hat eine Rolle gespielt in diesem Fall. An der Tankstelle, Che Guevara, in der Bank. Kurt Bergmeister ist übernächtigt. Er müsste jetzt schnell reagieren, und kann nicht. Ihm fehlen Vokabeln. Was heißt »entscheidend« auf Englisch? »That is the other one!«

Phillipe hört ohnehin nicht zu, Kurt Bergmeister ist aus dem Auto heraus, die Beamten sind nicht mehr zu sehen. Wenn's ernst wird, verziehen sich die Franzosen offenbar noch schneller als Italiener. Ein unverkennbarer Knall. Ein Schuss. Till Reiners ist verschwunden. Der andere Mann hat eine Waffe. Jetzt wird es plötzlich etwas anderes. Jetzt ist geschossen worden. Der Schuss hallt nach. ›Frau Reiners, ich muss Ihnen jetzt doch eine traurige Nachricht … –‹

Phillipe wird hektisch. Till Reiners taucht nicht mehr auf. Er ist tot. Dafür tauchen aber die Beamten auf, geduckt hinter anderen Autos, rufen sie französische Wörter auf den Parkplatz, Leute werden aufmerksam, aber nicht panisch. In Cherbourg wird nicht wirklich geschossen, denken sie. Nicht an einem normalen Nachmittag. Kurt Bergmeister rückt vor, der Mann im Che Guevara-T-Shirt stutzt. Das jetzt ausnutzen.

»Hier spricht die Polizei«, ruft der Hauptkommissar seinen Text, »Herr Nawrocki, werfen Sie die Waffe weg und halten Sie Ihre Arme über den Kopf!«

Der Mann im T-Shirt rätselt. Dass die Polizei sofort da ist, ist Pech, Zufall, irgendwas. Deutsche Polizei aber, das ist was anderes.

»Herr Nawrocki, legen Sie die Waffe weg!« Der Mann im T-Shirt richtet die Waffe auf die Richtung, aus der die Stimme kommt, und duckt sich auch hinter einen Wagen. Verstecken spielen für Erwachsene.

67

Der Reifen riecht nach angebranntem Gulasch. Einbildung vermutlich. Till kauert hinter dem Wagen, nah beim Vorderreifen, und muss dringend pinkeln. Die Polizei ist da. Er kann sie nicht sehen, aber hören. In fast akzentfreiem Deutsch hat jemand etwas gerufen. ›Herr Nawrocki.‹ Nawrocki, Nappo, möglich, vorstellbar. Aber woher sollte die französische Polizei … –

»Ey, Arschloch, komm her!« Nappos Stimme, ohne Nappo. Er sitzt hinter einem der anderen Autos.

»Nee, lieber nicht!« Till meint, dass die Polizei ja auch hinter ihm her sein kann, dass er ja zwischenzeitlich etliche Gesetze gebrochen hat, dass sogar wahrscheinlich ist, dass die französische Polizei sich eher für ihn interessiert als für Nappo, der ja eine deutsche Bank überfallen hat. Aber wie immer kann er nichts davon ausdrücken.

»Komm her jetzt!« Nappo weiß ja das alles nicht, Nappo hat auf ihn geschossen, weil er nicht weiß, wie nah sie eigentlich beieinander sind. Im übertragenen Sinne und im wörtlichen. »Ich schieß dir die Socken weg!«, sagt Nappo. Tills nackte Füße stehen in der Tat über den Reifenrand hinaus. Kann er sie schneller wegziehen als Nappo schießen kann? Die Polizei ruft wieder. Nappo soll die Waffe weglegen, Nappo soll die Arme … ein Schuss!! Und ein zweites Schüsschen hinterher. Der Reifen. Der Reifen ist getroffen. Die Luft hat sich aus dem Reifen in die restliche Luft drumherum verzogen. Till hat sich ein bisschen in die Hose gepinkelt. »Komm her jetzt!«

Weiter vorn hat Till eine Uniform gesehen. Seine Rettung vielleicht, vielleicht sein Ende. Er wird sicher gesucht von den Franzosen, und nach allem, was er in der Zeitung gelesen hat, vielleicht sogar von den Deutschen. Er wird es ohnehin nicht bis zu der Uniform schaffen können. Unmöglich. Die Uniformen könnten ihn erschießen. Nappo wird ihn erschießen. Nappo kann in diesen Situationen nicht denken. Till weiß es. Es hat keinen Zweck. »Komm jetzt her, Scheiße!« Auf allen vieren, wie Nico vor noch nicht allzu langer Zeit, krauchtTill in Richtung der Nappo-Stimme.

Es ist ruhiger geworden ringsum. Vermutlich ist der Verkehr gestoppt worden. Che Guevara stinkt. Nappo hat die Waffe in der Hand. Der Asphalt ist hart an den Knien. Till müsste jetzt eigentlich etwas Außergewöhnliches fühlen, stattdessen sind alle Gedanken klar und einfach. Außer dass er Angst hat und ihm kalt ist, aber nicht mehr. So muss es im Krieg sein. »Die Bullen wissen ja nicht, dass uns der Mustang gehört«, sagt Till. Ein Stück Mustang schimmert türkis in Tills Blickfeld.

»Halt die Fresse!«, sagt Nappo.

Till kann denken. Till ist nicht mehr der Bankpimmel von neulich. »Ich meine, wie gesagt, das Seitenfenster ist ja kaputt, man kriegt also die Tür auf, und wenn du den Wagen kurzgeschlossen kriegst ...«

»Halt die Fresse!«

»Damit rechnen die Bullen nie im Leben!«, sagt Till.

»Halt die Fresse!«, sagt Nappo, Tills Freund. Dann sagen beide gar nichts mehr und auch die Polizei nicht.

Etliche Straßen weiter hupt ein Auto.

»Okay, du gehst vor!«, sagt Nappo plötzlich, als sei der Plan hundert Mal besprochen worden. Sie krauchen hintereinander her an zwei anderen Autos vorbei, zu dem treu wartenden Mustang. »Mach auf!«, befiehlt Nappo, unfreundlicher als Till das verdient hätte, findet er, wo er schließlich den Plan gehabt hat. Aber er langt mit der Hand durch das zerbrochene Fenster und zieht den Knopf. Unproblematisch, nichts passiert. Till hat es im Griff. Kein Vergleich zum Parkplatz bei Wachsmuth & Söhne.

Er öffnet die Tür einen Spalt. Nappo liegt neben ihm und bewegt sich nicht. »Das mit dem Kurzschließen müsstest du jetzt aber ...«, sagt Till, und Nappo sagt routiniert »Halt die Fresse!«. Er meint es jetzt aber nicht mehr so. Till kann das hören. Nappo ist jetzt wieder auf seiner Seite. Er hat auf ihn geschossen, das wird er ihm nicht verzeihen, aber das müssen sie ein anderes Mal klären. Daran muss Nappo unbedingt arbeiten. Nappo rutscht in den Fußraum des Wagens und fummelt.

Die Polizei tut nichts. Dann: »Herr Nawrocki, seien Sie vernünftig. Sie wollen doch auch nicht, dass die Situation hier weiter eskaliert!« Wirklich fast akzentfreies Deutsch. Erstaunlich. Aber mit »eskalieren« kommt man bei Nappo nicht weiter. Das weiß Till. ›Ich eskalier dir gleich in den Arsch!‹, würde Nappo sagen, wenn er dem Polizisten zugehört hätte.

»Komm!« Nappo ist immer noch unfreundlich. Till rutscht ebenfalls in das Auto, das sie regulär bezahlt haben, von geklautem Geld. Nappo schwitzt schon wieder, eine neue Lage Schweiß auf den ganzen alten Schweiß der letzten Tage. Till würde gern wissen, wie Nappo es geschafft hat, nach Cherbourg zu kommen, einfach so. Er hat etliche Fragen. Der Motor heult auf, tatsächlich, das also kann Nappo wirklich, der Wagen fährt an, fährt, fährt, der riesige Wagen wendet. »Komm hoch!«, schreit Nappo. Er will also, dass Till auch etwas tut, dass er mitmacht, er traut es ihm jetzt zu, sie beide hier wieder rauszubringen. Er weiß jetzt, dass sie auf derselben Seite sind. Stattdessen hält Nappo ihm schon wieder die Pistole an den Kopf. Das macht man einfach nicht unter Freunden!

»Hör doch mal auf mit dem Scheiß!«, ruft Till, schriller als er will.

Der Wagen schrammt an einen anderen Wagen, fährt aber weiter, und dann eine Fehlzündung und Nappo hupt plötzlich. Er hupt mit dem Kopf, sieht Till und sieht Polizisten rennen, und der Wagen rammt noch einen Wagen und rollt noch, und Till greift albern ins Steuer und Nappo sagt ganz leise »Scheiße!«, zwischen den Zähnen durch, sagt er es, ganz sanft und legt seine verbundene Hand weich auf die Eidechse an Tills Hose. Till kommt nicht ans Gaspedal, er weiß, dass geschossen wurde.

Es ist geschossen worden. Nappo lehnt sich nach hinten in den Sitz und schreit dann plötzlich, wie Nico, der manchmal hinfällt und Sekunden braucht, bis er beschlossen hat, dass es wehtut, und dann erst losbrüllt. Blut läuft auf die weißen Sitze. Eine flüssige Verlängerung des roten T-Shirts. »Aahh!«, schreit Nappo nochmal und klingt gar nicht mehr wie Nappo. Die Franzosen draußen rufen durcheinander. Till versteht nichts. »Scheiße!«, schreit Nappo. Scheiße. Als Schlusswort, bevor französische Polizisten ihre Waffen auf Till richten und er die Arme hebt wie im Film. Scheiße versteht Till.

68

Die Wahrheit lässt sich nicht erzählen. Man kann höchstens Aspekte der Wahrheit herauspicken, und selbst das misslingt meistens.

Der massige deutsche Hauptkommissar ist aus einer anderen Welt. Was weiß der schon von Jessica, von Miriam, von Nico, von der Bank, von Nappo? Der kurze Flug hat Till ernüchtert. Eine kleine Maschine hat ihn und Kurt Bergmeister in einer dreiviertel Stunde wieder nach Hause gebracht. Die ganze Strecke, die Till in all den Tagen zurückgelegt hat, und in Wirklichkeit war er nur vierzig Minuten von zu Hause entfernt. In Wirklichkeit hat er nur einen ungewohnten Umweg genommen, um nach der Arbeit wieder nach Hause zu kommen. Den letzten Rest fahren sie mit dem Auto. Er wird bei seiner Wohnung vorbeigefahren werden, er kann da duschen und sich umziehen und dann erst wird er zum Präsidium gebracht. Das ist ein Entgegenkommen, sagt der Hauptkommissar. Offenbar glaubt er ihm. Offenbar hält er das, was Till ihm erzählt hat, für die Wahrheit. Nappo als derjenige, der die Bank überfallen hat. Der Zufall, der dafür gesorgt hat, dass Nappo sich ausgerechnet Till als Geisel aussucht. Nadine und Till, die gemeinsam vor Nappo fliehen. In Panik. Ohne nachzudenken. Es gibt noch ein paar Ungereimtheiten, sagt der Kommissar. »Ist in Ihrem Leben alles gereimt?«, fragt Till zurück. Kurt Bergmeister lächelt.

Es wäre gut, wenn Miriam zu Hause ist, wenn Till kommt, hat der Hauptkommissar am Telefon zu ihr gesagt.

»Gut wofür?«

»Für Sie, für ihn, für alle. Glauben Sie mir.«

Es hat eine Schießerei gegeben, hat Kurt Bergmeister gesagt, und

Miriam staunt darüber, wie wenig überrascht sie noch ist. In Cherbourg. Auf einem Parkplatz vor einem Hotel. Für Miriam klingt das alles genau so unwahr wie die allabendlichen Nachrichten von Flut- und Kriegskatastrophen irgendwo in der Welt. Es betrifft echte, richtige Menschen, aber nicht sie.

Sie betritt ihre Wohnung, und es ist wie das Heimkommen nach dem Urlaub. Vertraute Fremde. Alles ist beim Alten und neu. Die Messingschiene an der Schwelle zur Küche ist noch immer nicht repariert. Nico stürmt in sein Zimmer. Sekunden später Rolf Zuckowski. Vielleicht ist noch Prosecco im Kühlschrank, hofft Miriam.

Die Reaktion sei allgemein mega gewesen, sagt der Kai. Alle fanden die Bilder Hammer. Und das mit der Musik läuft, dauert aber halt noch. Jessica ist immer noch im selben Bett aufgewacht. Sie hat natürlich nicht erwartet, dass sofort alles ganz und komplett anders wird. Aber irgendeine Veränderung hat sie schon erhofft. Irgendwas.

Stattdessen hat nur Frau Odra angerufen. Herr Walther ist gestorben. Vorwurfsvoll hat sie ihr das mitgeteilt, als sei es ihre Schuld. Ohne eine Begrüßung. Einfach nur »Unser Herr Walther ist tot«. Jessica weiß nicht, was sie darauf sagen soll. Es ist ihr nicht wurscht. Er war vor kurzem noch da, alt und seltsam, aber da. Er hat ihr Unterlagen in die Hand gedrückt und komische Bemerkungen gemacht. Er hat Geburtstag gehabt und ALDI-Sekt spendiert, und jetzt ist er endgültig nicht mehr da. Solche Veränderungen will Jessica nicht. Sie hat ihn nicht im Krankenhaus besucht, obwohl Frau Odra wollte, dass sie mitgeht. Sie hat sich an dem Tag ausgezogen und Fotos machen lassen. Frau Odra weiß das. Sie tut jetzt so, als seien die Fotos deswegen besonders doof oder nicht in Ordnung von der Moral her. Die dicke Frau Odra, die es sich selber von irgendeinem Neger besorgen lässt, den sie sich aus dem Urlaub mitgebracht hat, weil sie hier keinen Mann mehr abkriegt. »Er hat deine Fotos noch gesehen«, sagt sie. Blöde Kuh. Endgültig will die jetzt Jessica Herrn Walthers Tod anhängen. Jessica will auflegen, aber vorher sagt Frau Odra noch, dass man Till gefunden hat, so als sei der auch tot. »Da ist aber wohl soweit alles in Ordnung«, sagt Frau Odra, ohne einen Hauch von Anteilnahme. Alle haben sie im Stich gelassen, will sie wohl sagen. Die ganze Arbeit in der Bank bleibt nur an ihr hängen. Blablabla. Jetzt hängt Jessica grußlos auf. Sie wird sowieso nicht mehr in die bescheuerte Bank zurückgehen.

»Buchen sollst du suchen«, sagt Kurt Bergmeister trocken, als sie vor Tills Wohnung parken.

»Das sind Buchen?«, fragt Till und zeigt auf die drei Bäume, die er vom Wohnzimmer aus sehen kann und von denen er nie wusste, wie sie heißen. Der Hauptkommissar nickt. Buchen also. Die meisten Dinge des Lebens sind eigentlich einfach. Till muss an seiner Tür klingeln wie ein Besucher, der er jetzt eigentlich ja auch ist. Miriam steht in der Wohnungstür und sieht aus wie immer, während Till so aussieht wie noch nie. Der Hauptkommissar erleichtert den Moment. Er ist echter Besuch. Hallos werden ausgetauscht und dann kommt Nico punktgenau aus dem Zimmer gestürzt und sagt »Du siehst aber lustig aus!«, und Till sagt »Du siehst selber lustig aus!« und nimmt seinen Sohn in die Arme und hofft, dass er nicht sofort heulen muss.

Nico strampelt sich schnell frei, weil er unbedingt seinen Bagger zeigen muss. Er zieht seinen Vater in sein Zimmer und Miriam hält ihn nicht auf. Wirre Haare, wirre Hose, ein schreckliches Hemd, das aussieht, als ob Till sich als Jugendlicher verkleidet hat. Was soll das?

»Ich hab Ihnen das Wichtigste ja schon am Telefon gesagt«, sagt der Hauptkommissar und sieht aus, als sei das gelogen, als wolle er eigentlich etwas ganz anderes sagen. Etwas viel Wichtigeres. Ganz seltsam sieht er sie an. Vielleicht weil er mitkriegt, dass sie schon

Prosecco getrunken hat, obwohl es erst vier Uhr am Nachmittag ist. »Kann ich mich kurz setzen?«, fragt er und fällt schwer aufs Sofa. Dasselbe Sofa, auf dem sie mit Till gesessen und gelegen hat, am Abend bevor er verschwunden ist. Der andere Mann, der andere Bankräuber ist angeschossen worden, erzählt der Hauptkommissar. Er liegt in einem französischen Krankenhaus. »Ich glaube, Ihr Mann hat mit der ganzen Sache weniger zu tun als Sie glauben«, sagt Kurt Bergmeister, und wieder hat Miriam das Gefühl, dass er sie anlügt.

»Papa muffelt!«, ruft Nico begeistert aus seinem Zimmer.

»Ja, ich glaub auch. Ich muss mal eben duschen gehen, Nicolino!« Wenn man ihn nur hört, klingt Till wie immer. Er kommt zurück ins Wohnzimmer. »Es geht schnell«, sagt er und meint offenbar das Duschen und der Hauptkommissar nickt seine Zustimmung, aber Nico ist dagegen. »Nein, nein, nein!«

Miriam hat das Gefühl, dass sie jetzt eingreifen muss. »Doch, der Papa muss diese beschissenen Sachen ausziehen!«, sagt sie mit aller Wut, und Nico freut sich, dass seine Mutter schon wieder geflucht hat. Miriam, Nico, die Wohnung. Zuviel Vertrautes. Till ist durcheinander. Er zieht sich das kragenlose Hemd über den Kopf, das Nadine ihm gekauft hat. Nadine, die ihm einen Kussmund aufs Papier gedrückt hat, von der er sich nicht mal verabschieden konnte und deren Existenz Miriam mit ihren weiblichen Antennen erahnt. Deswegen hasst sie seine Klamotten. »Was ist das denn?!« Viel weicher kommt das, besorgter, mütterlicher. Miriam kann nicht anders. Sie meint den Verband auf seinem Arm, der sich halb abgelöst hat. Eine Wunde, eine Verletzung. Es ist aber nur eine Art Schorf, der sich auf der Tätowierung gebildet hat.

»Das chinesische Zeichen für Mut«, sagt Till, als sei damit alles erklärt. Miriam hat nichts verstanden, sieht er, deswegen sagt er nochmal »Mut!«, und dann spielt Nico seinen Trumpf aus und schleppt die Gitarre an, die Miriam mitgebracht hat. Seine Gitarre. »Gleich«, sagt Till. Das letzte Mal hat er in Holland gespielt. Am

Strand. Das Sommersprossenmädchen. Wann war das? Vor ein paar Tagen. In einem anderen Leben. Er geht duschen.

Miriam muss dieses Hemd wegschmeißen und die Hose. Sie hat das Gefühl, dass sie Till hinterherräumt, was sie nicht tun sollte. Aber der Hass auf Hemd und Hose ist stärker. Die werden die ganze Wohnung vergiften, wenn sie noch länger da sind. Miriam stopft alles mit spitzen Fingern in eine Plastiktüte, die aber nicht ausreicht. Das Zeug muss aus der Wohnung. Sie geht in den Hof, wo die Mülltonnen stehen. Sie geht sogar ein Haus weiter, zu den Mülltonnen der Nachbarn, die eigens ein mit Efeu beranktes Gitter aufgestellt haben, unter dem die Mülltonnen stehen. Mülltonnen sollen es in Osthofen schön haben.

Als sie wieder in die Wohnung kommt, ist der Hauptkommissar auf dem Sofa eingenickt. Er schläft. Sie braucht einen Moment, bis sie versteht, warum. Till spielt im Hintergrund Gitarre, ein Schlaflied. In Nicos Zimmer.

»Einmal Leben …« Till singt Rolf Zuckowski nach, ganz leise, ein paar gezupfte Töne. «Einmal Leben … und die Sonne scheint in dein Gesicht.« Und die Sonne scheint in sein Gesicht, tatsächlich. Und Wasser tropft von seinen Haaren auf seine nackten Schultern. Er trägt jetzt eine sandfarbene Leinenhose und wirklich eine Tätowierung am Arm. Unglaublich. Irgendein Zeichen. Man kann es nur undeutlich erkennen. Till sitzt mit seiner Gitarre auf einem bunten Kinderhocker vor Nico, der ihm zuhört und dazu langsam mit seinem Bagger fährt. Till sieht sie an. Immer noch mit der Sonne im Gesicht, ein Gesicht, von dem sie gedacht hat, dass sie es kennt. »Einmal Leben …«, auch sie könnte das natürlich mitsingen, »zwei Mal Leben gibt es nicht.«

Die Finger liegen sicher auf den Saiten. Tills Augen sind feucht. Er summt jetzt nur noch. Er sieht sie an. Er spielt. Er spielt für sie, wie vor Jahr und Tag. Sie sieht ihn an. Nicos kleine Hände bewegen den Bagger. Nico summt auch mit, ganz leise und vorsichtig und ohne

Text, sodass es ihr das Herz bricht, das Restherz, das ihr noch geblieben ist.

Till wird gleich ins Präsidium fahren. Er wird vielleicht erst in ein paar Tagen wiederkommen. Dann werden sie weitersehen müssen. Ganz leise hört Till auf zu spielen. Man kann den Hauptkommissar aus dem Wohnzimmer ein bisschen schnarchen hören.

Michael Gantenberg
Neuerscheinung
Roman

Eine unverschämt lustige Geschichte!

Paul Elmar Litten lebt in einer sehr überschaubaren Kreisstadt: 50.000 Einwohner, die Hälfte katholisch, die andere das Gegenteil. Paul ist verheiratet, arbeitet als Lokalredakteur beim Westfälischen Heimatboten und will endlich mal zeigen, welches Talent wirklich in ihm schlummert. Er macht einen geheimen Deal mit dem Herausgeber und veröffentlicht als ›Bella Gabor‹ einen spektakulären Fortsetzungsroman auf Seite 1 des Heimatboten: ›Die Messias‹, die Geschichte von Jesu Zwillingsschwester Hannah, die nach zweitausend Jahren Unsterblichkeit endlich das wahre Leben leben will: Sie möchte Liebe finden, Sex haben und vielleicht auch ein paar Kilo abnehmen, möglicherweise sogar gleichzeitig. Das Ganze schlägt ein wie eine Bombe im idyllisch sortierten Westfalen, und auch Pauls Frau ist begeistert – nur ahnt sie nicht, wer Bella Gabor wirklich ist …

Tim Dowling
Ich hab nix gemacht
Roman
Band 17902

Wer sich in der Midlife-Crisis selber googelt ...

Was wollen die Leute nur alle von Giles? Und warum muss Leben so stressig sein? Soll er jetzt erst was arbeiten oder den Geschirrspüler reparieren? Mit dem Hund raus? Dabei hat Giles doch Gicht ... also, wahrscheinlich. Sollte er sich vielleicht besser dafür entschuldigen, dass er überhaupt auf der Welt ist? Och nö, denkt Giles, läuft schon alles irgendwie. Aber dann entdeckt er im Internet eine böse Überraschung.

›Ich hab nix gemacht‹ ist der schwärzeste Roman über Männer jenseits der Dreißig, über letzte Jugendsünden, erste Zipperlein und den Spaß am Zweckoptimismus!

www.fischerverlage.de

Fischer Taschenbuch Verlag

fi 17902 / 1